www.bbulmedia.com

So
Lovely!

DAHYANG ROMANCE STORY

So Lovely!

바나(BANA) 장편 소설

C o n t e n t s

prologue

　여자들은 같은 여자 중 남자에게만 잘 보이려 드는 여우 과는 귀신같이 알아챈다고 하던가. 남자 역시 같은 남자가 봤을 때 영 재수 없는 부류가 있다.

　이를테면 지금 내 맞은편에 앉아 있는 저놈 같은.

　"아구구, 그랬쩌요? 그러엄, 물론이지~"

　혀가 더럽게 짧은 놈인가.

　"우리 자기 좋아하는 거라면 당장 사 줘야지. 왜 당연한 말을 하고 그래? 어? 얼마? 백이십? 비싸지도 않네. 하하. 그래그래. 내가 우리 채은이를 위해 그거 하나 못 사 주겠어? 걱정하지 말고 내 카드로 결제해."

　멍청한 놈.

　여자한테 제 카드 쥐여 주고 명품 백 사다 바치는 놈치고 제대로 된 놈을 본 적이 없다. 저런 놈들은 자기 엄마한테는 백이십이 아니라 십

7

이만 원 쓰기도 아까워하는 부류가 십중팔구.

"어, 어? 나? 아, 잠깐 외근 중이야. 팀장님이 믿을 만한 건 나밖에 없다고 부탁하시는데 별수 없잖아. 내가 좀 믿음직스러워야지. 하하핫."

못 들어 주겠군.

"이혁아. 잘 지냈어?"

갑자기 들린 목소리에 고개를 드니 만나기로 한 삼촌이 웃으며 다가왔다.

"안녕하셨어요. 삼촌."

"주문 아직 안 했지? 여기요."

다가온 홀 직원에게 커피를 주문한 삼촌이 내 얼굴을 뚫어져라 바라봤다. 그러더니 피식 웃으며 말했다.

"자식. 넌 커 가면서 인물이 더 피는구나. 학생 땐 동네에서나 먹히는 정도였다면 지금은 아주 레벨이 달라졌는데? 길거리에서 캐스팅 제의 받고 막 그러지 않냐?"

"하하. 설마요."

실은 여기 오면서도 잡혔다. 두 번. 아니 세 번인가?

"미국에서는 완전히 돌아온 거지?"

"네. 이제 들어올 때도 됐죠. 유학을 평생 가 있을 것도 아니고."

"그거 잘됐다."

"네?"

짚이는 바는 사실 있었지만 아무것도 모르는 척 싱글거리고 있자 똑같이 싱글거리는 얼굴로 삼촌이 말했다.

"회사 들어와라."

그럴 줄 알았어.

"아버지가 부탁하셨죠?"

"그래. 너도 예상했겠지만 네가 아주 징글징글하게 말 안 듣는다고 총대가 또 나한테 넘어왔다. 그래도 네가 내 말은 좀 듣는다고."

"자꾸 이런 식이면 삼촌 말도 안 듣고 싶어질 것 같은데요."

"에이, 이혁이 네가 그러면 내가 서운하…… 코, 콜록! 콜록!"

수더분한 얼굴로 씩 웃으며 커피를 원샷하던 삼촌이 그제야 뜨거운 커피를 주문했다는 것을 깨달았는지 기침을 해 댔다. 내 저럴 줄 알았어. 머리는 좋은데 예전부터 어딘가 맹한 부분이 있던 삼촌이었다. 익숙하게 티슈를 내미는데 맞은편 남자에게 헐레벌떡 다가가는 여자의 뒷모습이 보였다.

"미, 미안. 민호야. 내가 좀 늦었지?"

오호라. 저 여자가 남자 카드로 명품 사는 취미를 가진 여잔가?

"공설아. 내가 늦는 거 싫어한다고 한두 번 말해? 내 말이 우습냐?"

……아니군. 세컨드인가?

저런 세컨드까지 두다니 능력도 좋…… 가만, 공설아?

기억 속에 공설아라는 이름의 여자애 뒷모습이 휙 지나가면서 앞에 앉은 여자의 뒷모습과 겹쳐졌다. 특히 저 버섯 같은 거대한 머리카락이 비슷했다. 저런 철사 머리는 쉽게 찾아볼 수 있는 게 아닌데?

"미안해. 차가 조금 막혀서……."

"그 핑계도 한두 번이지. 야. 나 백이십만 빌려줘라."

"배, 백이십? 지금?"

"어. 지금."

"그, 그래. 잠깐만……."

돈 빌려 달라는 놈이 뭐 저리 당당해? 어라? 그런데 너 지금 가방에서 뭘 주섬주섬 꺼내고 있냐? 그거 설마 지갑은 아니겠지?

"번거로우니까 이체해 줘."

"어? 아, 알았어."

여자는 이번엔 지갑 안에서 보안카드를 꺼내는 듯했다. 이 멍청한 여자야. 적어도 어디에 필요한 거냐고는 물어보고 빌려줘야지? 그게 네 남자 바람피우는 여자의 명품 백 사는 용으로 들어가는 돈인 걸 알면 그렇게 해맑게 못 줄 텐데?

"이혁아. 삼촌 말 듣고 있는 거지?"

"아, 네. 물론이죠."

어느새 기침을 멈춘 삼촌이 자신을 어리둥절한 얼굴로 바라보고 있었다. 여태 제대로 듣고 있었다는 듯 태연하게 대꾸했지만 제 시선은 아직도 삼촌 뒤에 앉은 여자를 향해 있었다.

역시 많이 닮았단 말이지…… 같은 이름을 가진 저런 거대한 버섯머리가 또 있을 확률은 얼마나 될까?

"지금 이체했어."

"그래. 조만간 갚을게."

빌렸으면 예의상 고맙다는 말 정도는 하든가.

예의 따위 아침에 밥이랑 시원하게 말아 먹고 나왔는지 남자의 목소리는 뻔뻔하기 이를 데가 없었다. 게다가 너 말하는 본새를 보니 한두 번 빌린 솜씨가 아닌데?

"이혁아. 너 표정이 안 좋은데 뭔가 기분 나쁜 일이라도 있었어?"

"네? 아, 아뇨. 그런 일 없었어요."

이런. 재수 없는 놈 때문에 나도 모르게 미간에 힘이 들어간 모양이다. 손가락으로 눈썹 사이를 슥슥 문지르자 미심쩍게 바라보고 있던 삼촌이 쐐기를 박듯 말했다.

"어쨌든 그럼 잘 알았겠지? 다음 주부터 나오는 거다?"

……이게 무슨 소리?

방금 삼촌이 했던 말을 떠올리려 했지만 자꾸 맞은편 남녀에게 시선이 갔다. 남자는 여자가 말하는 걸 듣는 중 마는 둥 스마트폰만 만지며 건성으로 어, 어 대답만 하고 있었다.

"네가 나오면 형님도 이제 한시름 놓았다고 좋아하실 거다. 뭣보다 너도 어서 회사 시스템 배워야……."

"헤어지자."

……응? 저놈 뭐래?

"뭐, 뭐라고?"

맞은편에 앉은 재수 없는 놈은 미안함 따위는 1그램도 담기지 않은 얼굴로 헤어지자고 말하고 있었다. 방금 돈 빌려 가 놓고 저게 무슨 짓거리? 어이, 버섯녀. 가만있지 말고 니 앞에 커피라도 끼얹어 줘. 뭐해?

"그, 그런……그런 게……."

충격을 받은 듯한 버섯, 아니 여자의 목소리가 가늘게 떨렸다. 순간 낙엽이 떨어지던 교정에 고개를 푹 숙인 우울한 뒷모습이 앞에 앉은 여자의 뒷모습과 겹쳐졌다. 머리숱이 엄청 많고, 커다란 뿔테 안경으로 얼굴 반을 가리고 있던 여학생. 그때 남자가 했던 말이…….

'넌 역시 내 취향이 아냐.'

"넌 역시 내 취향이 아냐. 같이 있어도 전혀 아무 감정이 없어."

어라? 데자뷔?

"……그럼 할 수 없지. 알았어."

잠깐. 알았다니? 너 그게 다야?

고개를 푹 숙이고 앉아 있는 여자를 내버려 두고 재수 없는 놈이 미련 없이 자리에서 일어섰다.

"구질구질하게 전화하고 그러진 마라. 나 간다."

"사, 삼촌 말에 기분 나빠서 그러는 건 아니지?"

"네?"

고개를 드니 삼촌이 힐끔힐끔 제 눈치를 살피고 있었다.

"아무리 그래도 삼촌한테 표정이 그게 뭐냐. 삼촌도 다 널 생각해서 그러는 거지 다른 뜻으로 말한 건 아니야."

"그런 거 아니에요. 그냥 몸이 조금 안 좋아서 그래요."

"아, 그래? 몸 안 좋으면 빨리 들어가서 쉬어야지. 차 가져왔어? 태워다 줄까?"

"가져왔어요. 몸이 으슬으슬해서 이거만 다 마시고 갈 테니 삼촌 먼저 들어가세요."

"그래. 그럼 다음 주에 회사에서 보자."

회사? 언제 그렇게 된 거지?

어쩌다가 그런 결론에 도달했는지는 모르겠지만 웃으며 멀어지는 삼촌을 굳이 다시 부르진 않았다. 회사에 당장 나오라는 아버지의 요구는 이미 미국에 있을 때부터 줄기차게 이어지고 있던 거였으니까.

뭐, 더 이상 피할 데도 없긴 하지.

한숨을 내쉬며 고개를 드니 여전히 앞에 오도카니 앉아 있는 여자의 등이 보였다.

혼자 남은 여자를 찬찬히 살펴보니 머리카락이 철사같이 **뻣뻣한** 데다 공중에 붕 떠 있어서 거대한 송이버섯을 연상시켰다. 거기에 괴상하다 할 정도 현란한 색으로 조합된 알록달록한 원피스를 입고 있었다.

저 거대한 머리숱은 아무리 봐도 낯설지 않단 말이지…….

머릿속으로 아까 휙 지나갔던 장면이 다시 두둥실 떠올랐다. 낙엽 쌓인 교정에서, 혹은 눈 쌓인 교정에서, 혹은 체육관 뒤에서 늘 일방적으로 남자에게 차이고 있던 버섯머리 여자애.

왜 하필 마주칠 때마다 내 눈앞에서 차이고 있는 건지 이해가 되지 않았지만, 더 이해가 안 되는 건 차이는 상대가 죄다 형편없는 놈들이었다는 거다. 저딴 놈에게 반해? 라는 생각이 절로 들 정도로.

"……하아."

어깨를 들썩이며 크게 한숨을 내쉰 버섯, 아니 여자가 조용히 자리에서 일어섰다. 휘청휘청 걷는 여자가 제 동창일 수도 있다는 생각이 들자 왠지 더 측은해졌다.

그런 놈은 잊고 다시 시작해. 세상에 남자는 많아.

놓아두었던 휴대폰을 집어 들며 나가려고 돌아서자 여자가 입구가 아닌 카운터로 향하는 모습이 보였다. 잠깐. 설마……? 눈을 가늘게 뜨고 보니 여자가 우울한 얼굴로 익숙하게 지갑을 열고 있었다.

"저…… 계산이요."

하, 그 자식.

계산도 안 하고 갔어?

이 러블리 버섯과 미스터 곤약

"이번 우리 팀 신입은 둘이니까 서로 인사해요. 이쪽은 정이혁 씨, 이쪽은 공설아 씨."

김 팀장이 나란히 서 있는 남녀를 향해 말했다. 신입 사원답게 깔끔하게 정장을 차려입은 둘이었지만 김 팀장이 이들을 처음 봤을 때 딱 떠오른 말은 그거였다.

'미녀와 야수…… 아니 미남과 야수?'

남자 쪽은 떡 벌어진 어깨에 키도 무척 크고 다리도 길어 전체적으로 날렵해 보였다. 슈트가 잘 어울리는 예술적인 몸매에다 요즘 잘나가는 아이돌들도 줄줄이 버로우 타고 나가떨어질 듯한 완벽한 페이스까지 갖췄다.

'무슨 남자가 저렇게 잘생겼어? 연예인도 아닌 것이.'

밀가루를 바른 듯 뽀얀 피부에 뚜렷한 이목구비를 가진 남자 옆에는 두 손을 가지런히 모으고 있는 한 여자가 서 있다. 그 존재 자체만으로 어둠의 오오라가 잠식해 나갈 듯한 암울한 기운을 풍기는.

머리카락은 철사처럼 굵고 뻣뻣해 보이는데 숱까지 엄청 많아서 딱 보면 무슨 거대한 버섯 같았다. 거기에 얼굴의 절반을 가리는 두꺼운 안경은 보기만 해도 답답스럽달까…….

'아주 절묘한 신입들을 뽑아 놨군.'

김 팀장은 그렇게 생각하며 인사하는 둘을 바라봤다.

"처음 뵙겠습니다."

"아, 저도 처음 뵙…….."

여자의 목소리는 너무 작아서 뒷부분은 잘 들리지 않을 정도였다. 그래도 대충 알아들었겠거니 생각한 김 팀장은 그들에게 자리를 지정해 줬다.

"자리는 저쪽이 설아 씨 자리, 그 앞이 이혁 씨 자리. 교육은 한 대리가 맡을 거예요."

"알겠습니다."

"알겠습……."

사그라드는 목소리로 대답한 설아가 자신의 자리로 걸어갔다. 작은 어깨에 비해 지나치게 커다란 버섯머리를 바라보며 이혁은 당혹스러운 표정을 지었다.

'또 만났어?'

지금 자신과 같은 팀에 배정받은 여자는 분명 몇 달 전 카페에서 진상남에게 차이던 자신의 동창이 분명해 보였다.

그날 카페에서 집으로 돌아온 뒤 호기심에 졸업앨범을 뒤져 봤더니 역시 제 기억이 정확했다는 것을 확인했다. 그리고 동시에 꽤 불쾌했던 기억까지 생각해 내고 말았다.

'신입 연수 기간 때 못 본 것 같은데……? 하긴 본사 포함 전체 신

입 연수였으니.'

그녀와의 재회가 꽤 신기하긴 하지만 이혁은 그 불쾌했던 기억 탓에 기분이 썩 좋지는 않았다. 게다가 초중고 동창에 같은 반인 적도 있는데 저 여자는 자신을 전혀 기억 못 하는 것도 묘하게 자존심이 상했다.

'신경 쓸 거 없어.'

같은 학교를 나와 같은 부서에 입사한 우연 정도야 얼마든지 있을 수 있겠지. 버섯한테 신경 써서 뭐하겠어?

이혁은 이내 마음을 다잡고 자신의 자리로 향했다. 그가 자리로 향하는 동안 모든 여사원들의 눈빛이 은밀히 그를 훑으며 예사롭지 않게 번뜩인다는 사실은 전혀 인지하지 못한 채.

'휴우, 긴장했네.'

설아는 자리에 앉으며 깊게 숨을 들이쉬었다. 첫 출근의 긴장으로 온몸이 뻐근할 정도였다. 그래도 자신에게 할당된 자리에 앉으니 은근히 가슴이 뿌듯해져 왔다. 학교생활 외에는 한 번도 사회 생활을 제대로 해 본 적 없는 터라 오늘이 오래오래 기억에 남을 것 같았다.

'열심히 해야지.'

설아는 신입 연수 기간 내내 스스로에게 다짐했던 것을 또 한 번 경건하게 되뇌며 동그란 돋보기안경을 추켜올렸다.

"그럼 이혁 씨는 미국에서 유학 마치고 돌아오자마자 입사한 거네요?"

사내 식당에 모여 앉은 여직원들이 이혁을 포위하듯 둘러싸고는 질문 공세를 퍼붓고 있었다.

"네. 그렇죠."

이혁이 고른 치아를 드러내며 싱긋 웃자 여직원들은 오징어처럼 흐물거리며 얼굴을 붉혔다. 어쩜, 저 얼굴 저 몸매에 스펙까지 좋다니?

"좀 쉬고 싶을 텐데 너무 부지런하네요."

그중 유독 감탄한 표정을 지은 오지영이 눈을 초롱초롱 빛내며 말했다.

"남들 다 하는 취업인데 힘들 것 뭐 있나요."

"아아……."

말끝에 하트라도 붙일 듯한 표정으로 이혁을 바라보고 있는 여직원들 옆에서 남직원들이 입술을 비죽였다.

"신났네, 신났어. 언제부터 직원식당 이용들 하셨다고 다들 우르르 몰려와선……."

서 있는 것만으로도 격한 후광을 뿜어 대게 생긴 놈 탓에 여직원들 눈에서 하트가 뿅뿅 튀어나오자 남직원들의 심기는 절로 비틀렸다. 거기다 신입 남직원 얼굴은 저렇게 생긴 놈을 뽑아 놓고 신입 여직원은 웬 자연산 송이버섯 같은 여자를 뽑다니?

'이건 형평성에 어긋난다고!'

차마 말로 내뱉지는 못하지만 억울한 정서가 남직원들 사이에 강하게 흐르고 있는데 그중 소심한 성격의 남직원 하나가 마지못해 설아에게 질문을 던졌다.

"공설아 씨는 첫 출근한 느낌이 어때요?"

"좋……."

"아아. 그렇군요. 그런데 김 대리님. 어제 휴대폰 바꾸셨다고 했죠?"

'좋' 외엔 들리지 않았으나 더 묻진 않은 채 그는 할 도리를 다했다는 얼굴로 다른 사람과 잡담을 하기 시작했다. 그 모습을 이혁이 힐끗 보는데 지영이 득달같이 질문을 했다.

17

"팀장님이 그러시던데 이혁 씨는 학생회장 출신이라던데, 맞아요?"

"아, 네."

"언제요? 고등학교 때?"

은근슬쩍 성을 떼어 내고 이름만 부른 지영이 눈을 빛내며 질문을 퍼부었다.

"초등학교 때부터요."

"어머머머. 그럼 초등학교 때부터 고등학교 때까지 내내 학생회장이었단 말이에요?"

"우와, 정말요? 이혁 씨 한국대 출신 아니에요? 완전 엄친아네. 공부 잘했나 보다. 맨날 전교 1등 하고 그런 거 아니에요?"

여직원들이 바람이라도 일으킬 듯 속눈썹을 과도하게 깜빡이며 흥분하자 이혁이 가볍게 웃고는 시선을 돌렸다. 맞은편에 다소곳이 앉아 식사만 하고 있는 여자에게로. 설아는 마치 공기처럼 그 자리에 있는 듯 없는 듯 존재하며 누구의 관심도 받지 못하고 있었지만 본인은 무척 익숙한 듯 보였다.

"그 애는 나서는 일은 못 하는 타입이었어요."

"……?"

뜬금없는 이혁의 말에 여직원들이 의아스러운 표정을 지었다. 투명인간처럼 밥만 먹고 있던 설아가 정적을 느꼈는지 고개를 들었다. 그러자 두꺼운 안경알 너머로 설아의 눈과 깊은 다크브라운색 이혁의 눈이딱 마주쳤다.

"전 늘 2등이었거든요. 그 애한테 밀려서."

이혁이 설아의 눈을 똑바로 응시한 채로 입술 끝을 살짝 끌어 올렸다. 그러자 지영이 얼른 호들갑스럽게 말했다.

"공부만 잘한다고 다 회장 할 수 있나? 성격도 좋고 리더십도 있어

야 하는 거지. 공부만 잘하는 애들 성격 재수 없는 경우가 얼마나 많은
데요. 안 그래요, 곽 대리님?"

"그러엄. 당연하지. 그런 애들 정말 재수 없지."

여직원들의 말에 설아의 동공이 급격히 흔들리더니 얼른 식판으로
고개를 숙였다. 그걸 본 이혁의 눈빛에 낭패감이 서렸다.

'이런, 의도했던 건 아닌데.'

마치 자신이 고의적으로 이런 반응을 이끌어 내고 설아에게 들려준
듯한 상황이 되어 버리자 무척 난감했다. 사실 설아를 기억하는 이유
중 한 가지는 그거였다. 복도에 상위 등수가 나붙을 때마다 늘 자신의
이름 위에 쓰여 있던 이름. 공설아.

초등학교부터 중학교, 고등학교와 유학 가기 전 대학까지 늘 2위 딱
지를 달게 만든 여자…… 그 이름 한 번 이겨 보겠다고 초등학교 3학
년 때 코피 터지게 공부했다는 사실은 지금까지도 이혁에게 흑역사로
남아 있었다.

'그래 놓고도 결국 1위를 놓쳤으니 진정한 흑역사지. 젠장.'

다시 떠올려도 스멀스멀 올라오는 불쾌감에 이혁은 물컵을 들어 차
가운 물을 한 모금 마셨다. 시원한 물이 불쾌한 기분을 좀 내려 보내는
것 같았다. 하긴 그게 언제 적 일인데.

"그 애는 성격 괜찮았어요."

물컵을 내려놓으며 이혁이 말하자 그 모습조차 황홀한 시선으로 보
던 여직원들이 흐뭇한 얼굴로 고개를 끄덕였다.

"이혁 씨는 정말 마음도 착하네요."

"그러게요. 너무 착한 것 같아요."

쏟아지는 아부성 멘트에 남직원들이 못마땅한 표정으로 식판을 들고
일어섰다.

"다 먹었으니 갑시다. 가요."

깨작거리던 설아도 조용히 식판을 들고 일어나 음침한 기운을 뿜어내며 남직원들의 뒤를 따랐다. 자리를 피하듯 홀연히 사라지는 설아의 뒷모습을 보며 이혁은 왠지 찝찝한 기분을 느껴야 했다.

"그럼 내일 뵙겠……."

설아가 가방을 메고 일어나 버섯머리를 꾸벅거리고는 조용히 사무실을 빠져나갔다. 코트를 입던 이혁이 그 모습을 힐끗 보고는 갈등 어린 표정을 지었다.

'사과해야 하나?'

점심시간 때의 일이 아직까지 찝찝하게 남아 코트를 입으면서도 계속 고민만 하던 이혁이 결국 재빨리 인사를 한 뒤 달려 나갔다.

"아, 놓쳤네."

서둘러 나왔지만 엘리베이터는 이미 아래로 내려가고 있었다. 마침 옆 엘리베이터가 도착해 얼른 타고 로비로 내려왔지만 버섯머리는 보이지 않았다.

"걸음 되게 빠르네."

보안 라인을 통과해 빠르게 입구를 빠져나온 이혁은 숨이 차오른 것을 느끼고 인상을 찡그렸다. 뭘 달리기까지? 내일 사무실에서 사과하면 될 일인데. 아니 어쩌면 사과 자체가 웃긴 일인지도 모르지. 저 여자는 날 전혀 기억하지 못하는 눈치니까…….

"내가 그렇게 존재감 없는 놈이었나?"

그 사실에 또 자존심이 상하는 기분이었다. 자신은 이렇게 똑똑히 기억하는데 저 머리 좋은 여자는 홀라당 잊어버려?

이혁은 미간을 좁히고는 차를 세워 둔 지하 주차장으로 가기 위해 다시 로비로 향했다.

가방을 조신히 든 채 입구를 빠져나온 설아는 그 자리에서 흠칫 놀랐다.

'헉, 맙소사, 아버지!'

정문에 고급 승용차를 떡하니 세워 두고 환하게 웃으며 자신을 향해 손을 흔들고 있는 사람은 아무리 봐도 자신의 부친이 확실해 보였다. 정문을 빠져나가는 직원들이 회사의 고위간부인 공성원 전무를 알아보고 꾸벅거리며 인사를 하는 모습을 보자 설아의 얼굴에 싸악 핏기가 가셨다.

'내, 내가 못 살아.'

설아는 주변을 홱홱 둘러보고는 뒤돌아서서 황급히 휴대폰을 꺼내 들었다.

— 오, 내 딸. 애비 안 보이냐?

차 안에서 손을 획획 흔드는 성원의 시선을 피해 기둥 뒤에 숨은 설아가 소리 죽여 외쳤다.

"아버지! 회사에선 알은척하지 말랬잖아요!"

— 여긴 회사 아니다. 엄연히 정문 밖…….

"거기나 거기나죠! 출퇴근은 버스로 한다니까 왜 거기 있어요?"

— 그게 무슨 소리야. 염원하던 사랑하는 내 딸과 함께 출퇴근하는 꿈이 이루어졌는데! 그 역사적인 첫 출근 날 따로따로 퇴근할 수는 없지. 암.

성원이 단호하게 말하자 설아는 머리가 핑 돌았다. 아, 아버지…….

"그, 그럼 거기 말고 뒷길 안 보이는 데에 차 세우고 기다려요. 금방 갈 테니까."

— 그럴래? 그럼 요 앞 골목에서 기다리마.

알았다고 하고 얼른 전화를 끊은 설아는 정문 앞에서 차가 사라지는 것을 보고서야 조심스럽게 기둥에서 빠져나왔다. 매의 눈으로 주변을 휙휙 살피며 전속력으로 달린 설아는 얼른 차에 올라탔다. 그러자 애타게 기다리던 성원이 벙긋 웃으며 반겼다.

"오, 내 딸! 첫 출근 축하한다!"

"헥, 헥. 추, 축하는 집에서 해 줘도 되는데……."

"그럴 수야 있나! 안 그래도 오늘 하루 종일 내 딸이 어떻게 일하고 있나 보러 가고 싶은 걸 꾹꾹 참았는데!"

"헉. 그건 안 돼요!"

설아가 뜨악한 표정으로 소리치자 성원이 씩 웃었다.

"그러니까 참았다는 거 아니냐. 아빠 잘했지?"

칭찬을 바라듯 싱글벙글 웃고 있는 성원을 보며 설아가 난감한 표정으로 마주 웃었다.

"그, 그래도 내일부터는 기다리지 마세요. 오늘은 첫날이라 일찍 퇴근했지만 앞으로는 야근도 자주 하고 그럴 텐데 부담스러워요."

"감히 내 딸에게 누가 야근 따위를……!"

"아버지."

설아가 안경을 추켜올리며 낮은 어조로 말하자 성원이 흠칫 놀랐다.

"무, 물론 회사의 일원으로서 입사했으니 필요하면 야근도 하고 그래야지. 허허허."

"저와 했던 약속 지키셔야 해요."

"그래그래. 알았다. 아, 김 기사. 가는 길에 우리 가는 베이커리 들렀다 갑시다. 우리 딸 첫 출근 기념 축하 파티를 하는 데 케이크가 빠지면 안 되지."

……전혀 안 것 같지 않은데요. 아버지.

설아는 잔뜩 신이 난 성원을 바라보다가 한숨을 포옥 내쉬었다. 국내 굴지의 기업인 대원그룹의 임원인 성원은 설아가 어릴 때부터 함께 회사에 다니는 꿈을 강하게 피력해 왔었다. 그 꿈을 이뤄드린 데에 대해서는 설아 역시 기쁜 마음이었지만 그렇다고 해서 임원인 아버지의 입김이 자신이 일하는 곳까지 닿는 것은 싫었다.

그래서 아버지 몰래 입사 시험을 치렀고 최종 합격이 발표된 이후에도 한동안 숨기다가 말했을 정도였다. 만약 그 전에 말했다면 성원은 어떻게 해서든지 인사과에 영향력을 행사해서 합격시키고 꿈의 보직에 박아 넣으려 들 테니까. 회사 내에서 2인자라 불리는 성원의 영향력을 모르지 않는 설아로서는 입사 전 아버지에게 회사 생활에 관여하지 않겠다는 다짐에 다짐을 받아 뒀었다.

그런데 이렇게 나오시면 난 어쩌란 말인가요? 아버지. 설아의 얼굴이 우울해졌다.

'하아. 앞으로 회사 생활 잘 할 수 있을까……?'

일류 셰프까지 초빙한 거나한 축하 파티가 끝나고서야 설아는 자신의 방으로 돌아올 수 있었다. 첫 출근이라 긴장해서 속도 좋지 않은데 눈을 반짝이며 보고 있는 부모님 때문에 억지로 과식을 했더니 아무래도 소화제를 먹어야 할 것 같았다.

"휴, 아버지가 약속을 지켜 주셔야 될 텐데."

식사하는 동안 성원에게 회사에선 절대 비밀 원칙을 세뇌시키듯 강조했지만 영 믿음직스럽지가 못했다. 성원의 얼굴엔 여차하면 내 딸인 거 다 불어 버릴 테다! 하는 확고한 딸자랑 욕구가 넘실거리고 있었으니.

"영 불안한데 말이지……."

설아는 불안한 얼굴로 중얼거리며 욕실로 들어갔다. 돋보기 같은 안경을 벗고 옷을 벗은 뒤 샤워기 앞에 서서 따스한 물로 샤워를 했다. 물을 잠그는데 김이 뽀얗게 서린 거울에 물먹은 듯 커다란 까만 눈망울의 청순한 얼굴이 비쳤다. 철사 같은 머리칼도 물을 먹고 축 늘어지자 거대한 버섯머리도 사라지고 거울 속에는 요정처럼 아름다운 여자가 서 있었다. 손바닥으로 거울의 김을 슥슥 닦아 내고 제 얼굴을 빤히 본 설아의 표정이 시무룩해졌다.

"하아……. 난 왜 이렇게 못생긴 걸까."

거울을 볼 때마다 느끼는 거지만 정말 못생기기 짝이 없었다. 친한 친구인 채은이는 건강해 보이는 구릿빛 피부에 몸매도 늘씬하고 얼굴도 감탄이 일 정도로 아름다운데 그에 반해 자신의 얼굴은 너무 못나보였다. 오죽했으면 친구한테 '넌 안경으로 얼굴을 가리는 게 나아'라는 말을 들을까?

우울한 얼굴로 머리를 말리던 설아는 문득 오늘 신입으로 들어온 남자가 떠올랐다.

"그러고 보니 그 남자애도 참…… 세상 살기 힘들겠어. 그 얼굴로."

그래도 외모 때문에 스트레스가 많을 텐데 사람들 앞에서 주눅 들지 않고 싹싹하게 구는 것 보니까 심지가 강한 타입인 모양이지? 나도 그런 걸 배워야겠어.

설아는 꼭 곤약처럼 허여멀겋게 생긴 동료 신입의 얼굴을 떠올리다가 고개를 갸웃거렸다. 어? 이상하네……. 그 곤약을 왜 어디서 본 것같지?

"뭐, 세상엔 비슷한 사람이 많으니까."

TV를 켜도 곤약 같은 사람은 넘쳐 나고 말이지. 떼 지어 노래 부르는 곤약들, 연기하는 곤약, 춤추는 곤약. 갖가지 곤약들이 인기스타였으니까. 그런 허여멀건 곤약들이 뭐가 좋다고 그리 인기 있는 건지 자신은 도무지 이해할 수가 없었다. 뭐 다른 매력이 있나?

"남자의 매력은 역시 목인데 말이야."

설아는 웅얼거리며 드라이어를 작동시켰다. 우우웅 하고 뜨거운 바람이 머리카락을 말리기 시작하자 미역처럼 축 늘어져 있던 머리칼에 빳빳하게 힘이 들어가며 점점 부풀어 오르기 시작했다. 부스스한 머리카락이 뭉쳐져 삼각김밥처럼 부풀어 오르는 모습을 익숙한 표정으로 보며 설아는 오늘 회사에서 배운 매뉴얼을 꼼꼼히 복습했다.

"안녕하세요."

"이혁 씨. 좋은 아침!"

"어제 출근 첫날이라 긴장했을 텐데 잘 잤어요?"

이혁이 사무실로 들어서자 여기저기서 하이톤의 목소리가 터져 나왔다. 설아는 자신이 출근했을 때와는 사뭇 다른 광경에 안경을 추켜올리며 눈을 깜빡거렸다.

'곤약 씨를 배려해 주는 모양이야…… 다들 착한 사람이구나.'

설아는 이혁을 황홀하게 바라보는 여직원들의 시선을 잘못 판단하고는 흐뭇하게 고개를 끄덕거렸다. 하루 사이에 여직원들 얼굴에 화장이 어제보다 훨씬 두꺼워져 있다는 것도 전혀 인식하지 못한 채.

한편 이혁은 제 자리로 걸어가며 설아를 눈을 가늘게 뜨고 바라봤다.

'……도대체 저런 옷은 어디서 사는 걸까.'

70년대 사무직 여성 같은 무릎기장의 비둘기색 정장을 입은 설아는 두꺼운 머리칼을 감추듯 하나로 묶고 있었지만 안타깝게도 전혀 감춰

지지가 않았다. 사실 설아의 정장은 명품 브랜드 디자이너에게 자신의 취향을 하나하나 열거해 맞춘 고가의 맞춤 정장이었지만 이혁에게는 쌍팔년도 촌스러운 디자인으로밖에 보이지 않았다.

두꺼운 안경으로 모니터를 뚫어져라 보고 있는 설아에게서 시선을 돌린 이혁은 자리에 앉았다. 짙은 네이비색 슈트를 맵시 있게 빼입은 이혁이 자리에 앉자 그를 보고 있던 곽 대리와 지영이 눈빛을 교환하더니 얼른 대화창에 글을 입력했다.

—대리님. 봤어요? 오늘 저 슈트도 완전 간지인 거. 슈트랑 손에 든 저 브리프케이스, 딱 봐도 비싸 보이죠? 명품 같죠?

—지영 씨, 하수구나? 자기 그거밖에 못 봤어?

—네? 그럼 뭐가 또 있어요?

—저 번쩍이는 손목시계. 저거 나도 잡지에서만 봤는데 백화점에서도 못 사는 거야. 제일 싼 게 몇 천 정도일걸?

—세상에! 정말요?

지영의 눈이 번쩍 뜨였다. 명품이라면 사족을 못 쓰는 곽 대리가 말하는 걸 보니 저 말이 틀릴 리가 없었다. 그렇다는 건 저 남자는 외모, 키, 거기에 재력까지 받쳐 준다는 뜻? 맙소사! 우리 사무실에 웬 황금알이 떡 떨어졌대? 신이시여, 감사합니다!

그렇게 사무실 내 여자들 얼굴의 분칠 두께는 경쟁적으로 점차 두꺼워져만 갔다. 그와는 대조적으로 설아는 남자 사원들의 관심을 전혀 받지 못했다.

"정이혁 씨. 이것도 해 줄래요?"

"아, 정이혁 씨. 이건 이렇게 하는 게 아니라……."

"이혁 씨. 바빠요? 잠깐 나 좀 도와줬으면 하는데요."

향수 냄새를 난사하며 시도 때도 없이 달려가는 여직원들 때문에 늘

인산인해를 이루는 이혁의 자리와 달리 설아의 자리는 업무 지시 때 외에는 늘 한가로웠다. 그래도 설아는 맡은 일을 묵묵히 하며 업무를 빠르게 숙지해 갔다. 신입이라 간단한 정도지만 스피디하게 주어진 일을 처리했고 매뉴얼도 빨리 익혔다. 다만 아무도 알아주는 이가 없을 뿐이었다.

"자, 그럼 다들 퇴근하지."

퇴근 시간이 되자 팀장을 필두로 하나둘 자리에서 몸을 일으켰다. 이혁이 일어날 생각을 하지 않고 업무에만 집중해 있자 곽 대리가 나풀나풀 다가와 이혁의 어깨를 가볍게 두드렸다.

"그만 퇴근해요. 아직 적응도 안 됐을 텐데 너무 무리하지 말고."

팔을 허리에 올린 채 몸을 S자로 꼬고 서 있는 곽 대리에게 이혁이 고개를 들었다.

"얼마 남지 않아서 마저 다 하고 가겠습니다. 먼저 퇴근하세요."

"어머나! 능력도 있고 열정도 있고, 아주 기특한 신입이네? 호호. 그럼 수고하고 내일 봐요."

"이혁 씨. 먼저 갈게요. 수고하세요~"

"네. 안녕히 들어가세요."

"안녕히 들……."

뒤따라온 설아의 인사도 못 들은 채 다들 우르르 사무실을 빠져나가 버렸다.

'뭐야. 있었어?'

이혁 역시 방금 아스라한 목소리를 듣고서야 설아의 존재를 파악했다. 힐끗 보니 설아는 완벽하게 잊힌 존재가 됐는데도 태연하게 업무를 이어 가고 있었다.

이런 상황이 보통 익숙한 게 아닌 모양인데……?

이혁이 미간을 좁히고 키보드 위에서 손가락을 멈춘 채 생각을 더듬었다. 그러고 보니 설아는 학교 다닐 때도 공부를 잘한다는 것 외엔 아무런 특징이 없이, 아니 그 우등생이라는 특징조차 투명하게 만들 정도로 그야말로 공기 같은 존재였다는 것이 떠올랐다. 그건 설아 본인이 만든 분위기가 컸다. 원체 조용하고 남들 앞에 나서길 싫어하는 성격이었으니.

'그랬는데 왜 차이는 건 그렇게 많이 봤을까?'

저 버섯과 고백이라니. 전혀 어울리지 않는 조합이잖아. 잠시 생각하고 있던 이혁이 가볍게 고개를 저었다.

'신경 끄자.'

같은 사무실에 둘만 남았기 때문인지 아까부터 저 버섯만 생각하고 있다는 것이 이혁은 마음에 들지 않았다. 버섯 생각은 털어 내 버리고 어서 일이나 끝내고 가자는 생각에 다시 화면 안 문서에 집중하려 했다. 그런데 그때 설아가 주섬주섬 가방을 챙기고는 일어났다.

"그럼 저 먼저 갈……."

커다란 가방을 멘 설아가 자리에서 나오더니 이혁에게 꾸벅 고개를 숙였다.

"아, 네. 안녕히 가세요."

이혁이 인사하자 설아는 다시 고개를 꾸벅거리고는 몸을 돌려 총총 입구로 향했다.

"……."

뭐지?

그 모습을 지켜보는 이혁은 기분이 조금 이상했다. 지금까지 자의든 타의든 계획적이든 자신과 둘이 남게 됐을 경우 보였던 여자들의 태도와 설아의 태도가 전혀 달랐다. 학창 시절부터 자신과 어떻게든 단둘이 남아 보려는 여자들의 노력과 그 후에 벌어지는 귀찮은 일들에 어쩔 수 없이 익숙해져 있었는데, 설아는 그런 여자들과는 전혀 다르게 미련 없이 자리를 털고 나가 버리는 것이다.

'게다가 그런 이상한 남자들에게도 잘 반했으면서.'

하긴, 하나같이 인성 면에서 문제가 있던 요상한 남자 취향을 가지고 있던 버섯이니 당연히 나에게 반할 리가 없지. 내가 얼마나 인성이 훌륭한데?

"오히려 골치 아프지 않고 좋지, 뭐."

이혁이 중얼거리며 모니터로 시선을 돌렸다. 태연한 듯 보였지만 그의 미간에는 불쾌함의 상징인 세로줄이 굵게 그어져 있었다.

♡　　♥　　♡

회의실에 갔던 김 팀장이 허둥지둥 사무실로 들어오며 말했다.

"누구 시간 되면 이걸로 PPT 좀 만들어 줘! 급한 건데."

"제가 하겠습니다."

"오, 그래?"

이혁이 자리에서 일어나며 말하자 김 팀장이 다행이라는 얼굴로 들고 있던 서류를 넘겼다.

"아주 일 처리가 빨라. 응? 훌륭해."

"감사합니다."

이혁이 싱긋 웃고는 서류를 받아 자리로 돌아갔다. 확실히 이혁은 다른 신입 사원들보다 뛰어난 업무 처리 능력을 보이고 있었다. 거기에 서글서글한 처세술까지 합쳐져 팀장은 특히나 만족스러워했다.

"우리가 신입 하나는 잘 뽑았어. 안 그래?"

"어머, 당연하죠."

"두말하면 잔소리게요."

들으라는 듯 칭찬하는 곽 대리의 말에 여직원들이 너 나 할 것 없이 돌림노래 하듯 추임새를 넣었다. 남직원들은 그런 모습이 썩 내키진 않았지만 이혁의 일 처리 능력에 있어선 다들 납득하는 분위기였다. 어쨌든 회사는 일을 하는 곳이니 자신의 업무를 실수 없이 커버해 주는 이혁이 밉게 보이지만은 않았다.

'아. 다 했다.'

사무실 내의 분위기와는 상관없이 목표 시간 안에 할당량을 끝낸 설아는 뿌듯한 표정으로 시계를 봤다. 이제 일도 어느 정도 익숙해져 조금은 업무에 보탬이 되고 있다는 생각에 설아는 배시시 미소를 지었다. 아무도 알아주진 않았지만 스스로의 성취감을 자양분 삼아 이혁에 뒤지지 않는 눈부신 발전을 보여 주고 있었다.

그리고 그걸 아는 사람이 사무실 내에 딱 한 명 있었다.

'……한 대리가 넘긴 걸 다 끝낸 모양이군.'

이혁은 설아가 만족스런 표정으로 시계를 확인하는 모습을 예리한 시선으로 쳐다봤다. 그는 겉으로는 드러내지 않았지만 설아가 끝낸 업무량을 수시로 체크하며 경쟁심을 불태우고 있었다.

'그렇다면, 내가 더 빨리 끝내 주지.'

이혁이 활활 불타는 눈빛으로 받은 서류를 빠르게 훑기 시작했다. 학창 시절부터 성적으로 한 번도 이겨 본 적 없던 설아였기에 회사 업무로까지 그녀에게 뒤처지고 싶지 않았다. 설아는 자기 만족도를 위해, 이혁은 그런 설아에게 지고 싶지 않은 오기로 인해 야근도 불사하며 업무에 매진하자 다른 직원들도 신입들에게 비교당하지 않기 위해 덩달아 업무 강도를 높였다.

"아주 훌륭한 분위기야."

김 팀장은 팀 내 실적 그래프를 흡족한 표정으로 보며 이번 달 사내 우수 부서에 등극할 수도 있겠다는 희망에 차올랐다.

"좋아. 오늘도…… 별. 헤헤."

이 모든 나비효과를 불러일으킨 설아는 아무것도 모른 채 오늘도 반짝이는 눈으로 다이어리를 펼쳐 목표량을 채운 표시로 별을 그려 넣고 있었다.

"정이혁 씨와 공설아 씨를 환영하며, 건배!"

"건배!"

신입 환영회를 겸한 회식 자리에서 모두의 술잔이 높이 들려 올라갔다. 쨍! 하며 부딪히는 술잔들이 유독 이혁의 잔에 몰려들었지만 설아는 여전히 의식하지 못했다.

"이혁 씨 어때요? 적응은 좀 됐어요?"

"네. 열심히 하고 있는 중입니다."

이혁이 웃으며 말하자 김 팀장이 끄덕거렸다.

"다행이네. 설아 씨는?"

"네. 저도 잘……."

"이혁 씨! 제 술 한 잔 받아요."

"정이혁 씨. 제 잔도요!"

"어머나, 이혁 씨 잔이 언제 비었어요?"

설아의 말이 끝나기도 전에 이혁을 향한 술 공세가 시작됐다. 눈에 불을 켜고 술병을 낚아채 달려드는 여직원들을 남직원들이 착잡한 표정으로 바라봤다.

"지영 씨. 내 잔 빈 거는 안 보이고 신입 잔만 보이나?"

"대리님 무슨 말씀을 그렇게 하세요. 신입이니까 특별히 신경 쓰는 거죠."

"그럼 왜 그 신입만 특별히 신경 써? 공설아 씨 잔은 아까부터 비어 있었는데."

"어머, 그랬어요? 몰랐네. 잘 안 보여서요."

바로 옆자리에 앉고서도 대각선 끝자리에 앉은 이혁의 잔만 노려보느라 설아의 잔이 빈 건 전혀 눈치채지 못했던 지영이 마지못해 술병을 들었다.

"괜찮아요. 지……."

이제 끝의 두 마디 정도만 안 들릴 정도로 적응을 한 설아가 다소곳이 빈 잔을 내밀었다. 지영이 건성건성 따라 주면서 눈으로는 이혁의 잔만 매의 눈으로 확인하고 있었다.

"고맙습……."

감사히 잔을 받은 설아가 고개를 옆으로 돌리고 맑은 소주를 쭈욱 들이켰다. 잔을 한 번에 비우고 다른 사람이 신경 쓸까 봐 얼른 제 잔에 술을 따랐다.

"이혁 씨는 어쩌면 이렇게 고기를 잘 구워요? 정말 색도 분홍분홍 예쁘게 잘 굽는 것 같아. 그죠?"

지영이 콧소리를 내며 이혁 쪽으로 과도하게 몸을 내던졌지만 설아는 초연한 표정으로 조용히 불판을 응시하고 있었다. 최상의 육즙이 배어 나오는 소고기를 얌전히 불판 위에 올려 뒀다가 맛있게 구워지는 순간을 놓치지 않고 낚아채 접시 위에 올렸다. 그러면 여기저기에서 젓가락이 날아와 인터셉트하듯 샥샥 낚아채기만 할 뿐 주변 누구도 수고한다는 칭찬 한 마디 없었다.

그 모습을 보고 있자니 이혁은 왠지 제 기분이 상해 미간이 좁혀 들었다.

'뭘 그렇게 열심히 굽고 있어. 누가 알아준다고.'

이혁이 고개를 돌리고 술을 입에 털어 넣었다. 빈 잔이 테이블 위에 놓여지는 사이 소주병을 두고 세 명의 여직원들의 눈에서 불꽃이 번뜩였다. 팽팽한 기 싸움에는 관심도 없는 듯 이혁의 시선이 자석에라도 이끌리듯 설아에게 향했다.

'여전히 전혀 기억 못 하는 건가.'

공기같이 앉아 고기를 굽고 있는 설아는 아무리 봐도 자신을 기억하는 눈치가 아니었다. 어느 정도 시간이 지났음에도 전혀 기억할 징조가 안 보이자 점점 더 기분이 안 좋아지고 있었다.

'……술기운 때문인가? 왜 이렇게 짜증이 나지?'

버섯이 기억 못 한다고 해서 그게 뭐가 어쨌다고.

"잠시 화장실 좀 다녀오겠습니다."

술 좀 깨야겠다고 생각한 이혁은 자리에서 일어나 아쉬운 시선으로 자신을 응시하고 있는 여직원들을 뒤로한 채 가게를 빠져나왔다. 잠시 찬바람을 쐬려 건물 밖으로 나오는데 뒤에서 자신이 내려왔던 계단을 누군가가 내려오는 소리가 들렸다.

"회식하고 있다니까. 진짜야."

어? 저 사람은……. 휴대폰을 귀에 댄 채 매우 귀찮은 목소리로 말하는 남자는 입사 3년 차인 윤일준이었다. 별로 좋아하는 타입도 아닌데다 개인의 통화를 엿듣는 상황은 피하고자 건물 옆 골목으로 슬쩍 들어갔다.

"자꾸 피곤하게 굴래. 너? 내가 일부러 약속 어긴 것도 아니고. 오늘 회식인데 그럼 나보고 어쩌라고."

자리를 피해 준 게 소용이 없군. 지나가는 사람들도 다 듣겠네.

"아, 몰라. 맘대로 해!"

전화를 확 끊어 버린 일준이 담배를 꺼내 입에 물고는 후우, 하고 한숨을 내뱉었다.

애인이랑 싸웠나? 어쨌든 빨리 들어가라. 이혁이 빨리 일준이 들어가길 바라며 서 있는데 그가 또 어딘가에 전화를 걸었다.

"자기, 나야."

이쪽이 진짜였군.

"회식 중이지. 중간에 우리 자기 목소리 듣고 싶어서 잠깐 빠져나왔어. 감동했지?"

방금까지 있는 대로 짜증을 부리던 남자와 같은 사람인가 싶을 정도로 달달한 목소리로 통화하는 일준을 이혁이 한심한 표정으로 보고 있었다.

"나 다시 들어가 봐야 하니까 회식 끝나면 전화할게. 바로 갈 테니까 어디 나가지 말고 집에 있어. 알았지?"

상쾌한 목소리로 전화를 끊은 일준이 계단을 올라가 버리자 이혁은 그제야 골목에서 빠져나올 수 있었다. 본 약속은 묻어 버리고 새 애인 집에 가는 거냐? 남자가 봤을 때 재수 없는 타입은 보통 저런 공통점을 지닌 모양이군. 이혁이 고개를 흔들고는 자신도 계단으로 올라갔다.

회식 자리로 돌아오니 지영이 기다렸다는 듯 얼른 다가와 술잔을 내밀었다.

"어디 있다 왔어요? 저랑 한잔해요!"

"아, 네."

이혁이 입술만 축이고 술잔을 내려놓고는 시선을 돌리다 한곳에 멈췄다. 아까와는 달리 설아도 술이 한잔 들어가서인지 두 볼이 유독 발갛게 물든 것이 꼭 홍조증 걸린 버섯 같았다. 그런데 그 홍조증 걸린 버섯이 다소곳이 앉은 채로 유독 한 명을 자주 힐끔거리고 있었다.

'잠깐. 너 또……?'

묘한 열기를 띤 설아의 시선을 아무도 신경 쓰진 않았지만 그 시선은 분명 일준에게 수시로 향하고 있었다. 학창 시절부터 진상에게만 반하는 설아의 괴상한 취향. 그것이 불쑥 떠오르자 이혁의 눈이 예리해졌다.

'그러고 보니 그때 카페에서 봤던 백이십만 원짜리 진상 놈도 그랬지.'

불과 몇 달 전 자신에게 백이십의 삥을 뜯어 다른 여자 명품 백을 사 주는 남자에게 차이고도 또 저런 진상과에 홀리는 설아를 보니 왠지 화가 났다. 정말 웃기는 버섯이네. 그렇게 당하고도 왜 또 저런 놈에게 눈독을 들여? 빠져도 왜 항상 시궁창에만 빠지려 드냐고! 도처에 천연 일급수가 널렸는데!

물론 그 천연 일급수에는 자신도 포함되어 있었다. 누가 봐도 저런 놈보다야 내가 훨씬 낫잖아? 이혁이 뿌듯한 표정으로 가슴을 펴다가 문득 왜 자신이 저런 진상과 자신을 저울질하고 앉아 있는지 한심해졌다.

'내가 또 무슨 생각을…….'

이혁이 못마땅한 얼굴로 술잔을 비우자 지영이 잽싸게 잔을 채우며 그에게 찰싹 몸을 기대 왔다.

"이혁 씨 술 잘 마시네요? 난 술 잘 마시는 남자가 좋더라~"

지영이 흐물거리는 낙지처럼 이혁의 어깨에 엉겨 붙자 옆에 있던 곽 대리가 눈에 쌍심지를 켜고 지영을 잡아끌었다.

"지영 씨 안 되겠네. 너무 취한 거 아니야?"

"네에? 나 안 추워요. 곽 대리님~"

"춥긴 뭘 추워. 헛소리까지 나오는 걸 보니 정말 많이 취했네. 정혁 씨. 지영 씨 좀 데리고 나가서 택시 태워 보내요. 더 마시면 안 될 것 같네."

"네? 아니 저 안 춥다니까요? 대리님? 대리니임~"

지영이 휘청거리며 정혁에게 끌려 나가자 이번엔 곽 대리가 냉큼 이혁의 옆자리를 꿰차고 앉았다. 곽 대리는 여성스럽게 다리를 꼬고 앉아 머리칼을 우아하게 쓸어 넘기며 이혁을 향해 생긋 미소지었다.

"지영 씨가 잘 안 그러는데 오늘 많이 취했나 봐요. 호호호."

"전 괜찮습니다."

"그래도 취한 사람 주사 받아 주는 게 어디 쉽나? 아, 한 잔 할까 요?"

곽 대리가 자연스럽게 술잔을 들자 이혁이 술잔을 들어 부딪쳤다. 이혁이 입술만 축이고 잔을 내려놓으며 습관적으로 시선을 설아에게 두었다. 설아는 펭귄처럼 술잔을 두 손으로 고이 든 채로 일준을 보며 볼을 더욱 발갛게 물들이고 있었다.

'아주 대놓고 보는구만.'

돋보기 같은 안경 때문에 가려져서 안 보일 거라고 생각하겠지만 자기 눈엔 설아의 시선이 어딜 향하고 있는지 아주 잘 보였다. 그게 왜 이렇게 잘 보이는 건지 짜증날 정도로.

……술기운이 오를수록 하나하나 다 마음에 안 드는군.

초등학교 때 두 번이나 같은 반이 되고도 자신을 알아보지 못하는 것부터가 마음에 안 들었다. 늘 공기처럼 지내면서 정작 자신을 공기처럼 대하는 것도 그랬다. 모든 여직원이 자신에게 관심을 보이는 순간 윤일준에게 관심을 보이는 것도.

'눈이 해태냐? 남자 보는 눈이 최악이야.'

괜히 자존심이 상한 이혁은 술을 자제하던 것도 잊고 자기도 모르게 단번에 술잔을 비웠다.

"이혁 씨 술잔 비었……."

이번에야말로 자신이 따르리라 호시탐탐 노리고 있던 여자 넷의 손이 동시에 술병을 향했다. 하지만 술이 남아 있는 술병은 어느새 낚아챈 설아의 손에 다소곳이 쥐여 있었다.

"어……?"

얘가 언제 끼어든 거야? 남자 하나를 둔 피 터지는 전쟁에 어리버리 신입까지 참전하자 여직원들의 얼굴이 구겨졌다. 그런데 그때 설아의 발간 얼굴이 향한 쪽은 이혁이 아니었다.

"저기, 술잔이 비었……."

설아가 맞은편에 앉은 일준을 향해 수줍게 병을 가져가자 일준이 그제야 비어 있는 제 술잔을 봤다.

"아아. 네."

일준이 대수롭지 않은 표정으로 술잔을 내밀자 설아가 뺨에 홍조를 띤 채 천천히 술을 따랐다. 술잔을 채우는 설아의 뺨이 점차 장밋빛으로 물드는 것을 지켜보는 이혁의 눈이 가늘어졌다.

"설아 씨도 직장 문화에 적응하느라 열심히네요."

웃으며 말한 곽 대리가 설아가 술을 다 따르자마자 잽싸게 술병을 낚아챘다.

"자, 술 받으…… 어? 어디 갔지?"

이혁이 자리에서 사라진 것을 그제야 발견한 곽 대리의 눈이 동그래졌다. 다른 여직원들도 부지런히 주변을 살폈지만 설아는 제가 따라 준 술을 마시는 일준만 흐뭇한 시선으로 보고 있었다.

화장실에 온 이혁은 인상을 구긴 채 손을 씻었다. 자신의 잔 외엔 관심도 없던 설아가 일준에게 술을 따르는 모습을 보는 순간 술맛이 딱 떨어져 버렸다.

핸드 드라이로 손을 말리며 거울을 보는데 찌뿌둥한 자신의 표정이 눈에 들어왔다.

"뭐야? 내가 기분 나쁠 이유가 없잖아."

하지만 일준에게 향한 설아의 발그레한 얼굴은 확실히 기분이 나빴다. 왜지? 왜…… 아, 그래. 윤일준이 질이 안 좋은 남자라는 걸 알고 있어서인가?

애인이 있음에도 태연히 다른 여자의 집에 드나드는 남자니 질이 좋을 리가 없잖아. 그리고 그걸 우연히도 알게 됐으니까 신경이 쓰이는 거겠지. 마치 영화에서 살인마를 관객에게 보여 준 뒤 그 살인마가 희생자가 될 것이 뻔한 여자에게 작업 들어가는 장면을 지켜보는 관객의 심정 같은 거.

"아, 그런 거구나."

일준에게 호감을 표하는 설아의 모습에 자신의 기분이 안 좋아지는 데에 대한 합리적인 결론을 도출해 낸 이혁이 그제야 만족스러운 표정으로 고개를 끄덕였다. 딱히 정의로운 주인공이 될 생각은 없었다. 난 그냥 영화를 보고 있는 관객일 뿐이니까.

자신의 포지션 정리까지 끝낸 이혁은 그제야 후련한 얼굴로 화장실에서 나왔다.

"아하하."

그런데 자리로 돌아오자마자 후련함 따윈 어딘가로 사라져 버리고 다시 기분이 더러워졌다. 버섯이 술은 몇 잔 먹는 것 같지도 않았는데 취했는지 눈이 안 보이도록 웃으면서 일준을 보고 있었다.

"정말요? 아하하하. 일준 선배님 너무 재미있네요. 하하."

딱히 버섯에게 해 준 얘기 같지도 않은데 버섯이 유독 자지러지게 웃어 젖히자 일준도 썩 기분 나쁘지 않은 모양이었다. 아까보다 자기 얘기에 자신감이 붙은 듯 모션까지 곁들여 가며 말하고 있었다. 다만 버섯이 아니라 다른 여직원을 향해서 말을 하고 있을 뿐.

"내가 그랬다니까, 주미 씨? 웃기지? 촤하하!"

"너무 웃겨요. 선배님. 아하하하하하."

일준이 주미에게 느끼한 눈웃음을 치며 말하자 정작 주미는 힐끔대며 이혁을 보느라 별 반응이 없고, 맞은편에 앉아 있던 설아가 배를 잡고 까르르 뒤집어졌다.

'살인자에게 이입하지 말라고, 버섯. 당한다니까?'

아, 아직 살인마는 아닌가. 어쨌든.

한편 설아를 못마땅한 시선으로 보고 있는 이혁을 주미가 힐끔거리며 볼을 붉혔다.

'이혁 씨가 이쪽을 보고 있네. 호, 혹시 나에게 관심이?'

그렇다면 자신은 언제든 환영이라는 의사를 담아 주미가 그윽한 시선으로 이혁을 바라봤다. 그때 곽 대리가 이혁의 팔을 잡아끌었다.

"자꾸 어디로 사라졌다 와요? 자자, 이번에 내 술 받을 차례인 거 알죠?"

곽 대리가 콧김을 흥흥 내뿜으며 이혁을 끌고 가는데 갑자기 정 부장이 벌떡 일어나며 전화를 받았다.

"아! 예, 전무님! 네! 네!"

전무님이라는 소리에 황홀한 표정으로 일준을 보고 있던 설아가 움찔했다. 서, 설마? 휴대폰을 든 채로 허둥지둥 밖으로 사라졌다가 잠시 후 자리로 돌아온 정 부장이 어두워진 얼굴로 말했다.

"내가 급히 회사로 돌아가 봐야 할 것 같으니 오늘 회식은 여기서 끝내지."

"네? 벌써요? 그럼 저희끼리 남아서……."

"알겠습니다. 부장님."

정 부장의 말에 볼멘소리를 하던 여직원들은 이혁이 기다렸다는 듯 코트를 챙겨 들자 아쉬운 얼굴로 말을 바꿨다.

"부장님이 말씀하시면 저희도 따라야죠."

"그래요. 가요. 대리님."

다들 일어서는 분위기라 설아도 눈치를 보며 가방을 챙겼다.

'아무래도 아버지 같은데…….'

분명 오늘 회식이라고 했는데 생각보다 귀가가 늦어지자 성원이 부장에게 전화해서 당장 회식을 끝낼 특단의 조치를 취한 것이 틀림없었다.

아버지도 참. 가방을 챙겨 일어서던 설아는 먼저 빠져나가는 일준의 등을 홀린 듯 바라봤다.

'하아, 내 취향이야…….'

지금까지 제대로 얼굴을 볼 기회가 없었는데 오늘 회식 자리에서 마주 앉고 보니 일준은 확실한 자신의 취향이었다. 특히 자신이 아주 좋아하는 매력을 지니고 있어서 한눈에 확 끌렸다. 일준을 발간 얼굴로 바라보고 있는데 갑자기 설아의 시야가 어두워졌다.

'어? 갑자기 눈앞에 웬 벽이……?'

설아가 위를 올려다보니 벽의 정체는 다름 아닌 곤약 씨의 등이었다. 왜 하필 곤약 씨가 여기 멈춰 선 거야? 설아가 일준을 보기 위해 고개를 옆으로 살짝 빼자 벽이 그쪽으로 사사삭 옮겨 왔다.

뭐야? 설아가 미간을 슬몃 좁히고 이번엔 반대편으로 고개를 뺐다. 그랬더니 이번에도 귀신같이 앞을 가렸다.

에잇, 자꾸!

목표물을 보는 것이 자꾸 제지당하자 설아가 입을 앙다물고 거대한 벽을 올려다봤다. 무슨 남자 키가 이렇게 크담? 미간을 찡그린 채 올려다보고 있자 벽이 천천히 고개를 돌렸다. 이혁이 자신을 내려다보자 설아가 얼른 말했다.

"좀 비켜 주······."

"공설아 씨."

"네?"

말이 끝나기도 전에 내려오는 목소리에 설아가 눈을 깜빡였다. 이혁이 완전히 몸을 돌려 마주한 채 동그란 설아의 눈동자를 빤히 응시하며 말했다.

"남자한테 쉽게 반하는 타입이죠?"

헉. 이 남자가 그걸 어떻게······? 정곡을 찔린 설아가 흠칫 놀라자 이혁이 입술 끝을 늘였다.

"왜······ 왜요?"

설아가 긴장한 얼굴로 슬금슬금 뒤로 물러서며 말하자 이혁이 눈을 가늘게 뜨고 말했다.

"반하는 건 좋은데 쉽게 고백하지는 말아요. 그편이 설아 씨 인생에 도움이 될 것 같군요."

"네, 네?"

이, 이게 무슨 의미지? 곤약 씨가 왜 이런 말을 하는 거야? 당황하는 설아의 얼굴을 내려다보던 이혁이 싱긋 웃고는 몸을 돌렸다.

"그럼 다음 주에 봅시다."

이혁이 그 말을 남긴 채 가게 입구에서 그를 기다리고 있는 여직원들을 향해 걸어가자 설아는 멍한 얼굴로 서 있었다. 뭐지? 어떻게 곤약씨는 내 연애타입을 단번에 간파한 걸까? 제대로 대화를 나눠 본 적도 없는데……?

"정말 이상하네……. 아차, 내 정신!"

설아는 직원들이 이혁과 함께 우르르 내려가 버리는 것을 보고서야 황급히 정신을 차리고 얼른 따라 내려갔다.

"쓸데없는 말을 했어."

집으로 돌아온 이혁은 미간을 좁힌 채 설아에게 한 자신의 발언을 되새기고 있었다. 윤일준에게 공설아가 반하든 말든, 그래서 퍼스트도, 세컨드도 아닌 써드가 되어 또 백이십이든 천이백이든 갖다 바치든 말든 그게 나와 무슨 상관이라고?

"난 정의로운 주인공이 아니라니까. 관객이라고, 관객."

관객이 오지랖 부려서 뭘 해? 다시 한 번 자신의 포지션을 상기시킨 이혁이 신경질적으로 침대 위에 누웠다. 이혁의 집은 전망 좋은 고급 오피스텔답게 모든 인테리어가 최신식이라 리모컨으로 통합 작동되는 시스템이었다. 리모컨으로 전등을 끄고 사방이 깜깜해지자 머릿속에 떠오른 설아의 얼굴은 점점 더 또렷해지고 있었다.

'저, 술잔이 비었…….'

'아하하하.'

버섯 주제에 어울리지 않게 두 볼 가득 홍조로 물들이고 일준에게 술병을 기울이던 모습과 환하게 웃는 모습까지 연달아 떠오르자 이혁은 속이 무척 답답해졌다. 술을 많이 마셔서 그런가?

"에잇."

침대에서 벌떡 몸을 일으킨 이혁은 정수기에서 얼음을 받은 뒤 입에 넣고 와작와작 씹어 대기 시작했다. 한참을 씹어 대다가 후우, 하고 크게 숨을 뱉어 냈다.

"왜 답답함이 가시질 않는 거야."

젠장. 이혁이 미간을 찌푸린 채로 컵에 또 얼음을 받았다. 자신이 무슨 얼음요괴라도 된 기분이었다.

"아, 잠깐만요."

막 닫히려는 엘리베이터에 얼른 올라탄 설아는 안에서 누군가가 열림 버튼을 눌러 주고 있는 것을 보았다.

"감사합…… 어?"

고개를 들어 올리다가 생각보다 높은 곳에 위치한 눈과 마주치자 설아의 눈이 동그래졌다. 곤약 씨?

"안녕하세요."

"네. 안녕하세요."

이혁이 먼저 인사하자 설아도 얼른 따라 고개를 숙였다. 아침부터 곤약 씨와 마주치다니. 설아가 슬쩍 게걸음을 쳐 옆으로 비켜서자 엘리베이터가 올라가기 시작했다. 앞만 보고 있던 설아는 자기 옆에 서 있는 이혁을 안경 너머로 힐끔 올려다봤다.

'공설아 씨. 남자에게 쉽게 반하는 타입이죠?'

그러고 보니 저번 주 회식 자리에서 이혁이 했던 말이 떠올랐다. 잇

43

고 있었는데……. 이혁의 말대로 자신은 어릴 때부터 누군가에게 금방 반하는 좋지 못한 습관이 있었다. 물론 나름의 명백한 기준은 있었지만 문제는 반하고 나면 전혀 감추지도 못하고, 앞뒤 안 보고 고백까지 해 버리는 더욱 안 좋은 버릇까지 같이 가지고 있다는 거였다. 그걸 곤약 씨가 어떻게 알고……?

왜 이 남자가 그런 말을 한 것인지 궁금해 설아가 자기도 모르게 이혁을 노려보고 있는데 그의 시선이 내려와 부딪혔다.

'헉.'

왜 눈이 마주쳐 버린 거야? 안 봤어. 난 곤약 씨 당신 안 봤어요!

설아가 고개를 홱 돌린 채 창피함으로 달아오른 얼굴로 엘리베이터 문만 노려보고 있자 다행히 목적지에 도착했다.

휴, 살았다! 명쾌한 소리와 함께 엘리베이터 문이 열리자 후다닥 빠져나온 설아는 총알같이 사무실로 튀어 들어갔다.

이혁은 바람처럼 사라지는 설아의 뒷모습을 바라보며 미간을 좁혔다. 비둘기 정장까지는 어떻게 참아 주려 했는데 어디서 구하기도 힘든 쌍팔년도 교복 스타일의 라인 따위 전혀 없는 짙은 벽돌색 통짜 정장은 참아 주기 힘들었다. 저런 걸 도대체 어디서 구해 입는 거야?

사무실 입구에 도착하자 설아가 일준의 자리를 서성이며 볼을 붉힌 채 흘낏대는 모습이 떡하니 보였다.

'그런 촌스러운 걸 입고 잘도 그러고 있군.'

이혁이 입술 끝을 비틀며 들어가려는데 일준의 모습이 그의 시선을 잡았다. 일준은 제 앞을 서성이며 말 걸 타이밍을 잡는 설아는 안중에도 없는 듯 옆자리의 여직원에게 농담을 걸고 있었다.

'대놓고 무시당해도 전혀 눈치를 못 채냐.'

이혁이 쯧, 하고 혀를 차며 사무실 안으로 들어갔다.

"안녕하세요."

"이혁 씨 왔어요? 좋은 아침!"

직선의 실루엣을 살린 그레이 컬러의 브리티시 스타일 슈트를 입고 글렌체크 패턴의 슬림한 타이를 맨 이혁을 본 여직원들의 눈에 오늘도 어김없이 하트가 뿅뿅 솟아났다.

─오! 완전 모델이 따로 없어! 저게 바로 남신이다, 남신!

─내 안구 강제로 자꾸 정화시키면 나랑 결혼해야 되는데 이혁 씨 큰일이다.

─말조심해. 내 거거든?

─저도 사랑 앞에 용감한 여자거든요.

여직원들의 사내 메신저 창이 은밀히 소란스러워지는 것도 모른 채 이혁은 자신의 자리로 걸어가 앉았다.

'오늘은 실패네……'

설아도 결국 일준에게 말을 걸어 볼 타이밍을 놓치고 터덜터덜 자리로 돌아왔다. 설아가 조금 우울한 얼굴로 자리에 앉는 것을 이혁이 힐끗 확인했다.

휴식시간이 되자 설아는 조용히 일어나 슬금슬금 탕비실로 갔다. 커피머신 앞에 오도카니 서선 두 뺨을 발그레하게 물들인 채 커피를 내리기 시작했다.

"음흠흠~"

콧노래가 절로 나올 정도로 커피에 환장했냐면 그건 아니다. 누가 시킨 일은 아니었지만 막내로서 직원들의 커피를 내리는 일은 요즘 그녀가 매일 하는 일이었다. 게다가 이 일은 또 다른 즐거움도 있었다.

"커피 드시고 하세요."

트레이 위에 커피 잔들을 올리고 나타난 설아가 자리마다 커피를 배급했다. 마치 진상을 받는 왕처럼 다들 당연하다는 표정으로 커피를 받았지만 설아는 뿌듯했다. 그리고 드디어 기다리던 자리, 일준의 차례가 되자 설아의 볼이 더욱 붉어졌다. 바들바들 떨리는 손으로 일준에게 커피 잔을 건네면서 설아가 용기를 내어 말했다.

"서, 선배님 여기 커……."

"저리 비켜 봐요. 아, 김 대리! 이게 뭐야?"

설아가 미처 커피를 든 손을 다 뻗기도 전에 자리에서 벌떡 일어난 일준이 서류를 들고 휙 가 버렸다. 이럴 수가……. 완전히 무시당한 설아는 그 자세 그대로 뻘쭘하게 서선 일준의 뒷모습을 버림받은 강아지 같은 표정으로 바라봤다.

'오늘은 역시 실패의 날인가 봐.'

쓸쓸한 시선을 주인 잃은 커피 잔으로 옮겨 내민 손을 다시 거둬들이려는데 누군가가 커피 잔을 떡하니 잡았다.

"어……?"

설아가 올려다보니 이혁이 내려다보고 있었다.

"이 커피, 내가 마셔도 되죠?"

"네? 아, 그야 괜찮긴 한데……."

그러자 여직원들이 갑자기 자리에서 벌떡 일어나며 소리쳤다.

"이혁 씨! 커피가 마시고 싶으면 이거! 이거 마셔요!"

쏟아질 듯한 커피를 들고 이혁을 향해 전투적으로 달려오는 여자들은 흡사 투우 같았다. 이혁은 그들을 향해 싱긋 웃어 주고는 들고 있는 커피 잔을 내보였다.

"괜찮아요. 이거면 돼요."

이혁이 그렇게 말하며 마치 커피 광고 속의 모델처럼 기다란 손가락으로 커피 잔을 들어 입술로 가져갔다.

'세상에! 머, 멋있어……! 어떻게 저 남자는 커피 마시는 모습까지 예술적인 거야?'

빨간색을 본 투우처럼 맹렬히 질주하던 여자들을 연체동물처럼 흐물흐물하게 만들어 버린 채 이혁은 그대로 사무실을 빠져나갔다. 그저 설아가 불쌍해서 자기도 모르게 순간적으로 한 행동이었지만 그 행동이 여직원들에게 상당한 데미지를 입혔다는 것은 모른 채.

02 저 버섯이 신경 쓰인다

설아가 탕비실에서 커피를 내리고 있는데 뒤에서 갑자기 목소리가 들렸다.

"비서도 아니고, 신입 매뉴얼에 커피 타라는 내용도 없는데 왜 굳이 시키지도 않는 일을 해요?"

"네?"

설아가 고개를 돌리자 이혁은 거대한 버섯이 이쪽을 보는 듯한 착시를 느꼈다. 설아는 깨끗한 화이트 셔츠에 사원증을 목에 건 비율 좋은 몸매의 이혁을 보면서 오늘도 곤약을 생각하고 있었다. 빛이 날 정도로 하얀 피부는 볼 때마다 반질반질한 곤약을 떠오르게 했다.

"그냥…… 신입이니까 이거라도 해야 할 것 같아서요."

"그럼 나도 같은 신세니 함께 하죠."

이혁이 성큼 다가오자 설아가 놀란 눈을 했다.

"네? 아, 아니 혼자 해도 괜찮은데……."

옆으로 와서 커피 잔을 꺼내던 이혁이 하던 행동을 멈추고 설아를 비스듬하게 내려다봤다. 적당한 길이의 결 좋은 머릿결이 이혁의 이마 위에서 사라락 내려오는 모습을 설아가 멍하니 바라봤다.

"혹시 설아 씨 혼자 팀에서 예쁨받으려는 의도라도?"

"서, 설마요! 저는 맹세코 그런 의도가……!"

"그럼 같이 해요."

"……네?"

어느새 이혁이 옆에 나란히 섰다. 눈을 껌뻑이며 그를 올려다보던 설아는 난감해졌다. 이런 말을 들었는데 여기서 또 거절하면 정말 혼자 예쁨받으려는 사람 같고……. 설아는 입맛을 다시며 그와 같이 할 수밖에 없게 되었다.

'기, 긴장되는데…….'

남자에게 면역력이 거의 없는 설아라 몹시 긴장이 됐다. 몇 번의 짧은 연애 때 사귀었던 남자들도 만나기가 도통 힘들었으니.

"호의가 계속되면 권리인 줄 안다죠."

이혁의 말에 설아가 고개를 들고 올려다봤다. 그는 커피머신을 작동시키며 자신을 내려다보고 있었다. 다크브라운색 눈동자를 마주 보며 몇 번 눈을 껌뻑인 설아가 되물었다.

"호, 호이가 계속 되면 둘리인 줄 안다고……요?"

이 버섯은 도대체 무슨 생각을 하는 거야.

"……아무것도 아닙니다."

어이없이 설아를 내려다보던 이혁이 미간을 찌푸린 채 고개를 돌렸다. 가만 지켜봤더니 첫날엔 설아의 커피를 받고 고마운 척이라도 하던 직원들이 이제는 당연하다는 듯 휴식시간이 되면 꼼짝도 안 하고 커피만 날라 주길 기다리고 있었다. 그 모습이 왠지 기분이 상해 자신도 커

49

피셔틀에 동참하게 된 것이다.

"남자들은 내가 돌릴 테니 여자들은 설아 씨가 돌려요."

이혁이 커피 잔들을 트레이에 올리며 말하자 설아의 표정이 순간 어두워졌다.

"아…… 네."

낙심한 얼굴로 남은 커피 잔들을 트레이에 올리는 설아를 보며 이혁이 한쪽 입술 끝을 끌어 올렸다.

'훗. 역시 실망한 모양이군.'

커피를 건네주는 설아의 뺨이 일준에게 커피를 줄 때 유독 발그스름해지는 것을 이혁은 진작 눈치채고 있었다. 번번이 무시당하면서도 지치지도 않고 그러는 것도 대단하다. 하지만 그런 버섯머리와 두꺼운 안경으로는 백날 가도 차일걸.

이혁은 여직원들에게 향하는 설아를 한심한 표정으로 보다가 남직원들을 향했다.

"어? 오늘은 왜 이혁 씨가 돌리나?"

막 사무실로 들어온 김 팀장이 의아스러운 얼굴로 묻자 이혁이 싱긋 웃으며 커피를 건넸다.

"신입의 자세로 앞으론 저도 매일 설아 씨와 함께 커피를 돌리려고 합니다."

"아아, 이번 신입들 정말 마인드가 훌륭해. 하핫. 잘 마시겠네."

"뭘요."

이혁은 대답하면서도 앞으로 매일 함께 한다는 말에 유일한 낙을 빼앗긴 듯 휘청이며 걸어가는 설아의 뒷모습을 기분 좋은 눈빛으로 훑었다.

이혁이 휴게실에 들어서자 부서 내 남자 사원 몇몇이 모여 앉아 있었다. 그를 본 김 대리가 손짓을 했다.

"아, 이혁 씨도 왔군. 이쪽으로 앉아."

"네."

굳이 부르실 것까진 없는데. 그 사이엔 일준도 끼어 있어 별로 참여하고 싶은 자리는 아니었지만 그래도 불렀는데 안 갈 수는 없어 이혁이 다가갔다. 끄트머리에 앉으니 다시 대화가 이어졌다.

"그러니까 비서과 최수경이 제일이라니까. 몸매 좋지, 얼굴 분위기 있지."

"에이, 총무과 강다희가 훨 낫죠. 여자는 섹시미가 있어야 된다니까요?"

남자들 대화는 역시 뻔하군.

열띤 그들의 대화에 동참할 마음이 생기지 않아 이혁은 그저 말없이 커피만 마시며 앉아 있었다. 한참을 누가 낫니 섹시미니 청순미니 씨워대는 대화를 귓등으로 넘기는데 갑자기 익숙한 이름이 귓속으로 쑥 들어왔다.

"근데 우리 공설아 씨는 솔직히 너무 심한 거 아냐? 신입이라고 기대했더니 이건 뭐…… 폭탄도 이런 폭탄이 오는 게 어딨어?"

"아, 말도 마세요. 저도 기대했다가 아주 실망이 큽니다. 무슨 여자가 그러고 다녀요? 쌍팔년도 잠자리안경 같은 걸 끼고 다니질 않나, 옷꼴은 그게 뭐고. 안 그래, 일준 씨?"

"뭐 그 정도면 여자를 포기했다고 봐야죠. 그냥 남자라고 생각하면 되잖아요. 전 그러고 있는데."

"그건 심하다. 그래도 여잔데."

"전 못생긴 여자는 여자로 안 보거든요."

"하긴 그것도 그래. 못생기면 여자도 아니지. 크하하하하!"

뭐가 웃긴 건지 다들 끅끅대며 웃기 시작했다. 자지러져라 웃고 있는 남자들 중에 이혁만이 웃지 않고 있었다.

"……."

심하군. 사실 버섯이 안 꾸미고 다니긴 하지만 그렇다고 이런 말까지 들을 필요는 없잖아? 못생긴 게 죄도 아니고, 촌스러운 게 누구한테 피해 주는 것도 아닌데. 게다가 그 버섯이 외모는 그래도 회사 일 습득이 얼마나 빠르냐고. 회사원이 일만 잘하면 됐지. 무슨 여자는 남자한테 예뻐 보이기 위해 회사 생활하는 건가?

"저 먼저 들어가 보겠습니다."

"큭큭큭. 아, 그래. 들어가 봐."

이혁이 일어나서 웃고 있는 남자들을 지나쳐 휴게실을 빠져나왔다. 복도를 걷는 그의 미간에 굵은 세로 주름이 가 있었다.

젠장. 괜히 들어서 그 버섯만 더 불쌍하게 됐잖아.

휴일을 맞은 설아는 채은의 연락을 받고 카페로 나갔다. 거대한 버섯머리가 카페로 들어서자 먼저 와 있던 채은이 손을 흔들었다. 짧은 미니스커트와 맨살이 다 비치는 얇은 스타킹에 타이트한 롱부츠를 신은 채은은 어디서든 한눈에 띄는 화려한 외모였다.

"채은아."

설아가 채은을 보고 반갑게 웃으며 다가갔다. 채은은 설아의 유일하고도 오래된 친구였다.

"회사 생활은 어때? 재밌어?"

샵에서 관리받은 윤기 나는 손톱으로 커피 잔을 톡톡 두드리며 채은이 물었다.

52

"아직 적응 중이야. 긴장은 되지만 많이 나아졌어."

두꺼운 안경알 너머로 생긋 웃는 설아를 보며 채은이 픽 웃었다.

"엄살은. 네 아버지가 거기 전무인데 사실 어려운 거 있겠어? 잘릴 리도 없잖아."

"그건 아니……."

"아, 좋겠다. 나도 너처럼 빵빵한 집안에서 태어났으면 얼마나 좋아. 그럼 이렇게 고생 안 해도 되고."

아버지가 전무인 것과 자신의 회사 생활과는 아무런 관계가 없다고 말하려던 설아는 얼른 입을 다물었다. 채은이 입버릇처럼 하는 이 말을 들을 때마다 어려웠던 채은의 가정환경이 떠올라 미안해졌다.

"채은이 너도 잘하고 있잖아. 이제 모델로서 어느 정도 인지도도 생겼으니까 곧 자리 잡을 수 있을 거야."

"그게 쉽니? 어린 애들이 얼마나 많이 치고 올라오는데. 인기 있는 애들은 다 우유처럼 허여멀건 애들이고."

"네가 더 예뻐."

설아가 진심을 담아 말했다. 적당히 그을린 탄력 있는 구릿빛 피부와 건강미 넘치면서 마른 몸매는 설아에겐 늘 동경의 대상이었다. 자신이 채은이 말한 우유처럼 허여멀건 피부를 가지고 있는 데에 학창 시절부터 콤플렉스를 느낄 만큼.

"거기다 맨날 다이어트 해야 되니까 인생의 낙이 하나도 없어. 짜증나."

채은이 짜증스럽게 말하고는 찰랑이는 머리칼을 쓸어 넘겼다. 채은은 모델이라는 직업 때문에 늘 다이어트의 스트레스를 안고 살아서인지 수시로 기분이 날카로워지곤 했다. 그래. 얼마나 힘들겠어. 먹는 걸참는 게 얼마나 괴로운데…….

"스트레스 받으니까 다른 얘기하자. 너 있는 회사 직원들은 어때?"

채은이 설아에게 시선을 돌리며 커피 잔을 들었다.

"직원들? 다 착하고……."

"괜찮은 남자는 없어?"

"아……."

설아가 뺨을 발그레하게 물들이자 채은이 흥미롭다는 듯 고양이 같은 눈을 치켜떴다.

"있구나? 어떤 사람인데?"

"음. 그, 그냥 뭐…… 내 눈에는 괜찮아 보이는 사람."

일준을 떠올린 설아가 부끄러운 듯 얼굴을 붉게 물들이고는 채은처럼 손가락으로 제 머리칼을 배배 꼬려 했지만 철사 같은 머리칼은 손가락에서 몇 번 말리지도 않고 팅 튕겨 나갔다.

"흐응, 그래? 그 사람은 어떤데? 너한테 관심 있는 것 같아?"

"그, 글쎄. 그건 나도 잘……."

말려지지 않는 고래 힘줄보다 질겨 보이는 머리카락을 기어코 손가락에 말겠다며 용을 쓰는 설아를 바라보며 채은이 입술 끝을 보이지 않게 비틀어 올렸다.

'관심 있을 리가.'

제정신을 가진 남자라면 얘한테 관심을 갖겠어? 채은은 그 말을 속으로 삼키며 설아의 부해 보이는 머리칼과 두꺼운 안경, 거기에 패션테러리스트라 할 정도로 촌스러운 원피스를 훑어봤다. 무슨 하이디야? 당장 알프스 산맥에 올라 양이라도 몰아야 할 듯한 설아의 양떼목장 소녀 스타일 원피스를 보니 절로 웃음이 비어져 나왔다.

"그 원피스 예쁘다."

"어, 진짜?"

이태리 장인이 한 땀 한 땀 정성 들여 만든 자신의 옷을 채은이 칭찬하자 설아의 얼굴이 단번에 밝아졌다.

"응. 예쁘다. 쨍한 녹색이랑 빨간색이 아주 조화롭고 화사한데?"

거적때기치고는.

"헤헤. 고마워."

채은이 미소를 머금고 설아의 쑥스러운 듯 배시시 웃고 있는 얼굴을 바라봤다. 그러고는 아무렇지도 않은 말투로 말했다.

"그래서, 이번엔 누군데? 네가 반한 사람."

이혁은 모친인 미희의 전화를 받고 백화점 최상위 층 VIP룸에 들어와 있었다. 이 백화점은 이혁의 외삼촌이 사장으로 있는 곳이고 미희가 대주주인 곳이었다. 소파 위에 앉은 채로 이혁이 못마땅한 표정을 짓고 있었다.

'왜 다 큰 아들의 황금 같은 휴일에 이런 데 끌고 오냐고.'

"이번 신상 위주로 골라 봤는데 이것과 이것, 그리고 요 라인은 칼라감이나 패턴이 비슷해서 사모님 취향에 맞는 걸로 선택하시는 게 좋을 것 같습니다."

우아한 디자인의 행거에 신상 옷들을 주르륵 나열해서 가져온 퍼스널 쇼퍼가 말하자 미희가 이혁을 돌아봤다.

"이혁아. 뭐가 낫니?"

이혁이 고개를 들자 미희가 행거 앞에서 비슷한 니트 원피스가 걸린 옷걸이 두 개를 슥 들어 보이고 있었다. 심드렁한 표정으로 잠깐 쳐다본 이혁이 금방 폰으로 고개를 내리며 말했다.

"본인 취향에 맞는 걸로 입으세요."

"쟤는 자기 옷은 잘 입으면서 내 옷은 생전 골라 주지도 않는다니까. 참 나쁜 아들이야. 그렇죠?"

미희가 하얀 이마를 찌푸리며 투덜거렸다. 중년의 나이에 어울리지 않게 여전히 소녀스러운 분위기를 간직한 고운 얼굴과 날씬한 몸매의 미희가 내 아들이 저렇다며 고자질하듯 말하자 쇼퍼가 생긋 웃었다.

"아드님 패션센스야 워낙 뛰어나시죠. 저희도 많이 배울 정도인데요."

"그럼 뭘 하겠어요. 내 옷은 골라 주지를 않는데…… 흠. 아무래도 이쪽이 낫나?"

크림색과 좀 더 밝은 아이보리색의 앙고라 니트 원피스를 들고 고심하는 미희를 이혁이 힐끗 바라봤다. 여성스러운 라인의 원피스를 보니 촌스러운 벽돌색이라거나 겨자색이라거나 비둘기색 정장을 입고 다니는 여자가 갑자기 떠올랐다.

"……저런 멀쩡한 걸 입으면 걔도 좀 사람 같을 텐데."

"응? 뭐라고?"

"아, 혼잣말이니 신경 쓰지 마세요."

미희가 눈을 동그랗게 뜨고 돌아보자 이혁이 어깨를 으쓱이고는 다시 스마트폰으로 시선을 옮겼다.

"쟤는…… 아, 모르겠네. 뭐가 나은지 잘 모르겠으니까 그냥 가져온 거 다 줘요."

"감사합니다. 사모님."

미희가 고개를 저으며 옷걸이를 내려놓자 쇼퍼가 활짝 웃으며 고개를 숙였다. 가벼운 걸음으로 행거를 끌고 가는 쇼퍼를 보며 이혁이 중얼거렸다.

"어차피 다 살 거였으면서 뭘 그렇게 고민해요?"

"못 고르겠는 걸 어떡하니. 그럼 네가 골라 주든가."

미희가 투덜거리며 이혁의 옆자리에 다가와 지쳤다는 듯 털썩 앉았다. 이거다 하는 일에는 과감한 결단력을 보여 아버지인 정 회장의 사업에도 상당히 도움을 주는 미희였지만 이런 사소한 일에는 우유부단함의 극치를 달리는 선택 장애를 가지고 있었다.

"내가 왜 어머니 걸 골라 줍니까. 내 여자 거면 몰라도."

목이 마른 듯 테이블 위의 주스를 쭉 들이켜던 미희가 이혁에게 눈을 흘겼다.

"그 네 여자는 언제 만들 건데. 한번 데려와 보든가."

"생기면요. 쇼핑 끝났으면 가요. 오늘 친구들 만나기로 했으니까."

이혁이 몸을 일으키자 눈을 빛낸 미희가 얼른 말했다.

"너 두식이 만나려고 그러지? 남자애들만 만나지 말고, 이혁아, 전무님네 참한 따님 있다고 했잖니. 그 아가씨 한번……."

"어? 전화 오네. 저 먼저 가요."

"뭐라고? 잠깐만 얘, 이혁아!"

이혁이 도망치듯 휴대폰을 들고 빠져나가 버리자 미희가 한숨을 내쉬었다.

"휴. 잘 안 되네. 미국에서 돌아오면 제대로 한번 말해 보려고 했더니……."

생각대로 되질 않는다니까. 미희는 작게 투덜거리며 주스를 마셨다.

이상한데……?

이혁의 가늘어진 눈초리가 설아의 자리로 향했다. 회의실 준비로 들어갔다 나온 길에 뭔가 이상한 낌새가 시야에 잡혔다. 분명 버섯은 평소와 다름없이 자리에 앉아 일을 하고 있었지만 어딘가 평소와 달랐다. 특히 저 비정상적으로 시꺼먼 얼굴과 흐물거리는 움직임.

아무래도 어디 아픈 것 같은데……?

열 때문인지 콧김도 홍홍 나오고 눈 밑이 푹 들어간 걸 보니 영락없는 환자의 몰골이었다. 이혁이 인상을 쓰고 주변을 슥슥 둘러봤지만 아무도 설아에겐 관심이 없어 보였다.

'아무도 모르는 걸 왜 내 눈엔 이렇게 잘 보이는 거야?'

뭐, 애도 아닌데 아프면 자기가 알아서 잘하겠지. 이혁은 그렇게 생각하며 자리로 돌아가 앉았다. 일에 집중하려는데 산더미 같은 서류 뭉치를 들고 설아의 자리로 다가가는 김 대리가 보였다.

"설아 씨 이거 오늘 내로 다 입력해 줘요."

"네? 오늘 내……."

설아의 말이 끝나기도 전에 휙 뒤돌아 가 버리는 김 대리를 이혁의 시선도 같이 뒤따랐다. 평소 여직원들에게 일은 쥐꼬리만큼 맡기고 남자들만 부려 먹는 걸로 유명한 김 대리에게 설아는 명백히 여자 취급을 못 받는 모양이었다.

애 상태도 안 보고 일을 시키나? 이혁은 순간 짜증이 치솟았다. 가까이서 보면 분명 안 좋은 상태가 보일 텐데 그냥 맡기고 가 버리다니. 그리고 저걸 어떻게 오늘 내로 다 해?

'하긴 그것도 그래. 못생기면 여자도 아니지. 크하하하하!'

얼마 전 휴게실에서 들은 말 때문인지 더 기분이 나빠졌다. 아무리 여자 취급 안 한다지만 그래도 아픈 사람한테 할 짓은 아니지. 버섯, 너도 참 미련하다. 아프다고 하고 조퇴해 버려.

그런데 설아는 이혁의 생각과는 반대로 그저 묵묵히 서류만 입력하고 있었다.

'뭐하는 거야?'

이혁의 눈꼬리가 날카롭게 치켜 올라갔다. 설마 저 상태에서 저걸 다 하고 가겠다고? 그렇게 생각한 순간 머릿속으로 과거의 기억이 스쳐 지나갔다.

초등학교 3학년 때의 운동회. 같은 반이던 이혁은 설아가 달리기로 꼴찌를 하자 한껏 이죽거리며 비웃어 줬다.

"역시 범생이라 달리기는 형편없네. 너 이거 반에 민폐 끼치는 행동인 거 아냐?"

얼마 전 시험에서 설아에게 전교 1등을 빼앗긴 패배감으로 똘똘 뭉쳐 있던 이혁이 1등 도장이 찍힌 자신의 팔뚝을 들어 보이며 거만하게 말했다. 꼴찌 도장을 받고 바닥에 헥헥대며 널브러져 있던 설아가 고개를 들었다.

"아⋯⋯."

두꺼운 안경알 너머로 보이는 상처받은 듯한 설아의 둥근 눈동자에 이혁은 그 즉시 자신의 유치한 행동을 후회했다. 하지만 사과하기에는 괜히 자존심이 상해 어물거리고만 있는데 설아가 엉망이 된 체육복을 툭툭 털고 일어나며 말했다.

"⋯⋯미안. 나 때문에 우리 반에 피해가 가면 안 되는데⋯⋯."

상심 어린 목소리로 사과를 한 설아가 한쪽 발을 절뚝거리며 멀어져 갔다.

'어?'

먼지에 뒤덮인 설아의 흙투성이 병아리색 체육복을 보자 몇 번이나 넘어지면서도 다시 일어나서 끝까지 달리던 설아가 떠올랐다.

재도 못하는 게 있구나, 하긴 공부만 하는 애가 운동을 잘할 리가 있겠어? 하는 생각에 설아가 넘어질 때마다 친구들이랑 크게 웃던 자신이 이혁은 그 순간 너무도 한심하게 느껴졌다.

"멍청이."

이혁은 자기 자신을 향해 신경질적으로 중얼거리며 머리를 손으로 엉망으로 흩뜨려 놨다. 사과하고 싶었지만 그냥 보고도 무시하며 지나치다 보니 시간이 점점 흘러가 사과할 타이밍을 아예 놓치고 말았다.

그 후로 시간이 한참 흘러 그 찜찜한 기억도 흐릿해질 때쯤 한겨울의 어느 날이었다. 겨울방학 중이던 이혁은 아침 일찍 기사의 차를 타고 가다가 도로 옆에 있는 산책로를 달리고 있는 설아를 발견했다.

달라졌잖아? 고작 한 계절이 지났을 뿐인데 운동회 날과는 비교도 되지 않을 만큼 나아진 설아의 달리는 모습을 보고 이혁은 놀라운 표정을 지었다.

"아저씨. 좀 천천히 가 줘요."

"아는 사람이라도 있나요?"

"그건 아니고, 그냥요."

기사가 차 속도를 늦추자 설아의 모습이 더 잘 보였다. 철사 같은 머리칼을 질끈 묶은 채 편한 운동복 차림으로 뛰고 있는 설아의 커다란 안경 아래로 땀이 흥건했다. 매일 이렇게 뛴 걸까?

'……노력파구나.'

운동회 때 반에 피해를 주지 않기 위해 조깅도 저렇게 열심히 할 정도면 공부 역시 그렇겠지. 그날 이후로 억지로 설아를 이기려는 생각은 버리기로 했다. 저렇게 노력하는 애를 이겨 봤자 기분이 좋을 것 같지도 않았다.

그리고 6학년 때 다시 같은 반이 되었을 때 원래 학생회장 후보로 추천된 설아가 지속된 권유로 힘들어하자 이혁이 나섰다. 성적도 좋고 활달해서 애들한테 인기도 있는 이혁이 나서자 선생님도 그제야 설아를 놔줬고 이혁은 학생회장에 당선됐다.

덕분에 설아는 원하는 대로 조용히 공부만 하는 일상을 영위할 수 있게 되었다. 그리고 6학년 운동회 때 드디어 설아는 달리기 1등 도장을 받을 수 있게 되었다. 그때 그 도장을 찍어 준 건 학생회장으로서 운동회에 참여했던 이혁이었다.

도장을 받자 눈을 반짝반짝 빛내며 몹시 기뻐하던 설아에게 이혁은 몇 년간 마음에 담아 놨던 말을 축하 인사에 담았다.

"축하한다. 노력한 보람이 있네."

이혁 딴에는 많은 용기를 낸 말이었는데 설아는 그 말이 들리지도 않는 듯 자기 팔뚝에 새겨진 1등 도장만 황홀한 표정으로 바라보고 있었다.

'……생각해 보니 굴욕이잖아?'

왠지 잊혀졌던 굴욕의 한 페이지를 꺼내 본 것 같은 기분에 이혁의 표정이 심란해졌다. 어쨌든 저런 성격이니 아파도 말하지 않고 일만 묵묵히 하고 있는 거겠지.

'미련하게. 누구한테 인정받겠다고.'

일을 맡긴 사람조차 관심이 없는데. 다른 여사원 자리로 가서 잡담을 하고 있는 김 대리를 힐끗 본 이혁의 심기가 불편해졌다.

자꾸 왜 이렇게 거슬려. 이유도 모른 채 덜그럭거리는 심장이 버섯에 대한 동정 같아서 이혁이 인상을 쓰고 모니터에만 억지로 시선을 뒀다.

신경을 끄자고 노력한 덕분인지 이혁은 다행히 머릿속에 떠도는 버섯을 물리치고 업무에 집중할 수 있었다. 한참 뒤 자리에서 일어선 이혁은 맞은편 자리에 설아가 없는 걸 봤다.

'조퇴했나? 그나마 초등학생 때에 비해선 덜 미련해진 모양이군.'

이혁이 후련한 마음으로 자료실로 가기 위해 사무실을 빠져나오는데 순간 흠칫 놀랐다. 복도 한쪽에 거대한 푸대 자루가 널브러져 있었다.

'복도에 웬 푸대 자…… 아니, 버섯이잖아?'

오늘 설아의 옷이 촌스러운 황토색이었다는 걸 기억해 낸 이혁이 깜짝 놀라 다가갔다.

"버…… 아, 아니 공설아 씨? 괜찮아요?"

"이, 이혁 씨……?"

이혁이 쓰러져 있는 설아를 얼른 일으켜 세우다가 미간을 좁혔다. 이거 완전히 불덩이잖아? 펄펄 끓는 설아의 몸을 만져 보니 이거 보통 일이 아니라는 생각이 들었다.

"몸이 많이 안 좋은 것 같은데요."

"괘, 괜찮아요. 감기가 조금 독하게……."

설아가 이혁의 손에서 벗어나려고 잡힌 물개처럼 버둥거리자 이혁이 놔줬다.

"그럼 그만 들어가서 쉬는 게 낫겠네요. 팀장님께 말씀드리고……."

"괜찮아요. 괜찮아요. 괘앤차나요. 하하. 이 정도야 파리 껌 정도죠."

열 때문인지 이상한 헛소리를 하며 휘청이는 몸을 일으킨 설아가 비틀비틀 사무실 쪽으로 걸어갔다. 이혁이 막 문손잡이를 잡으려던 설아를 막고 말했다.

"거긴 남자 화장실 문이에요."

"……아. 제, 제가 이상한 취미는 없는…… 하하하."

설아가 민망한 듯 웃더니 다시 몸을 돌려 비틀비틀 걸어갔다. 금방이라도 쓰러질 것 같은 좀비 같은 걸음걸이로 사무실을 가로질렀지만 아무도 그녀에게 관심을 갖지 않았다. 자리에 도착한 설아가 순간 핑도는지 휘청거렸다.

'저, 저……!'

사무실 입구에 서서 보고 있던 이혁의 몸이 반사적으로 앞으로 쏠리는데 설아가 겨우 의자를 잡고 몸을 지탱했다. 그걸 본 이혁의 몸도 멈췄다. 제대로 선 설아가 휴우, 하고 안도의 한숨을 내쉬고 조심조심 의자에 앉았다.

여전히 설아의 책상 위에는 산더미 같은 서류가 쌓여 있었다. 이마에 송골송골 배어난 땀을 닦아 내고는 서류를 옮기는 작업에 다시 몰두하는 설아를 지켜보던 이혁이 고개를 저었다.

"쓸데없이 성실한 건 나이를 먹어도 똑같냐."

이혁이 낮게 중얼거리며 몸을 돌렸다.

"이혁 씨 야근인가 봐요. 수고해요."

"내일 봐요. 이혁 씨."

남은 사람은 설아와 이혁, 둘이었지만 인사는 이혁에게만 몰렸다. 썰물처럼 직원들이 다 빠져나가자 이혁은 키보드를 두드리던 손을 멈췄다. 몸을 일으키자 폐인의 몰골로 좀비같이 키보드를 누르는 설아가 보였다. 이혁은 그녀 옆에 쌓인 서류에 힐끗 시선을 옮겼다.

'역시. 저렇게 아픈 상태에서 하니 일이 줄지를 않지.'

쯧, 혀를 찬 이혁이 성큼성큼 걸어가 서류를 집어 들었다.

"이만큼은 내가 할게요. 입력만 하면 되죠?"

"……네?"

서류 뭉치의 대부분이 쑥 들려 올라가자 설아의 퀭한 눈이 뒤늦게 따라 올라갔다.

"아, 아뇨. 괜찮……."

"앞에서 콧소리 훅훅 내고 있으니까 내가 일이 집중이 안 돼서 그래요. 빨리 끝내고 들어가서 쉬어야 감기가 나을 거 아닙니까."

이혁의 말에 안 그래도 시꺼먼 설아의 얼굴이 더 꺼멓게 죽었다.

"아…… 죄, 죄송해요."

"죄송할 건 없으니 빨리 끝내죠."

이혁이 서류를 들고 뒤돌다가 움직임을 멈췄다. 그 상태로 힐끗 뒤돌아본 그가 말했다.

"약은 먹었어요?"

"네?"

"감기약 먹었냐구요."

"아, 네, 네."

설아가 꺼먼 얼굴로 열심히 끄덕이자 이혁이 다시 몸을 돌렸다.

"……그럼 빨리 끝내고 들어갑시다."

"네. 고맙습니다."

자리로 돌아가는 이혁을 보며 설아가 감사의 인사를 했다. 다 죽어가는 얼굴로 고맙긴. 이혁이 못마땅한 표정을 짓고 있으면서도 입술 끝을 휘어 올렸다.

그 후로 사무실 안에는 한동안 두 사람의 키보드 소리만 울렸다. 김 대리에게 받은 양의 2/3를 맡아서 한 이혁 덕분에 설아는 사무실에서 쓰러지기 전에 겨우 일을 끝내고 퇴근할 수 있었다. 같이 엘리베이터를 타고 내려오며 이혁이 말했다.

"그 몸으로 집에 갈 수 있겠어요?"

"부, 부모님이 데리러 오신다고 하셔서……."

"그렇군요."

이혁이 그럼 걱정할 것 없다는 듯 다시 고개를 돌렸다. 설아는 서늘한 엘리베이터 벽에 찰싹 달라붙어 냉기를 즐겼다.

'하아, 시원해……'

지독한 감기 탓에 하루 종일 정신이 없었는데 그래도 이혁 덕분에 일을 다 끝내서 다행이었다. 이런 배려가 낯선 설아에게는 이혁의 친절이 더욱 커다랗게 다가왔다.

'정말 고마운 사람이야.'

성원이 출장 중이라 안심하고 부른 기사의 차를 타고 들어가는 길, 설아는 열에 들뜬 혼몽한 머릿속으로 다시 한 번 이혁의 감사함을 되새겼다.

♡　　♥　　♡

퇴근한 직원들과 단체로 엘리베이터를 타고 로비로 내려온 설아의 눈에 익숙한 사람이 보였다.

"어? 채은아?"

"설아야!"

채은이 환하게 웃으며 손을 흔들었다.

"여긴 어쩐 일이야? 말도 없이."

설아는 놀란 얼굴로 채은에게 얼른 다가갔다. 날씬한 몸에 허리가 잘록하게 들어간 섹시한 블랙 코트를 입고 있는 채은은 샵에 다녀왔는지 화려한 화장에 허리까지 닿는 긴 머리카락에도 탱글탱글한 컬을 넣었다.

갑자기 등장한 미녀를 본 남직원들이 눈을 크게 뜨고 웅성거렸다.

"우와, 끝내주는 여자네. 꼭 연예인 같은데 연예인은 아니지? 공설아 씨랑 아는 사람인가?"

"뭐야? 누가 끼리끼리 논다고 그랬어? 어?"

"그러게. 설아 씨랑은 완전 다른 타입인데? 소개시켜 달라고 할까?"

남직원들의 반응을 힐끔 본 채은이 설아에게 말했다.

"지나는 길에 너 퇴근 시간일 거 같아서 들러 본 거야."

"아아, 그랬어? 그럼 전화라도 하지."

"기다리면 금방 나올 텐데, 뭐."

채은은 설아를 보며 웃고 있었지만 자신을 바라보고 있는 남직원들의 시선을 확실히 느낄 수 있었다. 훗, 역시. 그 시선을 즐기며 채은은 곁눈질로 남자들을 훑었다.

'어디 한번 볼까?'

여기 온 이유는 설아가 관심 있다는 남자가 1차 목적이었지만 다른 목적도 있었다. 이 회사는 한국에서 알아주는 대기업이니 괜찮은 남자 낚기에도 좋으니까. 슬쩍 눈을 돌려 보니 역시나 헬렐레한 표정으로 자신을 바라보고 있는 남자들이 있었다. 흐응, 대체적으로 무난······ 어라? 웬 연예인 급 미남이 저기 있대?

여자들에게 가려져 뒤늦게 이혁을 발견한 채은의 눈이 반짝였다. 쭉 뻗은 긴 다리와 훤칠한 키. 거기다 깎아 놓은 듯 뚜렷한 이목구비와 자신이 갖지 못하는 흰 피부를 본 순간 몹시 흥분이 되기 시작했다. 세상에. 저런 남자가 공설아 주변에 있었다니······ 게다가 저 코트는 무지 비싼 브랜드 신상이잖아?

채은은 모델인 만큼 명품이나 브랜드 신상에 민감했다. 짧은 스캔만으로 이혁의 재력까지 파악한 채은이 설아에게 빠르게 속삭였다.

"네가 반했다는 게 저기 끝에 서 있는 블랙 코트 입은 키 큰 남자야?"

"어? 정이혁 씨? 아닌데? 그 옆에 회색 코트 있잖아. 저 사람이야."

힐끗 뒤를 쳐다본 설아가 볼을 물들이며 속닥이자 채은의 미간이 살짝 찌푸려졌다.

'저 남자였어? 아. 그러고 보니 얘 취향을 깜빡했네.'

누가 봐도 1등급 대어를 놔두고 느끼하게 생긴 뺀질뺀질한 외모의 남자에게 반하다니……. 순식간에 흥미가 절반 이상 반감해 버리자 채은의 붉은 입술이 뾰로통해졌다. 그때 남직원들이 작심한 듯 설아 주변에 몰려들었다.

"하하핫. 설아 씨 친구야?"

"네? 아……."

김 대리가 소개를 바란다는 듯 설아의 옆구리를 쿡쿡 찌르자 채은이 살갑게 웃으며 말했다.

"안녕하세요. 설아 친구 이채은이에요."

채은이 빠르게 눈을 맞춰 주며 사르르 녹을 듯한 달콤한 미소를 짓자 총각이고 유부남이고 할 것 없이 얼빠진 얼굴로 웃었다.

"반갑습니다. 전 설아 씨와 같은 사무실에 있는 김형식 대리입니다."

"전 이대호라고 합니다."

"저는 설아 씨와 유독 친한……."

있는 친분 없는 친분 설파하며 악수를 청하는 남자들을 채은이 익숙한 눈으로 훑었다. 그런데 그 뺀질한 놈은 와 있지만 1등급 대어는 여직원들과 조금 거리를 둔 채 서서 이쪽엔 관심을 두지 않고 있었다. 저러니까 더 탐이 나는데?

"정말 미인이시네요."

"아, 감사합니다."

일준이 성적인 호기심을 가득 담은 눈으로 바라보며 말을 건네자 채은도 은근한 눈빛으로 웃어 주며 말했다. 아항. 윤일준? 채은은 급히 사원증에 적힌 그의 이름을 머릿속에 입력했다.

"그럼 저는 친구가 와서 이만 가 볼게요. 내일 뵈어요."

"그래요. 들어가 봐요."

설아가 인사했지만 다들 채은을 바라보며 대답했다. 채은은 그런 그들을 향해 생긋 웃어 주고는 우아하게 뒤돌아 모델 워킹으로 걸어갔다.

"오늘은 다이어트 안 해도 되나 봐? 우리 오랜만에 같이 밥 먹을 수 있겠다. 그치? 저녁 뭐 먹을래?"

회사를 빠져나온 설아가 밝은 얼굴로 묻자 채은이 갑자기 생각난 듯 멈춰 섰다.

"아! 나 오늘 밤 에이전시 대표님이랑 약속 있는데 깜빡했어. 지금 바로 가 봐야 돼서 저녁은 다음에 먹어야겠다."

"어? 지, 지금?"

"미안. 설아야. 다음에 보자."

"아…… 그, 그래."

채은이 손을 흔들고 차를 세워 둔 곳을 향해 걸어가자 설아는 아쉬운 기색을 보이며 몸을 돌렸다. 차 앞으로 다가간 채은이 힐끗 뒤돌아보고는 멀어지는 설아를 보며 눈을 날카롭게 치떴다.

"이 시간에 밥을 먹으라니. 내 몸매를 망칠 셈이야?"

차갑게 내뱉은 채은이 차 문을 열고 들어가 시동을 걸었다.

윤일준과 정이혁이라…… 아까 봤던 잘생긴 얼굴의 정이혁을 떠올리니 입술 끝이 절로 말려 올라갔다. 정이혁…… 정이혁? 그러고 보니 얼굴이나 이름이 왠지 낯설지 않은데?

"뭐 아무려면 어때. 목적은 달성했으니 이제 피부 관리나 받으러 가볼까?"

운전대를 잡은 채은이 노래하듯 흥얼거렸다. 한동안 즐거운 일이 많을 것 같아 구질구질했던 기분이 확 밝아지는 느낌이었다.

직원들과 헤어진 이혁은 주차장에서 차를 몰고 나왔다. 막 회사 입구를 빠져나오는데 익숙한 뒷모습이 보여 눈을 가늘게 뜨고 차를 세웠다.

"공설아 씨."

뒤돌아본 설아가 차 유리를 내리고 자신을 보고 있는 이혁을 발견했다. 어어? 곤약 씨네?

"친구는 어디 가고 혼자 있어요?"

이혁이 주변을 돌아보며 묻자 설아가 다가오며 웃었다.

"아, 그게…… 친구가 갑자기 일이 생겨서요."

"흐음. 그래요? 설아 씨는 집으로 가는 길?"

"네. 요 앞에 버스 정류장이 있어서요."

설아가 손가락으로 앞을 콕콕 가리키며 말하자 이혁이 그녀를 올려다봤다.

"타요. 바래다줄 테니."

"네? 괘, 괜찮아요. 버스로 가면 돼요."

"같은 신입끼리 할 말 있어서 그런 거니까 타요."

할 말? 호, 혹시 내가 뭔가 실수한 게 있나? 설아가 기억을 더듬으며 조수석으로 조심스럽게 올라탔다.

"그럼 실례할게요."

아, 좋은 향기…… . 차 내부에서 상쾌한 피톤치드향이 나자 설아가 벨트를 매며 자기도 모르게 코를 킁킁거렸다.

"집이 어디예요?"

"성북동이요."

설아의 대답에 이혁이 흘끗 바라봤다.

"아직 거기 사는 모양이네."

"네?"

"아…… . 아무것도 아닙니다."

흘리듯 말한 이혁이 차를 출발시켰다. 이상하네…… . 설아는 방금 그가 한 말을 잘 못 들었지만 평소 사오정 기가 있어서 답답하다는 말을 듣던 터라 그냥 알아들은 척하고 가만히 있었다.

"누가 보면 내가 설아 씨 납치하는 줄 알겠어요."

"네, 네?"

설아가 이혁에게 고개를 돌리자 그가 운전대를 잡은 채로 그녀를 훑고는 말했다.

"꼭 납치된 사람처럼 벨트를 움켜잡고 있기에 하는 말입니다."

"아아…… 죄, 죄송해요. 조금 긴장이 돼서…… ."

"같은 신입인데 이젠 말 편하게 할 때도 되지 않았나?"

"네. 그러겠습, 아니 그럴게요."

대답과 달리 설아의 얼굴은 점점 굳어지고 있었다. 그럴 수밖에 없는 것이 남자와 단둘이 있는 데 익숙하지 않을뿐더러 이렇게 좁은 공간에서는 더욱 그랬다. 이혁의 말을 듣고 얼른 벨트에서 손을 뗐지만 손바닥에서 땀이 배어 나오는 것이 느껴졌다.

편하게 하자. 편하게……. 설아가 주문처럼 속으로 읊조리며 다시 침을 삼켰다. 바짝 긴장한 설아를 곁눈질로 본 이혁도 핸들을 잡은 손에 힘을 줬다.

'……도대체 어쩌자고?'

방금 전 설아를 보고 충동적으로 차에 태운 거라 할 말 따위는 애초에 존재하지 않았다. 왜 이 버섯을 조수석에 태우고 기사 노릇을 자청하고 있는 것인지 자신의 행동을 도저히 이해할 수 없었다. 가만. 생각해 보니 이 차에 여자를 태운 것도 처음이잖아?

"저기 할 말이…… 있다고……."

설아가 슬쩍 묻자 이혁은 그녀를 흘끔거리던 것을 멈추고 태연하게 말했다.

"좀 전에 그 친구, 이채은 씨라고 했던가?"

"아아, 네."

오, 그렇구나! 설아의 얼굴이 환해졌다. 보통 채은을 한 번 본 주변 남자들은 어떻게든 그녀와 다리를 놔 달라고 부탁하고는 했으니 곤약 씨도 아마 그런 모양이었다.

"채은이 소개시켜 달라는 거죠? 제가 한번 물어볼게요. 확답은 못하겠지만 지금 남자 친구는 없는 모양이니까 가능할 수도 있을 것 같아요."

솔직히 이혁의 외모를 채은이 마음에 들어 할지는 의문이었지만 지금까지 채은은 이런 부탁은 늘 흔쾌히 들어주는 편이어서 설아가 밝게 말했다. 그런데 설아의 말을 들은 이혁이 인상을 팍 찡그리더니 떨떠름한 표정으로 설아를 바라봤다.

"소개시켜 달라고 물은 게 아닌데."

"아, 그……래요? 난 또 그런 줄 알고……."

"그 친구랑 학창 시절부터 친했죠?"

"어? 그걸 이혁 씨가 어떻게 알아요?"

설아가 눈을 끔벅거리며 이혁을 바라봤다. 예상은 했지만 본인에게 직접 확인 사살을 받고 보니 이혁은 또 화가 치밀었다.

"정말 기억 안 나요?"

"뭘요……?"

신호에 차를 세운 이혁이 설아에게 고개를 돌렸다. 그가 빤히 바라보자 설아는 혼란스러운 표정으로 안경을 추켜올렸다. 뭔가 기억해 내야 하는 상황인 것 같은데 도대체 뭐지?

"나요."

설아가 고개를 갸웃거렸다.

"우리 만났던 적이…… 있던가요?"

살면서 만났던 수많은 곤약들의 얼굴을 떠올려 봤지만 너무 많았다. 곤약류의 얼굴들은 그저 허여멀건 이미지로만 생각했으니까.

"있었죠."

"언제요?"

"초등학교 때부터 대학까지 쭈욱."

"에에?"

설아의 눈이 안경 너머로 크게 떠졌다. 정말? 전혀 기억이 안 나는데?

"초등학교 땐 같은 반인 적도 두 번이나 있었고. 세원 초등학교 3학년 1반, 6학년 5반."

"에에에?"

진짜잖아? 충격을 받은 듯 입까지 벌린 채 뻐끔거리고 있는 설아에게서 시선을 돌린 이혁이 전방을 보며 말했다.

"서운하네. 동창 얼굴도 기억 못 하고."

"아, 죄송…… 이 아니라 미안. 나 사람 얼굴을 잘 기억 못 해서……. 아, 알고 있었으면 진작 말을 하지 그랬어……."

설아가 어물어물 사과하며 슬쩍 말을 놓자 이혁이 비꼬듯 말했다.

"안면인식 장애라도 있다는 건가?"

"아니 그 정도까지는 아닌데…… 어, 어쨌든 미안."

날카로운 이혁의 시선에 설아가 움찔해선 또 사과했다.

"뭐 내가 큰 인상을 남기진 못한 모양이지. 그래도 같은 회사에서 만났을 땐 나도 놀랐어."

"그러게. 정말 신기하다."

이혁의 표정이 조금 누그러진 것 같아 설아가 안도한 표정으로 말했다. 동창이라고 생각하니 긴장이 더 풀어지는 것 같았다. 그래도 이런 우연은 정말 신기한데? 같은 회사, 같은 부서 신입이 동창이었다니…… 응? 가만, 동창?

"그, 그럼 그때 남자한테 쉽게 반하냐고 물었던 게 혹시……."

설아가 흔들리는 눈빛으로 묻자 이혁이 싱긋 웃었다.

"우연히 네가 고백하는 장면을 몇 번 본 적이 있어."

"힉! 며, 몇 번이나?"

역시 이유가 있어서 한 소리였어!

"어디 소문낸 적은 없으니 안심해."

"아, 아아……. 그래……."

설아의 얼굴이 꺼멓게 죽었다. 소문낸 적은 없다 하지만 자신의 창피했던 흑역사를 목격한 장본인이 옆에 떡하니 앉아 있다고 생각하니 민망해서 얼굴을 들 수가 없었다. 고개를 푹 숙인 채로 손가락을 꼬물거리며 설아가 웅얼거렸다.

"그래서 한 말이구나. 난 또…… 독심술이라도 하나 했더니."

"설마."

이혁이 쿡 웃으며 대꾸했다. 동창이라는 걸 알고 나니 설아가 조금 자신을 편하게 대하는 것 같았다. ……잠깐. 거기에 내가 기분이 좋아질 이유는 없잖아? 이혁이 입가에 슬쩍 매달렸던 웃음을 싹 지우고는 말했다.

"너, 윤일준 씨한테 반했지."

"헉! 그, 그걸 어떻게 알아?"

얘 정말 독심술 하나 봐! 설아가 경악에 찬 얼굴로 보자 이혁이 코웃음 치듯 말했다.

"넌 너 스스로 본인이 감정을 잘 숨기는 타입이라고 생각해?"

"그건…… 아니지만……."

"뭐, 눈치라고 해 두자. 어쨌든 윤일준은 접어."

"어? 뭐? 왜??"

느닷없이 일방적인 통보를 받자 설아가 눈을 뎅그렇게 떴다. 그때 이혁이 뜬금없이 말했다.

"배고프다."

"응?"

"배고프니까 밥 먹으면서 얘기해."

"아, 그, 그래. 그러자."

설아가 대답하자 이혁이 레스토랑이 있는 건물 주차장 쪽으로 방향을 꺾었다.

"역시…… 못생겨서일까?"

스테이크를 능숙하게 썰면서 설아가 풀이 죽은 목소리로 말하자 이혁이 씹던 고기를 삼키고는 입가를 냅킨으로 닦았다. 이런. 나도 모르게 알긴 아는군, 이라고 대답할 뻔했잖아.

"뭐가?"

이혁이 태연하게 묻자 설아가 눈을 깜빡였다.

"아, 미안. 나도 모르게 혼잣말이 나와 버렸네."

머쓱해하며 설아가 얼버무리자 이혁이 옆에 있는 투명한 물 잔을 들어 한 모금 마시고는 말했다.

"흐음……. 그래, 못생겼다고 치자. 하지만 세상에는 못생겼지만 개성으로 커버하는 여자도 많아."

"개성으로?"

"그래. 말하자면 패션이라거나 화장, 뭐 그런 것들 있잖아. 그런데…… 솔직히 말해 네 패션은 테러리스트 수준이야."

"나 이거 꽤 꾸민 건데?"

"이게?"

"이 정장 색상 흔하지 않은 건데……. 내가 좋아하는 색이기도 하지만, 어렵게 구한 거라고 디자이…… 아, 아니 옷가게 주인아저씨가……."

그런 걸 왜 구하고 다니는데. 줘도 안 가질 촌스러운 색을. 이혁은 답답해서 명치가 막혀 오는 기분이었다. 이혁이 릴렉스하기 위해 숨을 들이켜고 말했다.

"도와줄 수는 있어. 적어도 지금보다는 호감 가는 이미지로 바뀌게끔."

"저, 정말? 아니, 그게 아니지. 네가? 왜??"

설아가 당연한 의문을 말하자 이혁이 태연히 스테이크를 썰기 시작했다.

"동창에 대한 동정심 정도라고 해 두지."

"도, 동정이라니…… 내가 그렇게 형편없어?"

"어. 대단히."

헉! 그, 그 정도라니……. 이혁이 단호하게 말하자 설아의 동공이 극심한 지진을 일으켰다. 물론 자신의 외모가 형편없다는 건 알고 있었지만 아무리 그래도 이렇게 대놓고 들으니 충격이었다. 설아가 우울한 얼굴로 테이블을 바라보자 이혁이 미간을 좁히고 말했다.

"네가 꾸미면 본판은 나쁠 것 같지 않으니까 하는 소리야."

"……정말?"

한 줄기 희망의 빛을 본 듯 설아가 고개를 들어 올렸다.

"그래. 영 형편없기만 하면 내가 왜 이런 소리를 하겠어. 너 머리는 좋잖아. 늘 전교 1등 할 만큼."

"그거야…… 외모와는 상관없잖아."

"모르는 소리. 너, 여자가 예뻐지는 것도 다 영리해야 가능한 거다? 어떤 식으로 자신을 가꿔야 되는지 자신의 장점을 어떤 식으로 최적화시켜야 남자들에게 제대로 어필될지, 그걸 머릿속에 완벽하게 배합해서 시스템화시켜야 된다고. 그게 쉬운 건 줄 알아?"

듣고 보니 정말 그런 듯한 소리에 설아의 눈에 점차 생기가 돌았다.

"그, 그런 거야?"

이혁이 팔짱을 끼고는 당연하다는 듯 고개를 끄덕였다.

"그렇다니까. 내가 그걸 가르쳐 줄 테니까 넌 앞으로 내 말만 잘 들으면 못해도 평균 이상은 갈 거야."

세상에……. 이 순간 설아는 이혁이 메시아라거나 남자로 분한 성모마리아 같다는 생각이 들었다. 정말 신은 있는 걸까? 이렇게 착한 동창을 회사에서 우연히 만나게 되다니.

"이혁이 너 정말 착하구나. 고마워. 나 시키는 대로 잘 따를게."

설아가 감격에 찬 목소리로 말하자 이혁의 입술 끝이 말려 올라갔다.

"날 믿어. 내가 책임지고 널 지금까지와는 다른 인생을 살게 해 줄 테니까."

"응. 응."

신앙심이 가득한 눈빛으로 설아가 열심히 고개를 끄덕였다. 어느새 두 손도 가지런히 꼬옥 모으고 있는 상태였다. 이혁이 눈을 가늘게 뜨고 설아를 쳐다보며 말했다.

"그런데 너. 아무리 동창이지만 이런 노력을 기울이면서 대가가 없다고 생각하는 건 아니겠지?"

"물론이지. 액수만 말하면 내가……."

"스톱."

설아가 비장한 표정으로 지갑을 꺼내려 하자 이혁이 손을 들어 저지했다.

"응? 왜?"

"그건 일단 네가 내 말을 얼마나 잘 따르는지 봐서 결정할 거야. 지키지도 않을 약속인데 미리 대가부터 받을 생각은 없어. 부담스러우니까."

"아…… 하긴 그것도 그렇겠구나. 알았어."

설아가 지갑을 다시 살포시 가방 안으로 집어넣으며 끄덕였다.

"자세한 건 마저 식사하고 얘기하자."

"응. 그래."

설아가 버섯 같은 머리를 열심히 끄덕였다. 세상이 그리 삭막하게 변한 것은 아니라며 훈훈한 기분으로 스테이크를 썰던 설아가 문득 생각난 듯 말했다.

"그런데 아까 윤일준 씨는 왜 포기하라고……."

스테이크를 썰던 이혁이 시선만 올려 설아를 슥 바라봤다.

"그 사람. 애인 있으니까."

그것도 두 명이나. 어쩌면 세 명일지도 모르고. 뒷말은 삼키고 이혁이 말하자 설아의 얼굴이 어두워졌다. 그 얼굴을 확인한 이혁이 말을 이었다.

"애인 있는 남자에게 고백할 건 아니잖아. 그렇지?"

"응. 그렇지……."

설아가 시무룩한 얼굴로 끄덕거리고는 말없이 식사를 하기 시작했다. 조금 우울하긴 하지만 고백하기 전에 상대방에게 애인이 있던 경우는 늘 빨리 포기가 됐으니 차라리 잘됐다는 생각도 들었다. 괜히 회사 사람에게 고백해서 분위기를 어색하게 만드는 것보다는 나을 테니까.

'이렇게 말했으니 알아들었겠지. ……음?'

이혁은 문득 설아의 식사하는 모습을 유심히 바라봤다. 비록 철사 같은 버섯머리와 오늘도 촌스러운 비둘기색 정장 차림이었지만 식사를 하는 자세는 상당히 깔끔했다. 어릴 때부터 반강요로 테이블 매너를 익혀 온 이혁의 눈에도 훌륭해 보일 만큼.

"테이블 매너 따로 배웠어?"

"응?"

작게 썬 고기 한 조각을 막 입으로 가져가려던 설아가 고개를 들었다.

"나이프 쥐는 게 익숙해 보여서."

"아아, 이거? 그냥……."

설아가 말끝을 흐리고는 어색하게 웃었다. 사실 미식가인 아버지의 영향으로 어릴 때부터 각종 유명 레스토랑을 수시로 드나들다 보니 절로 나이프질이 익숙해졌던 건데…… 그걸 굳이 밝힐 필요는 없겠지?

"그러는 너도 그런데?"

"아, 난 미국에서 좀 있었거든."

설아가 고개를 끄덕이고는 다시 접시로 시선을 돌렸다. 이혁이 에이드 잔을 들고 입을 열었다.

"한동안 야근 때문에 퇴근 후에는 시간이 안 날 것 같으니까 이번 주말 비워 둬."

"……주말?"

"왜. 약속 있어?"

"아, 아냐. 그래. 그럴게."

설아가 얼른 고개를 끄덕였다. 실은 주말에 부모님과 외식 약속이 있었지만 그건 늘 하는 거니까 핑계를 대서 빠져나올 수 있겠지? 지금 이 기회를 놓치면 안 되니까. 누가 또 이런 호의를 베풀어 주겠어?

설아는 결연한 눈빛으로 식사를 이어 나갔다.

약속한 주말이 되었다. 막상 주말이 오자 이혁은 스스로 만든 번뇌에 휩싸여 있었다.

'그 버섯한테 내가 왜…….'

왜 그런 제안을 한 거지? 부모님 쇼핑 따라가는 것조차 귀찮아하는 내가, 왜 그 버섯의 옷을 골라 줘야 되는 거냐고. 그것도 버섯이 울며 사정한 것도 아니고 자신의 입으로 나온 말이라는 게 더 황당했다.

"도대체 무슨 짓을 저지른 거냐. 정이혁."

이혁이 인상을 쓰고 드레스룸으로 들어갔다. 어쨌든 약속은 약속이니 준비는 해야겠다는 생각에 옷을 갈아입고 의상에 맞는 시계를 골라 착용한 뒤 습관적으로 향수까지 뿌리다 순간 멈칫했다.

"버섯 만나는데 무슨 향수까지."

이혁은 뿌리던 향수를 신경질적으로 내려놓고 드레스룸을 나섰다. 차키를 챙겨 오피스텔을 나서는 그의 머릿속에는 해결되지 않은 물음표들이 가득했다. 우선 가장 큰 의문은 왜 공설아에게 그런 제안을 했는가.

'날 믿어. 내가 책임지고 널 지금까지와는 다른 인생을 살게 해 줄 테니까.'

내가 왜? 자기가 뱉은 말에 대한 강한 반발심이 이혁의 미간을 더욱 모아지게 만들었다. 애초에 그날 공설아를 차에 태운 것부터가 아직까지 이해 안 되는 행동이었다.

평소 회사에 끌고 다니는 국산 차가 아닌 개인적으로 모는 애마 중 하나인 포르쉐에 오르는 이혁의 심경은 복잡했다. 인상을 찌푸리고 계속 원인 찾기에 골몰하던 이혁은 번쩍 섬광 같은 진리를 깨달았다.

"그래! 자존심 때문이군?"

학창 시절 공설아에게 밀려 늘 2위만 했던 자신의 자존심이 이렇게 그녀에게 집착하게 만드는 것이 분명했다. 입장을 바꿔 자신이 설아를 훈육 및 지도하는 입장이 되면 망가진 자존심도 회복이 되고 이 이상한 집착도 나아지게 될 거란 계산이 섰다.

"역시. 내가 이유 없이 그럴 리가 없지. 나 천잰데?"

계속 맘에 걸리던 이유를 찾은 이혁이 입술을 늘이고 홀가분한 얼굴로 차를 몰았다.

약속 장소에 도착하자 멀리서 봐도 눈에 확 띄는 여자가 서 있었다. 도대체 저런 걸 어디서 구했을까 싶은 알록달록 난해한 원피스를 입고 거대하게 부웅 솟아 있는 머리칼을 가진 여자.

'버섯이군.'

한눈에 설아임을 확신한 이혁이 클랙슨을 울리자 설아가 뒤돌아봤다. 두꺼운 뿔테 안경을 추켜올리며 두리번거리던 설아는 이혁을 보고 총총 다가왔다.

"아, 안녕."

조수석에 사뿐 올라타며 설아가 배시시 웃었다. 주말에 남자와 단둘이 만나는 것이 처음이라는 생각에 괜히 기분이 긴장되고 들뜨고 막 그런 상태였다. 지금까지 말로만 듣던 남자사람 친구를 갖게 된 것 같아 설레기도 하고……

설아가 힐끔 보니 이혁은 짙은 네이비색 블레이저 안에 셔츠와 화이트 가디건을 받쳐 입고 블랙 팬츠를 입고 있었다. 미국 동부사립학교에 다니는 학생들을 연상시키는 세련된 프레피룩이었지만 설아는 그 모습을 보고는 엉뚱한 생각을 하고 있었다.

'저건 우리가 나온 학교 교복이 아닌데…… 코디에 자신이 없어서 주말에도 남의 학교 교복을 구해 입고 다니나?'

이혁이 회사 내에서 멋스럽고 감각 있는 코디 능력으로 여직원들의 추앙을 받고 있다는 것도 모른 채 설아는 불안한 얼굴로 그런 생각을 하고 있었다.

이혁은 설아를 위아래로 훑고는 바로 차를 출발시키며 말했다.

"우선 그 머리부터 어떻게 하자."

"어? 머리?"

"그래. 그 머리부터 바꾸지 않고는 뭔 짓을 해도 바뀌지 않을 것 같으니까."

"그건 그런데…… 힘들 텐데. 나도 지금까지 이것저것 안 해 본 게 없고 매직도 연달아 세 번이나 해 봤는데도 안 됐거든."

설아가 자신의 머리칼을 만지작거리며 난색을 표하자 이혁이 잘라 말했다.

"걱정 말고 나만 믿어 봐."

"으응."

확고한 얼굴로 말하는 이혁을 보니 신기하게도 정말 믿음이 생겼다. 나 좀 봐. 군말 없이 따르기로 해 놓고는……. 첫날부터 약속을 어길 뻔했다는 생각에 설아가 고개를 절레절레 젓고는 결심을 확고히 했다.

'믿자. 믿는 자에게 구원이 있을지니.'

믿음과 신앙을 되새기고 있는 설아를 흘끗 쳐다본 이혁이 전방으로 시선을 돌리고 능숙하게 차를 몰았다.

도착한 곳은 청담동에 있는 국내 유명 헤어아티스트의 비공개 헤어 샵이었다. VIP 고객들만을 상대로 샵을 운영하고 있는 원장이 이혁이 들어오자 환하게 웃었다.

"머리 해 준 지 얼마 안 됐잖아. 회사 들어가서 이제 스타일도 쉽게 못 바꾼다더니?"

"오늘은 애 때문에 온 거예요."

이혁이 뒤를 가리키자 그제야 그의 뒤를 졸졸 따라오는 여자가 원장의 눈에 들어왔다.

"오…… 갓."

직업 특성상 설아의 거대한 버섯머리를 먼저 확인한 원장은 자기도 모르게 감탄사를 내뱉었다. 여, 역시……. 이런 반응을 한두 번 본 입장이 아닌지라 설아가 위축이 된 듯 어깨를 움츠렸다. 그 어깨에 손을 턱 올린 이혁이 원장에게 말했다.

"어때요? 선생님은 가능하시겠어요?"

설아에게 꽂힌 듯 눈을 떼지 못하고 보고 있던 원장의 얼굴에 도전 정신이 활활 타올랐다.

"세상에. 너 이런 머리를 어떻게 찾았어? 내 헤어 디자이너 경력 이십팔 년을 걸고 말하는데 이런 언빌리버블한 머리는 처음이야. 간만에 승부욕 들끓는데?"

원장은 몹시 상기된 표정으로 설아의 머리를 양손으로 만지작거렸다. 음미하듯이 거친 머리칼을 만지작거리며 눈을 감고 '오오…… 수세미……!'를 중얼거리자 설아가 움찔거렸다. 난감한 표정으로 눈동자만 데굴데굴 굴려 이혁을 올려다보자 그가 싱긋 웃었다.

"걱정할 거 없어."

그 말을 듣자 설아는 긴장된 기분이 스르르 가라앉는 것이 느껴졌다. 설아의 앞, 뒤, 옆을 오가며 집요하게 머리칼을 만지작거리던 원장이 어느 순간 눈을 번쩍 떴다. 그러고는 설아의 어깨를 잡고 확신에 찬 얼굴로 말했다.

"걱정 마요. 내 헤어 디자이너 외길 경력을 걸고 당신의 머리를 새 머리칼로 거듭나게 해 줄 테니. 인영아. 이분 샴푸 해 드려."

"네."

원장의 지시에 프로페셔널한 분위기를 풍기는 여자 한 명이 다가와 설아를 낚아채 갔다. 스탭에게 끌려 가며 설아가 이혁을 다시 한 번 뒤돌아봤다. 겁에 질린 설아의 얼굴을 보자 이혁이 걱정 말라는 듯 싱긋 웃었다.

"괜찮다니까."

"으, 응."

어미새를 바라보는 불안한 새끼 새의 눈망울을 하던 설아가 이혁의 말을 듣고 얌전히 스탭을 따라갔다. 그 모습을 이혁이 우두커니 서서 바라보고 있었다. 왠지 샴푸실로 들어갈 때까지 봐 줘야 할 것 같은 이 기분은 뭐지?

"애인?"

원장이 슬쩍 다가와 묻자 흠칫 놀란 이혁이 고개를 저었다.

"아니에요. 그런 거."

"흐응. 그래? 일단 차 갖다 줄 테니까 앉아 있어."

의미심장한 시선을 남기고 원장이 사라지자 이혁이 고급스러운 벨벳 소파에 앉았다. 바쁜 인생은 지긋지긋하다며 100% 예약제로 로얄층만을 상대하는 샵답게 공간 전체가 고급스러운 인테리어로 이루어져 있었다.

화려한 조명과 거울이 달린 의자 쪽으로 다가가면서 원장이 눈을 빛냈다.

'흥미로운데?'

어릴 때부터 봐 왔던 터라 조카 같던 이혁이 처음 데려온 여자에게 호기심이 일었다. 저 축복받은 마스크와 몸매를 가지고도 지금껏 여자 문제에는 영 시큰둥하더니. 평소 샵에 오는 상류층 여자들에게 이혁에 대한 찬양은 익히 들어왔기 때문인지 더 관심이 갔다.

"애들한테 가십에 귀 닫고 살라고 했는데 나도 똑같은 족속이라니까."

혼자 쿡쿡 웃은 원장이 고개를 돌리자 가운을 입은 채 젖은 생쥐 꼴을 하고 스탭과 함께 돌아오는 설아가 보였다.

"자, 그럼 어디 전쟁을 치러 볼까요?"

승부욕을 자극시키는 돼지털 머리를 앞에 둔 원장의 눈빛이 가십은 잊은 채 활활 불타오르기 시작했다.

"······세상에."

네 시간 뒤. 설아는 몹시 놀란 얼굴로 거울에 찰싹 달라붙어 떨어질 줄을 몰랐다.

"어때요? 다른 사람 같죠?"

원장이 싱긋 웃으며 자신의 허리에 손을 얹고는 말했다. 옆에 선 이혁도 놀라운 얼굴로 거울 속의 설아를 보고 있었다.

'이 정도일 줄이야.'

솔직히 엄청 놀라는 중이었다. 원장의 실력을 믿지 못한 건 아니었지만 그 철사줄을 이 정도로 찰랑이는 생머리로 변신시켜 놓을 줄은 몰랐다.

"우와······ 세상에, 말도 안 돼······."

"그렇지? 오호호홋!"

이게 정말 내 머리 맞아? 설아가 거울에 달라붙어선 자신의 모습을 넋을 잃고 보고 있자 원장이 그녀를 떼어 내 이혁 앞으로 빙글 돌렸다.

"자. 제대로 보여 줘야죠?"

정면에서 눈이 마주친 설아는 그제야 제정신을 차린 듯 그에게 감사의 인사를 전했다.

"정말 고마워. 이혁아. 난 이번 생에는 이런 머리를 절대 못 가질 줄 알았는데."

설아가 감동받은 얼굴로 바라보자 이혁은 당혹스러운 표정으로 마주 봤다. 이건 뭐야? 머리카락 하나 바뀌었을 뿐인데 무슨 이렇게까지······.

눈앞의 설아는 자신이 생각한 것보다 훨씬 여성스러운 모습으로 바뀌어 있었다. 트레이드마크였던 버섯머리가 있었을 땐 촌스러운 안경과 난해한 옷차림도 삼위일체로 완벽하게 어울렸는데 헤어스타일이 바뀌니 그것들이 너무 튀어 보일 정도로. 버섯이 한순간에 사람이 되다니?

"그러게 내가 뭐라고 그랬어. 나만 믿으라고 했지."

당혹감을 느끼면서도 이혁은 태연하게 말했다.

"난 솔직히 이 정도일 줄은 몰랐거든. 이젠 네 말은 꼭 믿을게. 고마워. 이혁아."

손을 꼬옥 잡은 채로 설아가 감개무량한 표정으로 올려다보자 이혁은 괜히 기분이 더 이상해졌다. 특히 자신의 손을 잡고 있는 하얀 손 때문에. ……어라? 시선이? 그때 원장의 의미심장한 시선을 눈치챈 이혁이 얼른 설아의 손에서 벗어나며 말했다.

"그럼 이제 다음 코스로 가자."

"또 있어?"

설아가 안경 너머로 눈을 깜빡이자 이혁이 카운터로 향하며 말했다.

"이제 시작인데 무슨 소리야."

"아, 자, 잠깐. 내가 낼게."

카운터에서 지갑을 꺼내는 이혁을 본 설아가 황급히 자신의 가방을 찾아 부랴부랴 다녀왔지만 그사이 모든 계산이 끝나 있었다.

"내가 내야 되는 건데……."

설아가 난처한 얼굴로 말하자 이혁이 지갑을 넣으며 대꾸했다.

"대가 받기로 한 거 잊었나? 안 받을 생각 아니니 걱정하지 마."

"아, 참. 그랬지."

설아는 그제야 말간 얼굴로 배시시 웃고는 고개를 끄덕였다.

안심한 표정의 설아를 내려다보며 이혁은 일순 안 좋은 기억을 떠올렸다.

대학 때 잠깐 만났던 여자가 당시 강남에서 가장 비싸다는 미용실로 데리러 오라고 해서 갔더니 당연하게 자신에게 계산을 떠넘기는 거였다.

'네 머리 한 걸 왜 나한테 내라는 거야?'

돈이 없는 건 아니지만 그 태도가 무척 불쾌해 그렇게 말했더니 얼굴이 벌겋게 달아오른 그 여자가 차로 돌아오자마자 난리를 피웠었다.

'거기 내 친구도 있고 스탭들이 내 얼굴 다 아는데 어떻게 나한테 이런 창피를 줘?'

'그게 창피한 일이야? 나에게 네 머리 한 돈을 당연히 내게 하는 건 뭔데.'

'넌 남자니까 이런 데 여자 친구 데리러 오면 당연히 내 줘야지! 그게 당연한 거 아냐? 대원그룹 아들이라는 애가 왜 이렇게 좀스러워?'

딱히 마음이 끌리진 않았지만 고백해 온 애가 얼굴도 반반하고 귀엽기에 가볍게 시작했던 연애는 그렇게 더러운 기억을 남기며 끝이 났다. 모든 연애가 그런 식이었다. 학생 때부터 집안을 밝히려고 한 건 아니지만 저절로 퍼진 소문 때문에 순진한 척 다가온 여자들의 속내엔 그런 거짓말들이 깔려 있었다. 전부 거짓말들…….

그래서 지금 어떻게든 피해를 끼칠 수 없다는 식으로 나오는 설아의 태도가 조금 생소했다.

설아와 자신이 다녔던 학교는 상류층 자제들만 다니는 학교는 아니었지만 일반 학교와도 다른 에스켈레이터식 명문 사립학교였기에 대부분 어느 정도 재력을 가지고 있는 학생들이 다녔다. 그런 아이들이 더 집안에 민감한 법이고 소문은 이미 파다하게 퍼져 있었는데…… 모르고 있는 건가? 하긴. 날 기억도 못 하는데 그걸 알 리가 없지.

이혁이 씁쓸한 표정을 짓고는 입구로 향했다.

"가자. 원장님. 저희 갈게요."

"정말 고맙습니다. 제 은인이세요. 다음에 또 올게요. 매주 매주 올게요."

설아가 십일조라도 바치겠다는 듯 신앙 넘치는 얼굴로 말하자 원장이 풋 하고 웃었다.

"매주 올 필요는 없고 한두 달에 한 번 정도 오면 돼요. 그럼 또 봐요. 이혁이도 잘 가고."

원장의 배웅을 받으며 나온 설아는 앞서 걸어가는 이혁을 뽈뽈 따라갔다. 걸어가면서도 어깨에서 찰랑거리는 머리카락이 신기해서 자꾸 손이 갔다. 워낙 타고난 철사 머리라 어깨 이상 기르는 것은 엄두도 못 냈는데…… 앞으로는 기를 수 있다니! 오랜 염원이 이렇게 갑자기 이루어지다니 이혁이는 정말 대단하다는 생각이 들었다.

엘리베이터를 탄 이혁과 설아가 내려가자 지켜보고 있던 원장에게 스탭이 슬쩍 다가와서 물었다.

"역시 그런 것 같죠? 저 둘."

"흐음. 글쎄? 아직은 아닌 것 같은데……. 가능성은 좀 많아 보이네."

"그죠? 에이……."

스탭이 급 우울해진 얼굴로 중얼거리자 원장이 스탭의 옆구리를 쿡 찔렀다.

"왜 자기가 에이야? 자기도 이혁이한테 관심 있었어?"

"그야 뭐……."

"이혁이한테 침 흘리는 여자들이 아주 한둘이 아니네."

원장이 놀리듯 말하자 스탭이 입술을 삐죽거렸다.

"어떻게 침을 안 흘려요? 얼굴에, 몸에, 키에, 성격에, 재력에 모든 걸 다 가진 남잔데."

"그건 인정."

원장이 쿨하게 말하자 스탭이 아쉽다는 듯 한숨을 내쉬었다.

"근데 솔직히…… 이혁 씨가 왜 반한 건지는 알 것 같아요."

원장이 의아한 얼굴로 보자 스탭이 눈을 깜빡였다.

"어? 선생님…… 못 보셨어요? 전 머리 감겨 주면서 봤는데."

"뭘?"

"방금 그 여자분 안경 벗은 얼굴이요."

얼굴? 성격이 좋아 보인다는 소리인 줄 알았는데 항상 케어받는 연예인들을 일상으로 보는 스탭이 이런 식으로 말한다는 건……?

"그래? 그런 반전이 있다니. 머리에만 정신이 팔려 못 봤는데 다음에 오면 좀 유심히 봐야겠네. 우리 이혁이가 눈이 그렇게 높았나?"

원장이 다시 흥미로운 표정으로 문 쪽을 바라봤다.

이번엔 백화점 VIP룸으로 설아를 데려간 이혁이 퍼스널 쇼퍼에게 익숙하게 말했다.

"애한테 어울릴 만한 거 알아서 추려 주세요. 일상의 대부분이 직장에서니까 오피스룩 위주로."

이혁을 익히 알고 있는 쇼퍼는 몹시 흥미진진한 표정으로 물었다.

"이분이 혹시……."

"아닙니다."

이혁이 딱 자르자 쇼퍼가 고개를 끄덕이며 미소 지었다.

"아, 그래요? 알겠습니다. 잠시만 기다려 주세요."

쇼퍼가 단정하게 미소 짓고 나가자 이혁이 설아에게 눈을 돌렸다.

"어딜 보고 있어? 여기 앉아."

"어? 어, 응."

이혁이 멍한 얼굴로 서 있는 설아를 명품 잡지들이 늘어서 있는 테이블 옆에 앉히자 설아가 그제야 정신을 차린 듯 말했다. 이혁도 그녀의 옆에 앉아 힐끗 바라봤다.

'적응 안 되네.'

머리 하나로 이렇게까지 달라지나? 까만 생머리를 어깨까지 늘어뜨린 설아는 헤어스타일 하나만으로 분위기가 확 달라져 있었다. 시야에 잡히는 모습이 볼 때마다 생소해 괜히 긴장까지 됐다. 무슨 긴장까지? 스스로 생각해도 어이가 없었지만 확실히 느끼는 감정이 달라졌다. 시선도 오래 머물게 되고…….

주변을 둘러보던 설아가 이혁에게 고개를 돌리자 눈이 딱 마주쳤다. 쿵. 안경 너머 동그란 눈동자와 마주치자 이혁의 심장이 갑자기 바닥으로 떨어졌다.

"……?"

왜 그러지? 설아의 눈이 의아스럽게 변하는데 마침 타이밍 좋게 직원이 다가왔다.

"음료와 다과를 준비해 드리겠습니다. 음료는 어떤 걸로 드릴까요?"

"전 원두커피면 되고, 넌 뭐 마실래?"

"저도 커피 주세요."

직원이 인사하고 사라지자 설아가 슬쩍 물었다.

"넌 여기 자주 와?"

"나? 왜?"

아차, 싶은 표정을 드러내지 않으려 이혁이 일부러 잡지를 펼치며 대수롭지 않게 되물었다.

"그냥 왠지 무척 익숙한 것 같아서. 여기 직원들 태도도 그렇고……. 난 이런 데는 처음 와 보는데."

평소 쇼핑을 즐기지 않아 디자이너에게 주문하는 형식으로 옷을 사는 설아로서는 백화점은 낯선 곳에 속했다. 그래도 식구들과 종종 오게 될 때면 매장만 들렀지 이런 곳은 온 적이 없는데…….

"어머니가 자주 오시는데 주로 날 짐꾼으로 끌고 다니셔서 그래."

"아…… 그렇구나."

설아가 고개를 끄덕이자 이혁이 시선을 슬쩍 다른 데로 돌렸다. 어머니가 이 백화점 대주주라든가 외삼촌이 백화점 사장이라든가 그런 말은 하고 싶지 않았다. 회사에서 자신의 신분을 숨기고 있기도 했으니까.

타이밍 좋게 쇼퍼가 행거를 미는 직원을 대동하고 들어왔다.

"어울리실 만한 것들로만 준비했습니다. 피팅룸은 이쪽이니 저를 따라오세요."

"아, 네."

설아가 벌떡 일어나 쇼퍼의 안내에 따라 안쪽으로 총총 사라졌다.

'……기분 묘하네.'

평소엔 모친이 옷 갈아입는 것만 기다리고 있었는데 설아를 기다리고 있으려니 꼭 자신이 그녀의 애인이라도 된 듯한 기분이었다. 샵에서도 그렇고 여기서도 내내 그런 말을 들어서일까?

애인은 무슨. 이혁이 미간을 좁히고 심란한 기분으로 커피를 들이켰다. 그 순간 그의 얼굴이 확 벌게졌다.

"앗, 뜨!"

방금 한 모금 마셔서 뜨거운 커피라는 걸 뻔히 알고 있었는데도 이런 멍청한 짓을 벌이다니! 이혁이 커피를 뱉을 뻔한 것을 가까스로 참아 넘기며 벌겋게 달아오른 목을 움켜잡았다. 인상을 쓰고 벌떡 일어나 정수기에서 찬물을 받아 들이켜는데 목소리가 들렸다.

"괜찮으니 부끄러워하지 말고 나와 보세요."

자신의 눈썰미를 자랑하고픈 쇼퍼가 움찔거리는 설아의 등을 밀었다. 겨우 열기를 가라앉힌 이혁이 목에 손을 댄 채로 고개를 돌리다가 멈칫했다.

'……와.'

고급스러운 리본 디테일을 갖춘 화이트 블라우스와 블랙 하이웨스트 스커트를 입은 설아의 변신은 순간적으로 감탄사가 나올 만큼 놀라웠다. 비둘기색 헐렁한 정장에 감춰진 몸매의 굴곡이 드러나자 놀라움은 더욱 커졌다. 허리 윗부분까지 올라온 하이웨스트 스커트가 여린 어깨에 어울리지 않는 탱글하게 솟아오른 가슴과 콜라병처럼 잘록한 허리 라인을 돋보이게 만들었다.

'잠깐. 저거 사기 아니야? 가슴이 저렇게 글래머였다니…….'

만약 처음 회사에 출근했을 때부터 제 몸매에 핏 되는 옷을 입었다면 절대 지금처럼 남직원들에게 투명인간 취급을 받지는 않았을 거라는 생각이 들 정도였다. 그런데 그런 생각을 한 순간…… 뭐야? 이 기분은?

얼마 전 설아의 친구를 대하듯 남직원들이 유부남이든 총각이든 가릴 것 없이 노골적으로 설아의 몸매를 훑는 생각을 하자 왠지 이유 모를 불쾌감이 느껴졌다.

"여, 역시 이상해?"

이혁이 인상을 쓴 채 자신을 보고 있자 설아가 자신 없는 목소리로 물었다.

"아니, 그게 아니……."

잠시 말을 끊은 이혁이 눈을 가늘게 뜨고 고개를 비스듬히 기울였다.

"흐음, 조금 그런 것도 같고?"

"그렇지? 역시 난 이런 건 안 어울리나 봐."

설아의 얼굴이 시무룩해지자 쇼퍼가 그럴 리 없다는 듯 단호하게 말했다.

"어머, 아니에요. 정말 잘 어울리시는데요? 피부 톤이나 몸매도 생각보다 너무 좋으셔서 저희 직원 모두가 감탄했어요."

그게 문제란 말입니다.

"그건 안 어울려. 다른 걸로 입어 봐."

이혁이 말하자 쇼퍼가 당황스러운 표정으로 이혁을 쳐다봤다. 전문가 이상으로 세련된 그의 패션 감각을 익히 알고 있던 터라 이 상황이 이해가 되지 않는다는 얼굴이었다.

"그, 그럼 다른 걸로 한번 준비해 볼게요."

쇼퍼는 프로답게 당혹감을 숨기고 미소 짓고는 얼른 어두운 얼굴의 설아를 데리고 다시 피팅룸으로 향했다. 잠시 후 피팅룸에서 나온 쇼퍼가 화사한 베이지 톤의 여성미를 강조한 재킷과 스커트, 그리고 타이트한 블랙 블라우스를 입은 설아를 앞에 세우고 자신만만한 미소를 지었다.

"어때요?"

이번에도 글래머러스한 몸매를 부각시킨 디자인을 위아래로 한번 쓱 훑은 이혁이 팔짱을 낀 채로 말했다.

"이것도 별로."

"……!"

쇼퍼와 설아의 얼굴이 충격에 휩싸였지만 이혁은 오만한 표정으로 쳐다보고 있었다.

"자, 잠시만 기다려 주세요."

자신의 감각을 시험받는 기분에 쇼퍼의 눈에 화르륵 불꽃이 타올랐다. 빠른 걸음으로 설아를 다시 피팅룸으로 끌고 들어간 쇼퍼는 번개같은 손놀림으로 행거를 미친 듯이 뒤지기 시작했다. 이번에는 절대 별로라는 소리는 못 하게 해 주겠어!

잠시 후 다시 옷을 갈아입힌 뒤 헉헉거리며 설아를 이혁의 앞에 세우고는 말했다.

"이건 어떠세요?"

소파에 앉아 잡지를 보고 있던 이혁이 고개를 들었다.

"흐음."

우아하면서도 세련된 연한 핑크빛의 블링블링한 원피스는 설아의 투명할 정도로 하얀 피부와 무척 잘 어울렸다. 살짝 파인 넥라인으로 볼륨감 있는 가슴을 강조했지만 전체적으로 심플한 라인이라 세련됨을 잃지 않았다. 찬찬히 살펴보던 이혁이 고개를 끄덕였다.

"이건 좋네요."

그건 회사에서 입을 옷이 아니니까.

"역시 그렇죠?"

이혁의 만족스러운 대답에 설아와 쇼퍼의 얼굴이 동시에 환해졌다.

시험을 통과했다는 승리감에 젖어 있는 쇼퍼 쪽으로 이혁이 몸을 일으켜 다가갔다.

"좀 볼게요."

직원이 밀고 나온 행거에 걸린 옷들을 이혁이 하나하나 매의 눈으로 검열했다. 그중 지나치게 몸매를 부각시키는 옷이나 관능적이거나 여성적인 코드가 들어간 옷들을 골라 낸 뒤 말했다.

"이거, 이거, 이거, 이거 빼고 나머지 계산해 줘요."

"이, 이걸 다?"

빼낸 걸 제외해도 열 벌은 족히 될 듯 보이는 옷들을 이혁이 다 산다고 나서자 설아가 눈을 크게 떴다. 이혁은 태연한 표정으로 설아를 똑바로 내려다봤다.

"앞으로는 회사에서든 어디서든 외출 시에는 내가 골라 준 옷들만 입어."

"그…… 그렇게까지 해야 돼?"

"어. 넌 해야 돼."

확고한 표정으로 말하는 이혁을 보자 설아는 더 이상 항변을 할 수가 없었다. 내 패션센스가 그렇게 형편없나……? 괜히 의기소침한 기분이 된 설아가 음울한 표정으로 알았다고 하자 이혁이 싱긋 웃었다.

"자. 이제 다음 난제를 해결하러 가 볼까?"

"잠깐만. 옷 좀 갈아입고……."

"그대로 가. 내가 골라 준 옷만 입으라고 한 거 잊었어?"

"아, 그. 그랬지 참. 그런데 이 옷은 너무……."

짧은 옷은 입어 본 적도 없는데 기장도 무릎 위로 5센티나 올라오는 데다 가슴도 너무 파였는데……? 설아가 안절부절못했지만 다른 사람이 보기엔 평범한 원피스였다.

"계산은 어떻게 해 드릴까요?"

"일시불로 해 주세요."

"헉! 잠깐!"

설아가 또 혼자 계산하고 있는 이혁을 보고 빛의 속도로 가방에서 지갑을 빼내 자신의 카드를 들이밀었다.

"이걸로 해 주세요!"

너 이게 얼만 줄 알고? 이혁은 설아가 백화점에 자주 와 보지 않았다고 확신했다. 한도 초과가 나오는 피차 민망한 모습은 보고 싶지 않았기에 설아가 들이민 카드를 한 손으로 막으며 직원에게 빠르게 말했다.

"다 됐죠?"

"네. 감사합니다."

직원이 오늘의 매출에 높은 공을 세워 준 이혁에게 진심을 담아 인사하며 영수증과 카드를 내밀자 설아가 당황스러운 표정으로 말했다.

"아까도 네가 냈는데 이러면 어떡해. 내 옷이고, 내 머린데."

"자꾸 같은 말 하게 하지 마라. 영수증 다 가지고 있고, 한꺼번에 청구할 생각이니까. 아. 저희는 들를 데가 있으니 짐은 주세요."

쇼핑백들을 양손에 한 아름씩 나눠 든 직원이 그들을 뒤따라 나오자 이혁이 말했다.

"그럼 차로 가져다드리겠습니다."

"음, 그럼 안경점에 있을 테니 차키는 그쪽으로 가져다주세요."

"네. 알겠습니다."

이혁이 내민 차키를 받아 든 직원이 공손하게 물러나자 더 말할 타이밍을 놓친 설아는 어느새 이혁에게 이끌려 엘리베이터를 타고 있었다.

"저기 그럼 나중에 꼭 다 같이 청구해 줘야 돼?"

"같은 말 하게 하지 말라니까."

"으, 응."

이혁이 인상을 쓰자 설아는 눈치를 보며 입을 다물었다. 암말 안 하고 믿기로 하긴 했지만 식구 외에 누군가에게 얻어먹거나 선물을 받은 적이 전무한 설아로서는 자꾸 마음이 불편했다.

엘리베이터에서 내려 익숙하게 매장들을 지나 걸어가던 이혁이 물었다.

"렌즈 껴 본 적 있어?"

"아니. 없는데……."

공설아의 최악의 철사 머리와 형편없는 패션을 해결했으니 마지막 남은 난제는 역시 저 두꺼운 안경이지. 저것만 없애면 이제 적어도 보통 사람보다는 조금 더 세련되게 보일 수 있을 테니까.

안경 매장으로 들어서자 대기하고 있던 남직원이 다가왔다.

"애 시력 검사하고 맞는 렌즈 주세요. 처음 끼는 거니 가장 소프트한 걸로."

"알겠습니다. 이쪽으로 오세요."

직원이 이끄는 대로 따라가며 설아는 눈앞이 팽글팽글 돌았다.

'휴우. 하루 종일 정신이 하나도 없네.'

이쪽에서 저쪽으로 끌려 다니는 사이 무언가 많이 변해 가고 있었는데 정장 본인은 가장 드라마틱한 머리카락의 변화 외에는 제대로 느끼지도 못하고 있었다.

설아가 시력검사실로 들어간 사이 여유롭게 선글라스 진열대를 보고 있던 이혁은 검사실 쪽에서 나는 소리에 고개를 돌렸다.

"와! 안경 벗으니 완전 딴사람인데요?"

……뭐라고? 불길한 예감에 이혁이 미간을 좁히고 시력검사실로 빠

르게 걸어갔다. 검사실 내부로 들어가는 순간 설아와 눈이 딱 마주쳤다.

이럴 수가.

이혁은 진심으로 충격을 받았다. 안경을 벗고 나자 청순한 눈동자가 까맣고 윤기 나는 머리칼과 시너지 효과를 내며 더욱 커다랗게 보였다. 마치 순정만화에서 빠져나온 것 같은 기다란 속눈썹이 자연스럽게 뷰러로 올린 듯 말려 올라가 있는 모습을 보자 정체성의 혼란마저 왔다. 대체 저 여자는 뭐야?

"이혁아······?"

이혁이 갑자기 뛰어 들어와선 자기를 무서운 얼굴로 보고 있자 설아가 눈을 깜빡이며 바라봤다. 눈이 깜빡일 때마다 기다랗고 촘촘한 속눈썹들이 바람이라도 일으킬 듯 팔랑팔랑거렸다.

"하하. 이렇게 예쁜 눈인데 저 안경은 정말 너무했네요. 렌즈로 바꿔 주려는 남자 친구분 마음이 이해되는데요."

남자 친구? 이혁이 인상을 쓰기도 전에 설아가 먼저 선수를 쳤다.

"에이, 설마요."

설아가 말도 안 된다는 듯 손을 내저으며 웃자 이혁의 눈썹이 꿈틀거렸다. 뭐가 설마라는 거야? 외모 칭찬이 말도 안 된다는 건지 남자 친구라는 말이 말도 안 된다는 건지 설아가 한 말의 진의를 파악할 수 없어 기분이 언짢았다.

이혁이 설아를 눈을 가늘게 뜨고 내려 보다가 직원에게 말했다.

"안경알 압축도 가능하죠?"

차로 돌아온 이혁이 설아에게 렌즈와 안경이 든 쇼핑백을 건넸다.

"렌즈 안 끼다가 갑자기 끼면 시력 급속도로 나빠질 수 있으니까 평소에는 안경 끼고 있어. 렌즈는 가지고만 다니다가 꼭 필요할 때……
나한테 허락받고 끼고."

"응. 그럴게."

다소 강압적인 뉘앙스의 말이었지만 설아는 순순히 고개를 끄덕이며
쇼핑백을 받아 들었다.

"안경 한번 써 봐."

설아가 이혁이 시키는 대로 쇼핑백에서 안경 케이스를 꺼냈다. 설아
가 토를 달지 않고 자신의 말을 따르는 모습을 보니 이혁은 묘한 만족
감이 차오르는 것을 느꼈다.

'차오르긴 뭘 차올라. 안 내려가?'

가슴을 뿌듯하게 채운 만족감이 맘에 안 드는 듯 스스로에게 성을
내고 있는데 설아가 끼고 있던 안경을 바꿔 끼고는 고개를 들었다.

"아. 잘 보인다! 안경도 훨씬 가벼워."

"다행이군."

이혁이 고개를 끄덕이며 헤실헤실 웃고 있는 설아를 바라봤다. 안경
알을 최대한 압축해서인지 답답한 인상은 그전보다 훨씬 나아 보였다.
특히 단춧구멍으로 보이던 커다랗고 까만 눈동자가 잘 보여 투명 피부
가 더 돋보였다.

"이혁아. 정말 고마워. 네 덕분에 정말 내가 많이 바뀐 것 같아."

설아가 진심을 담아 감사를 표하자 이혁은 뿌듯한 기분이 다시 가슴
이 뻐근할 만큼 차오르는 것을 느꼈다. 이제 아주 습관적으로 차오르
네?

"대가 없이 하는 일 아니라고 했잖아. 그리고 넌 동창이기도 하니
까."

"그래도 고마워."

"그럼 앞으로도 내 말 잘 들어. 알았어?"

"응. 그럴게."

설아가 당연하다는 듯 고개를 끄덕이며 방긋 미소 짓자 만족감과 묘한 감정까지 합쳐져서 동시에 내부에서 밀고 올라왔다.

'……뭐지?'

내부를 뜨겁게 달구기 시작한 그것의 정체를 깨닫지 못한 이혁이 시동을 걸자 설아가 다짐하듯 말을 보탰다.

"앞으로는 네가 시키는 건 뭐든 다 할게."

시키는 건 뭐든지…… 다? 설아의 말에 갑자기 19금 분위기가 물씬 풍기는 장면이 머릿속을 휙 지나가자 이혁이 인상을 썼다.

"넌 여자애가 못 하는 소리가 없어."

"응? 뭐가?"

이혁이 인상을 쓰고 말하자 설아가 동그란 눈을 깜빡거리며 순진무구한 표정으로 바라봤다.

"……아니다."

고개를 휙 돌려 버린 이혁이 미간을 좁힌 채로 차를 출발시켰다. 왜 그러지? 내가 말실수를 했나……? 설아는 여전히 알 수 없는 얼굴로 이혁을 보고 있었다.

03 우리 버섯이 달라졌어요

"안녕하세요."

"좋은 아…… 헉! 누, 누구세요?"

벌써 세 명째. 사무실에 출근해 평소와 다름없이 인사하던 김 팀장이 설아를 보고 깜짝 놀랐다.

"저 공설아인데……."

"설아 씨? 설아 씨였어?"

놀라운 얼굴로 설아를 뚫어져라 보던 김 팀장은 의심스러운 시선을 거두지 못했다.

"아닌 것 같은데…… 오늘 단체로 짜고 나 몰카 찍어?"

"설아 씨 맞아요. 저희도 놀라서 한참 공중의 시간을 거쳤거든요."

"맞다고? 허, 참."

신기하네, 하고 중얼거리며 설아의 얼굴을 한참 보던 김 팀장이 마지못해 납득한 듯 자리로 돌아갔다. 주말 사이에 사람이 이렇게 바뀔

수가 있나? 분명 산적 같은 머리를 해 가지고 얼굴의 절반을 가리는 안경에 촌스러운 옷차림까지 겸비했던 신입 여직원이 갑자기 난데없이 청순녀로 변신을 하자 영 믿기가 어려웠다.

'내 이럴 줄 알았지.'

이혁은 여직원이나 남직원이나 수시로 곁눈질하며 설아를 흘끔거리는 모습을 날카로운 시선으로 훑었다. 그날 산 옷 중 무난한 축에 속하는 단정한 블랙 정장에 찰랑이는 생머리, 거기에 압축한 안경 탓으로 눈 크기가 커진 것만으로도 이런 반응인데 만약 렌즈까지 꼈다면 난리가 났겠군.

이혁이 피식 웃는데 그의 시선에 문득 무언가가 잡혔다.

"……."

애인을 몇이나 거느리고 있는 일준까지 흥미로운 눈빛으로 설아를 보고 있었다. 지금까지와는 확연히 다른 눈빛으로. 그걸 보자 이혁의 눈이 가늘어졌다.

"설아 씨. 이것 좀 부탁할까?"

"설아 씨. 저번 주에 준 그 일은 다 마무리됐어요?"

"설아 씨. 안 바쁘면 이것 좀 도와줄래요?"

"설……."

꿀 찾는 꿀벌마냥 설아 주위로 쉴 새 없이 남자들이 몰려들었다. 예상했던 모습이긴 하지만 이혁의 입가가 비틀어졌다. 그렇게 무시하더니 외모 하나 바뀌었다고 아주 다른 사람 대하듯 하는군.

그때 마침 티타임이 되고 지영이 잽싸게 이혁의 자리로 다가왔다.

"이혁 씨. 혹시 무슨 기분 나쁜 일이라도 있어요?"

"그런 건 없는데. 왜요?"

이혁이 표정 관리를 하며 말하자 지영이 애교 있게 웃으며 살랑거렸다.

"아까부터 표정이 안 좋아 보여요. 어디 몸이라도 안 좋은가 걱정돼서요."

"괜찮습니다."

이혁이 태연한 얼굴로 싱글거리자 지영이 기다렸다는 듯 휴식시간임에도 이혁 앞에 프린트된 서류를 내밀었다.

"저, 그런데 이 보고서 말인데요……."

사실 지금까진 촌스러움의 극치를 달리는 설아와 이혁이 티타임에 함께 커피를 타는 데에 별 신경이 쓰이지 않았다. 그런데 오늘부터는 달랐다.

'이틀 만에 성형하고 나타났을 리도 없고, 도대체 뭐야?'

지영이 곁눈질로 설아를 째려봤다. 미인까지는 아니었지만 폭탄 수준에서 좀 봐줄 만한 수준의 외모가 되자 오히려 처음부터 미녀였던 여자보다 더욱 드라마틱한 효과를 보여 미모가 극대화됐다. 그러니 달라진 설아와 이혁을 단둘만 같은 공간에 두는 일은 최대한 피하고 싶어서 억지스럽게 중요하지도 않은 자료를 들이민 것이다.

지영의 그런 속내와는 상관없이 이혁의 얼굴이 딱딱하게 굳었다.

……윤일준?

그의 시야에 설아가 탕비실로 들어가자 뒤따라 들어가는 일준의 모습이 보였다. 이혁이 날카로운 눈빛으로 벌떡 일어서자 지영의 자료가 밀쳐졌다.

"어멋, 이혁 씨?"

지영이 당혹스러운 얼굴로 올려다보자 이혁이 차가운 미소를 지으며 말했다.

"커피 마시며 천천히 대화하죠. 잠시만 기다리시겠어요?"

"네? 아, 그, 그래요."

지영이 이혁의 잘생김이 묻어나는 미소에 사르르 녹아들며 얼른 끄덕였다.

이혁이 빠른 걸음으로 탕비실 안으로 들어서자 일준이 설아의 옆에 바짝 붙어 서 있는 게 보였다. 그 모습을 본 이혁의 미간이 순식간에 좁혀 들었다.

"아. 왔어요?"

일준이 싱글거리며 말하자 이혁도 입가에 미소를 띠운 채 다가갔다.

"이건 신입인 저희가 해야 할 일인데, 선배님께서 어쩐 일이세요?"

"선임 된 도리로써 매일 후임에게 얻어 마실 수야 있나. 나도 좀 도와야겠다는 생각이 들어서."

설아를 힐끔 보며 일준이 말하자 이혁의 눈썹이 꿈틀거렸다.

"괜찮습니다. 하늘 같은 선임을 커피 심부름에 동참시키는 예의 없는 짓은 하면 안 되죠."

웃는 얼굴이지만 눈은 전혀 웃지 않은 채로 이혁이 말하자 일준이 포기한 듯 어깨를 으쓱였다.

"흐응. 좋은 마음이었는데 그럼 어쩔 수 없지. 수고해요. 설아 씨."

일준이 설아의 어깨를 다정하게 툭 치고는 지나가자 이혁의 입가에서 미소가 완벽하게 지워졌다. 탕비실을 빠져나가는 일준의 뒷모습을 서늘하게 보던 이혁이 고개를 돌려 설아를 내려다봤다.

"공설아."

뺨이 발그레하게 물든 설아를 보는 순간 이혁이 무시무시한 목소리로 말했다. 그 목소리에 화들짝 놀란 설아가 고개를 들었다.

"으, 응?"

"아직 포기 못 했어? 내 말을 듣고도?"

"아, 아니. 그런 거 아니야."

아니라면서 왜 얼굴은 더 빨개지는데? 이혁의 속에서 열기가 치솟았다. 커피머신 테이블 앞에 서 있는 설아를 가두듯 한 팔로 테이블을 짚고 이혁이 삐뚜름하게 내려 봤다.

"내가 안 들어왔으면 좋았을 거라고 생각했지? 그래서 둘이 커피셔틀 했으면 좋겠다고 생각했잖아. 아니야?"

"그런 거 아니야."

"아니긴 뭐가 아니야."

"정말 아닌……데…….."

분노로 들들 끓고 있는 이혁을 앞에 둔 채로 설아가 눈을 깜빡였다. 그 얼굴을 똑바로 내려다보며 이혁이 물었다.

"그럼 왜 얼굴이 빨개져?"

"그냥…… 남자랑 둘이 있는 환경이 긴장돼서. 방금 좀 긴장했거든."

"정말?"

"응."

설아가 고개를 끄덕였다. 물론 일준이 자신이 좋아하는 부분을 가지고 있었지만 애인이 있다는 말을 들은 뒤에 바로 포기가 됐다. 그래서 다른 감정이 들지는 않았다.

설아의 얼굴을 보니 거짓말인 것 같지 않아 이혁이 설아에게서 몸을 조금 비켜섰다. 그러고는 커피머신을 작동시키며 말했다.

"갑자기 남자들 반응이 바뀌니까 기분이 어때."

"……응? 바뀌어?"

설아가 의문스러운 눈빛으로 올려다보자 이혁이 움직임을 멈추고 내려다봤다.

"모르겠어?"

"응. 오늘은 바빠서…… 그런 건 잘 못 느끼겠던데."

눈치 없기는.

"하긴. 오늘 좀 바쁘긴 했지."

이혁이 무심한 말투로 말하고는 그녀에게 트레이를 넘겼다. 설아가 두 손으로 커피 잔이 여러 개가 든 트레이를 받았다. 설아가 몸을 돌리기 전에 이혁이 충고하듯 말했다.

"어쨌든 조심해."

"응. 안 흘릴게."

트레이를 들고 조심조심 걸어가는 설아의 뒷모습을 바라보며 이혁이 헛웃음을 흘렸다.

'그 뜻이 아니잖아. 이 여자야.'

전 직원이 단체로 워크샵 겸 체육대회를 떠나는 날이었다.

"회사에서 놀러 가는 게 노는 거야? 피곤하기만 하지."

"그러니까."

말은 그렇게 하면서도 여직원들은 의상에 잔뜩 힘을 준 채 모두 풀 메이크업을 장착하고 버스 안에서 이혁 주위로 떼 지어 앉았다. 설아 근처에 앉은 이혁 덕분에 결과적으로 설아 주변에 여직원들이 떼 지어 앉은 모습이 연출됐다.

"여직원들은 역시 사람 볼 줄 안 다니까."

그 사정을 모르는 이혁 옆자리의 박 과장은 자신 주위에 여직원들이 몰려 앉아 있으니 맥주를 마시면서도 연신 즐거워 보였다. 그때 곽 대리가 눈을 빛내며 말했다.

"그 소문 들었어? 이번 신입 중에 회장님 아들 껴 있다는 거."

"아아. 그거. 저도 들었어요."

지영이 관심분야라는 듯 눈을 초롱초롱 빛내며 응수했다. 이혁은 순간 흠칫했지만 곧 아무렇지도 않은 표정으로 마시던 맥주 캔을 입으로 가져갔다.

"누굴까요? 우리 쪽 라인에 있으려나?"

"모르지. 듣기론 엄청 쉬쉬하나 봐. 나이고 뭐고 제대로 알려진 게 없다더라고."

"혹시…… 이혁 씨는 아니죠?"

지영이 은근슬쩍 떠보듯 말하자 이혁이 빙긋 웃었다.

"그럼 정말 좋겠네요. 금 수저 물고 태어났을 테니."

"이혁 씨는 그런 말 못 들었어요? 신입 연수원 때라던가……."

"글쎄요. 그런 소문이 돌았던 것도 같고…… 듣고 보니 저도 궁금하긴 하네요."

이혁이 장단을 맞춰 주며 힐끗 설아의 눈치를 살폈다. 설아는 그런 소문에는 전혀 관심 없다는 듯 워크샵 일정표만 꼼꼼히 살펴보고 있었다.

"설아 씨는 뭘 그렇게 열심히 보고 있어?"

마침 박 과장이 궁금한 것을 질문해 주자 이혁은 자연스러움을 가장하며 설아에게 고개를 돌렸다.

"네?"

설아가 종이에서 고개를 들고 눈을 깜빡이며 되물었다.

"뭘 그렇게 보고 있냐고. 일정표에 재밌는 거라도 쓰여 있어?"

일정표를 가리키자 설아가 조금 상기된 얼굴로 말했다.

"아아. 이거요? 여기 보니까 체육대회 레크레이션 때 1등부터 3등 부서에 특별 상품이 있대요. 뭘까요⋯⋯?"

"뻔하지 뭐. 소고기니 굴비니 그런 거 아니겠어?"

박 과장이 심드렁한 얼굴로 맥주 캔을 들고 웃었지만 설아의 반짝이는 눈에선 호기심이 지워지지 않았다.

"전 처음이라 잘 몰라서⋯⋯. 궁금하네요. 정말."

설아가 안경을 추켜올리며 진지한 얼굴로 종이를 바라보고 있자 지영이 한심하다는 투로 말했다.

"설아 씨는 별게 다 궁금하네. 우린 귀찮아서 체육대회니 뭐니 그런 것 좀 안 했으면 좋겠는데. 그치?"

"내 말이. 신입은 좋겠어. 피곤한 것도 모르고."

자기들끼리의 공감대를 형성하는 여직원들의 말은 들리지도 않는다는 듯 설아는 매의 눈으로 일정표 노려보고 있었다. 이혁은 설아의 몹시 상기되어 있는 홍조 띤 뺨을 눈을 가늘게 뜨고 바라봤다.

'범생이 기질은 아직 못 버린 건가?'

회사에서 별거 아닌 업무도 끝까지 파는 것도 그렇고, 이런 반은 즐기자고 만들어 놓은 사내 체육대회조차 전력을 다할 생각을 하는 건 저 여자의 천성인 모양이다. 물론 그런 점이 무척 공설아답지만.

'공설아답다라⋯⋯.'

그때 문득 누군가의 시선을 느꼈는지 설아가 고개를 들었다. 이혁은 순간 흠칫하더니 설아의 시선이 올라가기 전에 고개를 창밖으로 홱 돌려 버렸다.

"⋯⋯?"

내가 왜 시선을 피했지? 이혁은 순간적으로 나온 자신의 돌발행동이 이해가 되지 않아 슬몃 미간을 찌푸렸다. 왜인지 몰라도 방금 전 자신이 설아를 보고 있었던 것을 그녀에게 들키고 싶지 않았다.

리조트는 무척 훌륭한 곳이었다. 거대한 부지에 현대식으로 세련되게 지은 외관도 그렇고 스파와 피트니스 시설 등 고급 리조트의 모든 것을 두루두루 갖춘 곳이었다

"여기 올 때마다 느끼지만 너무 좋다. 그치?"

"그리고 보니까 그 회장 아드님도 지금 여기 참석했을 텐데. 여기 그 사람 거란 소리잖아요. 그죠?"

"에이, 아무리 회장 아들이라도 난 이혁 씨가 훨씬 좋아."

"나, 나도 이혁 씨가 더 좋아요! 말이 그렇단 거지, 뭐."

수다스러운 여직원들의 말을 귓등으로 흘려들으며 설아는 전혀 다른 생각을 하고 있었다.

'여기가 아버지가 늘 자랑하시던 리조트구나.'

설아는 대형 조각상들이 주욱 늘어선 로비를 구경하며 성원이 입에 침이 마르도록 칭찬하던 리조트를 떠올렸다. 스파가 좋다는 둥 레저 시설이 최고라는 둥 같이 가자며 설아에게 자주 떼를 썼지만 설아는 아버지의 직장 사람들과 같이 여행 가기는 뻘쭘해서 늘 거부만 했었다.

이번에야말로 성원의 꿈 중 하나가 이뤄질 수 있는 순간이었지만 아쉽게도 그는 이태리 출장 중이었다.

'압력을 넣어서 워크샵 날짜를 내 출장 이후로 바꾸겠어!'

꿈이 좌절되자 억울함에 찬 성원의 포효가 아직도 귀에 생생했다. 룸 안으로 들어서자 호화로운 객실을 지영이 제집인 양 유유히 가로질

렀다. 같은 방을 배정받은 지영이 트윈 침대의 전망 좋은 창가 쪽 자리를 먼저 차지하고 앉으며 말했다.

"설아 씨는 여기 처음이겠네."

"네. 처음이에요."

설아가 반대편 침대에 다소곳이 앉으며 대답하자 지영이 한껏 거만한 표정으로 팔짱을 끼고는 말했다.

"신입이라 잘 모르겠지만 이런 데 오면 같은 룸을 쓰는 후임이 선임을 극진히 모셔야 되는 거야. 그게 회사 내의 규칙이니까. 무슨 말인지 알겠지?"

"네."

군대도 아닌데 선임이니 후임이니 하며 군기를 잡으려는 지영에게 설아가 얌전히 고개를 끄덕였다. 지영은 한쪽 입술을 추켜올리며 턱짓을 했다.

"목이 마르네. 저기 정수기에서 시원한 물 한 잔 가져와 봐."

"아. 네."

지영의 턱짓을 따라 일어난 설아가 정수기 쪽으로 뽈뽈 걸어갔다. 몸매에 자연스럽게 핏 되는 청바지와 루즈한 아이보리색 니트를 입고 있는 설아의 뒷모습을 보던 지영의 눈이 가느다래졌다.

'정말 이상하네. 처음에는 그렇게 촌스럽더니……'

간편해 보이는 청바지와 니트 차림인데도 한껏 꾸민 자신보다 멋스러워 보이는 이유가 뭘까? 지금 설아가 입고 있는 옷이 이혁이 백화점에서 사다 준 워크샵 복장이라는 걸 알 리 없는 지영의 눈이 요사스럽게 번뜩였다.

'혹시 못생겼다가 달라지면 더 예뻐 보이는 점을 노리고 처음부터 일부러 그랬던 거 아니야?'

신입이라고 이혁과 유독 같이 붙어 있는 일이 많은 설아가 지영은 몹시 못마땅했다.

"여기요."

"고마워."

설아가 조신하게 컵을 건네자 지영이 거만한 포즈를 유지하며 받았다.

"체육복으로 갈아입고 나오라고 했죠?"

캐리어를 열어 회사에서 배급해 준 체육복을 주섬주섬 꺼내던 설아가 묻자 지영이 물컵을 내려놓다가 멈칫했다. 아, 그랬지. 참. 깜빡 잊을 뻔했던 체육복을 지영이 캐리어에서 허둥지둥 꺼냈다.

"귀찮게 왜 이런 걸 꼭 가져오라는 거야? 워크샵이면 그냥 술 먹고 놀기나 할 것이지."

투덜거리던 지영은 룸 구석에서 뒤돌아선 채 꼬물꼬물 옷을 갈아입고 있는 설아의 등을 보고는 입술 끝을 휘어 올렸다.

'훗. 여자끼리 있을 때 저렇게 구석에서 철벽 수비하며 갈아입는 애들은 다 이유가 있는 법이지. 공설아 너도 계란후라이과인 모양이지?'

아님 메추리? 지영은 은근히 자신 있는 자신의 볼륨 있는 B컵 가슴을 일부러 앞으로 쭈욱 내밀며 천천히 단추를 풀었다.

"설아 씨. 같은 여자끼린데 뭘 그래?"

"……네?"

설아가 체육복 티셔츠를 입으려다 말고 눈을 껌뻑이며 뒤돌아보자 지영이 보란 듯 자신의 가슴계곡을 내보이며 말했다.

"여자끼리 뭘 그렇게 불편하게 갈아입어. 편하게 갈아입으라고."

"아아, 네. 그럴게요."

설아가 주춤거리며 돌아서자 가슴을 펴고 당당하게 셔츠 단추를 풀던 지영의 눈에 당혹감이 들어찼다.

'헉. 저, 저게 도대체 몇 컵이야?!'

지금까진 겉으로 전혀 드러나지 않았던 설아의 꽉 찬 E컵 가슴을 보자 지영은 충격에 휩싸였다. 도대체 저게 말이 돼? 팔이랑 어깨가 저렇게 가늘면서 가슴만 젖소인 게 말이 되냐고!

본능적으로 어깨를 움츠린 지영이 빛의 속도로 체육복을 꿰어 입었다. 푸딩처럼 탱글탱글 흔들리는 설아의 육감적인 가슴을 자존심이 상한 눈으로 노려보더니 휙 일어나서 화장실로 직행했다.

"아우! 짜증나게 왜 가슴까지 커 가지고!"

화장실 문을 잠근 지영은 시근덕대며 휴지를 데굴데굴 뭉쳐 제 브라 안에 꾹꾹 눌러 담았다.

'저 바보 같은 버섯.'

이혁이 인상을 쓰고 앞을 바라봤다. 완전히 잊고 있었다. 저 버섯…… 아, 이제 버섯이 아닌가? 어쨌든 저 망할 버섯이 달리기에 목숨 거는 여자였다는 걸!

어쩐지 부서별로 1등부터 3등까지 준다는 상품이 뭔지 궁금해하더니, 설아는 지금 전 직원이 보는 앞에서 젖 먹던 힘까지 다해서 필사적으로 뛰고 있었다. 뛸 때마다 고스란히 드러나는 설아의 육감적인 몸매에 남직원들의 눈이 휘둥그레졌다.

"이야…… 저, 저거…… 야……."

"우와……."

차마 말을 잇지도 못하고 감탄사만 흘리는 남직원들 사이에서 이혁의 얼굴이 점점 굳어져만 갔다. 아까부터 드는 이 불쾌한 기분이 짜증스러워 이혁이 음료수만 벌컥벌컥 마셔 대는데 옆에서 남직원들이 쑥

덕댔다.

"설아 씨 몰랐는데 대단하네. 그렇지?"

"그러게요. 요즘 부쩍 예뻐지기도 했고 말이죠."

"맞아. 처음과는 완전 딴판이긴 하지. 왜 갑자기 변했을까? 애인이라도 생겼나? 여자가 남자랑 관계를 맺으면 변한다고들⋯⋯."

우그럭!

"뭐야. 우리 신입 체육대회라고 힘자랑해?"

이혁의 손아귀에서 우그러진 음료수 캔을 본 김 팀장이 껄껄 웃으며 말하자 이혁이 싱긋 웃었다.

"아. 아닙니다. 경기가 손에 땀을 쥐게 하다 보니⋯⋯."

"달리기가 뭐 그리 긴장되는 경기라고 땀까지 흘려? 하핫. 독특한 친구네."

"그러게요. 하하하."

입은 웃고 있지만 눈은 전혀 웃지 않은 채 이혁이 서늘하게 시선을 돌렸다. 설아는 막 1등으로 골인하고는 기분이 좋은지 함빡 웃고 있었다. 그 모습을 보니 이혁은 더욱 짜증이 났다.

뭐가 좋다고 그렇게 웃어? 자기에게 쏠린 남자들의 시선은 전혀 눈치채지 못하고 마냥 해맑기만 한 설아를 보고 있으려니 속이 답답해졌다.

그다음에 이어진 것은 부서별 여자 피구 종목이었다. 공이 날아올 때마다 꺅꺅거리며 우르르 몰리는 여직원들 중에서 남자들의 시선이 노골적으로 한 명에게 닿아 있었다.

'얼씨구. 너네는 뭐야?'

심지어 상대편 부서의 남자들조차 무척 진지한 표정으로 설아를 응시하는 모습을 발견하자 이혁은 어이가 없었다. 그냥 이 모든 것이 짜증스러워 벌떡 일어서는데 그때였다.

"꺅!"

설아?

그 소리를 듣자마자 이혁은 반사적으로 마하에 육박하는 속력으로 설아에게 달려갔다. 날아온 공을 정통으로 맞고 바닥에 쓰러져 있는 설아에게 달려간 이혁이 숨을 헐떡이며 물었다.

"어이. 괜찮아? 다쳤어?"

"다, 다치진 않았는데 안경이……."

다행히 비껴 맞았는지 설아는 다치진 않았지만 안경은 테가 부러진 채 바닥에 나뒹굴고 있었다.

"그거 다행…… 엇, 잠깐."

설아가 몸을 일으키려 하자 순간 이혁이 무언가를 깨달은 듯 눈을 가늘게 떴다. 버섯의 안경이 망가졌다는 건……. 본능적인 위험신호를 감지한 이혁이 재빨리 부러진 안경을 챙겨 들고 설아를 부축해서 일으켜 세웠다.

"날 잡아."

"응? 아니 부축하지 않아도 괜……."

"내 말 들어. 공으로 맞아서 어지러울 수 있으니까 고개 최대한 숙이고."

"어? 아, 응."

설아가 말 잘 듣는 착한 아이처럼 고개를 푹 숙이자 이혁이 설아를 부축한 채 몸을 일으켰다.

"설아 씨 괜찮아?"

이혁이 괜찮냐며 몰려든 사람들에게 태연한 얼굴로 말했다.

"조금 다친 것 같으니 의무과에서 치료받고 오겠습니다."

"어어. 그래. 어서 가 보게."

이혁이 설아를 부축한 채 사람들을 뚫고 빠르게 걸어갔다. 그들이 바람같이 사라지자 박 과장이 옆에서 눈을 끔뻑거리고 있던 김 대리에게 말했다.

"우리 신입 참 빠릿빠릿해. 그치?"

"그러게요."

자기 자리로 돌아가는 사람들 틈에서 몇몇 여직원들은 내가 공에 맞을걸, 하는 아쉬움이 가득 담긴 표정으로 이혁과 설아가 사라진 곳을 보고 있었다.

"여기서 잠깐 기다리고 있어."

설아는 엘리베이터를 타고 자신을 어딘가의 룸에 데려다 놓은 뒤 쏜살같이 나가는 이혁의 뒷모습을 멍하니 바라봤다.

'여기가 어디지……?'

안경이 없어서 명확하게 보이는 건 아니지만 이곳이 리조트 내의 룸이라는 건 확실히 알 수 있었다. 그것도 자신이 묵고 있는 룸보다 훨씬 더 크고 시설이 좋은 룸.

여긴 왜 온 걸까? 치료하려고? 공에 맞은 충격으로 한쪽 머리가 얼얼하긴 하지만 정말 다친 건 아닌데……. 설아가 그런 생각을 하며 앉아 있는데 마침 이혁이 다시 돌아왔다.

"왔어? 저…… 그런데 여긴 어디야?"

설아가 소파 위에 오도카니 앉아 흐릿하게 보이는 이혁에게 물었다.

"네 안경 수리 맡기고 오는 길이야. 금방 된다니까 그동안만 여기 있으면 돼."

"여기 안경 수리해 주는 데가 있어?"

"어."

무심한 얼굴로 말한 이혁이 냉장고 쪽으로 걸어가 이온음료를 꺼내 벌컥벌컥 마셨다. 사실 이곳은 직원들이 묵고 있는 리조트가 아니라 따로 분리되어 있는 리조트 내 회장 일가만 쓸 수 있는 개별 건물이었다. 종종 식구들과 와서 안면이 있는 직원에게 안경 수리를 부탁했지만 그건 설아가 몰라도 되는 부분이니까.

"뭐 마실래?"

이혁이 냉장고 문을 연 채로 묻자 설아가 미간을 슬몃 찌푸렸다.

"난 잘 안 보여서…… 그런데 여기 있는 거 마음대로 마셔도 돼?"

"괜찮으니까 걱정하지 마. 음…… 술은 안 마실 테고, 이온, 탄산, 에이드, 커피류 있는데. 뭐?"

"그럼 에이드로."

"오케이."

음료 하나를 다 비운 이혁이 커피와 레몬에이드를 들고 왔다. 그가 건네는 에이드 병을 받아 든 설아가 뚜껑을 열려고 했지만 잘 열리지 않았다. 이게 왜 안 열려? 설아가 낑낑거리며 뚜껑을 돌리고 있는데 이혁이 익숙하게 손을 뻗었다.

"이리 줘."

"아, 응."

설아가 쭈뼛거리며 병을 건넸다. 이혁은 이런 친절이 몸에 밴 듯하지만 자신은 영 거기에 익숙해지질 않았다. 남자가 베푸는 호의에 전혀 면역력이 없는 터라 뻘쭘한 자세로 이혁이 가볍게 뚜껑을 여는 것을 바라봤다.

'와……. 생각보다 힘이 좋네?'

아무리 힘을 줘도 열리지 않던 에이드 뚜껑을 간단히 열어 버리자 설아는 의외라는 시선으로 이혁을 바라봤다. 그가 건네는 병을 받으며 왠지 시선이 소매를 걷어 올린 남자다운 팔에 가 버려서 순간 침이 꼴깍 삼켜졌다.

"고, 고마워. 친절하구나."

투명한 에이드 병을 만지작거리며 설아가 말하자 커피 스트로 비닐을 벗기던 이혁이 한쪽 눈썹을 치켜올렸다.

"나?"

"응. 사귀던 남자 친구도 이런 건 안 해 줬었는데……."

사귀던 남자 친구라는 말에 커피숍에서 봤던 그 재수 없는 면상이 떠올라 이혁의 미간이 찡그려졌다.

"이 정도야 뭐…… 당연한 건데."

이혁이 태연한 얼굴로 커피를 한 모금 쭉 빨아 올리고 테이블 위에 내려놨다. 머릿속에 '사귀던 남자 친구'라는 말이 빙글빙글 돌고 있다.

'왜 열이 오르지?'

뛰느라 팔을 걷었는데도 입고 있는 체육복이 덥게 느껴질 정도로 속에서 홧홧한 화기가 치솟았다.

"아…… 당연한 거였구나."

설아가 조금 어두워진 얼굴로 말하자 이혁이 소파에 등을 기대고 가슴 위로 팔짱을 꼈다.

"왜? 사귀었던 남자들이 하나같이 그런 친절도 보이지 않았어?"

빙고.

정곡을 찔린 듯 설아의 동공이 급격하게 흔들리자 이혁은 자신의 말이 맞다고 확신했다.

"기, 길게 사귄 사람이 없어서 그런가 봐."

핑계거리를 찾아낸 듯 설아가 얼른 말했다.

"길게라. 보통 길게 사귀든 짧게 사귀든 그 정도 매너는 보이는 게 일반적일 텐데. 얼마나 짧게 만났는데?"

"몇 번 되지도 않지만…… 다 한 달을 넘긴 적이 없어. 짜, 짧으면 일주일……."

이혁이 눈을 가늘게 뜨고 설아를 바라봤다. 백이십만 원짜리 진상 놈이 떠오르자 기분이 불쾌해졌다. 설마…… 다들 그놈같이 널 호구로 본 건 아니겠지?

"하긴 넌 금방 반하니까. 왜 그렇게 금방금방 반하는 거야? 집안 내력이라도 되나?"

자신도 모르게 비꼬는 듯한 말투가 되어 버려 이혁이 미간을 좁혔다.

"그건 잘 모르겠는데…… 그냥 어릴 때부터 그랬던 것 같아. 나도 내가 왜 이렇게 쉽게 반하는 걸까 하고 고민도 많이 했었는데 이유는 잘 모르겠더라고."

조곤조곤 말하던 설아가 한숨을 내쉬며 내리깔고 있던 기다란 속눈썹을 깜빡 들어 올렸다. 자기도 모르게 인상을 쓰고 있던 이혁은 설아의 커다란 눈망울과 마주치자 숨을 삼켰다.

'……안경을 안 껴서 그런가?'

안경이 없는 맨얼굴로 자신을 똑바로 바라보는 설아는 도저히 눈을 뗄 수 없게 만드는 무언가가 있었다. 새하얀 피부에 크고 청순한 눈, 높지도 낮지도 않은 적당한 높이의 코와 체리색의 붉은 입술은 심장을 거칠게 뛰게 만들었다. 이혁이 침을 꿀꺽 삼키는데 설아가 입을 열었다.

"이런 말은 채은이한테밖에 한 적이 없는데…… 신기하네. 창피해서 다른 사람에게는 말하고 싶지 않았는데 왜 너한테는 술술 나오는 걸까?"

의아함을 담고 빤히 바라보는 설아의 눈을 꼼짝도 못 하고 보고 있던 이혁이 겨우 시선을 떼 내어 커피로 돌렸다.

"그거야 내가 널 도와주고 있으니까 안심이 돼서 그런 거겠지. 동창이기도 하고."

"아…… 그렇구나."

설아가 그제야 궁금함이 풀렸다는 얼굴로 배시시 웃었다. 설탕처럼 살살 녹을 듯 달콤한 미소를 짓는 설아 때문에 이혁의 심장이 다시 한 번 쿵, 하고 바닥으로 패대기쳐졌다.

'이상하다. 여자의 웃는 얼굴을 보고 이런 식으로 심장이 반응한 적은 한 번도 없었는데……? 어? 잠깐. 그러고 보니 여긴…….'

그제서야 이혁은 이 룸 안에 단둘밖에 없다는 사실이 필요 이상으로 의식되기 시작했다. 천천히 깜빡이는 설아의 빠져들 듯한 눈동자, 왠지 무슨 맛인지 궁금해지는 붉은 입술, 그리고 무척 볼륨 있는 가슴까지 사방에 위험한 요소들이 넘쳐 났다. 그 상태가 되자 설상가상으로 룸 한편을 차지하고 있는 거대한 침대까지 무척 신경 쓰이기 시작했다.

'아니, 신경 쓰지 마. 신경 쓰지 말라고!'

꿀꺽. 목구멍으로 침이 넘어가는 소리가 유난히 크게 울리자 이혁은 커피를 움켜잡았다.

"목이 계속 마르네. 몸을 많이 움직여서 그런가?"

일부러 들으라는 듯 말한 이혁이 아예 뚜껑을 열고 커피를 들이켜기 시작했다. 한참 마시고 내려놓는 순간 흠칫했다.

"……?"

설아가 묘하게 상기된 얼굴로 자신을 바라보고 있었다.

'얘 표정이 왜 이래?'

마치 1등 도장을 받고 짓던 황홀한 표정과 매우 흡사한 표정을 짓고 있는 설아를 이혁이 의문스러운 얼굴로 마주 봤다. 그때 설아가 예상치 못한 말을 했다.

"너 이제 보니 목젖이 참…… 예쁘다."

"……뭐?"

목젖?

외모에 대한 칭찬은 어려서부터 지겨울 만큼 들어왔지만 목젖 칭찬은 태어나서 처음이라 이혁의 한쪽 눈썹이 확 치켜 올라갔다. 설아가 몹시 달아오른 얼굴로 까만 눈동자를 반짝반짝 빛내며 말했다.

"커피 마실 때 목젖이 위아래로 막 꿈틀꿈틀하는 것이 예뻐서."

설아가 그 모양을 설명하듯 두 손으로 허공에서 조물조물거렸다. 그 모습을 보면서 이혁의 눈이 더욱 가늘어졌다. 그게 왜 예뻐? 그런데 생각과 달리 태연하게 제 입에서 나온 말이 더 가관이다.

"그럼 만져 볼래?"

"어? 그, 그래도 돼?"

본래 설아에게서 찾아볼 수 없었던 기대감에 부푼 얼굴을 하자 얼굴을 붉힌 건 오히려 이혁이었다.

"너 무슨……."

농담이라고 할 생각이었는데 이혁이 뭐라 말하기도 전에 설아가 벌떡 일어나 다가오고 있었다.

"안 그래도 보면서 한 번 만져 보고 싶다고 생각했거든. 그래도 만져 봐도 되는지는 몰랐는데……되는 거였구나."

아니. 안 돼. 절대 안 돼.

이제 와서 그렇게 말할 수도 없는 노릇이라 이혁은 침을 꿀꺽 삼키며 자신에게 손을 뻗는 설아를 바라봤다.

'설마 얘가 목젖 페티시가 있나? 갑자기 왜 이렇게 적극적이야?'

이혁은 무척 당황했지만 짐짓 태연한 척 턱을 치켜들었다.

"자."

팔짱을 낀 채 어디 한 번 만질 테면 만져 봐라, 하고 있는데 설아가
그의 바로 앞까지 다가왔다. 머리카락이 가까이에서 흘러내리자 꽃내
음 같은 향긋한 샴푸향이 콧속으로 밀려 들어왔다. 그 향기에 아래 쪽
에 본능적으로 힘이 들어가자 이혁이 눈을 질끈 감았다.

그리고 설아의 손가락 끝이 그의 남자답고 단단한 목젖에 살짝 닿았
다.

"하아……."

……하아?

보드라운 손가락이 제 피부에 닿는 것만으로도 피가 역류하는 기분
인데 설아의 입술에서 의문의 달짝지근한 한숨이 새어 나오자 이혁의
온몸에 바짝 힘이 들어갔다. 본능적인 위기를 느낀 이혁이 눈만 가늘게
뜨고 쳐다보자 설아가 뺨을 발갛게 물들인 채 황홀한 표정을 짓고 있
는 것이 보였다.

'너 정말…… 느끼는 거냐?'

설아가 다시 나지막한 한숨을 내쉬며 목젖을 천천히 쓰다듬듯 만지
자 이혁의 머릿속이 아찔해졌다. 점점 머릿속이 뜨거워지는 것이 느껴
지고 보드라운 손가락의 감촉에 신음인지 한숨인지 알 수 없는 나지막
한 숨소리가 겹쳐지자 이혁은 팔팔한 이십 대의 욕망을 보여 주려는
자신의 하반신을 죽을힘을 다해 진정시켜야만 했다.

정이혁. 정신 차려! 얘는 버섯이라고!

"하…… 너무 좋다. 네 목젖…… 세상에. 이런 느낌이구나…… 몰

랐어. 정말."

감탄 어린 목소리로 말하며 목젖을 매만지는 설아의 표정은 거의 무아지경이었다. 이혁은 이를 악물고 자신의 불끈거리는 욕망을 내리누르며 숨을 크게 들이켰다.

"너."

이혁이 눈을 가늘게 뜨고 말하자 목젖 만지기에 여념이 없던 설아가 목젖에만 시선을 박은 채 말했다.

"……응?"

"이상형이 뭐야?"

이혁의 질문에 다시 하아, 하고 아찔한 숨을 내쉰 설아가 행운을 주는 석상의 코를 어루만지듯 정성껏 목젖을 만지며 속삭이듯 말했다.

"이상형은…… 목젖 예쁜 남자. 나 남자 목젖 봐."

……목젖 페티시 확정.

설아의 대답을 들은 이혁이 포기한 듯 눈을 감고 그녀의 손길에 자신의 욕망이 거대하게 일어서지 못하도록 필사의 노력을 했다.

수리한 안경을 돌려준 뒤 직원들이 묵는 리조트 건물로 돌아왔다. 설아와 입구에서 헤어지면서 이혁이 들은 말은 그거였다.

'만지게 해 줘서 고마워.'

"……누가 들으면 오해할 소릴."

쿡, 하고 웃은 이혁이 중얼거리다가 장밋빛으로 물든 설아의 뺨을 떠올리고는 표정을 굳혔다. 왠지 기분이 심란했다. 키, 얼굴, 재산, 성격, 근육, 엉덩이…… 여자가 남자를 보는 기준은 다 다르겠지만 장담

하건대 목젖 보는 여자는 희박할 것이다.

"그래서 지금까지 남자 보는 눈이 형편없던 건가?"

아니 그보다, 초등학생 땐 목젖이 발달하지도 않았는데 어떻게 반했지? 곰곰이 기억을 떠올려 보니 설아가 고백해 대는 모습을 보게 된 건 중학교에 들어간 이후 같았다. 떠올리다 보니 갖가지 생각들이 다 떠올랐다.

중학교 때부터는 같은 반인 적도 없는데…… 내내 같은 학교였고 볼 때마다 별 이상한 남자한테 차이고 있는 모습을 봐서 동정심이 든 걸까? 유일하게 1위를 빼앗은 상대가 맨날 차이고 있으니까? 분명 다시 만나기 전까진 기억에 거의 없다고 생각했던 애였는데 왜 이렇게 많은 것을 기억하고 있는지 스스로 의심스러울 지경이었다.

"내가 기억력이 좋아서 그런 거겠지."

이혁이 중얼거리며 자신의 룸으로 돌아왔다. 한창 술판이 벌어지고 있을 시간이라 그런지 같이 룸을 쓰는 김 대리가 없었다. 욕실로 들어가 체육복 상의를 벗었다. 거울 앞에 서자 역삼각형의 근육이 잘 잡힌 상체가 드러났다. 거울에 비친 자신의 툭 불거진 목젖에 손을 뻗은 이혁이 눈을 가늘게 떴다.

'이상형은…… 목젖 예쁜 남자. 나 남자 목젖 봐.'

"목젖이라……."

자신의 목젖을 매만지며 뚫어지게 바라보던 이혁이 순간 뭔가 깨달은 표정으로 중얼거렸다.

"그런데, 어떤 목젖이 예쁜 목젖이라는 거야?"

예쁜 목젖 만들기 운동 같은 건 들어 본 적도 없는데…….

"저…… 이혁아."

설아가 부른다.

가만…… 그런데 너 오늘따라 왜 이렇게 옷을 얇게 입고 있어? 아직 날도 다 안 풀렸는데 그건 뭐야? 실크야? 웬 목욕가운 같은 걸…….

"있잖아. 나…… 너한테 할 말이 있어."

무, 무슨 말이기에 그런…… 눈으로 올려다봐? 꼭 방금 샤워한 것처럼 머리카락이고 속눈썹이고 피부고 촉촉이 젖어선…… 너 정말 왜 그러냐? 사람 당황스럽게.

"해도…… 될까?"

너 한숨 섞어서 에로틱하게 말하는 거 누구한테 배웠어? 너 이제 보니 정말 웃긴 애다? 나 모르게 다른 남자에게 교육이라도 받고 온…… 엇. 잠깐! 그, 그렇게 달라붙으면…… 푹신?

아, 맞다. 얘 가슴 E컵이……지가 아니라. 너 오늘 정말 이상하다? 너답지 않게 왜 이래?

아슬아슬한 옷만 입고 다가와 갑자기 포옥 품에 안기는 설아 때문에 내 머릿속은 완벽한 패닉이었다. 무엇보다 가슴에 와 닿는 이 푹신한 감촉 때문에 아주 환장할 지경이었다. 그런데 이게 왜 이렇게 기분이 좋은 거지? 여긴 도대체 어디고?

아……! 꿈이구나! 바보 같으니. 이 말도 안 되는 상황이 당연히 꿈이 아니면 뭐겠어? 왜 그걸 이제 깨닫느냐고. 멍청한 놈. 꿈이라는 걸 아는 순간 왠지 피시식 김이 빠졌다.

"이혁아……."

얘는 왜 꿈이라는 걸 알았는데도 여전히 나한테 찰싹 안겨 있지? 그런데 설아의 이 까맣고 촉촉한 눈을 분명 현실의 그것과 똑같았다. 그래서 정말 현실이 아닐까 착각이 들 정도로. 유혹적인 커다란 눈을 흐릿하게 뜨고 올려다보니까 뭐랄까…… 엄청 섹시하잖아?

"만져 보면 안 돼……?"

아, 이거 얘가 했던 말인데.

"공설아."

아무리 꿈이라도 제정신을 차려야겠다는 생각에 설아의 어깨를 잡고 바로 세웠다.

"아……."

살짝 휘청이며 입술을 살짝 벌리고 요염하게 눈을 뜨는 얘는…… 공설아가 아니다. 그럴 리가 없어. 공설아가 이렇게 섹시할 리가 없잖아? 태어나서 가장 강한 성 충동을 느끼는 순간이 꿈속이라니. 스스로 생각해도 어이가 없어 헛웃음이 나올 지경이었다.

"이혁아…… 아파."

움켜잡고 있던 어깨가 아픈 듯 설아가 몸을 비틀었다. 설아의 새까만 머리칼은 젖어 있었고 얇은 슬립만 걸친 몸은 머릿속이 아찔해질 정도로 유혹적이었다. 설아의 몸이 바르작거릴 때마다 풍만한 가슴과 잘록한 허리라인이 시선을 빼앗았다. 그 아래 미끈하게 빠진 다리에도. 아, 환장하겠네.

……가만? 현실이라면 이런 상황이 말도 안 되지만…… 꿈인데 굳이 이런 충동을 억누를 필요가 있나? 어차피 어떤 일을 벌이든 내 꿈속일 뿐이잖아. 현실과는 아무런 상관이 없는.

그렇게 생각하자 마치 내 생각을 읽은 듯 설아가 요염하게 미소 지으며 내 목에 가느다란 팔을 감아 왔다.

"이혁아……."

뇌에서 기억하고 있는 설아의 목소리가 유혹적으로 내 이름을 부르자 숨 막힐 듯한 욕망이 타올랐다. 그래…….

"바란다면 안아 주지."

거침없이 손을 뻗어 아까부터 시선을 빼앗는 출렁이는 젖가슴을 크게 움켜잡자 설아의 입술이 벌어지며 가느다란 신음이 새어 나왔다.

"아……."

더는 참을 수가 없었다. 인내심이 툭 끊어지는 것을 느끼며 벌어진 입술을 삼키는 순간!

"헉."

번쩍 눈을 뜬 이혁이 거친 숨을 몰아쉬며 빠르게 주변을 둘러봤다. 조금 전의 어두침침한 공간이 아닌 익숙한 자신의 침실이 눈에 들어오자 왠지 맥이 탁 풀렸다.

"뭐야. 아쉽게 거기서 깨냐."

이혁이 몸을 일으키며 중얼거리다가 멈칫했다. ……아쉬워? 뭐가? 공설아잖아, 공설아. 설마 공설아를 상대로 끝까지 가지 못한 게 아쉽다는 거야?

"허, 참."

제 생각에 어이가 없는 듯 신경질적으로 머리칼을 쓸어 넘겼다. 문득 설아가 했던 말이 머릿속을 지나갔다.

'네가 시키는 건 뭐든 다 할게.'

그런 의미로 한 말은 아니었지만 그 말이 지닌 묘한 뉘앙스와 그 여자의 목젖 페티시가 내심 충격적이었던 모양이다. 털어 버리려는 듯 머리를 흔들며 이혁이 침대에서 벌떡 몸을 일으켰다. 그런데 그 순간 미간을 찌푸리고는 난감한 표정을 지었다.

"이게 무슨…… 제정신이냐, 너?"

잔뜩 힘이 쏠린 자신의 하반신을 이혁이 당혹스러운 표정으로 내려다봤다.

미쳤다, 진짜. 미친 거다.

04 이 버섯은 매우 위험한 버섯이다

휴일 아침 출장에서 돌아온 성원은 흐뭇한 얼굴로 식탁에 앉아 있었다. 성원이 출장을 다녀온 주말엔 으레 그렇듯 온 식구가 둘러앉아 함께 식사를 해야 하기 때문에 설아 역시 식탁 앞에 앉아 다소곳이 밥을 먹는 중이었다.

"우리 설아가 직장 생활하더니 아주 여성스러워졌어. 원래도 예뻤지만 이렇게 보니 내 딸이 다 큰 것 같아 아빠가 서운할 정도야. 내 딸을 빼앗을 놈이 나타날 날이 얼마 남지 않은 것 같아서."

성원이 특유의 딸바보 본능을 유감없이 발휘하며 이미 딸을 뺏긴 표정을 짓자 부인인 혜경이 눈을 흘겼다.

"딸 예뻐지면 좋은 거지 뭘 그래요. 하긴 엄마도 요즘 좀 이상하긴 했어. 예쁜 옷을 그렇게 사다 놔도 거들떠도 안 보고 괴상한 옷들만 입더니, 무슨 바람이 불어서 요즘 그렇게 차려입고 다니는 거니?"

"괴, 괴상하다니…… 그 정도였어요?"

"당신 그게 무슨 소리야? 우리 설아가 얼마나 예쁜데! 설아야. 아빠는 네가 뭘 입어도 예뻤어. 걱정 말거라."

성원이 펄쩍 뛰며 확고한 표정으로 설아에게 말했다. 성원의 그 말이 지금껏 설아의 외모를 그 지경으로 만든 이유 중 하나라는 걸 본인만 모르고 있는 모양이었다. 혜경은 쯧쯧 혀를 차고는 말했다.

"그래. 원래도 예뻤지만 더 예뻐진 김에 엄마는 설아가 빨리 남자 친구도 집에 데려오고 그랬으면 좋겠어."

"구, 굳이 남자 친구를 일부러 사귈 나이도 아니잖아."

"어머, 무슨 소리예요? 설아 나이 벌써 스물여덟이에요. 친구들도 다 시집가고 그럴 나이인데."

"요즘은 결혼도 늦게 하는 추세잖아. 빨라서 좋을 게 뭐 있어. 안 그래? 설아야. 부담 갖지 말고 연애는 너 편할 때 천천히, 처언처언히 해. 알았지?"

"설아야. 네 아빠 말 듣다가 나이 먹고 청승맞게 혼자 사는 수가 있다? 한창 예쁠 때 남자도 많이 만나 보고 그래야 돼. 고기도 먹어 본 놈이 맛을 안다고, 남자도…… 아니, 이 표현은 좀 그런가? 어쨌든 남자도 많이 만나 봐야 어떤 남자가 좋은 남자인지 알 수 있는 거야."

"무슨 소리야? 딸 문란해지길 바라는 부모가 어딨어?"

"그게 어떻게 문란해지는 거예요? 현명한 거지. 그리고 문란하면 좀 어때서. 바보같이 남자 한 번 안 만나 보다가 덜컥 이상한 놈 만나서 코 꿰이는 것보다야 낫죠! 엄마 말 들어. 설아야!"

"설아야. 아빠는 문란한 건 반대다!"

언제나 그렇듯 서로 전혀 다른 견해를 보이며 옥신각신하는 부모님을 보며 설아는 익숙하다는 듯 오물오물 식사를 이어 나갔다. 사실 설아의 머릿속은 아까부터 전혀 다른 생각으로 가득 차 있었다.

목젖. 구개수. 아담스 애플. The Uvula……

손가락 끝에 닿았던 그 단단함을 떠올리자 설아의 뺨이 슬몃 붉어졌다. 항상 그 감촉을 상상만 하곤 했었는데 막상 직접 만져 보니 매우 놀라웠다.

'생각보다 더 단단하고…… 기분 좋았어.'

그 감각을 다시 떠올리자 설아의 눈이 황홀하게 빛났다. 잠깐 사귀었던 상대에게도 차마 꺼내지 못한 말이었는데 어떻게 이혁에게 꺼낼 수 있었을까? 안경이 없으니 눈에 뵈는 게 없어서 그랬나? 근데 눈에 뵈는 게 없는데 그 목젖은 어떻게 눈에 딱 들어온 거지?

이혁이 커피를 들이켜는 순간 날 좀 만져 보소! 하고 유혹적으로 꿈틀거리는 목젖이 마이너스의 시력임에도 불구하고 시야에 확 들어왔다.

"거참 신기하네, 정말……."

"뭐가 신기해?"

저도 모르게 중얼거린 말에 혜경이 의문스러운 얼굴로 묻자 설아가 고개를 푸르르 흔들었다.

"아, 아무것도 아니에요. 그냥 잠깐 생각난 게 있어서…… 하하. 잘 먹었습니다."

제 방으로 들어온 설아는 화이트 톤의 넓은 방 안의 캐노피 커튼이 달린 하늘하늘한 공주풍 침대에 앉았다. 목젖에 닿았던 제 손가락 끝을 유심히 바라보다가 의문이 생겼다.

'언제부터 이상형이 목젖이 되어 버린 거지?'

잘 기억나진 않지만 어느 순간부터 이상하게 남자애들의 목에 시선이 자주 갔다. 같은 반 여자아이들이 남자애들의 얼굴이나 성적 등을 열거하며 꺅꺅거릴 때 자신은 초지일관으로 남자애들의 목만 보고 있었으며, 다들 제 오빠라며 아이돌 사진을 보여 주면 자신은 제 오빠라며 우람한 서양 프로레슬러의 사진을 보여 줬다.

아이들이 자신을 이상하게 보긴 했지만 허여멀건 아이돌보다 우람한 목젖을 가진 프로레슬러가 훨씬 멋졌다.

"아무래도 내가 정상은 아닌가 봐."

일찍이 자신의 남우세스러운 취향을 알아채고는 입 밖에 낸 적이 없었는데…… 그런데 왜 이혁에게 당당히 내보여 버린 걸까? 아무리 생각해도 이상한 일이었다.

한번 떠오른 궁금증이 내내 머릿속을 떠나질 않았는데 의문은 의외로 간단히 풀렸다.

"그거야, 친구니까 그런 거지."

카페에 앉아 자신의 고민을 술술 불어 버린 설아에게 이혁이 대수롭지 않게 말했다.

"친구라서?"

"그래. 난 친구니까 네가 편하게 생각하는 존재일 거 아냐. 그러니까 그런 말도 쉽게 했던 거겠지."

……그런가? 듣고 보니 몹시 타당한 듯 보여 설아가 고개를 연신 끄덕였다.

"아아. 그렇구나. 그렇네. 정말."

그런 간단한 걸 왜 생각 못 했을까? 설아는 명쾌한 결론을 내준 이혁을 존경스러운 눈빛으로 바라봤다. 반면 이혁은 무언가 탐색하듯 설아의 얼굴을 바라봤다.

'난 그런 말 다른 사람에게 한 적이 없었는데…… 왜 너에게 그랬

을까?'

자신을 빤히 바라보며 설아가 물었을 때 이혁은 순간 무척 기분이 좋아지는 걸 느꼈다. 설아의 목젖 페티시를 알았을 때 당황했고 사실 아직까지도 제대로 이해하기는 힘들긴 했지만 설아의 그 독특한 취향을 알고 있는 게 자신이 유일하다는 사실이 묘하게 기분이 좋았다.

……잠깐. 슬몃 말려 올라가던 입술이 흠칫 멈췄다. 설아의 의문은 해결해 놓고 이혁은 정작 주말 동안 생각하고 있던 자신의 의문은 해결하지 못하고 있었다.

'왜 나는 황금 같은 주말 동안 저 버섯만 생각하고 앉아 있었는가.'

이번 주말은 이상했다.

평소 주말엔 머리도 식힐 겸 친구들이 부르면 클럽도 가고 술도 마셨는데 이번엔 조금 이상했다. 친구들이 하도 나오라고 성화여서 클럽에 가긴 했지만 평소처럼 가볍게 즐기지도 못할 정도로 머릿속이 온통 공설아 생각으로 가득 차 있었다. 결국 재미없다고 일찍 빠져나와 집으로 온 다음부터는 본격적으로 버섯 생각만 하고 있었다.

'날 기억도 못 했던 여자잖아. 게다가 패션센스 엉망에, 버섯머리에 돋보기안경에…… 뭣 하나 예쁜 구석이 없는데 내가 왜?'

이혁은 자신의 뇌 회로가 어딘가 잘못된 것 같다는 불길한 기분에 휩싸이며 미간을 찌푸렸다.

"저어, 그런데……."

"어?"

설아의 목소리에 이혁이 상념에서 깨어나 그녀를 마주 봤다.

"네가 말한 대가는 언제쯤 해 줄 수 있을까?"

"왜? 빨리 해 주고 싶어서?"

이혁이 쿡 웃으며 말하자 설아가 눈을 빛내며 고개를 끄덕였다.

"응. 도움받기만 하려니 역시 마음이 편하질 않아서."

도움받는 건 너무 많은데 아직 자신이 갚은 건 아무것도 없는 것 같아 신경 쓰였다. 이혁이 설아의 눈을 바라보다가 태연히 커피 잔을 들어 올렸다.

"그건 나중에. 아직 다 끝난 게 아니라 제대로 정산하기도 힘들고."

"그렇구나……. 그럼 다 마무리되면 꼭 말해 줘야 해. 알았지?"

설아가 안경 너머로 귀엽게 눈을 휘어 올리며 휘핑크림처럼 달콤하게 웃었다. 그 모습에 이혁은 심장이 느닷없이 누군가의 손아귀에 덥석 움켜쥐어진 것 같은 저릿한 통증을 느꼈다. ……뭐야, 이건?

"알았어."

이혁이 괜히 뒷목을 만지며 스트레칭하듯 이리저리 움직이고는 대답했다. 그러자 설아가 생각난 듯 말했다.

"아, 저기 나 결혼식에 렌즈 껴도 돼?"

"렌즈?"

"응. 집에서 끼는 걸 연습해 봤는데 마침 껴 볼 일이 생겼으니까."

오늘은 이번 주말 설아의 결혼식 참석 의상을 골라 줄 명목으로 퇴근 후 카페에 들른 참이었다. 대학 때 선배 결혼식이 있다는 말을 했더니 이혁은 의상부터 백에 구두까지 넣은 쇼핑백을 오늘 건네줬다. 전에 워크샵 때도 겪었던 거라 설아는 이제는 꽤 익숙하게 받아 들었다.

렌즈라……. 이혁이 눈을 가늘게 뜨고 설아를 응시했다. 설아는 무척 기대된다는 표정이었지만 이혁은 썩 달갑지 않았다.

'애 맨얼굴은 위험한데.'

위험해? 뭐가?

"괜찮겠네. 그럼 그날 한 번 껴 봐."

이혁이 정신을 다잡으며 아무렇지 않은 표정으로 말했다.

"응. 그럴게."

설아가 기쁜 듯 웃었다. 꼭 렌즈를 허락받고 껴야 하는 건 아닐진대 타고난 범생이 타입답게 처음 시킨 대로 꼬박꼬박 허락을 받으려고 하는 설아의 태도가 무척 마음에 들었다.

'그게 왜 마음에 들어?'

이혁은 혼란스러운 표정으로 제 얼굴을 쓸었다. 요즘 왜 이렇게 이유를 알 수 없는 일들이 많은 건지. 그것도 유독 이 여자에 한해서.

"결혼식 가면…… 내 노력이 들어갔으니까 분명 몰라볼 정도로 달라졌다고 할 거야."

이혁이 복잡한 머릿속 때문에 피곤한 얼굴로 말하자 설아가 뺨에 홍조를 띠웠다.

"결혼식 토요일이랬나?"

"응."

이혁이 천천히 커피를 마셨다. 설아가 결혼식에서 달라진 모습을 제대로 발휘하게 해 주려고 신경 써서 의상을 골랐으면서도 정작 자신이 고른 것들은 그저 단정하고 적당히 여성스러운 옷들일 뿐이었다. 그게 뭘 말하고 있는지 대놓고 눈앞에 보여 주고 있었지만 이혁은 애써서 그것들을 무시했다.

손가락을 꼼지락거리며 커피 잔을 매만지는 설아를 응시하며 이혁은 아까부터 자꾸 맘에 걸리는 것을 생각했다. 고개를 숙인 설아의 안경이 내려가면서 그 틈으로 큰 눈이 보였다. 길고 짙은 속눈썹이 팔락거렸다.

'역시 렌즈는 안 끼는 게 좋겠어.'

그 말이 목구멍까지 치솟아 올라왔다가 꿀꺽 삼켜졌다. 초심을 잃지 말자. 정이혁. 넌 지금 네 뜻대로 순순히 따라 주고 감사해하는 설아를 보고 충분히 우월감을 느끼고 있잖아. 과거의 만년 2위 따위는 기억나지 않을 만큼. 그거면 충분한 거 아냐?

그때 직원이 테이블로 다가왔다.

"저……커피 리필해 드릴까요?"

"아, 네. 감사합니다."

이혁이 싱긋 웃자 직원이 볼을 물들이고 그의 잔에 커피를 가득 채워 줬다. 그 모습을 보던 설아의 눈이 의아스러워졌다. 초롱초롱한 눈빛으로 얼굴을 붉힌 채 이혁의 얼굴을 힐끗거리는 여직원은 아무리 눈치가 없는 자신이 보기에도 이혁에게 호감이 있는 것이 분명해 보였다.

흐음……? 설아는 이혁의 얼굴을 찬찬히 바라봤다. 여전히 곤약처럼 하얀 얼굴을 빤히 바라보다가 고개를 갸웃거렸다.

'아무리 봐도 잘생긴 거랑은 거리가 먼 것 같은데.'

자신의 독특한 취향이 비단 목젖 페티시만이 아니라 총체적 난국에 가깝다는 것을 전혀 인지하지 못하고 있는 설아는 이 상황이 이상할 수밖에 없었다.

'저 여자도 목젖을 좋아하나? 이혁이 목젖 감촉이 참 좋긴 한데.'

설아는 아까부터 힐끔힐끔 훔쳐보고 있던 이혁의 목젖으로 다시 시선을 향했다. 호두알처럼 딱딱하게 솟아올라 있는 목젖을 보자 심장이 빠르게 뛰기 시작했다. 이상하다. 이혁의 목젖은 지금까지의 취향처럼 한눈에 딱 들어온 우람한 목젖은 아닌데…… 왜 저 목젖을 볼 때마다 이렇게 설레지?

'하아, 한 번만 더 만져 봤으면 좋겠다…….'

만지고 싶어 꼬물거리는 손가락에 힘을 줘 주먹 안으로 얼른 말아 넣으며 설아가 정신을 다잡았다. 안 돼! 자꾸 만지고 싶어 하면 변태

같을 거야. 변태로 보일 수는 없다고!

"왜 그래?"

리필된 커피를 마시며 이혁이 묘한 표정으로 바라보자 설아가 화들짝 놀랐다.

"응? 아, 아무것도 아냐."

'네 목젖이 너무 만지고 싶어서 그래.'

휴…… 그런 말을 하면 친구인 이혁도 날 정말 이상하게 쳐다볼 것 같아. 그런데 왜 그 욕망이 눈덩이처럼 점점 불어나는 거야? 사람 난감하게…….

설아가 욕망과 싸우느라 조금 어두워진 얼굴로 홀짝이며 커피를 마셨다.

토요일이 되자 이혁은 아침부터 계속 시계만 보고 있었다.

"이상한 습관만 느네."

낮게 중얼거리며 리모컨을 눌러 채널을 돌렸지만 아까부터 휙휙 바뀌는 화면에는 전혀 관심이 가지 않았다.

그러니까 분명…… 1시 결혼식이라고 했으니까 지금 한창 결혼식 중이겠네. 대학 때 알던 사람들이면 다들 오랜만에 보는 사람들일 테니 설아의 바뀐 모습을 보면 분명 깜짝 놀랄 거다. 심지어 오늘은 안경까지 안 꼈으니까 효과는 더욱…….

멈칫.

리모컨을 누르던 이혁의 손이 뚝 멈췄다. 결혼식에 가는 미혼 남자들이 대부분 그렇듯이 신부 친구 중 괜찮은 여자가 있나 눈에 불을 켜고 찾아볼 텐데…… 그 남자들 눈에 공설아가 그냥 지나쳐질 리 있을까?

"젠장."

아까부터 내내 이유 없이 초조하던 기분이 그 원인을 깨닫자마자 더욱 초조해졌다. 리모컨을 든 채 벌떡 일어나서 넓은 거실을 이리저리 서성이던 그가 주머니에서 휴대폰을 꺼냈다.

[오늘 결혼식 어디ㅅ]

"내가 뭘 하는 거야."

짜증스럽게 내뱉은 이혁이 휴대폰을 소파 위에 던지고 털썩 앉았다.

"공설아는 그저 버섯머리 안경일 뿐이야."

누구 들으라는 듯 혼잣말을 하는데 던져둔 휴대폰에서 벨소리가 울렸다. 혹시? 이혁은 몸을 날려 단번에 휴대폰을 낚아챘다. 액정에 떠 있는 두식이라는 이름을 보니 이혁의 표정에 실망감이 어렸다.

"어."

— 뭐해? 문자 안 봤냐?

심드렁한 목소리로 전화를 받자 두식이 득달같이 말했다. 두식은 고등학생 때부터 친하게 지내던 친구인데 이혁과 비슷할 정도는 아니라도 상당히 큰 중견 기업의 아들이었다. 보통 집에 돈 좀 있는 집안의 남자들은 강남 룸살롱이나 로얄 패밀리들을 위한 상류 비즈니스 클럽의 유흥 문화에 빠지는 경우가 많은데 두식이나 이혁은 누구나 갈 수 있는 클럽 같은 데가 오히려 편했다. 상류 클럽에는 돈 많은 남자를 잡아 신세 펼 생각에 끈적하게 구는 여자들이 너무 많아 귀찮기도 하고.

"못 봤는데 왜?"

— 나오라고. 주말인데 나이트 가자.

"귀찮아."

그럴 기분도 아니고. 그러고 보니 평소엔 친구들이랑 나이트도 곧잘 다녔는데 요즘은 영 그런 데 가기가 귀찮았다.

— 야! 너 없으면 여자들이 안 들러붙는단 말이야! 두 달 전에 여자 친구랑 깨진 뒤로 나 외로움에 몸부림치고 있는 거 모르냐? 너 오늘 안 나오면 우리 우정 박살 나는 소리가 들릴 거다!

"쓸데없이 협박은……."

핀잔을 주려던 이혁이 멈칫했다.

가만, 이건 기회잖아? 어차피 집에 있어 봐야 계속 뭐 마려운 강아지처럼 시계와 휴대폰만 번갈아보며 온갖 망상에 빠져 있을 게 뻔했다. 차라리 아무 생각도 할 수 없는 시끄러운 데라도 가서 머릿속을 비워 버리는 게 백번 낫지.

"알았어. 어디로 가면 돼?"

휴대폰을 잡은 이혁의 눈빛이 단호하게 빛났다.

나이트클럽 안은 쿵쿵 울리는 소리로 충분히 시끄러웠지만 머릿속을 비우는 데 전혀 도움이 되지 못했다. 오히려 앞에서 부비적거리며 춤추고 있는 남녀들을 보니 이혁의 기분은 더 심란해져만 갔다.

'요즘 피로연 더럽게 하는 데 많다던데…… 혹시 순진한 애 데려다가 저러고 있는 거 아냐?'

술자리에서 친구들한테 들은 온갖 종류의 더러운 플레이들을 떠올리자 기분이 더러워졌다. 결국 인상을 굳히고 앉아 있던 이혁이 자리에서 벌떡 일어났다.

"어? 너 어디 가?"

"오빠 어디 가요?"

아이돌 부럽지 않은 이혁이 얼굴만 보고 꼬여 든 여자들을 앉혀 두고 자신의 특기인 입담을 막 풀려던 두식과 여자들이 동시에 이혁을 올려다봤다.

"잠깐 화장실 좀 갔다 오려고. 대화들 나누고 있어요."

이대로 빠져나갈 생각이었지만 두식을 위해 스마트한 미소를 지으며 말하자 여자들은 망부석이 될 때까지 기다리겠다는 결연한 표정으로 고개를 끄덕였다.

"빨리 갔다 와요. 오빠."

오빠는 무슨. 넌 그렇게 헐벗은 차림으로 네 오빠랑 있냐?

거의 한계에 몰린 이혁은 사소한 것조차 짜증이 나 견딜 수가 없을 지경이었다. 어둡고 시끄러운 홀을 빠져나가 복도로 나서는데 저쪽에 웨이터 손에 잡혀 계단에서 끌려 내려오고 있는 여자가 보였다.

"아, 아니 저는 정말 이런 데는……."

아니긴. 이런데 안 오려면 애초에 왜 웨이터 손에 잡…… 어? 잠깐.

"공설아?"

이혁이 눈을 부릅뜨고 웨이터가 잡고 있는 여자의 손을 잡았다.

"어? 이, 이혁아?"

설아가 눈을 둥그렇게 뜨고 올려다봤다. 눈이 마주치자 이혁의 얼굴이 빳빳하게 굳었다. 젠장, 공설아 맞잖아!

"네가 여긴 왜 있어?"

이혁이 무시무시한 얼굴로 으르자 설아가 어물어물 말했다.

"모, 모르겠어. 난 그냥 걷고 있었는데 이분이 손을 잡기에 뭔가 도와 달라는 뜻인 줄만……."

"그쪽이 맘대로 끌고 온 겁니까?"

이혁의 살벌한 시선이 웨이터를 향하자 사태의 심각함을 느낀 웨이터가 얼른 설아의 손을 놓으며 하하핫 웃었다.

"아니 전 혹시 나이트에 오고 싶으신 분인가 해서 말이죠. 하핫. 저희 나이트가 물이 꽤 좋아서요. 하하핫. 그, 그럼 즐거운 시간 되시길."

잽싸게 자리를 빠져나가는 웨이터를 쏘아죽일 듯 노려보던 이혁이 설아를 내려다봤다.

"너."

한 마디 뱉은 뒤 흡, 하고 숨을 들이켠 후에 스타카토를 끊어 버리거렸다.

"누가, 함부로, 남자한테 손, 목, 잡혀서 끌려다니랬어?"

"나, 난 그러려던 게 아니라……."

"그러려던 거든 아니든, 너 애야? 나이트가 뭐하는 덴지 몰라?"

"난 잘 몰……."

"모르는 게 자랑이야? 여기가 얼마나 위험한 덴데 그런 것도 모르고 끌려오는데?"

"미, 미안."

잡아먹을 듯 무시무시하게 으르는 이혁의 노기에 설아가 움츠러들었다.

"후우."

이혁이 분노를 다스리려 크게 숨을 들이켰다. 펄펄 끓는 분노에 머릿속이 시뻘겋게 물들어 버린 기분이었다. 그때 슬쩍 고개를 든 설아가 의문스러운 표정으로 물었다.

"저 그런데…… 너는 왜 여기 있어?"

이혁이 흠칫했다. 얼마나 위험한 곳인지 목에 핏대를 세워 피력한 곳에 자신도 있었다는 사실을 순간 망각했다. 이혁은 동요를 감추고 아무렇지도 않은 얼굴로 말했다.

"난 여기 찾을 사람이 있어서 왔는데 없어서 나가려던 참이었어. 너도 나갈 거지?"

"응? 아, 응."

"그럼 같이 나가자."

이혁이 설아의 손을 잡은 채로 계단을 오르기 시작했다. 시끄러운 소리가 들리던 계단에서 빠져나오자 쌀쌀한 바람이 휙 불어닥쳤다. 이혁이 밝은 조명 아래서 설아를 돌아보니 원피스와 코트만 입고 있는 설아의 모습이 눈에 들어왔다.

'……삐끼가 안 잡을 수가 없겠네.'

커다란 눈에 찰랑거리는 생머리를 가진 청순한 여자가 지나가는데 어떤 삐끼가 꼬시려 들지 않겠냐고. 이혁은 괜히 화가 나서 짜증이 밀려왔다. 역시 렌즈 따위 끼게 하는 게 아니었는데!

"추운데 입어."

이혁이 자신의 겉옷을 벗어 설아에게 걸쳐줬다.

"아, 난 괜찮……."

"입고 있어."

이혁이 강경하게 말하자 설아도 더 거절하지는 못하고 커다란 이혁의 다크브라운 컬러의 재킷을 걸쳤다. 앞부분을 손으로 여며 준 이혁이 설아의 몸에 지나치게 커다란 제 재킷을 걸친 모습을 만족스럽게 훑어보고는 팔을 잡아끌었다.

"가자. 바래다줄게."

차를 세워 둔 곳으로 설아를 데리고 가며 이혁은 차를 가져오길 잘했다는 생각을 했다. 편의점에 들러 따뜻한 커피를 사서 설아에게 건네주고 리모컨으로 근처에 세워 둔 차에 시동을 걸고 히터를 켰다. 그래서 차에 도착했을 땐 냉기가 어느 정도 가신 상태였다. 차 문을 열고 설아가 조수석에 올라타자 이혁이 말했다.

"곧 따뜻해질 거니까 조금만 참아."

"고마워."

따스한 커피 캔을 손에 쥔 채로 설아가 입술 끝을 둥글게 끌어 올렸다. 맑게 웃는 설아를 보며 이혁이 엄격한 얼굴로 말했다.

"명심해. 오늘은 나를 우연히 만났다지만 늘 그런 우연이 벌어지진 않아. 다시는 남의 손에 끌려서 그런 데 가지 마. 알겠어?"

"응. 그럴게."

설아가 따뜻한 캔을 제 뺨에 대고 데굴데굴 굴리면서 끄덕이자 이혁이 다시 강조했다.

"약속한 거다?"

"응. 응."

연신 고개를 끄덕이는 설아를 보고서야 이혁이 고개를 돌려 차를 출발시켰다. 만약 좀 전에 우연히 만나지 못했다면 어땠을까. 웨이터 손에 이리저리 끌려다녔을 설아를 생각하니 다시 분노가 치솟았다. 망할 웨이터 놈이!

그때 이혁의 전화벨이 울렸다. 발신자를 확인한 이혁이 한쪽 눈썹을 치켜올리곤 태연하게 음소거를 해 버렸다.

"안 받아?"

"스팸 전화야."

두식의 처절한 외침이 환청처럼 들리는 듯했지만 이혁은 가뿐히 무시해 줬다. 생각해 보면 두식 덕분에 설아를 발견하게 된 거긴 하지만 어쨌든 지금 자신을 기다리고 있을 두식의 상황은 알 바 아니니.

"결혼식은 어땠어?"

"아…… 좋았어. 신부도 예쁘고 신랑도…….."

설아의 표정이 갑자기 우울해지자 이혁이 힐끔 쳐다봤다.

"사람들 반응은 어땠는데. 너 변했다고 하지 않아?"

이혁의 물음에 설아가 커피 캔을 손에 쥔 채로 한숨을 포옥 내쉬었다.

"그게…… 학교에서 내가 그리 존재감 있는 사람이 아니라는 건 알고 있었지만…… 아무도 알은척을 안 하니까 조금 서운하긴 하더라고."

"알은척을 안 해?"

이혁이 눈을 가늘게 뜨고 되물었다.

"응. 그래서 그냥 조용히 있다 왔어. 직접 가서 축하해 주고는 싶었으니까 할 도리는 다한 거겠지……."

시무룩한 설아의 표정을 보면서 이혁은 입꼬리가 저절로 휘어 올라갔다. 상황이 뻔히 보이는군. 사람들이 많은 결혼식, 더구나 대학 때 사람들이 많이 왔다면 지금의 달라진 모습을 못 알아볼 테고, 그냥 다들 누군가 아는 사람이겠거니 하고 넘어간 거겠지. 그렇게 공설아는 아무도 알아보지 못한 채 병풍처럼 서 있다가 왔으니 아무도 들이대지 못했을 거고. 그렇게 생각하니 이혁은 안 좋았던 기분이 싸악 사라지는 느낌이었다.

"너무 기분 나빠하지 마. 그럴 수도 있는 거지. 나도 동창들 얼굴 다 기억 안 나거든."

고개를 끄덕이면서도 설아의 표정은 여전히 시무룩했다.

"그럼 지금까지 어디서 뭐 한 건데. 결혼식은 한참 전에 끝났을 거 아냐."

"아…… 살 게 있어서."

설아가 생각났다는 듯 눈을 반짝 빛내더니 가방을 열어 부스럭거렸다. 그러더니 뺨을 붉게 물들이고는 이혁에게 작은 상자를 내밀었다.

"저, 이거…… 아, 운전 중이니 조금 이따가 줄까?"

"그게 뭔데?"

이혁이 의아한 표정으로 묻자 설아의 얼굴에 더 홍조가 차올랐다.

"으응. 늘 도움만 받는 것 같아서 저기…… 좋은 건 아닌데. 뭐라도 고마움을 표시하고 싶었거든."

설아의 말에 이혁이 눈을 가늘게 떴다.

"그러니까, 그게 내 거라는 거야?"

설아가 상자를 든 채 고개를 살짝 끄덕이자 이혁은 가슴속에서 묘한 균열을 느꼈다. 심장에 느껴지는 이상하리만치 뻐근한 통증.

"아…… 고마워. 지금 운전 중이니까 거기 글러브박스에 넣어 줄래?"

"응. 그럴게."

이혁이 표정 관리를 하며 말하자 설아가 얼른 글러브박스를 열어 조심스럽게 상자를 넣었다. 그러고는 미소가 방울방울 매달린 얼굴로 이혁을 바라봤다.

"있잖아. 나 처음이야."

그렇게 웃지 마. 심장의 통증이 더 심해지잖아. 이혁은 시선을 전방으로 돌린 채 핸들을 잡은 손에 힘을 줬다.

"뭐가?"

"남자한테 선물을 줬는데 고맙다, 라고 인사 들은 거."

"……그랬어?"

"응. 그래서 기뻐."

기분 좋은 듯 헤실헤실 웃고 있는 설아를 보며 이혁은 한편으로는 씁쓸함을 느꼈다. 너는 왜 최소한의 인사도 할 줄 모르는 놈들에게만 선물을 준 거냐.

점점 더 뜨거워지는 덩어리가 심장을 집어삼키는 것을 느끼며 이혁은 마냥 기쁜 얼굴로 웃고 있는 설아에게도 조금 화가 났다.

집으로 돌아온 이혁은 코트 주머니에 넣어 온 선물상자를 꺼냈다.

'뭘까?'

코트도 벗지 않고 선 채로 고급스러운 블랙 포장지에 싸여 와인빛 리본으로 장식된 상자를 한참 보고 있던 이혁은 쉽사리 포장지를 풀지 못했다. 손안에 쥐고 상자를 만지작거리며 자신이 골라 준 옷을 입고 백화점에서 이걸 고르고 있었을 설아의 모습을 떠올렸다.

그 모습을 상상하자 가슴 한편이 아까의 익숙한 열기로 번져 오르는 것이 느껴졌다.

"그만 좀."

수시로 느껴지는 통증 같은 뻐근함에 낮게 내뱉은 이혁이 포장지를 뜯기 시작했다. 포장지를 벗기자 넥타이가 담긴 케이스가 나타났다. 순간 이혁의 얼굴에 황당함이 묻어났다.

"……와. 형광 보라색이라니. 가지도 아니고."

어디서 이런 난해한 넥타이를 찾아낸 건지. 고급스러운 퍼플이 아닌 그야말로 잘 익은 탱탱한 가지 같은 쨍한 형광빛이 도는 보라색 넥타이는 정말이지 촌스러웠다.

"그냥 점원이 추천해 주는 걸 사지. 평범한 것들 많잖아. 평범한 거."

이혁은 투덜거리면서도 타이를 들고 드레스룸으로 들어갔다. 거울 앞에 서서 타이를 목에 댄 채 이리저리 몸을 돌려봤다.

"이런 형광색은 도대체 어디에 맞춰 매라는 거야?"

거울을 바라보는 그의 입가엔 흐뭇한 미소가 걸려 있었다.

"정말 센스 없다. 공설아."

한쪽 뺨에 작은 보조개를 만들며 웃는 이혁의 눈빛에 만족스러운 미소가 가득 담겨 있었다.

다음 날 아침, 이혁이 설아가 준 타이를 만지작거리며 엘리베이터 앞에 섰다. 선물해 준 다음 날 바로 타이를 매 주는 것이 선물해 준 사람에 대한 예의라며 이 해괴한 타이를 맨 이유를 스스로에게 설득시키고 있었지만 사실 그냥 매고 싶었다.

설아가 준 선물이라 생각하니 괜히 더 신경 쓰여서 자꾸 타이로 손이 가는데 앞에 서 있던 여직원들의 대화 소리가 들렸다.

"있지. 오늘 블랙데이잖아. 나 그 사람한테 짜장면 먹자고 해 보려고."

"솔로인 거 티 내려고 그러는구나?"

"아니 그런 게 아니라. 블랙데이에 좋아하는 사람이랑 단둘이 짜장면 먹으면 둘이 잘된대서."

"그런 건 또 어디서 들었어? 우리가 그런 미신 믿을 나이니?"

놀리듯 말했지만 그 여직원은 매우 진지한 목소리였다.

"믿고 안 믿고의 문제가 아니야. 난 뭐든 해 보고 싶어. 그래서 그 남자랑 잘될 수만 있다면."

"그래. 그럼 잘 해 봐. 그 의지가 뭐든 이루어 주지 않을…… 어머!"

그제야 뒤에 서 있는 이혁을 알아챈 여직원이 고개를 돌리자 옆의 여직원도 동시에 고개를 돌렸다. 갑자기 화르륵 얼굴을 붉힌 여자들이 고개를 앞으로 홱 돌려 버리고 수다스럽던 입을 꾸욱 다물었다.

'……?'

이혁은 고개를 갸웃거리며 엘리베이터에서 내려 사무실로 들어왔다.

"안녕하세요."

"이혁 씨. 좋은 아침! 주말 잘 보냈어요?"

사무실에 이혁이 들어오자 기다렸다는 듯 지영이 밝게 인사했다. 인사 소리에 설아도 고개를 들었다.

"네. 잘 보냈어요."

이혁이 상큼 터지는 미소를 지으며 대답하자 모든 여직원들의 얼굴에 자양강장제 같은 홍조가 돌았다. 설아는 멍하니 보고 있다가 맞은편 자리로 이혁이 걸어오자 그제야 인사를 했다.

"아, 안녕하세요."

마주 인사하며 자리에 앉는 이혁을 보다가 얼른 모니터로 고개를 돌린 설아가 배시시 웃었다.

'……해 줬구나.'

진한 그레이 톤의 슈트를 입은 이혁의 목에는 자신이 선물해 준 넥타이가 보무도 당당하게 걸려 있었다. 그 모습을 보니 왠지 모르게 가슴이 뿌듯해져 설아의 입술이 절로 실실 휘어 올라가는데 이혁에게 서류를 들고 다가온 곽 대리가 콧소리를 잔뜩 섞어 말했다.

"어? 이혁 씨 타이 너무 독특하다. 이혁 씨가 산 거야?"

"선물 받은 거예요."

타이 이야기가 나오자 설아의 귀가 절로 쫑긋해졌다.

"아아, 그래? 어쩐지. 이혁 씨 스타일치고는 너무 해괴하다 했어. 선물 받았다고 예의상 해 준 거지? 착하네."

해……해괴하다고?

"그래도 다른 사람이 하면 엄청 촌스러울 것 같은데 이혁 씨가 한 걸 보니까 되게 세련되어 보여요. 그렇지 않아요?"

초, 촌스럽다고?? 지영까지 끼어들어 거들자 사색이 된 설아의 동공이 급격히 흔들렸다. 그때 이혁의 목소리가 들렸다.

"그래요? 난 괜찮은데."

이혁이 타이를 들어 보이며 싱글거리자 곽 대리는 갑자기 무척 당황한 얼굴을 하더니 고개를 연신 끄덕였다.

"그, 그러네! 다시 보니 아주 그냥 세련됐네. 응? 색도 엄청 곱고. 그, 그렇지, 지영 씨?"

"네. 대리님. 저도 그런 것 같아요. 아하하……."

뻘쭘한 두 여자의 목소리가 어색하게 공명하다가 자신들의 자리로 샤샤샥 사라졌다. 이혁이 곽 대리가 두고 간 업무 파일을 보는데 책상 위에 휴대폰 알람이 깜빡였다. 액정을 확인한 이혁의 입술이 길게 늘어졌다.

[고마워.]

설아의 휴대폰도 곧이어 깜빡였다.

[뭐가?]

[괜찮다고 해 줘서.]

[괜찮으니까 괜찮다고 한 거지. 별게 다 고맙대.]

[……그래도 고마워.]

겉으로는 불퉁하게 말해도 이혁의 따뜻한 배려가 느껴져 설아는 진심으로 그가 고마웠다. 잠시 문자를 보고 있던 이혁이 화면을 터치했다.

[친구잖ㅇ]

슬몃 미간을 찌푸린 이혁이 썼던 문자를 지웠다.

[나야말로 고맙다. 선물.]

이혁의 문자를 본 설아가 미소를 지으며 자판을 두드렸다.

[내가 오늘 저녁 사 줄게. 시간 돼?]

[뭐 사 줄 건데?]

[네가 먹고 싶은 걸로. 뭐 먹을래?]

설아가 미소를 띠운 채로 액정을 보고 있는데 스피디하게 답장이 왔다.

[그럼 짜장면.]

"너 짜장면 좋아해?"

나는 왜 짜장면집에 이 여자와 둘이 있는 것인가.

"오늘 블랙데이잖아."

'블랙데이에 좋아하는 사람이랑 단둘이 짜장면 먹으면 둘이 잘된대서.'

그런 의도는 절대 아니다. 절대. 네버.

"어? 정말? 근데 너도 그런 거 챙겨? 의외네."

나도 내가 이런 거 챙기는 사람인 줄 몰랐다.

"가끔 생각날 때만. 뭐 나쁠 것도 없잖아. 메뉴 걱정할 필요는 없으니."

이혁이 앞에 재스민 차를 따른 잔을 놔주자 설아가 데굴데굴 눈을 굴리다 조심스럽게 물었다.

"너 여자 친구…… 없어?"

"뭐?"

잔을 입으로 가져가던 이혁이 한쪽 눈썹을 치켜올렸다.

"여자 친구가 있으면 내가 블랙데이라고 너한테 짜장면 먹자고 하겠어?"

"그, 그야 물론 그렇지만…… 너 회사에서 인기도 많고 그래서."

솔직히 설아의 미의 기준으로는 이해할 수 없는 일이긴 했지만 이혁은 여직원들에게 압도적으로 인기가 많았다. 처음엔 신입이라 일부러 잘해 주는 건 줄 알았는데 날이 갈수록 여직원들끼리의 대화에 이혁이 자주 오르내리는 걸 보고 그게 아니라는 걸 깨달았다.

심지어 이번 워크샵에서 찍은 이혁의 사진이 휴게실에서 암암리에 거래되는 모습을 보고 충격도 받았었다. 사람의 취향은 다른 거라지만 요즘 사람들은 허옇고 곤약 같은 사람을 좋아하는 건가? 아니면 혹시 자신처럼 목젖에 반했……을 리는 없을 테고.

"그냥 귀찮아서."

연애가 귀찮다니. 솔직히 이해할 수는 없었지만 이상하게 그 말에 묘한 안심이 되는 것 같기도 하고……?

'이혁이 연애하기 귀찮다는데 왜 내가 안심이 되지?'

설아가 고개를 갸웃거리는데 시야에 재스민 차를 마시는 이혁의 목젖이 딱 잡혔다.

앗…….

그 후로 의식적으로 이혁이 목젖은 보지 않으려고 노력했는데 생각에 빠져 그만 깜빡해 버렸네? 목 한가운데 툭 솟아올라 호두알처럼 움직이는 그 야릇한 아담스 애플을 보고 있으려니…… 우아. 시, 심장이…….

'음?'

찻잔을 내려놓고 설아를 바라본 이혁은 그녀의 상태가 조금 이상하다는 것을 깨달았다. 어딜 보는 건지 정확히 알기 힘들 정도로 몽롱해진 시선과 발그레하게 물든 두 뺨을 보니 분명 전에 이것과 똑같은 증상을 봤던 기억이 났다.

'역시 그건가.'

이혁은 슬쩍 입술 끝을 올리고는 자신의 목 언저리를 게슴츠레한 눈으로 보고 있는 설아에게 시선을 두며 일부러 목을 뒤로 젖혔다.

"찌푸둥하네."

……헉!

목젖이 잘 보이도록 목을 뒤로 유연하게 젖힌 채 목 스트레칭을 해 주니 설아의 눈이 커다래져선 얼굴이 토마토처럼 붉어지는 것이 보였다. 작은 입술마저 자그맣게 벌어지자 이혁은 몹시 만족스러운 기분으로 고개를 내렸다.

그러자 설아의 하아, 하는 아쉬운 한숨 소리가 작게 흘렀다. 이혁은 비죽 새어 나오는 웃음을 참고는 테이블 위에 팔을 괴고 느른하게 말했다.

"너 지금 만지고 싶지?"

"응. ……어? 어어어?"

자기도 모르게 실언을 한 설아가 제 말에 화들짝 놀라자 이혁이 그럴 줄 알았다는 표정으로 설아를 지그시 바라봤다.

"만지게 해 줄까?"

"뭐? 지, 진짜?"

이혁의 말에 눈을 동그랗게 뜬 채로 설아가 침을 꼴깍 삼켰다. 동그란 눈, 침을 삼키며 꾹 다물리는 발간 입술, 잔을 꼭 쥔 작은 두 손…….

'아, 귀여워…….'

……응? 설아가 귀여워? 그럴 리가 없…… 그런데 문제는 제 시력만이 아닌 모양이었다. 다음 말을 아무렇지도 않게 내뱉는 걸 보니 뇌에도 이상이 있는 게 분명하다.

"친구니까 이 정도야 만지게 해 줄 수 있지. 어렵지 않아. 그 대신 조건이 하나 있는데."

"무슨…… 조건?"

설아가 순간 긴장된 표정을 지었다. 누군가 던져 준 생선을 앞에 두고 경계 어린 시선을 보내는 고양이 같은 눈빛이었다.

"네가 원할 때면 언제든 만지게 해 줄 테니까 내 걸 만지는 동안에는 다른 사람 건 절대 보지 말 것."

"뭐……?"

설아가 버퍼링 걸린 상태에서 그의 말을 해석하는 듯 한참 눈만 꿈벅거리자 이혁이 말했다.

"이것도 개조 프로젝트의 일환이야. 네 독특한 취향도 개조해야 하지 않겠어?"

"아, 그런 거였어?"

그제야 납득한 표정으로 설아가 말했다.

"그걸 고쳐야 평범한 연애를 할 수 있어. 그러니까 내 말 들어. 앞으로 절대 다른 남자의 목젖을 보지 말 것. 정 보고 싶으면 내 것만 보고, 내 것만 만질 것."

"아……."

"알았어?"

"아, 으, 응."

이유도 가지가지. 이혁은 제 입으로 나온 말이 참 어처구니가 없었다.

설아는 조금 혼란스러운 표정을 지었지만 곧 고개를 끄덕였다. 이혁의 말에는 순응하게 되는 것이 어느새 습관이 된 듯도 했다. 그런 설아의 모습에 이혁이 만족스러운 미소를 지었다.

"그럼 이제 만져 봐."

이혁이 팔짱을 끼고 턱을 들어 올리자 설아가 조심스럽게 의자에서 일어섰다. 상기된 얼굴로 한 발 한 발 다가간 설아가 조심스럽게 손을 뻗으려다 잠시 멈칫거렸다. 정말 괜찮……을까?

"뭐해? 빨리 만져."

"응? 아, 떠, 떨려서."

"만져 봤잖아."

"그, 그러게……."

그땐 안 그랬는데 지금은 왜 이렇게 떨릴까? 설아가 초조한 표정으로 안절부절못하고 있자 이혁이 인상을 구겼다.

"안 만질 거면 말고."

"아니, 만져! 만질게!"

이혁이 고개를 숙이려 하자 설아가 뜨악해선 얼른 소리쳤다. 솔직히 창피한 것도 있지만 만지고 싶은 욕망이 더 컸다. 아, 내가 이렇게 욕망에 약한 사람이었던가…….

흡, 하고 숨을 들이켠 설아가 이혁의 목젖으로 조심조신 하얀 손가락을 가져갔다. 손가락 끝에 단단한 아담스 애플이 만져지는 순간 설아가 짜릿함을 느끼며 사르르 눈을 감았다.

"하아……."

한숨 쉬듯 흘러나온 소리에 이혁이 설아를 힐끗 보고는 입매에 단단히 힘을 줬다. 지그시 눈을 감고 발갛게 홍조가 물든 얼굴로 살짝 입술을 벌린 채 달짝지근한 한숨을 흘리는 설아는 지나치게…… 자극적이었다. 이곳이 룸이라 천만다행일 정도로.

"아, 기분 좋다……."

설아가 한숨처럼 속삭였다. 이혁의 목젖을 매만지니 짜릿한 감각에 엔돌핀이 팡팡 치솟는 기분이었다. 하지만 설아가 느릿하게 목젖을 매만질수록 이혁은 몸에 단단히 힘을 줘야만 했다.

'제길. 왜 그때보다 더 자극이 심한 거야?'

그때는 초반엔 좀 참을 만했는데 이번엔 자극이 훨씬 심했다. 그저 목만 만지는 것만으로 온몸이 뜨거워지고 단전에 바짝 힘이 들어갔다. 머릿속에서 위험신호가 사이렌처럼 울려 퍼지고 있었다. 변태로 취급받지 않으려면 정신 차려!

이혁이 이를 악물었다. 주체할 수 없는 강한 욕망을 느끼며 침을 꿀꺽 삼키자 손가락 끝에 느껴지는 그 짜릿한 감촉에 설아가 자기도 모르게 소리를 냈다.

"하……응."

하……응??

애가 지금 무슨 위험한 소릴……. 이혁의 얼굴이 당황으로 빳빳하게 굳었다. 그 소리에 더한 자극이 겹쳐져 이혁의 침이 다시 크게 삼켜지자 목울대가 위아래로 꿈틀거렸다. 그 자극이 이번에는 설아의 숨결을 달아오르게 만들었다.

"앗……."

귓가를 파고드는 색정적인 목소리에 상황은 점차 안 좋아졌다. 서로가 서로를 더욱 달아오르게 할 수밖에 없는 위험한 뫼비우스의 띠가 이어지자 이혁이 미간을 일그러뜨렸다.

'미치겠군.'

온몸이 주체할 수 없을 정도로 힘이 들어가는데 마침 똑똑, 하고 노크 소리가 들렸다.

앗!

그 소리에 화들짝 놀란 설아가 후다닥 자기 자리로 돌아가자 타이밍 좋게 문이 열렸다.

"식사 나왔습니다."

치파오를 입고 있는 점원이 중국 요리들이 담긴 이동식 트레이를 밀고 들어왔다. 오늘의 목적인 짜장면과 중국 고급요리들이 하나둘 테이블 위에 놓이는 동안 설아는 달아오른 호흡을 진정시키려 재스민 차를 벌컥벌컥 들이켰다.

음식 세팅을 완료한 직원이 다시 나가고 문이 닫히자 설아는 안도의 한숨을 내쉬었다. 휴…… 놀랐네. 발그레한 얼굴로 이혁과 눈이 마주치자 설아가 부끄러운 듯 미소 지었다.

"머, 먹을까?"

"아, 그, 그래."

이혁이 대답했지만 전혀 다른 것이 맛있어 보이는 증상에 머릿속이 어질어질했다. 얌전하게 젓가락질을 하는 설아를 보며 이혁은 한 가지는 확실히 깨달을 수 있었다.

'……이 버섯은 매우 위험한 버섯이다.'

사람 머릿속을 완전히 뒤흔들 만큼.

설아는 갑자기 연락이 온 채은을 만나러 퇴근 후 회사 근처 카페로 갔다. 아직 날이 추운데 얇은 아이보리색 트렌치코트에 블랙 미니원피스를 입은 채은이 놀랍다는 듯 말했다.

"정말 깜짝 놀랐어. 설아 너 아닌 줄 알았을 정도야. 널 이렇게 바꿔 준 사람이 우리 동창이라고?"

"응. 알고 봤더니 그렇더라고."

설아의 달라진 모습을 처음 본 채은은 그 이유를 꼬치꼬치 캐묻고 있었다.

"혹시 그 남자 이름이 정이혁이야?"

"어? 너도 알아?"

어쩐지. 자신의 생각이 맞다는 걸 확신한 채은이 입술 끝을 끌어 올렸다.

"그야, 정이혁 유명했잖아. 학생회장이었고."

학교 다닐 때 전교생을 빠순이화시킨 초인기남, 학생회장 정이혁. 그 이름과 얼굴이 떠오른 순간 왜 처음 봤을 때 바로 떠오르지 않았는지가 의문일 정도였다.

'그런데 그 정이혁이…… 설아를 도와준다고? 어째서?'

눈을 가늘게 뜬 채은이 머리를 굴리고 있는데 설아가 고개를 갸웃거렸다.

"이혁이가 유명했다고?"

"하긴. 그때 넌 그런 데는 관심 없었으니까 잘 모르겠구나. 원래 공부 말고는 별 관심 없었잖아."

"그, 그건 그렇지……."

"그럼 너 정이혁이랑 사이좋겠네?"

"……응?"

사이가 좋은 건가? 자주 만나고, 도움을 받은 일은 많았지만 이혁도 그렇게 생각할지는 모르는데……. 설아가 잘 모르겠다는 표정을 짓자 채은이 눈을 빛내며 말했다.

"너 그렇게 바꿔 준 거 보니까 그 애 확실히 그런 쪽에 능력이 있나 봐. 나 요즘 후배 모델들한테 이리저리 치이고 있어서 스트레스 엄청난 거 알지?"

"아, 그거야 알지."

설아가 끄덕이자 채은이 애교 있게 웃으며 설아의 손을 잡았다.

"그럼 나도 정이혁 도움 좀 받게 설아 네가 부탁해 줄 수 있어?"

"내가⋯⋯?"

이혁이 그걸 받아들여 줄지 아닐지를 떠나서 채은의 부탁을 듣는 순간 설아는 왠지 가슴 한편이 답답해 오는 것을 느꼈다. 이 느낌은 뭐지?

"걔가 너 동창이라서 도와주는 거라며. 그럼 나도 동창이잖아. 안 그래?"

"그건 그렇지만⋯⋯. 그래도 이혁이가 그 일을 전문적으로 하는 사람도 아닌데 그런 부탁까지는 좀⋯⋯."

설아가 생각과는 다르게 쉽게 승낙하질 않자 채은이 설아의 손을 핵 놓으며 신경질을 냈다.

"친구 좋다는 게 뭐니? 네 덕에 나도 더 레벨업돼서 잘되면 좋은 거잖아. 넌 내가 잘되는 게 싫은 거야?"

"그, 그럴 리가 없잖아."

"그럼 부탁해 주는 거다? 걱정할 거 없어. 전문가 아닌 게 뭐가 중요해? 너 보니까 전문가 뺨치는데 뭐. 아무튼 부탁 좀 할게. 설아야. 응?"

"으응⋯⋯. 부탁은 해 볼게."

"정말? 고마워. 역시 설아 너밖에 없다니까?"

채은이 밝게 웃으며 기뻐하자 설아도 흐리게 따라 웃었다. 하나밖에 없는 친구가 이렇게 부탁을 하는데 안 들어줄 순 없지⋯⋯. 그런데 왜 이렇게 기분이 우울해지는 걸까? 설아는 조금 어두워진 얼굴로 아메리카노 잔을 잡고 있는 채은의 화려한 네일아트를 바라봤다.

"아, 그러고 보니 설아 너. 그때 마음이 간다던 사람이랑은 어떻게 된 거야? 좀 가까워졌어?"

"어? 아…… 그 사람."

완전히 잊고 있던 일준의 말이 나오자 설아가 볼을 긁적였다. 요즘 이혁한테 신경이 빼앗겨 있는 데다 애인이 있다는 말을 듣고 포기했는데 채은에게 말하면 꼬치꼬치 캐물을 것 같아서 말하기가 망설여졌다.

"왜? 잘 안 돼?"

"응. 그렇지…… 뭐. 하하."

설아가 대충 넘기며 머릿속으로 이혁에게 어떻게 말해야 될까 생각하기 시작했다. 채은은 생각에 빠진 설아를 보며 입술 끝을 조용히 휘어 올렸다.

"뭐?"

이혁이 무서운 눈으로 노려보자 설아가 움찔했다.

"어, 그, 그게에……."

"나보고, 네 친구까지 변신시키라 그건가?"

더욱 험악해지는 그의 얼굴에 설아는 절로 위축이 되는 기분이었다. 예상하긴 했지만 역시 이혁의 반응은 좋지 않았다.

"기분 나쁘면 안 해도 돼. 그냥 한번 물어보기나 할 생각으로…… 그런 거니까."

카페 테이블에 마주 앉은 채 설아가 기어들어 가는 목소리로 말하자 이혁이 한숨을 내쉬며 찌푸렸던 얼굴을 풀었다. 팔짱을 낀 채로 잠시 생각하던 이혁이 입을 열었다.

"네 그 화려하게 생긴 친구가 부탁한 거야?"

"어? 어."

이혁이 채은을 기억하고 있다는 사실에 설아는 왠지 심장이 따끔거렸다. 하긴 채은이는 누구나 한번 보면 잊지 못할 정도로 예쁘게 생기긴 했으니까. 그런데 왜 이렇게 심장이 따끔거리지?

이혁은 테이블을 손가락으로 툭툭 두드리며 설아를 바라봤다. 그 친구라는 여자가 한 제안도 맘에 안 들지만 친구가 부탁한다고 쪼르르 와서 부탁하는 설아도 마음에 안 들었다. 한쪽 눈썹을 비뚜름하게 추켜올린 이혁이 설아에게 물었다.

"너 친구가 그 친구 한 명이야?"

"맞는데…… 왜?"

그럴 줄 알았어. 하긴, 공부만 하는 버섯머리 안경에게 친구가 많을 리는 없겠지. 그래도 왜 하필 친구가 그런 애야?

머릿속이 텅텅 빈 게 분명해 보이는 영악한 얼굴이 떠오르자 이혁은 기분이 나빴다. 게다가 예전 기억까지 오버랩되면서 더욱 기분이 안 좋았지만 하나밖에 없는 친구라는데 뭐라 말할 수도 없었다.

"이혁아. 거절해도 괜찮아. 정말이야."

설아가 그의 표정을 살피며 말하자 이혁이 미간을 일그러뜨린 채로 고민했다. 분명 내키진 않는 일이었다. 하지만……. 이혁이 찌푸렸던 미간을 풀고 희미하게 미소 지었다.

"좋아."

"알았어. 내가 잘 설명할게."

"승낙한다고."

"뭐, 뭐?"

의외의 대답에 설아의 눈이 커졌다. 승낙한다고? 정말? 커다란 설아의 눈을 똑바로 마주 본 채로 이혁이 말했다.

"대신 조건이 있어."

"조건……?"

"나한테 거짓말하기 없기다?"

이게 무슨 뜻이지? 설아의 눈이 더욱 의문스럽게 변했다. 이혁은 조금 진지해진 눈빛으로 설아를 마주 보고 있었다.

"나한테 숨기는 거 없어야 된다고."

"숨기는 거 없는데……?"

"앞으로 말이야."

"그거야 당연한 거잖아."

"어쨌든. 지킬 수 있지?"

"으, 응. 그럴게."

왜 이런 말을 하는 걸까? 이해할 수는 없지만 설아는 일단 수긍하기로 했다. 이혁이 이렇게 말하는 데는 분명 이유가 있을 테니까.

"좋아. 그럼 네 부탁 들어줄게."

"아…… 그래. 고마워."

고맙다고 말하면서도 설아는 내심 이혁이 거절하길 기대했다는 걸 깨달았다. 친구의 부탁을 거절하길 바라다니 나 너무 못된 것 같아. 설아가 우울한 얼굴로 자신을 질책했다.

"당분간은 따로 시간이 안 나니까 나중에 시간 될 때 말해 줄게."

"응. 그래."

이혁의 말에 대답하며 설아가 어두운 얼굴로 웃었다. 본의 아니게 썩소를 짓고 있는 설아를 보며 이혁은 그다지 유쾌하지 않은 기억을 떠올렸다.

몇 번 해 보지 않았지만 짧은 연애의 기억은 하나같이 불쾌감으로 남아 있었다. 사귀기도 전부터 자신과 사귄다고 소문을 퍼뜨린 여자도 있었고, 헤어샵 건으로 헤어진 여자도 자신의 집안은 아예 모르는 양 굴었다. 그 외에도 마치 우연인 척, 난 너의 배경에 대해선 아무것도 몰라, 라는 듯 순진한 눈망울로 다가온 여자들 역시 무수히 많았다.

'하나같이 거짓말.'

짧은 연애 몇 번으로 이혁은 그 모든 것이 거짓말이라는 것을 빠르게 파악했고 여자에 대한 일말의 호기심도 사라져 버렸다. 여자들은 거짓말을 아주 순진한 얼굴로 할 줄 아는 존재라는 걸 알게 됐으니까.

'그런데 난 네게 무엇을 바라고 이런 제안을 한 걸까? 넌 그 여자들과는 다를 거라고 믿고 있는 건가……?'

이혁이 테이블 위에서 턱을 괸 채로 설아의 얼굴을 빤히 바라봤다. 설아는 설아대로 자신의 생각에 휩싸여 끙끙거리며 고민 중인지라 그의 시선을 알지 못했다.

저 꼼지락대는 모습까지 귀여워 보이다니…….

"훗."

이혁이 낮게 헛웃음을 흘리자 설아의 의문을 담은 시선이 그를 향했다.

"……왜?"

"아니야. 아무것도."

이혁이 입가에 미소를 늘인 채로 설아를 바라봤다. 이유는 몰라도 이 아이만은 자신에게 거짓말을 하지 않을 것 같았다. 그리고 자신은 이 아이가 거짓말을 하지 않기를 바라고 있었다. 다른 여자와는 다르기를 바랐다. 그것이 공설아에 한정된 자신의 일방적인 기대일지라도 확답을 받고 싶었던 거다.

'나한테 거짓말하기 없기다?'
'그거야 당연한 거잖아.'

그래서 설아의 그 말을 듣고 기뻤다……. 무척.

♡　❤　♡

당분간은 따로 시간이 나지 않을 것 같다는 말과 달리 이혁은 매일 같이 설아를 붙잡아 뒀다. 오늘은 설아에게 남자를 만날 때 긴장하지 않는 법을 가르쳐 준다며 퇴근 후 그의 집으로 데려간 참이었다.

"시, 실례합니다."

잔뜩 긴장한 얼굴로 집으로 들어온 설아는 조심스럽게 주변을 살폈다.

"나 혼자 사니까 긴장할 거 없어."

"아…… 그렇구나."

다행이다. 남자 집에 난생처음 온 설아는 부모님이 안 계신다는 말을 듣고 긴장을 스르륵 풀었다.

"너, 방금 나 혼자 산다는 말에 안심했지?"

"응? 어."

설아가 고개를 끄덕이자 이혁이 팔짱을 끼고 훈계하듯 말했다.

"이런 상황에서는 안심할 게 아니라 긴장해야지. 남자가 혼자 산다는 건 이 집에 너와 남자 단둘이 있다는 건데, 둘만 있는 집에서 남자가 너한테 무슨 짓을 할 줄 알고 안심을 해?"

"넌 안 그럴 거잖아."

설아가 안경 너머로 순진무구한 눈을 깜빡였다. 순간 말문이 막힌 이혁이 미간을 일그러뜨렸다.

"혹시 또 모르는 거잖…… 아니 그게 아니라, 물론 난 안 그럴 거지만 모든 남자가 그런 건 아니니까 이런 일이 있을 때는 조심해야 돼."

"아아. 그런 거구나. 알았어."

설아가 물색없이 배시시 웃자 이혁은 속이 답답해졌다. 버섯머리 안경 시절엔 이런 걱정 없이 살았다지만 지금은 상황이 다르다. 나이트가 어떤 데인지도 모르고 삐끼에게 끌려 들어가는 앤데 지금 교육을 확실히 해 둘 필요가 있었다.

"내 말 잘 들어. 남자는 여자와 달라. 넌 남자가 이런저런 이유로 혼자 사는 집에 여자를 부를 수도 있다고 생각하겠지만 혼자 사는 남자가 여자를 집으로 부를 때는 절대 아무런 계산이 없을 리가 없어. 여자가 정말 안 끌리는 최악의 타입이라면 모를까."

"그럼 난 안전하잖……."

"답답아. 말 끝까지 들어. 솔직히 말하면 남자는 여자의 얼굴 따위 아무래도 상관없다는 종류도 많아. 아무도 없는 집에 둘만 있게 되면 그냥 닥치는 대로 벗……."

"벗?"

설아의 경각심을 일깨워 주기 위해 심각한 얼굴로 말하던 이혁이 순간 입을 다물었다.

"……."

다음 말을 표현하기 위한 S라거나 시옷으로 시작되는 단어들을 떠올리자 그의 얼굴이 점점 붉게 달아올랐다.

"이혁아. 너 얼굴이 빨간데 왜 그래? 어디 아파?"

갑자기 시뻘겋게 변한 그의 얼굴을 보고 설아가 걱정스럽게 물었다.

'젠장. 내가 왜 이래?'

이혁은 귓불까지 빨개진 상태에서 숨을 크게 들이켰다 내쉬었다. 복식호흡으로 들숨 날숨을 반복하는 이혁을 보자 설아는 더더욱 걱정스러워졌다. 정말 아픈가 봐.

"몸이 안 좋은 것 같은데 방에 들어가서 쉬어. 난 그만 가 볼게."

설아가 가방을 챙기며 말하자 이혁이 얼른 고개를 저었다.

"아니, 괜찮아. 집안 온도가 너무 높아서 더워서 그래."

"정말 괜찮아?"

"어. 난 더위 많이 타거든."

손부채질을 휘휘 하며 이혁이 말하자 설아가 포스스 웃었다.

"그럼 다행이다. 난 어디 아픈 줄 알고 놀랐어."

달콤하게 웃는 설아의 순진한 얼굴에 이혁은 더욱 몸이 뜨거워졌다.

"……아무래도 너무 더워서 안 되겠다. 나 잠깐 샤워 좀 하고 올게. 저기 소파에 앉아서 TV라도 보고 있어."

이혁은 머리꼭지까지 뜨거워지는 느낌에 빠르게 말하고는 도망치듯 드레스룸으로 들어갔다.

'도대체 내가 왜 이러는 거야?'

공설아 앞에서 자꾸 이상해지는 심장의 반응도 그렇고 들쑥날쑥해지는 체온도 그렇고…… 요즘은 귀엽고 사랑스러워 보이기까지 한다. 이혁은 머리를 식히기 위해 드레스룸 안의 욕실로 들어가 도를 닦듯 찬물로 샤워를 했다. 지금은 인간의 형상을 하고 있지만 저건 버섯. 버섯이다, 버섯. 하나의 버섯일 뿐이라고. 샤워를 하며 중얼중얼 마인드컨트롤을 한 뒤 옷을 갈아입고 나왔다.

"누가 범생이 출신 아니랄까 봐 그새 책 보고 있어?"

찬물 샤워 후 한결 여유를 되찾은 이혁이 픽 웃으며 말하자 책 속으로 들어갈 듯 코를 박고 있던 설아가 고개를 들었다. 편한 티셔츠와 슬림한 검정색 트레이닝 바지를 입고 있는 이혁이 바로 앞에 와 있었다.

"언제 나왔어? 몰랐네."

엇……. 설아가 민망한 듯 작은 혀를 날름거리며 웃자 가까스로 평온을 되찾았던 이혁의 심장이 언제 그랬냐는 듯 굉음을 일으키며 폭주

하기 시작했다.

'후우, 환장하겠네.'

이혁이 속으로 짜증을 내며 태연함을 가장한 채 설아가 읽는 책을 슬쩍 들춰봤다.

"너 이거 예전에 읽었던 거잖아. 또 읽어?"

"……어?"

설아가 눈을 깜빡거리며 의아스러운 표정을 지었다.

"읽었던 거긴 한데…… 네가 어떻게 알아? 내가 말했었나?"

그러게. 내가 그걸 어떻게 알지? 혼란스러움을 담은 둘의 시선이 허공에서 부딪혔다. 눈을 가늘게 뜬 이혁의 머릿속으로 하나의 장면이 섬광처럼 획 지나갔다.

고등학생 때였다. 찾을 책이 있어 도서관에 갔다가 문득 눈에 들어오는 익숙한 버섯머리가 보였다. 남들은 다들 시험 공부하고 있는데 혼자 소설책을 펴놓고 읽고 있는 설아였다.

'흐응. 넌 그래도 1등 한다 이거지.'

설아가 무척 진지한 얼굴로 책을 읽고 있는 모습을 삐딱한 시선으로 보고 있는데 문득 뭘 저렇게 집중해서 읽고 있는지 궁금해졌다. 혹시 재테크의 달인이라거나 돈을 바가지로 퍼 담는 방법 뭐 이런 거 보고 있는 거 아냐?

그게 시험 공부보다 흥미롭긴 할 테니까, 하고 중얼거리며 슬쩍 지나가며 책 제목을 스캔했다. 그런데…….

'바람과 함께 사라지다?'

저거 로맨스 소설 같은 거 아니야? 뭔가 대단한 거라도 읽고 있는 줄 알았더니…… 그런데 왜 저걸 저런 표정으로 읽고 있어?

마치 금덩이를 쳐다보는 듯한 빠져드는 눈빛으로 책에 집중하고 있는 설아를 향해 피식 비웃어 주고 지나쳤다. 그런데 어찌 된 일인지 그날 집에 가는 길에 들른 서점에서 나도 모르게 그 책을 사서 들어온 게 아닌가.

"내가 이걸 왜 사 왔을까……."

하드커버의 책을 보면서 한참 진지하게 고민해 봤는데 결국 이유를 찾을 수 없어 책장에 처박아 뒀다.

그 후로 까맣게 잊고 있었는데 아직까지 책장 한편을 차지하고 있던 모양이다. 이혁은 생각보다 역사가 긴 이 책에 대해 자신을 빤히 바라보고 있는 설아에게 설명해 줄까 하다가 태연하게 말했다.

"전에 네가 말했잖아. 이거 감명 깊게 읽었다고."

"아…… 그랬나?"

설아는 잠시 갸웃거렸지만 곧 고개를 끄덕였다. 기억은 안 나지만 말한 적이 있던 모양이야. 이혁이 알고 있는 걸 보니.

"예전부터 좋아했던 책이거든."

설아가 책을 흐뭇하게 바라봤다.

"학생 때부터 좋아했는데 이게 여기 있는 걸 보니 반갑더라고. 난 원서로 된 건 잃어버렸거든. 무척 소중한 책이었는데……."

"잃어버렸으면 또 사면 되는 거 아닌가?"

이혁이 덜 마른 머리칼을 푸르르 털며 말하자 설아가 가만히 고개를 저었다.

"아니. 다시 사더라도…… 그건 이미 내가 아끼던 그 책이 아니니까. 그 책을 잃어버린 순간 그 책과 함께하던 내 손때와 시간도 함께 잃어버리게 된 거야."

"……."

설아가 말하는 것을 보고 있던 이혁이 어깨를 으쓱였다.

"특이한 마인드네."

"좀 그런가?"

설아가 생긋 웃으며 소파로 걸어가 앉자 이혁이 그 옆에 털썩 앉았다. 앞에 소파를 놔두고 자신의 옆에 앉은 이혁을 설아가 안경을 추켜올리며 빤히 바라봤다.

"남자 옆에서 긴장하지 않으려면 이렇게 면역력을 기르는 게 좋아."

이혁이 소파 등에 여유롭게 기댄 채 긴 다리를 꼬며 말했다.

"아아. 그렇구나."

설아가 끄덕이다가 갑자기 고개를 불쑥 내밀었다.

"……?"

갑자기 자신의 가슴께에 작은 머리통이 쑥 다가오자 이혁이 저도 모르게 흠칫 놀랐다.

"뭐, 뭐야?"

이혁이 당황스러움을 드러낸 목소리로 말하자 설아가 미간을 바짝 좁힌 채 햄스터처럼 킁킁거렸다. 한참 그러다가 시선을 위로 들어 올려 눈을 마주치자 이혁이 숨을 들이켰다.

"너 향수 뿌렸어? 향수 냄새 같은 게 나는데……."

설아가 고개를 갸웃거리며 이혁의 체취를 들이마시듯 코를 가까이 대고 벌름거리자 이혁이 자신도 모르게 말을 떠듬거렸다.

"스, 스킨이나 애프터 셰이브 향이겠지. 샤워하고 왔으니까."

그런가, 하며 설아가 물러나자 이혁이 작게 숨을 내쉬더니 인상을 쓰며 말했다.

"넌 여자애가 조심성 좀 있어라. 갑자기 남자 가슴에 막 얼굴을 들이밀고 그러면 어떡해?"

"난 그냥 너한테 좋은 향기가 나서…… 그리고 가까이 있어야 남자한테 면역이 생긴다고 네가……."

"그래도 그렇지. 좋은 향기든 나쁜 향기든 그렇게 다가오면 위험하단 말이야."

"위험해? 왜?"

한 번도 먼저 남자의 호의를 느껴 본 적이 없던 설아가 진심으로 의아스러운 표정으로 물었다.

"왜냐면 남자는 널……."

훈계하듯 엄격한 얼굴을 하고 말하던 이혁이 또 입을 다물었다. 여러 가지 망상들이 머릿속에 뭉게뭉게 올라오기 시작하자 식은땀이 났다.

"널?"

"그러니까 널……."

안고 싶어 할 테니까.

머릿속에서 저절로 떠오른 말에 이혁의 눈동자가 흔들렸다. 그건 자신의 마음이었다. 갑작스럽게 떠오른 진심.

'내가 설아를 안고 싶어 해……?'

이혁이 마치 시간이 멈춘 듯 설아를 응시했다. 하얗고 작은 얼굴. 달콤한 미소를 담을 줄 아는 까만 눈동자. 봉숭아물을 들인 듯한 선명한 붉은색의 입술…… 아아. 그래. 난 이 어처구니없는 버섯한테 반했던 거야.

공설아라는 여자에게…….

절대 인정할 수 없다고 발버둥 쳤던 것이 우습게도 이혁은 내내 억지로 눌러 뒀던 자신의 감정을 인정했다. 그걸 인정하는 순간 지금껏 이상하다고 느꼈던 모든 것이 그제야 자연스러워졌다. 왜 그렇게 공설아를 보면 가슴이 두근거렸는지, 다른 남자들이 설아의 달라진 모습을 보는 게 왜 그렇게 싫었는지, 다른 남자 손에 나이트클럽에 끌려온 걸 알았을 때 왜 화가 났는지…….

"이혁아? 설마 눈 뜨고 자는 건 아니지?"

아까부터 미동도 안 하고 앉아 있는 이혁의 얼굴 앞에 설아가 손바닥을 휘휘거렸다.

"……하."

어어? 갑자기 웃기까지 하네? 넋이 나간 얼굴로 꿈쩍도 하지 않고 앉아 있더니 갑자기 맥 풀린 듯 쿡쿡 웃는 이혁은 정말 이상했다.

"아, 바보 같은 짓을 했어."

이혁이 얼굴을 찡그리더니 마른세수를 했다.

"응? 뭐가?"

"아무것도 아니야."

이혁이 고개를 들고 입술을 길게 늘였다. 으음? 도통 이해할 수 없는 태도로 일관하던 이혁이 물기가 덜 마른 머리칼을 손으로 쓸어 넘겼다. 그대로 소파 등에 팔을 걸치고 자신을 똑바로 내려다보자 설아는 왠지 심장이 쿵쿵 뛰기 시작했다.

'어…… 이, 이상하네.'

갑자기 왜 이렇게 색기를 풀풀 풍기고 있는 거지? 자신의 감정을 인지한 남자가 그 감정이 향한 상대 앞에서 내뿜는 진한 페로몬에 설아는 심장이 쫄깃해지며 어지러워졌다. 지금 이 순간엔 왜 여직원들이 이혁한테 그렇게 환장하는지 진심으로 이해가 됐다.

'심장 소리 들킬 거 같아. 그, 그만 좀 쳐다보지…….'

뜨거운 이혁의 시선에 어찌하지 못하고 꼼지락거리던 설아가 이 상황을 타파하고자 어색하게 웃으며 슬쩍 말했다.

"저기, 배고프지 않아?"

"아, 맞다. 우리 저녁 안 먹었지?"

설아만 뚫어져라 보고 있던 이혁이 그제야 제정신이 돌아온 듯 소파에서 몸을 일으켰다. 으음? 지나가는 말처럼 들렸지만 방금 그가 말한 '우리' 라는 말이 왠지 평소와 다른 어감을 가지고 있는 것 같은 건 뭐지?

"집에 먹을 만한 게 마땅히 없네. 피자 시켜 먹을래?"

"응. 그러자."

이혁이 휴대폰을 들며 묻자 설아가 얼른 고개를 끄덕였다. 이혁이 주방으로 가 피자를 주문하는 사이 설아는 휴, 하고 크게 숨을 내쉬었다. 하지만 아무리 숨을 크게 들이마시고 내쉬어도 사라지지 않는 긴장에 온몸이 묘하게 뜨거워졌다. 으아, 왜 이래? 정말.

"설아야. 무슨 피자 좋아해?"

"나, 난 아무거나 괜찮아!"

갑자기 뒤에서 들린 목소리에 설아가 화들짝 놀라 대답했다. 돌아보니 이혁이 전단지를 들고 휴대폰을 어깨와 뺨 사이에 끼운 채 주문을 하고 있었다.

'뭐지? 뭔가 분명 이상했는데…… 아!'

설아가 미간을 좁히고 끙끙거리며 한참 생각하다가 고개를 반짝 치켜들었다.

'이름! 이름 때문이었구나!'

방금 전 이혁이 자신을 '설아야' 하고 불렀는데 그 말투가 '공설아' 하고 부르는 평소와는 전혀 달랐다. 왠지 설레게 만드는 다정한 목소리에 설아의 뺨이 뒤늦게 잘 익은 사과처럼 달아올랐다.

두근두근두근.

이유를 알 수 없는 심장의 울림이 점점 커져만 갔다.

"그러게. 두 번이나 같은 반이었는데 왜 기억이 안 날까?"

설아가 피자를 한 손에 든 채 비스듬히 고개를 기울였다.

"넌 다른 사람한테 관심 없었잖아. 공부만 했으니까."

"아아, 그랬었나……?"

식탁 위에 피자와 샐러드, 웨지 포테이토를 올려놓으니 이혁이 맥주가 땡긴다며 냉장고에 있던 캔맥주를 하나씩 꺼내 놓은 상태였다. 술은 잘 마시지 못하는 설아는 새 모이 먹듯 홀짝이며 피자를 열심히 먹었다.

"피자 좋아해?"

설아의 손에서 피자가 사라질 틈이 없는 걸 보며 이혁이 물었다.

"응. 좋아해. 맛있잖아. 특히 치즈가 듬뿍 올라간 거 좋아해."

설아가 눈꼬리를 둥글게 휘며 웃자 이혁의 입꼬리도 말려 올라갔다. 치즈 올라간 피자. 머릿속에 설아가 좋아하는 건 저절로 입력이 되는 것 같았다.

'좋아하는 걸 인정하니까 편하구나. 저 웃는 얼굴을 있는 그대로 사랑스럽게 받아들여도 되니까……'

지금껏 설아가 사랑스러워 보일 때마다 애써 사랑스럽지 않다고, 그건 뇌의 착시현상이라거나 극심한 시력 저하 때문이라며 스스로를 다그쳤는데 이제는 더 이상 그러지 않아도 되니까 편했다. 귀엽게 입술을 오물거리며 피자를 먹고 있는 설아를 부드러운 미소를 지으며 바라보고 있던 이혁이 말했다.

"나도, 좋아해."

열심히 피자를 먹고 있던 설아가 멈칫하더니 눈을 크게 떴다.

"……어?"

이혁의 눈빛이 진지하게 빛나자 설아는 피자를 씹는 것도 잊은 채 멍하니 이혁을 바라봤다. 좋아한다고……? 그의 미소가 좀 더 짙어지더니 입을 열었다.

"피자 말이야. 나도 좋아한다고."

"아! 그, 그렇구나."

바보 같으니! 피자 좋아한다고 방금 전에 말해 놓고선 잊어버리다니……. 설아가 스스로의 한심함을 질타하며 고개를 푹 숙이고 피자를 우물거렸다. 그런데 이혁이는 피자를 많이 좋아하나 봐. 그 말에 괜히 나까지 설레잖아. 설아는 발갛게 뺨에 홍조를 물들인 채 맥주를 마시는 이혁을 힐끔거렸다.

'이혁이는 여자한테 고백할 때 저런 표정을 지을까? 피자도 저런데 좋아하는 여자한테 고백할 땐 도대체 어떤 표정일까……?'

그렇게 생각하니 왠지 이혁이 좋아하는 여자에게 질투가 났다. 헉, 나 좀 봐! 무슨 생각을……. 내가 무슨 권리로 질투를 해?

머리를 푸르르 흔든 설아가 피자를 접시에 슬쩍 내려놨다.

"저기, 넌 연애 많이 해봤지?"

"조금."

"그렇구나……. 있지. 난 연애를 제대로 해 본 적이 없는 것 같아."

"왜?"

익히 알고 있는 사실이지만 이혁이 태연하게 물었다. 설아는 맥주를 한 모금 들이켜고 작게 한숨을 내쉬었다.

"난 무척 쉽게 반하는 타입이잖아. 그런데 만날 고백하면 차이고, 어쩌다 한두 번 사귄 남자는 조르고 졸라야 겨우 한 번 만나 주고 그러더라고…… 얼마 가지도 못하고 차이고…….”

예상했던 말이지만 속상한 얼굴의 설아를 보니 이혁은 한편으로는 마음이 아프고 한편으로는 흡족한 미소가 떠올랐다. 분명 마음이 아프긴 한데 왜 얼굴에는 대놓고 미소가 번지는 거야?

“그래서 내가 널 바꿔 주려는 거잖아. 앞으로는 그런 일 없을 테니 걱정하지 마.”

내가 있으니까. 뒷말을 맥주와 함께 삼킨 이혁이 그녀를 바라보자 고개를 든 설아가 이혁과 시선을 맞췄다.

“정말 그럴까……?”

“그래. 그러니까 넌 내 말만 잘 들으면 돼. 내 허락 없이는 절대 고백 같은 건 할 생각하지 말고 관심 있는 사람 생기면 나한테 말해. 아, 그리고 다른 남자 목은 보지 말라는 약속은 잘 지키고 있는 거지?”

“으응. 그거야 잘 지키고 있어.”

“잘했어.”

그럼 적어도 다른 남자에게 반하는 일은 없을 테니. 이혁이 싱글거리며 설아의 머리를 쓰다듬었다. 말 잘 듣는 착한 아이처럼 자신을 바라보고 있는 설아의 시선이 무척 마음에 들었다. 이걸 빼앗기고 싶지 않아서 그렇게 네 옆을 맴돌았던 모양이네.

“그리고 고백은 너처럼 무작정 하는 게 아니야.”

쐐기를 박으려는 듯 이혁이 말했다.

“응……?”

“상대방의 감정을 먼저 파악하지 않고 대뜸 고백부터 하니까 승률이 떨어지는 거야. 상대방을 관찰하고, 충분히 내 쪽으로 기울었다는 확신이 들면 그때 고백해야 승률이 높지.”

“아아. 그런 거구나.”

설아가 놀라운 사실을 깨달았다는 눈빛으로 열심히 고개를 끄덕였다.

"그런 일차적인 사전 준비도 없이 무작정 고백하는 건 상대방의 마음을 전혀 고려하지 않았다는 뜻이지. 안 그래? 그냥 자기감정에 도취돼서 그것밖에 모르는 어린애 같은 행동이라고."

"어, 어린애 같은……?"

설아의 눈동자가 충격으로 너울졌다. 어린애 같다니…… 내 고백이?

"너 차이고 크게 힘들어한 적 있어?"

이혁의 질문에 설아가 눈을 도록도록 굴리면서 생각하다 대답했다.

"……아니."

"거봐. 진짜 좋아했다면 헤어지고 어떻게 그리 멀쩡할 수 있겠어? 힘들지 않았다는 건 결국 네 마음이 그 정도였다는 게 아닐까?"

그러고 보니 지금까지 거절당하거나 차인 후에 진심으로 힘들었던 적은 없었던 것 같다. 오히려 무의식중에 이제 포기할 수 있으니 잘됐다고 생각했던 것도 같고……? 아아, 내가 이렇게 이기적이었다니!

"그, 그런 것도 모르고 난……."

설아가 창피한 듯 얼굴을 홍당무처럼 붉게 물들이자 이혁이 입술 끝을 끌어 올리고 다정하게 말했다.

"그러니까, 고백은 아무 때나 하는 게 아니야. 알겠지?"

"응……."

설아가 시무룩한 얼굴로 맥주 캔을 만지작거렸다. 지금까지 자신이 상대방의 마음은 전혀 헤아리지 못했다는 뒤늦은 후회가 몰려들었다.

"너무 우울해하지는 마. 앞으로 안 그러면 되는 거니까."

"으응. 앞으로는 좀 더 잘 생각해 보고 행동할게."

설아가 고개를 끄덕이며 다짐하듯 말하자 이혁이 싱긋 웃었다.

"그런 의미에서 건배?"

"응. 건배!"

설아가 비장한 얼굴로 맥주 캔을 번쩍 치켜들자 맥주 캔 두 개가 챙, 하고 부딪혔다. 다짐을 되새기며 결연한 얼굴로 맥주를 마시는 설아를 이혁이 맥주를 홀짝이며 응시했다.

'이로써 공설아의 고백은 어느 정도 묶어 둔 건가?'

언제 누구에게 반할지 모르는 설아 때문에 맘 졸일 일이 조금은 사라졌다는 생각에 이혁의 입술 끝이 슬슬 말려 올라갔다.

05 도망가지 마, 버섯

회사에 출근하던 설아는 아침부터 채은의 전화를 받았다. 채은이가 이 시간에 웬일이지? 설아가 눈을 깜빡이며 전화를 받자 채은의 목소리가 득달같이 쏟아졌다.

— 이혁 씨가 승낙했다면서 왜 아직 아무 연락이 없는 거야? 너 말은 제대로 한 거 맞아?

"분명 알았다고 하긴 했는데 시간을 확실히 정해 준 건 아니어서…… 당분간 바쁘다고 그랬거든."

— 그래서 언제까지 기다리라고. 나 다음 달에 파리 에이전시에 프로필 사진 보내야 된단 말이야! 이번 주 안에 꼭 시간 내 달라고 해. 난 늦은 시간도 관계없으니까. 알겠지?

"아, 그, 그럴게."

채은의 짜증스러운 목소리에 위축이 된 설아가 어물어물 대답하자 일방적으로 전화가 끊겼다. 끊긴 전화를 보며 설아가 한숨을 포옥 내쉬었다.

'어떡하지……?'

부탁한 마당에 이혁을 재촉하고 싶지는 않았다. 하지만 친구랑 약속한 건데 말하지 않을 수도 없고…… 딜레마에 빠진 사람처럼 고민하던 설아는 별수 없이 이혁에게 말할 타이밍을 보고 있었다. 그때 휴게실에 혼자 앉아 있는 이혁을 보고 눈을 반짝였다. 지금이다!

절호의 기회를 엿본 설아가 잽싸게 휴게실로 향하려는데 어디서 튀어나온 건지 옆 부서의 여직원들이 우르르 휴게실 안으로 들어갔다.

"이혁 씨. 안녕하세요."

"아, 네."

그의 곁에 쪼르르 몰려 앉는 여직원들을 보고 설아는 자기도 모르게 슬슬 뒷걸음쳐 몸을 숨겼다.

'아니, 내가 왜 숨는 거야?'

그렇게 생각하면서도 몸을 숨긴 채 휴게실 안을 훔쳐보는데 화기애애한 분위기의 여직원들과 이혁의 모습에 괜히 기분이 나빠졌다. 아무래도 다음에 얘기해야겠어……. 설아는 중얼거리며 발길을 돌려 사무실로 돌아왔다.

자리에 앉아 다시 업무에 집중하려 했지만 방금 본 장면이 머릿속에 떠나질 않았다. 여직원에게 둘러싸인 이혁의 모습을 한두 번 본 것도 아닌데 새삼 왜 이럴까?

"설아 씨. 왜 그러고 있어?"

"네? 아! 아무것도 아니에요."

갑자기 들린 목소리에 설아가 얼른 고개를 들며 대답했다. 언제부터인지 자신에게 말을 놓은 일준이 웃는 얼굴로 앞에 서 있었다.

"기운 없어 보이는데 정말 아무 일도 없는 거야?"

"네. 그냥 잠시 멍하니 있었어요. 아하하……."

설아가 웃으며 말하자 일준이 들고 있던 파일을 넘겨주며 은밀한 목소리로 말했다.

"설아 씨 와인 좋아해?"

"와인요……?"

뜬금없는 질문에 설아가 눈을 깜빡였다. 일준이 얼굴을 설아의 귀에 더 가까이 기울이고는 속삭이듯 말했다.

"시간 되면 와인 한 잔 하러 가자고."

에에? 지금까지 한 번도 겪어 보지 못한 상황에 설아가 당황한 표정을 짓는데 뒤에서 누군가가 둘 사이에 불쑥 끼어들었다.

"설아 씨. 내가 부탁했던 거 끝냈어요?"

갑자기 들린 목소리에 설아와 일준이 동시에 돌아보자 언제 나타났는지 이혁이 서늘한 얼굴로 서 있었다.

"네?"

"어제 내가 부탁한 거요. 아, 혹시 두 분 대화 다 안 끝났습니까?"

이혁이 일준을 힐끗 쳐다보곤 말했다. 웃는 얼굴이지만 볼일 끝났으면 빨리 가 보라는 뉘앙스에 일준이 의미심장한 표정으로 물러섰다.

"난 다 끝났으니 볼일 봐요. 그럼 설아 씨 그거 처리 부탁하고 내가 말한 거 생각해 봐요."

"아, 네."

씩 웃으며 일준이 멀어지자 설아의 모니터로 시선을 향한 채 이혁이 설아 쪽으로 몸을 숙였다.

"내가 말한 거라니, 무슨 말이야?"

음산할 정도로 낮게 깔리는 이혁의 목소리에 설아가 움찔해서 되물었다.

"뭐, 뭐가?"

"모니터 봐. 윤일준과 무슨 대화했냐고. 방금."

웃음기 없는 이혁의 말에 설아의 시선이 얼른 모니터로 향했다. 두 사람은 모니터를 보고 업무 이야기를 하는 자세로 전혀 다른 대화를 하고 있었다.

"별 얘기는 안 했는데……. 그냥 와인 좋아하냐고……?"

"그게 왜 별 얘기가 아니……!"

순간 절로 높아지려는 언성을 자제한 이혁이 숨을 크게 들이마시고 낮게 을렀다.

"대답은, 했어?"

"아니. 그때 마침 네가 와서 못 했는데……."

설아의 말에 이혁이 끄덕이며 몸을 일으켰다.

"그럼 진행 상황 확인했으니 나머지는 내일까지 부탁드릴게요."

"네? 아, 네."

이혁이 자리로 돌아가며 일준의 자리를 날카로운 시선으로 바라봤다. 방금 전 사무실로 돌아왔을 때 설아에게 바짝 다가가 있는 일준을 보고 순간적으로 분노가 치솟았다.

'설아에게 손을 뻗치시겠다? 어림없지. 내가 그렇게 둘 것 같아?'

짧은 순간 일준의 자리를 노려본 이혁의 눈동자에 질투의 불꽃이 활활 타올랐다.

복도를 걷던 설아는 맞은편에서 이혁이 오는 걸 보고 얼른 다가갔다. 이혁도 설아를 보고는 걸음을 빨리해서 다가왔다.

"저 이혁아. 할 말이 있어……."

채은이 일을 꺼내려는 찰나 설아가 헉, 하고 놀랐다. 맞은편에서 성원이 한 무리의 양복맨들을 이끌고 걸어오고 있는 게 아닌가!

"왜 그래?"

"아, 아니 저기 자, 잠깐 저기 휴게실로 가자."

설아가 성원에게 발각되기 전에 어서 이곳을 빠져나가야겠다는 생각으로 얼른 이혁을 잡아 이끌었다. 이혁이 의아스러운 얼굴로 설아에게 끌려가다가 흠칫 놀랐다.

'아버지?'

휴게실로 가는 복도 끝 엘리베이터에서 이제 막 내린 사람들 중 정학 회장을 포함한 임원들이 보였다. 설아는 얼른 휴게실로 이혁을 끌고 가려고 낑낑거렸지만 이혁이 몸을 딱 멈춰 서자 꿈쩍도 하지 않았다.

"……어?"

이상한 기분을 느끼고 고개를 드는데 이혁이 설아의 손을 잡고 홱 뒤돌았다.

"저쪽 휴게실이 나을 것 같은데."

"아! 아니! 이쪽 휴게실이 나아!"

저 멀리 성원이 다가오는 모습을 보고 얼굴이 창백해진 설아가 이혁을 잡고 반대편으로 다시 홱 돌렸다. 그러자 이혁의 시야에 저승사자같이 다가오는 회장 군단이 보였다.

"아니 난 이쪽이 나을 것 같은데."

홱!

"저, 저쪽이 낫다니까?"

홱!

복도 한가운데에서 두 사람이 회전문처럼 빙글빙글 돌고 있는 사이 포위망은 점차 좁혀 들었다. 식은땀을 흘리며 서로를 잡아끌던 이혁과 설아의 눈앞에 계단으로 이어진 통로가 딱 보였다.

"우, 우리 계단에서 얘기할까?"

"좋지!"

단박에 합의를 본 두 사람이 열린 통로 쪽으로 빠르게 몸을 날렸다. 정신없이 계단을 내려가 안전한 곳에 다다르자 설아와 이혁은 동시에 위를 바라봤다.

……안 들켰겠지?

동시에 안도의 한숨을 내쉰 둘이 뭔가 이상함을 느끼고 서로를 바라봤다. 가만, 지금 뭔가 이상한데……? 둥그런 눈동자가 마주치자 묘한 분위기가 두 사람 주변을 싸하게 휩싸고 지나갔다. 그때 타이밍 좋게 이혁의 휴대폰 진동이 울렸다.

"아, 네. 팀장님. 네. 지금 자료 찾아서 가는 길이예요. 바로 올라가겠습니다."

전화를 끊은 이혁이 설아에게 말했다.

"나 지금 올라가 봐야 될 것 같은데 할 말 있었어?"

"아! 아니야. 다음에 해도 돼. 어서 올라가 봐."

"넌?"

"아, 나, 난 여기서 잠시만 있다 갈게. 조용한 데서 내일 회의에 낼 내용을 생각해 봐야 해서."

설아의 말에 이혁이 고개를 끄덕이고는 계단을 올라갔다.

"그럼 먼저 갈게."

"으응. 그래."

이혁이 계단을 올라가는 모습을 보며 설아가 휴우, 하고 숨을 내쉬었다.

"회사가 이렇게 스릴 넘치는 곳일 줄이야……."

그런데 정말 안 들켰겠지? 성원 성격에 봤다면 분명 득달같이 따라

왔을 거라는 생각에 설아는 일단 안심하기로 했다.

"여기서 잠깐 시간 때우다 올라가야겠다."

방금 전의 이혁에게서 느꼈던 이상함은 까맣게 잊어버린 설아는 계단 한쪽에 오도카니 앉아 시계를 바라봤다. 그런데 채은이 얘길 언제 하지? 고민이네…… 퇴근 전까진 할 수 있으려나?

결국 퇴근할 때까지 이혁에게 말을 꺼낼 타이밍을 잡지 못한 설아는 퇴근길 버스 안에서 휴대폰을 잡고 고민하고 있었다.

"휴……."

설아의 입술에서 짙은 한숨이 새어 나왔다. 문자로 말하고 싶지는 않았지만 그래도 결국 상황이 이렇게 되어 버렸으니……. 그런데 문자를 보내려는 설아의 손가락이 자꾸 액정 위에서 머뭇거렸다.

채은과 이혁이 함께 있는 모습을 상상하니 설아는 괜히 가슴 한편이 싸르르해지는 기분이었다.

'이 기분은 뭘까?'

액정 위를 배회하던 손가락이 결국 문자창을 활성화시켰다.

뒤늦게 퇴근한 이혁은 엘리베이터를 타고 주차장으로 내려가던 중 문자 진동을 느꼈다. 바지 주머니에서 휴대폰을 빼내 액정을 확인하자 버섯이라는 글자가 눈에 띄었다.

"훗."

반사적으로 슬몃 미소를 지으며 액정을 보고 있는데 이혁의 얼굴이 점점 굳었다.

[이혁아. 채은이가 다음 달에 해외 진출 계약 건이 있어서 좀 급한 모양이야. 이번 주 안에 봐줄 수 있겠냐는데…… 안 될까?]

물론 설아의 변신을 생각하면 혹할 수도 있겠지만 모델이라는 애가 돈을 내고 샵에 가서 관리받을 것이지 이건 무슨 심보야? 인상을 찡그린 이혁이 지하 주차장에 도착해 차로 걸어가며 생각했다.

  "가만…… 그게 아니지. 잘 생각해 보면 이건 기회잖아?"

  위기십결에도 이런 말이 있었지. 기회를 만들기 위해 어느 정도 손해는 감수한다. 어차피 귀찮은 상황이 만들어졌으면 최대한 이득이 되는 쪽으로 이끌어 가는 게 나을 테니까.

  이혁은 눈을 가늘게 뜨고 빠르게 문자를 보냈다.

  [좋아. 그럼 이번 주말 1박 2일 동안 시간 내라고 해.]

  "뭐? 1박……?!"

  문자를 본 설아가 깜짝 놀라 자기도 모르게 소리치자 버스 안 사람들의 시선이 확 쏠렸다. 설아는 그것도 모른 채 흔들리는 동공으로 액정만 바라보고 있었다.

  이혁과 채은이가 1박 2일 동안 같이 있는다니……. 그건 왠지 무척, 무척 싫은 기분이었다. 자기가 부탁해 놓고 무를 수도 없는 노릇이라 어두운 얼굴로 문자창만 보고 있는데 슝, 소리와 함께 또 문자가 왔다.

  [그러니까 너도 주말에 시간 비워 둬.]

  아, 둘만 가는 게 아니었구나.

  설아의 얼굴에 급 화색이 돌았다. 괜히 걱정했다며 안도의 한숨을 내쉬고는 얼른 답장을 보냈다.

  [응. 그럴게.]

  [어디야? 집에 도착했어?]

  [아니. 버스 타고 가는 길이야. 넌 퇴근했어?]

[지금 퇴근하는 길.]

[피곤하겠다. 빨리 들어가서 쉬어.]

[별로 피곤하진 않아. 그런데 너 윤일준과 와인 마실 거야?]

와인? 갑자기 이게 무슨 소리지?

생뚱맞게 날아온 답장에 설아가 눈을 깜빡였다. 아아, 아까 전에……. 그제야 낮에 회사에서 일준이 했던 말이 떠올랐다. 그건 농담일 수도 있는 건데…… 설아가 고개를 갸웃거리는데 문자가 슝 왔다.

[마시지 마.]

슝.

[마시자고 해도 마시지 마. 알았어?]

슝.

[고민하지도 마.]

슝슝슝 소리와 함께 연달아 오는 답장을 멀뚱멀뚱 보고 있던 설아의 입술이 둥글게 휘어 올라갔다.

[응. 안 마실게.]

처음부터 마실 생각도 없었는데……. 그래도 일준의 말이 농담이고 아니고를 떠나 그 말에 이렇게 신경 써 주는 이혁이 왠지 고맙고…… 기분이 좋았다.

그때 버스 안 사람들은 설아의 흐뭇한 미소를 남자 친구와의 1박 여행을 앞둔 여자의 미소라고 생각하고 힐끔거리고 있었다. 설아는 그 사실을 전혀 모른 채 둥실둥실 떠오르는 기분으로 가만히 액정만 바라봤다.

이혁은 회사 주차장 차 안에 앉은 채 출발할 생각도 하지 않고 문자만 보고 있었다.

[응. 안 마실게.]

공설아의 이 말이 참 기분이 좋다. 설아에 대한 마음을 인정하기 전엔 몰랐는데, 한번 인정하고 나니 이 여자가 나만 보고 내 말만 듣게 만들고 싶다는 욕망이 자꾸 커져 간다.

"여기서 더 커지면 곤란한데……."

그럼 스토커 같다고 싫어할 거 아냐. 설아가 날 싫어한다니. 그건 생각만 해도 끔찍하다.

♡　　　♥　　　♡

"뭐야? 설아 너도 오는 거였어?"

약속 장소에 설아가 나타나자 추운 날씨에 미니스커트도 불사하며 한껏 치장하고 서 있던 채은이 대놓고 인상을 구겼다.

"어? 나도 간다고 말했잖아."

"그, 그랬나?"

1박이라는 말에 잔뜩 흥분하는 바람에 뒤에 이어진 설아의 말을 제대로 듣지 못했던 모양이었다.

"걱정 마. 내가 있어도 이혁이는 잘 코치해 줄 거니까 방해되진 않을 거야."

설아가 웃으며 말하자 채은이 팔짱을 낀 채로 내려다봤다.

"너 이혁 씨랑 꽤 친해 보인다?"

"아…… 요즘에 좀."

설아가 조금 부끄러운 듯 웃었다. 나름 많이 친해졌다고는 생각하지만 아직 혼자만의 생각일 수도 있으니……. 채은이 흐응, 하고 머리를 쓸어 넘기자 설아가 배시시 웃으며 말했다.

185

"기대된다."

"뭐가?"

"나 이런 여행은 해 본 적 없어서."

설아가 밝게 말하자 채은이 픽 웃었다.

"하긴 너 대학 때도 엠티 같은 거 안 갔잖아."

"그러니까……."

설아가 조금 흐린 얼굴로 미소 지었다. 오늘은 직장생활 이후 조금 유해진 성원이 채은과 여행 간다는 말에 허락해 준 거지만 대학 때는 위험하다며 엠티조차 보내지 않았다. 사실 그때는 낯도 많이 가려서 자신도 단체 여행은 별로 내키지 않았는데 지금은 그때 그런 경험을 해 볼 걸 그랬다는 후회가 종종 들었다. 대학 때도 내내 공부한 기억밖에는 없으니까…….

"아, 저기 왔다."

이혁의 차가 보이자 설아가 손을 흔들었다. 그 말을 들은 채은이 그림 같은 포즈를 유지하려 애쓰며 고개만 살짝 비틀었다. 도도한 표정을 연출하려 했지만 은색 포르쉐가 눈에 떡 들어오자 채은의 표정 관리가 단박에 무너졌다.

'포, 포르쉐잖아?'

신형 포르쉐를 타고 나타난 이혁을 보자 호감도가 급속도로 상승했다. 채은이 얼른 차로 다가가 미소를 지으며 인사했다.

"안녕하세요. 이혁 씨. 전에 뵌 적 있죠?"

"아, 네."

이혁이 짧게 대답하고 뒷좌석에 올라타고 있는 설아를 바라봤다. 채은이 당당하게 조수석 문을 열고 타려고 하자 이혁이 인상을 쓰고 말했다.

"뒤에 타시죠. 전 옆자리에 누가 앉으면 운전에 거슬려서요."

"네? 아, 그, 그래요."

남자에게 조수석을 거부당한 적은 처음이라 채은은 순간 당황했지만 얼른 표정을 수습하고 태연하게 뒷좌석으로 옮겨 탔다. 그사이 이혁은 뒷좌석에 얌전히 앉은 설아에게 말했다.

"설아 너, 왜 이렇게 얇게 입고 왔어."

"응? 안 추운데 오늘……."

"그래도 따뜻하게 입고 다녀야지. 감기 걸리면 어쩌려고."

"으, 응."

"오늘 너무 기대돼요. 저 잠도 설친 거 있죠?"

채은이 둘의 대화에 끼어들며 야들야들한 콧소리를 섞어 말했다.

"비지니스의 연장인데 잠까지 설칠 거 있나요."

차를 출발시킨 이혁이 전방만 보며 대답했지만 채은은 그 점도 마음에 들었다.

'저런 식으로 나한테 전혀 관심을 보이지 않는 남자는 처음이란 말이지…….'

채은이 이혁을 보며 눈을 가늘게 떴다. 저 깔끔한 브이넥 화이트셔츠에 블랙 슬랙스. 웬만한 모델 몸매 아니면 받쳐 주기 힘든 스타일리시한 코디를 완벽하게 소화하고 있는 이혁은 정말 탐이 나는 남자였다. 모델 뺨치는 몸매와 더불어 웬만한 여심은 멱살 쥐고 탈탈 흔들 만한 매력적인 마스크를 지니고 있는 데다 차까지 포르쉐인 걸 보면 재력도 상당할 게 분명했다.

'어떻게든 꼬셔야겠는데…… 이 혹을 어떻게 떨궈 낸담?'

채은은 옆자리에서 해맑은 얼굴로 창밖을 구경하고 있는 설아를 슬쩍 째려봤다. 평소 눈치라고는 없는 애니 이런 자리는 알아서 빠져 줄 생각을 할 리는 없고…… 아, 정말 얘만 없어도 완벽한 기회인데!

한편 운전대를 잡은 이혁은 룸미러로 설아를 힐끗거렸다. 천진난만한 얼굴로 창밖을 구경하는 설아를 보니 절로 기분이 좋아졌다. 옆에 앉아 있는 여자 따위는 그냥 없는 사람인 셈 친 것인지 이혁의 관심은 오로지 설아에게 집중되어 있었다.

'애냐. 잠이나 설치고.'

이혁이 피식 헛웃음을 흘렸다. 이것도 첫 여행이라는 생각에 어젯밤 잠까지 설쳤다. 침대에 누워 이리저리 몸을 뒤척이면서 예전에도 이렇게 들뜨던 기억이 있던 것이 떠올랐다.

초등학생 6학년 수학여행 전날.

반장이라 선생님 심부름을 하다가 교무실 책상 위에서 관광버스에서 앉게 될 자리 배치도를 보게 됐다. 그걸 보고 설아와 같은 라인의 옆자리에 앉게 되는 걸 알게 되었다.

바로 옆자리도 아니고 그저 통로를 두고 나란히 앉을 뿐인데 이상하게 그 사실이 신경 쓰여 교실로 돌아와 설아를 볼 때마다 자꾸 심장이 쿵쾅거렸다. 결국 그 생각으로 밤새 잠을 설치다가 정작 관광버스 안에서는 기절하듯 잠들었었다.

'잊고 있던 기억인데…….'

자존심 때문에 일부러 묻어 뒀던 기억들이 설아와 다시 만난 뒤 하나둘 떠오르고 있었다.

"이혁아. 청평으로 간댔지?"

창밖만 보고 있던 설아가 문득 이혁에게 고개를 돌리며 물었다.

"어. 거기 아는 별장이 있어."

"그렇구나. 기대된다."

설아가 맑게 웃으며 말하고는 다시 창 쪽으로 고개를 돌렸다. 식구들과의 여행과 수학여행 제외하고 여행이란 걸 가 본 적이 없어서 무척 들뜨는 기분이었다.

이혁은 어린애같이 창문에 얼굴이 닿을 듯 바짝 가까이 대고 보고 있는 설아를 귀엽다는 시선으로 힐끔대며 미소 지었다. 채은은 이혁의 시선이 설아에게 닿아 있는 줄도 모르고 어떻게 하면 저 남자를 꼬실 수 있을지만 진지한 얼굴로 고민 중이었다.

청평으로 가는 차 안에는 전혀 다른 세 명의 기대가 은근히 넘실거렸다.

"와! 여기 너무 좋네요."

유럽풍 리조트처럼 지어진 하얀 건물의 고급 별장에 도착하자 채은이 눈을 빛내며 감탄사를 쏟아 냈다.

"이렇게 고급스러운 데는 처음 와 봐요. 여기 혹시 이혁 씨네 거예요?"

포르쉐를 몰고 다닐 정도면 이런 별장 하나쯤 가지고 있지 않을까 하는 속물적인 기대감을 담은 눈빛으로 채은이 묻자 이혁이 어깨를 으쓱였다.

"아는 사람 소유인데 종종 이렇게 빌려 써요."

"아…… 그래요?"

채은의 실망스러운 표정을 이혁이 즐거운 시선으로 바라봤다. 아버지도 엄연히 아는 사람에 속하니까 틀린 말은 아니지 뭐. 이혁이 그렇게 생각하며 설아에게 시선을 돌렸다. 설아는 눈을 깜빡이며 내부를 찬찬히 둘러보더니 의아스러운 듯 고개를 갸웃거렸다.

"왜 그래?"

"어? 아, 아니야."

이혁이 묻자 설아가 손을 휘젓고는 얼른 소파 위에 가방을 내려놓고
앉았다.

"방은 원하는 데로 골라서 쓰면 돼."

설아가 다시 가방을 들고 가까운 방으로 들어가려는데 이혁이 설아
의 가방 끈을 턱 잡았다.

"뭘 가져왔기에 이렇게 묵직해?"

여행을 해 본 적이 없어 뭐가 필요한지 몰라 닥치는 대로 집어넣다
보니 가방이 마치 해외여행을 가는 사람의 것처럼 무거워져 버렸다.

"그냥 이것저것 가져왔는데……."

설아가 조금 민망한 얼굴로 웃자 이혁이 가방을 달랑 들어 올려 자
신의 어깨에 멨다.

"들어 줄게."

"어어? 아냐. 내가 들 수 있어."

"무겁잖아. 들어 준다니까?"

"괜찮다니까."

가방 끈을 잡고 둘이 실랑이를 하고 있는 모습을 뒤에서 지켜보던
채은이 자신의 트렁크를 우아하게 끌고 와 옆에다 내려놨다.

"아, 무거워. 왜 이렇게 무겁지?"

들으라는 듯 일부러 크게 말했지만 이혁과 설아는 여전히 실랑이 중
이었다. 뭐야? 안 들리나? 부아가 치민 채은이 목청을 높이려는데 이
혁이 설아의 가방을 힘으로 낚아채선 성큼성큼 걸어갔다.

"이 방이 제일 크니까 여기로 써."

그 말을 들은 채은이 트렁크를 끌고 재빨리 그쪽으로 걸어갔다.

"그 방은 내가 쓸게요."

설아와 이혁이 뒤를 돌아보자 채은이 도도하게 멈춰 선 채 말했다.

"여긴 날 위해 온 거니까."

"그래. 여긴 채은이가 써."

설아가 얼른 물러나 주자 채은이 모델워킹을 하며 당당하게 트렁크를 끌고 방 안으로 들어갔다. 이혁은 어깨를 으쓱이고는 옆방으로 향했다.

"그럼 넌 이 방 써."

이혁이 가방을 들고 들어간 방으로 설아가 따라 들어갔다. 방에 들어와서도 설아는 눈을 깜빡거리며 방 안을 바라봤다. 넓은 방 안에 가구와 벽지를 유심히 보던 설아가 다시 고개를 갸웃거렸다.

'이상하네……? 왠지 무척 익숙한 기분인데.'

분명 처음 온 곳인데 왠지 모를 기시감이 들었다. 왜일까?

"뭘 그렇게 봐?"

가방을 내려놓은 이혁이 묻자 설아가 정신 차린 듯 고개를 돌렸다. 이혁이 미심쩍은 시선으로 설아를 바라보고 있었다.

"어? 아…… 아무것도 아니야."

"이혁 씨."

이혁이 고개를 돌리자 채은이 문 앞에서 팔짱을 끼고 S라인 몸매를 과시하듯 요염하게 서 있었다.

"네?"

"나도 같은 동창인데 왜 나한텐 말을 안 놔요? 나도 채은아, 하고 편하게 불러 줬으면 좋겠는데."

"아…… 제가 쉽게 말을 안 놓는 성격이라서요."

이혁이 싱긋 웃으며 말하자 설아는 의아스러운 눈을 했다. 나한텐 금방 놓은 것 같은데?

자존심이 상한 듯 입술을 삐죽거리던 채은이 다시 생긋 웃으며 말

191

했다.

"그래도 노력은 해 줬으면 좋겠네요. 이혁 씨와 편하게 대화하고 싶어서요."

"노력해 보죠."

더없이 격식을 차려 대답한 이혁이 웃는 얼굴로 채은을 지나쳐 방을 빠져나갔다. 채은이 자신의 방으로 들어가는 이혁의 뒷모습을 눈을 가늘게 뜨고 응시했다.

일부러 나한테 차갑게 대하나? 지나칠 정도로 형식적으로 자신을 대하는 이혁이 이상했다. 만약 일부러 그러는 거라면…… 그런 거면 승산은 있지. 그만큼 날 의식한다는 거니까. 후훗.

"채은아. 여기 봐 봐. 경치 너무 좋다."

설아가 창밖에 펼쳐진 호숫가를 바라보며 밝게 말하자 채은이 톡 쏘듯 말했다.

"내가 너처럼 한가하게 놀러 온 줄 아니?"

쌀쌀맞게 홱 뒤돌아 방을 나가 버리는 채은을 보며 설아는 볼을 긁적였다. 그러고 보니 채은에겐 다음 달 해외 건이 걸린 중요한 일인데 내가 너무 속없이 굴었나?

'눈치가 너무 없었나 봐. 조심해야지…….'

설아가 속으로 조용히 반성하며 가방에서 필요한 것들을 주섬주섬 꺼내 놓고 방에서 나왔다. 거실로 나오니 이혁이 소파에 앉아 있었다. 설아가 다가가자 인기척을 느꼈는지 그가 고개를 돌렸다. 자신을 보고 이혁의 얼굴에 다정함이 물드는 것을 보자 설아는 심장이 두근거렸다.

"짐 정리는 끝났어?"

"응. 대충."

설아가 배시시 웃으며 다가와 맞은편에 앉으려다 무언가를 발견하고 눈을 빛냈다.

"어? 여기도 책장이 있네?"

책장이 있는 걸 발견하고 자석에 이끌리듯 다가가는 설아를 보고 이혁이 입술 끝을 말아 올렸다.

"그럴 줄 알았어. 참새가 방앗간을 그냥 지나칠 리가 없지."

책장에 달라붙어 반짝거리는 눈빛으로 목록을 훑는 설아를 이혁이 부드러운 얼굴로 바라봤다.

'같이 오니까 좋다. 역시……'

국내에 별장이 여러 채 있었지만, 그중 이곳은 거리가 가까워 유독 자주 왔었다. 어릴 때부터 자신이 자주 찾던 별장에 설아를 데려왔다는 생각에 기분이 절로 좋아졌다.

"이혁 씨. 나 좀 볼래요?"

……저 혹만 없었으면 완벽했을 텐데.

"뭡니까?"

이혁이 짜증을 담은 얼굴로 슥 돌아보다가 흠칫했다.

"헉."

채은의 목소리에 덩달아 시선을 돌리던 설아도 흠칫했다. 형광빛이 도는 핑크색 비키니를 입은 채은이 포즈를 척 잡더니 당당하게 모델 워킹으로 걸어왔다. 손바닥만 한 비키니만 걸치고 커다란 가슴을 출렁이며 다가오는 채은을 본 이혁이 못 볼 것을 본 양 눈살을 찌푸렸다.

"어때요? 내 몸매. 이혁 씨가 코치해 주실 테니까 제대로 봐 주셔야 되지 않겠어요?"

가까이 다가온 채은이 가슴을 척 내밀고 자신감 넘치는 얼굴로 말했다.

"굳이 비키니를 입을 필요까진……."

"전 확실한 걸 좋아해서요."

못 알아듣는군. 요염한 표정으로 웃는 채은을 무시하며 이혁이 손목시계를 확인했다.

"그건 다행이네요. 저도 확실한 걸 좋아하니까."

"네?"

채은이 되묻는데 타이밍 좋게도 입구 벨소리가 들렸다.

"아, 마침 도착했네요."

"네? 도착했다니 뭐가……."

이혁이 인터폰을 누르자 입구에서 각종 장비를 든 여러 명의 유니폼 군단이 우르르 들어왔다.

"안녕하십니까. 아, 저분이군요?"

가장 앞에서 도도하게 걸어오던 정장을 입은 여실장이 비키니를 입고 서 있는 채은을 보고 환하게 웃었다.

"당신들은 누구……."

채은이 자신에게 몰려드는 사람들을 보고 당황스러운 표정으로 묻자 이혁이 웃으며 말했다.

"채은 씨는 모델이니 저 같은 일반인보다 전문가들의 도움이 더 필요할 거라 생각해서 섭외해 온 뷰티 전문가들입니다."

"뭐, 뭐라구요?"

"설아의 부탁이라 특별히 업계 최고의 분들을 모셨으니 분명 만족스러우실 겁니다."

"아, 아니 난……."

내 목적은 정이혁이라고? 채은이 당혹스러운 얼굴로 서 있자 실장이 채은의 어깨에 살포시 손을 얹으며 말했다.

"걱정 마세요. 채은 씨. 저희가 당신을 더욱 완벽한 미모로 피어나

194

게 만들어 드릴 테니까. 자! 이쪽 방에 장비 설치하고, 마사지는 저쪽에 준비하세요!"

"알겠습니다!"

실장의 명령에 유니폼 군단이 장비를 들고 일사불란하게 움직였다.

"아, 아니 잠깐, 잠깐만요!"

"걱정하실 거 하나도 없다니까요? 호호홋!"

실장이 채은을 잡아끌며 방 안으로 사라져 버리자 순식간에 벌어진 일에 정신을 못 차리고 있는 설아를 이혁이 툭툭 쳤다.

"우린 방해하면 안 되니까 밖으로 나가 있자."

"아, 으, 응."

이혁은 설아를 데리고 나와 스피디하게 차에 태운 뒤 유유히 별장을 빠져나왔다.

"저렇게까지 준비해 줄 줄은 몰랐는데, 정말 고마워. 이혁아. 채은이도 정말 고마워할 거 같아."

설아가 운전 중인 이혁에게 감사를 전하자 이혁이 싱글거리며 대답했다.

"뭘. 네 유일한 친구잖아."

그리고 그래야 귀찮은 혹을 떼어 버릴 수 있으니까. 이제야 설아와 단둘이 있을 수 있게 되자 이혁은 정말 기분이 좋았다.

"일단 어디 가서 밥이라도 먹을까?"

"채은이는?"

"친구는 걱정 마. 모델에게 맞는 식단으로 전문가들이 준비해 왔을 테니까."

"아아, 그렇구나."

설아는 그제야 안심한 얼굴로 끄덕였다. 이혁이 그 모습을 못마땅한 듯 바라보다가 물었다.

"그런데 네 친구는 너에게 그다지 살가운 것 같지 않던데 넌 친구에게 왜 그렇게 쩔쩔매는 거야? 죄지은 사람같이."

"아…… 채은이는 직업 때문에 늘 다이어트를 해야 해서 조금 까칠한 것뿐이지 원래는 착한 애야."

설아가 대신 변명하듯 말하자 이혁이 코웃음 쳤다.

"직업을 선택한 것도 본인이고 다이어트를 하는 것도 모델로서의 본인 커리어를 위해서잖아. 그런데 그게 왜 친구에게 함부로 해도 된다는 이유가 되지?"

"그래도 학창 시절부터 친구 하나 없던 내게 채은이는 정말 고마운 존재야. 채은이 아니었으면 난 아마 계속 혼자였을걸. 나한테는 정말 소중한 친구야."

그 친구도 네가 없으면 혼자였으니 그런 거겠지. 이혁은 뒷말을 삼키고 낮게 한숨을 내쉬었다.

"……난감하군."

"응?"

"아니, 아무것도 아니야."

이혁이 씩 웃고는 서늘한 눈빛으로 전방을 바라봤다. 잠시 후 모나코 성을 연상시키는 그림같이 예쁜 레스토랑 앞에 차가 멈췄다. 설아는 보기만 해도 예쁜 아이보리색 건물을 보며 작게 탄성을 터뜨렸다.

"와아……. 여기 너무 예쁘다."

마음에 드는 모양이군. 설아가 환하게 웃으며 돌아보자 이혁은 가슴이 뿌듯하게 차오르는 것을 느꼈다. 여기에 오기 전 채은을 떨어뜨리기 위한 각종 계획을 세우느라 많은 시간을 투자했지만 방금 미소 하나로 그 모든 노고가 한순간에 보상받은 기분이었다.

"우연히 찾은 덴데 맘에 든다니 다행이네."

이혁이 이곳을 찾아내기 위해 몇 시간의 웹서핑을 한 것은 숨기고 태연히 말했다.

건물 입구로 들어가 창가 자리로 안내받은 두 사람은 테이블 앞에 마주 앉았다. 주문을 마친 이혁이 테이블 위에서 팔짱을 끼고 설아를 바라보며 미소 지었다. 창가에서 들어오는 햇빛을 받으며 느른하게 웃고 있는 이혁을 보니 설아는 괜히 심장이 떨리고 얼굴이 붉어지는 기분이었다.

'안면 홍조증이라도 걸린 건가?'

설아가 열이 오르는 제 볼을 슥슥 문질렀다. 늘 대화를 이끌어 가던 이혁이 말없이 자신을 묘한 시선으로 보고만 있자 설아는 시선을 어디에 둬야 할지도 모를 정도로 긴장되기 시작했다.

"샐러드와 에피타이저 먼저 준비해드리겠습니다."

"아, 네!"

구세주처럼 음식 접시가 서빙되어 와 테이블 위에 감도는 묘한 기류를 깨트리자 설아가 속으로 안도했다. 직원이 황금빛이 도는 샴페인을 투명한 글라스 두 개에 따르자 설아가 눈을 깜빡였다.

"운전해야 되지 않아?"

"무알콜이니까 괜찮아."

아, 그렇구나……. 무알콜이라는 말에 설아가 안심하고 영롱한 빛을 내는 샴페인 잔을 바라봤다. 아래가 둥근 잔을 조심히 받아 든 설아가 헤실헤실 웃고 있자 이혁이 한쪽 눈썹을 추켜올렸다.

"술도 안 마셨는데 취했어?"

"있잖아. 오늘은 무척 기념적인 날이야."

"왜?"

생글거리며 웃고 있는 설아를 이혁이 의문을 담은 눈빛으로 바라보며 샴페인 잔을 들어 올렸다. 그가 들어 올린 잔에 두 손으로 고이 모아 든 잔을 가볍게 부딪친 설아가 말했다.

"이런 데서 식구가 아닌 다른 사람과 샴페인을 마시는 건 처음이거든. 무알콜이지만…… 어쨌든 처음은 처음이니까."

"이게 뭐 별일이라고. 앞으로 내가 많이 데리고 와 줄게."

"정말? 와……."

눈꼬리를 둥글게 휜 설아가 잔을 두 손으로 잡고 입술로 가져갔다. 달달한 샴페인을 한 모금 마시고 행복한 표정으로 웃는 설아를 보니 이혁은 가슴이 뿌듯하게 차올랐다. 설아가 자신이 준비한 것에 행복해하는 모습도, 그 행복을 처음 느끼게 해 준 게 자신이라는 것도 모두 가슴을 벅차오르게 만들었다.

"궁금한 게 있는데."

이혁의 말에 설아가 나이프를 멈추고 고개를 들었다.

"너 어릴 때부터 늘 전교 1등만 했잖아."

"그걸…… 네가 어떻게 알아?"

"넌 전혀 기억이 안 나겠지만 2위는 늘 나였으니까."

"아, 그랬구나."

1등을 하면서도 정작 순위에는 별 관심이 없었던지라 설아가 몰랐다는 듯 고개를 끄덕였다. 이미 예상했던 일인지라 놀랍지 않다는 표정으로 이혁이 샴페인을 따라 주며 말했다.

"그래서 회사에서 너를 만났을 때 좀 의외였어. 넌 다른…… 뭐 이를테면 변호사든 박사든 연구원이든, 전문직을 택할 줄 알았거든."

"내가? 왜?"

"물론 대기업 취업도 어렵지만 너와는 조금 어울리지 않는다고 생각했거든. 회사원보다는 혼자 성과를 낼 수 있는 일이 더 적성에 맞을 거 같았으니까. 혹시 이쪽 일을 선택한 특별한 이유라도 있는 거야?"

이혁의 질문에 설아가 슬몃 미간을 좁혔다.

"특별한 이유……? 난 그냥 평범한 직장인이 되고 싶었을 뿐인데…… 그게 이상해?"

"좀 더 사회적 지위를 얻을 수 있는 일들이 있잖아."

"왜 꼭 그런 걸 얻어야 되는데?"

설아가 눈을 깜빡이며 묻자 이번엔 이혁이 미간을 좁혔다.

"다들 그러고 싶어 하지. 이왕이면."

"그건 내가 원하는 건 아니잖아. 난 그러려고 공부한 것도 아니고…… 공부는 그냥 좋아해서 했을 뿐이야. 그걸로 뭘 이루려는 생각은 없었어. 그냥…… 어릴 때부터 아버지의 모습을 보고 한 직장에서 열심히 일해서 성과를 얻어 가는 것도 괜찮을 것 같다고 생각했거든."

"아버지가 회사 고위직이셔?"

이혁의 질문에 설아가 헉, 하고 숨을 삼켰다.

"으, 응. 그냥 뭐……."

설아가 말끝을 흐리더니 얼른 샴페인을 들이켰다. 잠시 두 사람 사이에 정적이 흐르자 이 분위기가 부담스러운지 설아가 먼저 입을 떼었다.

"그러는 너는 샐러리맨이 꿈이었어?"

"난……."

내 회사니까. 나오려던 말을 샴페인과 함께 목구멍으로 다시 밀어 넣은 이혁이 꿀꺽 삼켰다.

"아무래도 대기업 취업은 직장인들의 꿈이기도 하고, 뭐 여러모로…… 내게 필요한 일이다 싶어서."

회사 승계를 위해 필요한 일이긴 하지. 하지만 이혁은 설아에게는 거짓말하지 말라고 해 놓고 태연히 골자만 쏙 빼놓고 말하는 자신이 가증스러웠다. 그렇게 거짓말을 싫어하면서…….

"아아……."

설아가 고개를 끄덕이며 진지한 얼굴로 수긍하자 이혁은 속으로 더욱 찔리는 기분이었다. 자신이 회장 아들이라는 게 회사 사람들에게 비밀이라서가 아니라, 설아가 그 사실을 알게 될 경우 그전에 주위에서 겪었던 여자들처럼 자신을 대하는 태도가 바뀔까 봐 두려운 마음이 컸다.

물론 설아가 그 여자들과 같으리라는 보장은 없지만 지금까지 자신의 배경을 알고 크든 작든 태도가 바뀌지 않았던 경우는 한 번도 없었으니까……. 어쩌면 그게 트라우마가 된 것일지도 몰랐다.

"꿈을 이룬 거구나. 잘됐네."

해맑은 설아의 얼굴을 보니 이혁은 가슴 한 편이 쿡쿡 찔리는 기분에 속이 타 애꿎은 샴페인만 들이켰다.

식사를 마친 설아는 가볍게 드라이브나 하고 들어가자는 이혁의 말에 얼른 승낙했다. 막 노을빛이 예쁘게 하늘을 물들이고 있을 때라 풍경을 구경하기도 좋을 것 같았다. 나란히 차에 앉아 노을빛으로 물든 한적한 시골길을 달리자 기분이 점점 들떴다.

"이혁아. 하늘이 참 예뻐."

설아가 창문을 열고 들뜬 목소리로 말하자 이혁도 힐끗 쳐다보며 입술을 늘였다.

"네가 더 예뻐."

"응?"

낮게 말한 이혁의 목소리가 제대로 들리지 않아 설아가 고개를 돌려 되물었다. 바람에 날리는 머리칼을 쓸어 넘기며 자신을 바라보는 설아에게 짧게 시선을 준 이혁이 말했다.

"예쁘다고."

"그렇지? 너무 예쁘다."

이혁이 말한 건 다른 의미였지만 설아는 노을이 예쁘다고만 생각하며 웃었다. 그 웃는 얼굴을 보며 이혁이 쿡쿡 웃으며 낮게 말했다.

"웃으니까 더 예쁘네."

"뭐라고?"

"바람 차지 않아?"

"아, 괜찮아. 시원하고 좋아."

"다행이네."

이혁이 천연덕스럽게 말하고는 미소 지었다. 웃을 때 그의 한쪽 볼에 패인 작은 보조개가 따스한 노을빛에 물들자 설아의 심장이 콩닥콩닥거렸다.

'저, 점점 심해지는 것 같은데……'

이혁과 함께 있는 시간이 늘어갈수록 심장의 노크 소리도 점차 확실해지고 있었다. 똑똑똑. 나 여기 있어요. 무언가가 자꾸 자신의 존재를 알리려 노크하듯, 설아의 심장이 콩콩콩 뛰고 있었다.

드라이브를 끝내고 돌아와 보니 채은은 아직도 프로페셔널한 전문가들에게 시달리고 있었다. 준비해 둔 땀복을 입고 강도 높은 필라테스를 하며 땀을 흘리던 채은은 이혁과 설아가 들어오자 기다렸다는 듯 벌떡 일어났다.

"이제 그만할래요! 더는 못 하겠어!"

채은이 들고 있던 필라테스 장비를 내던지며 짜증을 부리자 실장이 산뜻하게 웃었다.

"그래요. 충분히 코스를 소화한 것 같으니 여기까지만 하죠. 수고하셨어요."

저 마귀 같은 여자! 채은이 울컥한 표정으로 실장을 바라봤다. 마귀같이 사납게 몰아칠 땐 언제고 표정을 싹 바꿔?

"그럼 가르쳐 준 과정 혼자서도 꾸준히 하세요. 다음 달에 좋은 결과 있길 바랄게요."

실장은 애초에 이혁이 돌아올 때까지가 조건이었기에 미련 없이 장비들을 챙겨 유니폼 부대와 함께 별장을 떠났다.

"나 샤워 좀 하고 올게!"

겨우 마귀에게 풀려나자 채은은 욕실로 직행했다. 땀 냄새 풀풀 풍기며 남자를 꼬실 순 없잖아! 과정이야 어쨌든 비싼 케어시스템을 준비해 둘 정도로 호의를 베푸는 걸로 보아 이혁도 겉모습과는 달리 자신에게 마음이 있는 것이 분명했다.

'시간을 너무 잡아먹었어. 오늘 밤이 기회란 말이야!'

채은이 표독스럽게 눈을 빛내며 욕망에 젖은 샤워를 하는 동안 이혁은 소파 위에서 책을 펼쳐 든 설아를 보고 있었다.

이곳에 둘만 있었다면 얼마나 좋았을까. 불가능한 일인 걸 알면서도 이혁은 이 순간 간절히 바랐다. 둘만 있는 공간에 설아와 함께 있을 수 있다면 저렇게 내내 책만 읽고 있는 모습을 바라만 보고 있어도 행복할 것 같았다. 그러다가 밤이 더 으슥해져 잘 때가 되면 같은 방으로 들어가……

'아, 이거 위험해.'

생각만으로도 짜릿한 상상을 자기도 모르게 머릿속에서 3D 화면으로 재생시키자 이혁은 당혹감을 느꼈다. 자신의 몹시 건강한 신체가 혈기 왕성함을 증명하듯 어느 한 부위에 바짝 몰려드는 것을 느끼고 이혁은 자리에서 벌떡 일어났다.

"정원에서 잠깐 바람 좀 쐬고 올게."

빠르게 그 말만 남기고 이혁이 나가 버리자 설아는 고개를 갸웃거렸다. 이 시간에……? 그때 샤워를 마치고 전투복으로 갈아입은 채은이 설아에게 다가왔다.

"이혁 씨는?"

"잠깐 정원 산책한다고 했……."

응? 채은을 돌아본 설아의 눈이 커졌다. 가슴골이 훤히 들여다보이는 타이트한 셔츠와 짧은 핫팬츠를 입은 채은이 설아의 말에 눈을 빛내며 서 있었다.

"흐응, 그래?"

역시, 날 위해 일부러 혼자 있을 수 있는 공간에서 대기 중인 건가? 그렇게 확신한 채은이 현관으로 향했다.

"나도 잠깐 나갔다 올게."

"어? 이 시간에 어딜……."

"금방 올 거니까 걱정 마."

설아는 짧은 핫팬츠 아래로 삐져나온 탱탱한 엉덩이 살을 유혹적으로 흔들며 현관을 빠져나가는 채은의 뒷모습을 멍하니 바라봤다.

이혁은 그럴듯하게 꾸며진 정원에서 혼자 서성이며 확 달아오른 열기를 가라앉히고 있었다. 하지만 가라앉히려 하면 할수록 자꾸 은밀한 상상이 머릿속에 펼쳐져 상황은 점점 악화되고 있었다.

'이혁아…… 너무 기분 좋다.'

목젖에 하얀 손가락을 대고 눈을 지그시 감은 채 속삭이던 설아의 모습은 그의 상상을 디테일하게 만들어 주기에 충분했다. 발간 얼굴을 한 설아가 자신의 모든 것을 받아 내는 모습을 상상한 순간엔 농담이 아니라 진심으로 코피가 터질 것 같았다.

"중증이군. 중증이야."

이혁이 인상을 쓰고 중얼거렸다. 지금까지 신체 건강한 남자로서 물론 욕망이야 있었지만 어떤 여자를 진심으로 갖고 싶다거나 관계하고 싶다는 생각은 한 적이 없었다. 이런 식으로 온몸이 뜨거워지는 정염의 불길에 휩싸여 본 적도 없었다. 그런데 설아를 생각하면…… 설아를 품에 안는 상상을 하기만 해도 온몸이 활활 타오를 듯한 뜨거운 욕망으로 터질 것만 같았다.

"이혁 씨, 거기 있어요?"

그때 뒤에서 들린 목소리에 이혁이 멈칫해서 돌아봤다.

"이혁 씨 맞네. 그죠?"

어두운 정원 사이를 헤치고 대놓고 몸매를 드러낸 채은이 다가오자 온몸에 날뛰던 욕망이 거짓말처럼 고요하게 잦아들었다.

"무슨 일입니까?"

이혁이 귀찮은 기색을 숨기지 않고 말했지만 그걸 알아보지 못한 채은이 요염한 걸음걸이로 다가왔다. 그녀가 가까이 다가오자 훅 끼친 독한 향수 향에 이맛살이 절로 찌푸려졌다. 향수를 몸에 아예 들이부었나?

"왜 여기 나와 있어요?"

"그냥 바람 쐬는 중이었어요."

"그럼 나도 같이 쐬어도 될까요? 나도 바람 쐬고 싶어서 나왔는데."

채은이 유혹적인 시선을 똑바로 향하며 말하자 이혁이 건조하게 말했다.

"오래 있을 생각은 아니라서요. 먼저 들어가 계시죠?"

"싫은데요?"

웃으며 사양하는 것도 인지하지 못한 것인지 채은이 교태롭게 웃으며 이혁에게 바짝 다가갔다. 그녀의 지나치게 끌어 모은 가슴이 몸에 닿자 이혁은 짜증이 치솟을 만큼 불쾌감을 느꼈다.

"사실은 나…… 당신에게 할 말 있어요."

"……좀 떨어져서 하시죠."

이혁이 더러운 기분을 참지 못하고 물러서는데 채은이 그의 단단한 허리를 끌어안았다. 이 여자가 진짜?

"나 당신 좋아해요."

채은이 그대로 고개를 들고 미간을 잔뜩 좁힌 이혁과 눈을 똑바로 마주쳤다.

"당신 탐나고…… 갖고 싶어."

도발적인 시선으로 그를 응시하며 채은이 말을 이었다.

"믿을진 모르겠지만 예전…… 아주 예전부터 그랬어요. 같은 학교에 다닐 때부터."

채은이 이혁을 끌어안은 채로 까치발을 들고 그의 얼굴로 천천히 다가갔다. 붉은 입술이 닿을 듯 아주 가까이 다가갔을 때 이혁이 쿡, 하고 낮게 웃었다.

"……이혁 씨?"

뭐, 뭐지? 채은이 달빛에 비친 차가운 그의 얼굴을 보고 당황한 표정을 지었다. 이혁은 얼음같이 서늘한 시선으로 채은을 똑바로 내려다보며 입술 끝을 비틀었다.

"설아에게 열등감이 있는 모양이지? 설아 것은 다 **뺏고 싶어?**"

낮은 이혁의 목소리에 채은의 눈이 확 커졌다. 숨을 들이켠 채은이 어이없다는 듯 인상을 썼다.

"말도 안 돼. 내가 설아에게 그럴 리가 없잖······."

"너 설아가 좋아하던 상대들에게 다 접근하고 다녔잖아."

"······!"

"내 말 틀려?"

채은의 눈이 이리저리 흔들리는 것을 똑바로 내려다보며 이혁이 입술 끝을 비틀어 올렸다. 창백해진 채은에게 고개를 기울인 이혁이 귓가에 낮게 속삭였다.

"경고하는데, 네 열등감 해소하는 도구로 설아 이용하지 마. 내가 입 다물고 있던 건 설아가 널 유일한 친구로 생각해서일 뿐이니까. 만약 한 번 더 그런 일로 설아 이용하면 그땐 가만 안 둬."

차갑게 으르는 목소리에 채은이 숨을 들이켰다.

이 남자가 그걸 어떻게······?

급습을 받은 사람처럼 채은이 굳어 있는데 뒤에서 인기척이 들렸다.

"이혁아. 급한 전화인지 네 전화가 계속 울리는데 어디······."

진동하는 휴대폰을 들고 나타난 설아가 흠칫 놀라 멈춰 섰다.

'이, 이건?'

마치 키스하듯 가까이 붙어 있는 이혁과 채은의 모습을 보자 설아의 눈이 당혹감으로 물들었다. 이혁과 채은이 동시에 자신을 돌아보자 충격을 받은 얼굴로 둘을 번갈아 보고는 멈칫멈칫 뒷걸음질 쳤다.

"아, 미, 미안. 난 방해하려던 게 아니라 휴대폰, 휴대폰만 전해 주려고 한 건데······."

충격으로 차마 말을 다 마치지 못한 설아가 휙 몸을 돌렸다.

"설아야."

이혁의 목소리가 들렸지만 설아는 뒤돌아 뛰어가기 시작했다.

"설아야! 거기 서!"

"앗!"

달려가는 설아를 향해 이혁이 채은을 밀치고 뛰어갔다. 밀쳐진 채은은 바닥에 넘어진 채 어둠 속으로 사라지는 이혁의 뒷모습을 입술을 깨물고 보고 있었다.

설아는 이혁의 휴대폰을 자기가 쥐고 있다는 것도 잊은 채 정신없이 달리고 있었다. 지금 이 기분을 뭐라 표현해야 좋을지는 알 수 없었지만 너무나, 너무나 충격적이었다.

'그럴 수가⋯⋯.'

이혁과 채은이가 그런 관계였다니⋯⋯? 그런 것도 모르고 내내 이혁에게 설레던 자신이 너무 바보 같고 싫었다. 왜 이 모습을 보고서야 이혁에 대한 감정을 깨닫게 된 거지?

자신이 이혁을 좋아하고 있었다는 것을 갑작스럽게 깨닫고 나자 눈물이 핑 돌았다. 이런 자신이 너무 바보 같고 한심했다. 이렇게 우스운 모양새로 도망치는 걸 보고 이혁과 채은이 얼마나 당황해할까? 나 같은 한심한 애도 없을 거야.

"설아야! 공설아!"

어? 이 소리는⋯⋯. 뒤에서 들린 이혁의 목소리에 깜짝 놀란 설아가 당황한 나머지 더 속도를 냈다. 그러다가 몇 걸음 채 가지도 못한 채 돌부리에 걸려 그 자리에 풀썩 나자빠졌다.

"꺅!"

"설아야!"

설아가 넘어지는 걸 본 이혁이 놀란 얼굴로 달려왔다.

"괜찮아? 안 다쳤어?"

얼른 몸을 숙인 이혁이 설아를 일으켜 세우며 몸 이곳저곳을 살피자 설아는 창피함에 얼굴이 화르륵 달아올랐다. 정말 쥐구멍이라도 있으면 좋을 텐데!

"괘, 괜찮아. 미안. 네 휴대폰이……."

설아가 고개를 숙인 채로 바닥에 떨어진 이혁의 휴대폰을 주우려 손을 뻗는데 이혁이 그 손을 잡았다.

"공설아. 나 봐 봐."

"……."

설아가 손이 잡힌 채로 그대로 굳어 있자 이혁이 다시 말했다.

"어서."

머뭇거리던 설아가 슬쩍 고개를 들어 올렸다. 흔들리는 설아의 눈동자에 달빛 아래 비친 이혁의 진지한 얼굴이 가득 들어왔다. 자신을 보는 이혁의 이런 표정은 처음 봐서 설아가 숨을 들이켰다.

"오해야."

"뭐……가?"

"방금 네가 본 거, 오해라고."

방금 본 장면이 다시 떠오르자 설아의 긴 속눈썹이 파르르 떨렸다. 왠지 모르게 눈시울이 뜨거워져 입술을 꾹 깨무는데 이혁이 잡고 있던 설아의 손을 끌어당겼다.

"이거 놔줘. 나와는 상관없는 일이고……."

"정말 상관없어?"

"없으니까 놔줘."

그의 손에서 빠져나오려는 설아의 손을 이혁이 더욱 강하게 힘주어 잡았다.

"상관해. 넌 상관해야 돼."

"……뭐?"

설아가 당혹스러운 표정으로 고개를 들었다. 물기가 맺힌 설아의 눈을 강렬하게 응시하며 이혁이 입을 열었다.

"내가 마음에 담고 있던 건 공설아 너니까."

"……!"

숨 쉬는 것도 잊은 듯 설아가 올려다보고 있자 이혁이 설아를 자신의 품으로 끌어당겼다. 이혁의 넓은 가슴에 안기는 순간 설아의 귓가에 낮은 목소리가 내려앉았다.

"좋아해, 설아야. 널…… 좋아하고 있어."

널 좋아하고 있어.

이혁의 고백을 머릿속에서 인식한 순간, 멈춰 있던 심장이 빠르게 쿵쾅대기 시작했다.

06 버섯, 고백하다

'좋아해, 설아야. 널…… 좋아하고 있어.'

"하아…… 어쩜 좋지?"

설아가 크게 한숨을 내쉬었다. 돌아온 이후로 내내 이런 증상이 반복되고 있어 회사에서 이혁의 얼굴을 어찌 볼지가 걱정이었다.

그날은 결국 아무 말도 못 했는데……. 이혁의 고백에 너무 놀란 나머지 아무런 생각을 할 수가 없었다. 패닉에 빠져 있으니 이혁이 당장 대답하지 않아도 된다고 말해 줘서 별장으로 돌아왔다. 그런데 돌아와 보니 채은이 갑작스럽게 당장 집으로 가 봐야 한다고 나오는 바람에 얼렁뚱땅 그길로 돌아와 버렸다.

그 후로 처음 마주치는 건데…….

잠도 설친 상태에서 멍한 기분으로 옷을 입고 출근하고 보니 다행히 이혁은 아직 출근하지 않은 모양이었다. 사무실 입구에서 눈을 가늘게 뜨고 안을 살피고 있는데 갑자기 뒤에서 익숙한 목소리가 들렸다.

"안 들어가고 뭐해?"

헉! 깜짝 놀라 뒤돌아보니 블랙 슈트를 입은 이혁이 설아를 내려다보고 있었다.

"아…… 안녕?"

던지고 보니 무척 뻘쭘한 인사였다. 설아가 내가 무슨 짓을 한 것인가 생각하며 굳어 있는데 이혁이 태연한 얼굴로 말했다.

"응. 안녕."

……왜 안녕이라는 인사가 이렇게 감미롭게 들리는 걸까? 뻣뻣하게 굳은 설아의 옆을 자연스럽게 스쳐 지나간 이혁이 먼저 사무실 안으로 들어갔다.

"안녕하세요."

직원들의 인사 소리에 퍼뜩 정신을 차린 설아도 얼른 사무실 안으로 들어갔다. 인사를 한 뒤 자리에 앉으니 피티션 너머로 맞은편에 앉은 이혁의 어깨가 살짝 보였다. 몸의 일부가 보이는 것만으로 심장의 떨림이 예사롭지 않아 설아가 크게 숨을 들이켰다가 천천히 내쉬었다.

'정말 내가 왜 이래? 정작 이혁이는 아무렇지도 않아 보이는데…….'

평소와 전혀 다를 바 없이 업무에 집중한 이혁을 보니 설아는 왠지 억울한 기분이었다.

에잇, 나도 일에 집중해야지! 고개를 저은 설아가 얼른 모니터를 켰다. 모니터에 띄워 둔 업무 사항을 훑으며 억지로 업무에 집중하려 애썼다.

한편 맞은편에 앉은 이혁은 마우스를 쥔 채로 설아를 힐끔 바라봤다. 일에 집중한 듯 보이는 설아를 가만히 건너다보던 이혁이 작게 숨을 토해 냈다.

"후우……."

고백 이후로 머릿속이 오만 가지 생각들로 패닉에 빠져 있었다. 그날의 고백은 예상했던 일은 아니었다. 자기도 모르게 터져 나온 고백에 이혁 스스로도 내심 당황하는 중이었다.

'조금 더 참았어야 했나.'

무척 놀란 듯한 설아의 얼굴을 떠올리면 고백이 너무 갑작스러운 게 아니었나 하는 생각이 들었다. 하지만 더 참을 수 있었을까? 그때가 아니라도, 분명 얼마 못 가 터져 나올 정도로 설아에 대한 감정은 컸다.

이렇게 커졌다는 게 새삼 놀라울 정도로…….

설아의 반응이 어떨지 몰라 하루 종일 고민하다 방금 전 사무실 입구에서 마주쳤을 때 흠칫 놀랐다. 뒷모습만 봤는데도 심장이 바닥으로 떨어지는 기분이었다. 아무렇지 않은 척 다가가 말을 걸었지만 속으로는 무척 긴장하고 있었다. 안녕이라는 인사도 어딘가 어색해 더 신경이 쓰였다. 그랬는데…… 넌 그 일이 그다지 신경 쓰이는 일이 아니라는 건가? 저렇게 태연히 일에 집중할 수 있는 걸 보면?

부지런히 마우스를 딸깍거리는 설아를 보며 이혁은 내심 서운함을 느꼈다.

설아는 휴게실에 들어와 자판기 버튼을 누르고 크게 심호흡을 했다. 아무래도 마음이 안정되지 않아 식사를 빨리 끝내고 혼자 휴게실에 들어온 참이었다.

'큰일이야. 이혁이만 보면 움찔움찔 놀라니 원…….'

한 사무실에 있다는 것만으로도 모든 신경이 이혁에게 쏠려 자신도 모르게 풀 긴장 상태가 되어 버렸다.

"바보 같으니."

설아가 작게 중얼거리며 커피를 빼드는데 옆에 누군가가 서 있는 것이 그제야 눈에 들어왔다.

"어……?"

남직원이 자신의 사원증을 뚫어져라 보고 있자 이상함을 느낀 설아가 눈을 깜빡였다. 사원증에서 설아의 얼굴로 시선을 옮긴 그 남자는 인상을 쓰고 설아를 뚫어지게 바라봤다. 그 순간 설아의 머릿속으로 익숙한 얼굴 하나가 휙 지나갔다.

"……재훈 선배?"

"역시 공설아 너냐?"

설아가 놀란 눈을 하자 재훈도 더더욱 놀란 얼굴로 사원증을 가리켰다.

"맞아요. 저 설아예요. 선배도 여기 다녀요?"

"그래. 여기 다녀. 그건 그렇고 너 정말 달라졌다. 나 진짜 못 알아봤어."

"그, 그래요?"

설아가 부끄러운 듯 커피 잔을 든 채로 배시시 웃자 재훈이 마주 웃었다. 재훈은 대학 시절 당시 과 선배로 정도 많고 친우관계도 넓은, 사람 좋기로 소문난 사람이었다. 항상 혼자였던 설아를 자잘하게 챙겨준 유일한 사람이기도 했고. 게다가 오지랖까지 넓어 여기저기 안 끼는 데가 없기로 유명했다.

"너 명주 결혼식에 왜 안 왔어? 너도 온다기에 그날 한참 찾았는데."

"예……? 저 그날 참석했는데요?"

"뭐? 왔다고? 그럴 리가! 아무도 너 못 봤다던…… 아아. 하긴. 지

213

금 이 모습이라면 누가 널 알아보겠어."

재훈이 납득한 듯 끄덕이자 설아가 웃었다.

"선배도 많이 바뀌었는데요? 대학 때에 비해 살도 많이 빠졌고……
옷차림도 달라서 처음엔 못 알아봤어요."

"그래? 하긴 나도 그때는 항상 트레이닝 복만 입고 다녔으니."

재훈이 제 턱을 손가락으로 쓸며 웃다가 생각났다는 듯 휴대폰을 내
밀며 말했다.

"아, 그렇지. 폰 번호 찍어 봐."

"네? 아, 네."

선후배 관계가 엄격했던 대학 시절의 습관 때문인지 재훈이 건네는
휴대폰을 얼른 받아 든 설아가 잽싸게 전화번호를 입력해서 다시 건넸
다. 재훈은 싱글거리며 폰을 받아 들고는 손목시계를 확인했다.

"나 그만 들어가 봐야겠다. 다음에 술 한잔 사 줄게. 또 보자."

"네. 선배."

재훈이 휴게실을 빠져나가자 꾸벅거리며 인사한 설아가 고개를 들고
얼떨떨한 표정을 지었다. 세상은 좁다더니…… 학교 동창을 회사에서
두 명이나 만나다니. 무척 협소한 인간관계를 가지고 있는 자신에게도
이런 우연이 연속으로 생기니 신기했다.

"누구야?"

"꺅!"

갑자기 등 뒤에서 목소리가 들리자 설아가 깜짝 놀라 들고 있던 커
피를 떨어뜨렸다.

"안 다쳤어?"

이혁이 몸을 숙여 살피며 물었다.

"아…… 괘, 괜찮아."

아침에도 그러더니만 갑자기 뒤에서 나타나는 신출귀몰한 이혁 때문에 설아는 심장이 남아나질 않을 지경이었다.

"어? 내가 치울게."

이혁이 바닥에 떨어진 종이컵을 집어 들고 휴게실에 비치된 페이퍼 타월을 들고 와 흘린 커피를 닦으려 하자 설아가 얼른 몸을 숙였다.

"내가 할게. 내가 놀라게 해서 그런 거니까."

"아니야. 이리 줘. 내가 흘린 거니까 내가……."

페이퍼 타월 위로 손을 뻗던 설아의 손과 이혁의 손이 닿았다. 설아가 깜짝 놀라 멈칫거리자 이혁도 움직임을 멈췄다.

"……."

설아가 발갛게 달아오른 얼굴을 들자 이혁과 눈이 마주쳤다. 가까이에서 그의 진한 다크브라운 빛깔의 눈동자와 마주치자 설아의 눈빛이 흔들렸다.

"내가 한다니까."

낮게 말한 이혁이 바닥의 커피를 닦아 냈다.

"아, 그, 그래."

왠지 화가 난 듯한 목소리에 설아가 뻘쭘하게 일어섰다. 다 닦아 낸 이혁이 몸을 일으켜 휴지통에 페이퍼 타월과 종이컵을 버리는 뒷모습을 바라보며 설아가 어정쩡한 자세로 서 있었다.

'기분 안 좋은가 봐……. 왜 그러지?'

이혁이 기분 안 좋은 이유를 알기 위해 설아가 열심히 머리를 굴리고 있는데 이혁이 자판기 쪽으로 걸어갔다.

"다시 뽑아 줄게. 뭘로?"

"아, 난 헤이즐넛."

헤이즐넛 두 잔을 뽑은 이혁은 의자로 걸어가더니 털썩 앉았다. 그

가 커피 잔을 든 채로 설아에게 옆자리에 앉으라는 턱짓을 하자 설아
가 얼른 다가가 앉았다.

"누구야? 방금 그 남자."

이혁이 커피를 건네며 물었다.

"대학 때 과 선배."

"과 선배가 여기 다닌다고?"

설아의 말에 이혁의 미간이 구겨졌다. 과 선배면 내가 모를 수
가…… 있지. 이혁은 대학교는 1학년만 다니고 바로 군대 갔다가 유학
을 떠났으니 그 후에 편입하거나 다시 들어온 복학생 선배들은 모를
수도 있었다.

"응. 그렇대. 나도 오늘 처음 만나서 놀랐어."

"널 어떻게 알아봤는데?"

"사원증이랑 내 얼굴을 한참 보더니……."

하긴. 공설아가 평범한 이름은 아니니까. 상황은 대충 파악이 됐지
만 과거의 설아를 아는 누군가가 지금의 설아를 알아봤다는 것이 이혁
은 기분이 나빴다.

"그래서. 무슨 얘기했는데."

"그냥 만나서 반갑다고."

"또?"

"연락처 묻고……."

젠장. 폰을 건네는 이유가 그거였군. 어떤 남자에게 설아가 휴대폰
을 건네는 걸 보고 번호를 따는 수작인 줄 알고 화가 치솟았는데 이것
도 기분이 나쁘다.

"연락처는 왜."

"그냥 다음에 술 한잔 사 준다고……."

"뭐?"

이혁의 눈빛이 날카롭게 변하는데 마침 휴게실 안으로 들어온 여자들이 이혁을 보고는 얼른 다가왔다.

"어머, 이혁 씨. 쉬는 시간이에요?"

어? 설아가 고개를 드니 전에 휴게실에서 이혁과 웃으며 얘기하고 있던 여자들이었다. 그의 옆으로 뽀르르 다가오는 여직원들을 향해 이혁이 웃음기 없이 낮게 말했다.

"미안하지만 중요한 대화 중이라서요."

처음 보는 이혁의 냉정한 모습에 엉덩이를 막 의자에 붙이려던 여직원이 민망한 얼굴로 일어섰다.

"그, 그런 것도 모르고 눈치 없이 굴었나 봐요. 대화 나누세요."

화끈 달아오른 얼굴로 머쓱하게 자리를 피하는 여직원과 함께 우르르 몰려 나가는 여자들을 보며 설아는 침을 꿀꺽 삼켰다. 설아 역시 이런 무서운 이혁의 모습은 처음 봤다. 나이트클럽에서 만났을 때도 무섭긴 했지만 지금이 훨씬 더 무서웠다.

"설아야."

"으, 응?"

설아가 깜짝 놀라 얼른 대답하자 이혁이 부드럽게 미소 지었다.

아, 다행히 화가 풀렸나……? 이혁의 미소에 설아가 다행이라며 안도하는 순간 마왕보다 무서운 그의 목소리가 낮게 들렸다.

"너, 그 선배와 술 마시면 죽는다."

이혁이 이렇게 무서울 줄이야…….

설아는 아까 휴게실에서 이혁이 한 말을 생각하니 손바닥에서 식은땀이 날 지경이었다. 헤이즐넛을 움켜쥐고 열심히 알았다고 고개를 끄덕이면서 한 가지 의문이 들었다.

'혹시 이혁이 기분이 나쁜 이유가 선배 때문인가?'

차이는 기분은 잘 알았지만 지금껏 남자와 제대로 된 연애를 해 본 적이 없기 때문에 모든 것이 알쏭달쏭했다. 공부라거나 일은 자신 있었지만 사람의 마음을 파악하기란 너무 어려웠다.

혹시 이혁의 기분을 알 수 있지 않을까 싶어 집에 오는 길에 서점에 들러 〈연애의 기초 상식 100가지〉, 〈완벽한 연애 정복법 A부터 Z〉 등 갖가지 연애 심리 관련 서적을 샀다.

'어머, 연애를 하는 것도 아닌데 왜 연애에 대한 책을 이리 산 거야.'

사고 나니 스스로의 행동에 흠칫했지만 밤을 새워 탐독했다. 그리하여 하룻밤에 여러 권을 독파하였지만…… 읽을수록 머릿속에 물음표가 가득한 이유는 뭐지?

"역시 직접 물어봐야 되나…… 헉."

갑자기 전화벨이 울리자 설아가 흠칫 놀랐다. 직접 물어봐야겠다고 생각한 순간 거짓말처럼 이혁에게서 전화가 오다니…….

"여, 여보세요."

설아가 얼떨떨한 표정으로 전화를 받았다.

— 뭐하고 있어?

"나? 그냥 집에 있어."

— 그럼 나와라. 할 말도 있고.

"아…… 지금 어딘데?"

이혁이 있는 위치를 듣고 전화를 끊은 설아는 얼른 옷을 챙겨 입었다. 이혁이 골라 준 오트밀색 촘촘한 카디건을 걸친 뒤 거울을 보고 머리를 열심히 빗었다. 거울 속에 얼굴이 발갛게 상기되어 있는 것이 보

218

였다.

'무슨 말을 하려나?'

아까 화가 난 이유를 말하려는 것인지 아니면 그때의 고백에 대한 말을 할 것인지…… 생각하다 보니 가슴이 쿵쾅거렸다. 복숭아처럼 상기된 뺨을 손바닥으로 토독토독 두들이고는 방을 빠져나왔다.

"저 잠깐 나갔다 올게요!"

설아가 계단을 뛰어 내려가며 말하자 거실 소파에 앉아 있던 성원이 득달같이 고개를 돌렸다.

"이 시간에 어딜?"

"회사 사람 좀 잠깐 만나려고요. 다녀오겠습니다!"

대충 둘러댄 설아가 성원에게 잡힐세라 스니커즈를 신고 빠르게 현관을 빠져나갔다. 그 모습을 미심쩍은 시선으로 보고 있던 성원이 중얼거렸다.

"이상해…… 맨날 회사 야근인 것도 그렇고 갑자기 차림이 달라진 것도 그렇고……."

성원이 수상쩍은 시선을 거두지 못하고 말하자 옆에 앉아 있던 혜경이 핀잔을 줬다.

"이상할 거 뭐 있어요? 원래 취업한 다음에도 집에 오래 붙어 있는 게 이상한 거예요. 얼마나 주위에 사람이 없으면 집에만 있겠어요?"

"설아는 원래 집에 있는 걸 좋아했잖아."

"그게 이상한 거라니까요. 당신은 설아가 히키코모리인지 뭔지 하는 은둔형 외톨이가 되길 바라는 거예요?"

"무, 물론 그건 아니지만……."

혜경이 눈을 흘기자 성원이 얼른 손을 내저었다.

"아까 거기 채널이나 다시 돌려 봐요. 드라마 나오던 데요."

"나 뉴스 봐야 되는데."

"뉴스는 스마트폰으로 보면 되잖아요."

성원이 투덜거리며 스마트폰으로 뉴스 창을 켜자 혜경이 설아가 나간 현관을 힐끔 쳐다봤다.

'정말 누구 만나는 사람이라도 있는 건가?'

혜경은 곰곰이 생각하다가 태연히 드라마가 켜진 TV로 시선을 돌렸다.

설아가 카페에 들어서자 이혁이 한눈에 보였다. 카페 안의 많은 사람 중에서도 단번에 눈에 들어오는 슈트 차림의 이혁을 보자 설아의 심장이 질주하기 시작했다. 급하게 오느라 흐트러진 머리카락을 얼른 손으로 정리하며 설아가 다가가자 인기척을 느낀 이혁이 고개를 들었다.

"왔어?"

이혁이 싱긋 웃자 설아도 마주 웃으며 맞은편 의자에 앉았다. 휴, 다행히 기분은 나아진 모양이네. 아까처럼 화가 나 있는 상태면 어쩌나 걱정했었는데 이혁의 표정이 밝아 보여서 다행이었다.

"피곤한데 내가 불러낸 거 아닌가?"

"아니야. 별로 피곤하진 않았어."

설아가 절대 그렇지 않다는 듯 고개를 붕붕 저었다.

"그럼 다행이고. 뭐 마실래?"

이혁이 주문하기 위해 일어서자 설아도 따라 일어섰다.

"내가 살게."

"앉아 있어. 헤이즐넛? 민트 라떼?"

"그래도 맨날 네가 사잖아. 아직 정산 못 한 것들도 많아서 마음이 불편한데……."

이혁이 설아의 얼굴을 가만히 내려다봤다.

"……불편해?"

"부, 부담 주는 것 같아서."

진지한 이혁의 얼굴에 설아가 조금 움찔해서 말했다. 잠시 그대로 서 있던 이혁이 짧게 숨을 내쉬고는 말했다.

"불편해하지 마. 라떼로 사 온다."

그렇게 말하고 몸을 돌려 카운터로 다가가는 이혁의 등을 설아가 멍하니 바라봤다.

'어……?'

방금 전 이혁의 목소리가 왠지 상처받은 목소리 같아 신경이 쓰였다. 왜 이런 기분이 드는 걸까? 다시 자리에 앉으며 골몰했지만 이유를 알 수가 없었다. 이유는 몰라도 가슴 한구석이 쿡쿡 찔리는 느낌이었다. 잠시 후 커피 트레이를 가지고 돌아온 이혁이 자리에 앉았다.

"자."

"아, 고마워."

이혁이 커피를 설아 앞에 놔줬다. 마주 앉은 채로 이혁이 말이 없자 설아는 두 손으로 커피 잔을 쥐고 천천히 마시면서 힐끔힐끔 쳐다봤다. 이혁은 진지한 얼굴로 무언가 생각하고 있는 듯했다.

'무슨 생각을 하는 걸까? 아까 분명 할 말이 있다고 했는데…….'

만약 고백에 대한 말이라면 아직 대답을 하지 못한 상태니…… 혹시 다시 물린다거나, 그러려는 건 아닐까? 하, 하긴 이혁이 날 좋아할 이유가 아무리 생각해도 없잖아. 맨날 차이는 것만 보고, 못 봐 줄 정도로 엉망이라던 모습도 다 알고 있는데…….

'분명 순간적으로 착각을 했거나 이혁의 눈에 뭣이 씌였던 것이 틀

221

림없어.'

이혁은 착하니까 본인이 먼저 꺼낸 말을 물리기엔 책임감 때문에 말을 못 꺼내고 있는 걸 거야. 불쌍하게도……. 그렇게 생각하니 이혁이 안쓰럽기 짝이 없었다.

"저기 이혁아."

설아의 목소리에 이혁이 커피 잔에서 시선을 올려 그녀를 바라봤다. 설아가 마더 테레사 같은 인자한 미소를 지으며 말했다.

"다시 물리고 싶으면 그래도 괜찮아. 난 아무렇지도 않으니까 죄책감 가질 거 하나도 없어."

솔직히 아무렇지도 않은 건 아니지만 그래도 이혁을 힘들게 하는 것보다야 내가 힘든 게 낫지, 암.

"물리다니. 뭘?"

이혁이 의아한 표정으로 바라보자 설아가 얼굴을 붉혔다.

"그…… 저번 주 토요일에 네가 한 말 있잖아."

"너 좋아한다고 한 거?"

이혁의 직설적인 표현에 설아의 얼굴이 화르륵 달아올랐다.

"으, 응. 그거. 사, 사람이 실수할 수도 있고 그런 거니까……."

설아가 발갛게 달아오른 얼굴로 열심히 말하자 이혁이 황당한 얼굴로 바라보다가 한숨을 내쉬었다.

"내가 널 좋아한다고 고백한 걸 후회한다고 생각해?"

"호, 혹시 그럴 수도 있지 않을까 해서."

땀이 나네. 설아가 자신의 얼굴에 휘휘 손부채질을 하며 말했다.

"……."

이혁이 가슴 위로 팔짱을 낀 채 고개를 비스듬히 기울이고 설아를 바라봤다. 이혁의 짙은 색 동공이 자신을 똑바로 향하자 설아는 얼굴이 점점 더 붉어지는 것을 느꼈다. 가만히 바라보고 있던 그가 천천히 입을 열었다.

"그거 쉽게 생각하고 한 말 아니야. 난 진심으로 설아 널 좋아해."

헉……!

한 번 들었던 말인데도 설아는 심장이 바닥으로 쿵 떨어지는 기분이었다. 떨어진 심장이 바닥에서 싱싱한 생선처럼 펄떡펄떡 튕겨 오르듯 심장박동이 요란해졌다. 무어라 말을 해야겠는데 심장박동 때문에 머릿속이 텅 비어 버려 아무 말도 하지 못하고 보고만 있자 이혁이 다시 말했다.

"넌 내가 친구 이상으로는 전혀 생각이 안 돼?"

"아니 그건…… 그건 아니야. 그게 아니라…… 그냥 너무 놀라서 그래. 그때도 그랬는데 지금도 심장이 막……."

두 손으로 가슴을 지그시 누르며 설아가 말하자 이혁이 눈을 가늘게 떴다.

"놀라서?"

"응. 항상 내 쪽에서 고백하다 보니 그런 말에 전혀 면역이 없나 봐. 그때도 솔직히 믿기지 않았는데…… 그, 그러니까 나도 전혀 예상하지 못한 정신적인 충격이……."

내가 도대체 뭐라는 거야? 설명하려 할수록 설아의 얼굴이 점점 더 달아올랐다.

"그러니까 내가 한 말이 기쁜 거야, 아니면 불편한 거야?"

무감한 말투로 물었지만 이혁은 입안이 바짝 마르는 기분이었다. 머릿속으로는 설아의 한 가지 대답만을 간절히 바라고 있었다. 기쁘다고 말해. 기쁘다고…….

"기쁜…… 것 같아."

아.

설아의 대답에 이혁에게서 순간 안도의 한숨이 새어 나왔다. 그의 입술 끝이 부드럽게 휘어 올라가는 걸 보며 설아가 용기를 내어 조심스럽게 말했다.

"난 너한테 도움도 많이 받았고 그래서 늘 고맙게 생각하고 있었어."

이혁에 대한 감사의 마음을 전하려는데 부드럽게 휘어지던 그의 입술이 일순 경직되더니 얼굴이 딱딱하게 굳었다.

"그러니까 지금, 나한테 도움받아서 내 고백이 기쁘다는 거야?"

"아니! 그, 그런 뜻이 아니라 그래서 늘 고마움을 가지고 있었다는 뜻인데……."

"그 말이 그 말이잖아. 그럼 넌 널 도와주는 사람이면 누구나 고백하면 기쁘게 받아들이겠네? 경찰이든 소방관이든 안내센터 직원이든."

이혁이 눈을 가늘게 뜨고 으르자 설아가 얼른 고개를 저었다.

"그게 아니라니까."

"아니면 뭔데."

"난 이혁이라서 기쁜 거야."

야차처럼 무서워지던 이혁의 표정이 순간 멈칫했다.

"다시 말해 봐."

이혁이 으르렁거리던 것을 멈추고 차분하게 묻자 설아가 자신이 방금 한 말이 부끄러웠는지 얼굴을 붉히고 머뭇거렸다.

"어서."

꼭 다시 듣고야 말겠다는 의지로 이혁이 재촉했다. 작은 입술을 달싹거리던 설아가 주저주저 다시 입을 열었다.

"나는 고백해 준 상대가 다른 사람이 아니라…… 이혁이라서 기쁜 거라고."

바짝 좁혀진 이혁의 미간이 풀리고 날카로운 눈빛이 부드러워졌다.

"나도 설아, 너라서 좋아."

몸을 앞으로 기울이고 이혁이 속삭이듯 말하자 설아가 벌겋게 달아오른 얼굴로 숨을 삼키고 그를 바라봤다.

"정말로 좋아."

확인시키듯 낮게 말한 이혁의 눈빛이 초콜릿처럼 진하고 달콤해졌다. 그 눈빛에 흐물흐물 녹을 것 같은 얼굴로 설아가 마주 보고 있었다.

아아, 이런 기분이구나…….

좋아하는 사람에게 고백을 받는 기분이 이렇게 좋은 거였을 줄이야. 설아는 쿵쿵 울리는 심장 소리를 들으며 아주 이상한 느낌을 받았다. 세상의 모든 것이 자신을 보고 있는 이혁과 자신이 앉은 이 테이블로만 축소되고, 세상에 우리 둘만 존재하는 것 같은 기분…….

"나도 네가 좋아…… 이혁아."

설아가 눈꼬리를 귀엽게 휘어 올리며 말하자 이혁의 가슴도 풍선처럼 터질 듯 부풀어 올랐다.

습관처럼 먼저 고백하고 놀랍게도 받아들여진 다음에도 상대방이 바래다준 적은 한 번도 없었다. 그래서 이혁이 '바래다줄게' 하고 무척 다정한 목소리로 말했을 때 설아는 내심 당황스러웠다.

"춥니?"

커피숍에서 나와 집 쪽으로 나란히 걸으면서 이혁이 설아에게 고개를 숙이며 물었다.

"아, 아니. 괜찮아."

별거 아닌 말인 거 같으면서도 묘하게 가슴이 두근거려서 설아가 얼른 대답했다. 애가 왜 이렇게 다정하지? 원래 그랬나? 아니면 지금 관계가 달라져서? 평소에도 이혁이 잘 대해 줬긴 하지만 말투라거나 눈빛이라거나 그런 데서 예전과 달라진 것이 확연하게 느껴지고 있었다.

"아직 밤은 쌀쌀한데. 봐, 손도 차갑잖아."

이혁이 설아의 손을 자연스럽게 잡으며 말하자 설아는 큰 충격을 받은 듯 눈을 둥그렇게 떴다. 손! 손을 잡다니! 전에도 팔을 잡거나 했던 적은 있었는데 이런 식으로 부드럽게 손을 잡은 적은 처음이라 설아가 놀라움으로 눈을 부릅떴다.

'막 숨이 거칠어질라고 해. 괘, 괜찮을까?'

빳빳하게 굳어 있는 설아를 눈치챈 이혁이 의아스러운 표정으로 내려다봤다.

"왜 그래?"

"으응? 아, 아무것도 아니야."

설아가 곧 터질 듯한 홍시 같은 얼굴로 고개를 젓자 이혁이 깍지 낀 손을 들어 올리며 말했다.

"불편해? 손 놓을까?"

"뭐? 아니!"

설아가 화들짝 놀라 잡은 손에 필사적으로 힘을 주자 이혁이 쿡쿡 웃었다.

"나도 놓기 싫어."

이혁도 깍지 낀 손을 힘주어 잡자 단단한 남자의 힘이 손바닥과 손끝에서 느껴졌다. 손바닥에 전해지는 온기에 설아는 긴장이 되면서도 기분이 좋았다. 사람의 체온이란 이렇게나 사람을 들뜨게 만드는 거구나…….

"너 있잖아."

밤거리를 천천히 걸어가며 이혁이 말을 꺼냈다.

"처음에 나랑 약속했던 거 기억하지? 조건이 있다고 했던 거."

"그럼. 당연히 기억하지."

설아가 고개를 끄덕였다. 안 그래도 늘 마음의 빚이라 언제 청산되나 늘 생각하고 있었는데 드디어 말해 주는 건가?

"그거 지금 말해도 돼?"

"응. 말해."

"앞으로 절대 내 앞이 아니면 안경 벗지 말고, 다른 남자 목에 시선 주지 말 것."

이혁의 말에 설아가 눈을 깜빡였다.

"목은 네가 전에 말해서 안 보려고 노력하고 있는데……. 그게 다야?"

"그리고 내 말만 들을 것."

"그것도 지금……."

"나 외에 다른 남자에게 반하지 말 것."

설아가 걸음을 멈춘 채 올려다보자 이혁도 걸음을 멈추고 설아를 내려다봤다. 이혁의 진지한 눈빛에 설아가 멍한 표정으로 가만히 응시했다.

"나만 좋아할 것."

이혁이 속삭이듯 낮게 말했다.

"무슨 일이 있어도, 넌 나만 좋아해야 돼."

"……응. 그럴게."

지금도 너만 보이는걸.

설아가 환하게 웃자 이혁이 부드럽게 웃었다.

"꼭 지키는 거다?"

"응. 응."

설아의 대답에 안심한 듯 이혁이 다시 손을 잡은 채로 천천히 걷기 시작했다. 맞잡은 손의 따스한 온기를 느끼며 밤거리를 나란히 걸었다.

조금 더 오래 같이 있을 생각에 차 가지고 온 걸 숨기고 걸어서 설아를 바래다준 뒤 이혁은 왔던 길을 천천히 돌아왔다. 설아와 잡고 있던 자신이 손을 내려다보니 절로 입가에 미소가 맺혔다.

'무슨 일이 있어도, 넌 나만 좋아해야 돼.'
'……응. 그럴게.'

그 말은 자신의 진심을 담은 말이었다. 언젠가 설아에게 자신의 모든 걸 다 말하게 됐을 때 유치하지만 이 약속이라도 잡고 늘어지고 싶었다. 무슨 일이 있어도 나만 좋아해 준다고 했으니까…… 약속했으니까.

사람의 약속이 덧없다는 것도 알지만 지금은 그 약속에 의지할 수밖에 없었다.

"안녕하세요."

이혁이 사무실로 들어오자 설아의 고개가 핵 돌아갔다. 상큼한 미소를 지으며 자리로 다가오는 이혁을 보고 설아의 눈빛이 초롱초롱해졌다.

"안녕하……."

아, 이런. 실패야. 자연스럽게 인사하려고 했는데 그만 신입 초창기 시절처럼 어물거리고 말았다.

"네. 좋은 아침."

설아가 입술을 깨물거리는데 이혁이 자연스럽게 인사하며 자신의 자리로 갔다.

'바보 같으니. 인사도 제대로 못 하고……. 이혁이처럼 저렇게 자연스럽게 하면 얼마나 좋아?'

우울한 얼굴로 설아가 작게 한숨을 내쉬었다. 태연하게 대하려고 속으로 몇 번이나 마인드컨트롤을 했는데 이혁을 보는 순간 실패로 돌아가 버리고 말았다.

어젯밤 이혁과 사귀기로 한 뒤 둘의 관계는 회사에서 비밀로 하자고 모종의 합의를 봤다. 그런데 첫날부터 이래서야 과연 앞으로 무사히 비밀연애를 할 수 있을지 의구심이 들었다.

'만약 회사에 소문이 퍼지게 된다면……'

헉, 그, 그건 안 되지! 설아가 얼른 고개를 흔들었다. 자신이야 그렇다지만 이혁은 사내 아이돌로 불리는지라 소문이 빠르게 퍼져 나갈 가능성이 컸다. 그렇게 된다면 성원의 귀에도 들어갈 수도 있고 그렇게 되면…… 이혁과의 순탄한 연애는 완전히 물 건너가는……?

'안 돼! 그럴 순 없어!'

설아가 결연한 표정으로 눈을 빛냈다. 괜찮아. 들키지 않으면 되겠지! 그런데 걱정인 건 이혁이 매일 퇴근 후에 바래다준다고 나왔단 거다. 아버지가 출장이 잦긴 하지만 그래도 그건 꽤나 위험한 일이었다. 아버지가 이 회사 고위급 간부로 있다는 사실은 왠지 이혁에게 알리고 싶지 않았으니까. 괜히 부담될 수도 있을 것 같고…….

그래도 말을 안 하면 숨기게 되어 버리는 건데.

'거짓말하기 없기다? 나한테 숨기는 거 없어야 된다고.'

229

이혁이 했던 말을 생각하면 속이 영 찜찜했다. 차라리 말해 버리는 게 나을까? 그래서 같이 조심하는 게 낫지 않을까? 그런데 벌써 숨겼던 일이 되어 버려서 이 말을 꺼내기도 망설여졌다. 이혁이 거짓말을 그렇게 싫어하는데 자신에게 실망하게 될까 봐…….

'휴우. 천천히…… 기회를 봐서 생각하자.'

설아는 그렇게 생각하며 업무 창으로 되돌아갔다.

이혁의 휴대폰이 깜빡였다. 휴대폰을 확인한 이혁은 괜히 주위를 한 번 훑어본 뒤 문자를 확인했다.

[이혁아. 오늘 점심에 아버지랑 식사 약속 잡아 놨으니 연화당으로 와라. ―삼촌.]

"갑자기 약속을 잡으시면 어떡해요. 일이 바쁘면 못 빠져나올 수도 있는데."

회사 근처의 고급 한정식집인 연화당에 도착한 이혁이 삼촌인 정한수 이사에게 투덜거렸다.

"아니, 내 아들과 내가 식사 좀 하겠다는데 누가 뭐라고 해?"

정 이사 옆에 앉은 정학 회장이 발끈하자 이혁이 미간을 찌푸렸다.

"회사가 아버지 소유는 아니잖아요."

"왜 아니야? 내 건데! 내 아버지가 눈물을 훔치며 소 농장 팔아서 일군 회사, 내가 이어받아 평생을 바쳐 키워 낸 내 회사라고! 그런데 누가 뭐라고 해?!"

정 회장이 또 레퍼토리를 줄줄이 읊자 이혁이 무심한 얼굴로 말했다.

"처음엔 소 몇 마리라 그러시더니 이젠 농장이 됐네요. 점점 스케일이 커지는데요?"

"너 지금 너희 할아버지 소 무시하는 거냐?"

"자, 자. 형님. 식사도 나왔는데 그만 진정하시고. 이혁이도 배고플 텐데 어서 먹자. 점심시간 끝나기 전에 들어가 봐야 한다며."

정 이사가 익숙하게 중재시키자 정 회장이 투덜투덜거리면서도 젓가락을 들었다. 회장이 젓가락을 들고 나서야 정 이사와 이혁도 식사를 시작했다.

솔직히 이혁이 생각하기에 정 회장이 성공한 CEO 10위권 내에 드는 건 이해할 수 없는 일이었다. 물론 경영 면에서 놀라운 성장력을 보여 준 건 사실이지만 사적인 자리에서는 늘 발끈하거나 부인에게 잡혀 사는 모습 외에는 보기 힘들었으니까.

"뭐야? 그 눈은."

정 회장이 의심 어린 눈초리로 바라보며 묻자 이혁이 대답했다.

"네? 아뇨. 아무것도."

"애비 능력을 무시하는 눈빛인데?"

흠칫.

"그럴 리가요."

이혁이 내심 놀란 것을 숨기고 태연한 얼굴로 말했다. 이런 면을 보면 성공한 CEO의 면모가 보이는 것 같기도 하고?

"회사 생활은 이제 많이 적응했지?"

정 이사가 묻자 이혁이 고개를 끄덕였다.

"네. 그럭저럭이요."

"일 배우는 건 힘들지 않고?"

"다들 겪는 건데 힘들긴요."

"녀석, 너답다."

정 이사는 뿌듯한 표정으로 이혁을 바라봤지만 정 회장은 대뜸 인상을 찌푸렸다.

"고집하고는…… 유학 다녀오면 바로 본부장 자리 앉혀 준다고 회사 들어오라고 할 때는 그렇게 말을 안 듣더니, 왜 밑바닥에서 그러고 있어?"

"이혁이는 원칙을 중시하는 애라서 형님 생각과는 다를 거라고 했잖아요."

정 이사의 말에 정 회장은 더더욱 마음에 안 든다는 표정이었다.

"어쨌든 이렇게라도 회사 들어왔으니 된 거죠. 저도 이 방법이 맞다고 생각하고요."

"그래. 회사 들어온 건 잘한 거야. 언제까지 밖에서 돌 순 없잖아. 안에서 배워야 할 게 산더민데."

정 회장이 이번엔 수긍한 듯 끄덕거렸다. 회사를 이어받아야 될 아들놈이 회사에 들어오지 않겠다고 버티는 통에 여간 진땀을 뺀 게 아니었는데 어쨌든 이렇게라도 들어와 줬으니까.

"힘들면 언제든 얘기해라. 네가 원하는 자리로 보내 줄 테니."

"그건 괜찮습니다. 제발 어디 가서 제 얘기만 꺼내지 마세요. 벌써 소문이 돌고 있는 모양이던데."

"뭐? 소문이 돌아?"

정 회장이 눈을 번쩍 떴다.

"네. 회장 아들이 이번 신입 사원 중에 있다는 소문이 흘러 나간 모양입니다. 단속을 철저히 했는데도 흘러 나간 이유가 뭔지 내부에서 찾고 있긴 합니다."

"그것 참 잘됐구나! 이 기회에 싹 알려 버리고 본부장에……."

"아버지!"

"형님!"

이혁과 정 이사가 동시에 소리치자 정 회장이 인상을 꽉 구겼다.

"아이고, 귀청이야! 알았으니까 어쨌든 마음 바뀌면 바로 말해. 내가 피땀 흘려 만든 회산데 누가 뭐라고 해?"

"알았어요."

대충 대답한 이혁이 식사를 마저 이어 나갔다. 어차피 정 회장이 바라는 일은 이루어질 리가 없으니까.

"친구랑 식사 잘 하고 왔어?"

엘리베이터 앞에서 마주친 설아가 생글거리며 묻자 이혁은 속으로 움찔했다. 그러나 곧 평소의 자연스러운 미소를 지어 보이며 말했다.

"어. 너도 식사 잘 했고?"

고개를 숙여 귓가에 은밀하게 속삭이는 목소리에 설아는 얼굴이 화끈거렸다.

"으, 응."

"뭐야? 왜 피해?"

거북이목처럼 움츠러든 채 뒷걸음질 치는 설아를 보고 이혁이 한쪽 눈썹을 치켜올렸다.

"아, 아니 여긴 여러 사람들이 지나다니는 길이고……."

"흐음. 그래?"

이혁이 장난기를 담은 눈빛으로 더욱 바짝 다가가서 설아의 귓가에 입술을 대고 낮게 속삭였다.

"왜? 사람들 지나다니는 길에서 우리가 못 할 짓이라도 했어?"

헉! 귀, 귀에 숨소리가!

"나, 나 바빠서 이만!"

설아가 도망치듯 사무질 쪽으로 쌩 달려가자 이혁이 쿡쿡 웃었다.

"정말 귀엽다니까."

이혁은 미소를 머금고 설아의 뒷모습을 바라보다가 사무실로 발걸음을 옮겼다.

"음?"

외출 준비를 하던 성원은 계단을 내려오는 설아를 보고 눈을 크게 떴다. 봄에 어울리는 화사한 코랄빛 원피스와 순백의 카디건을 걸치고 밝은 옐로우 색상 백을 멘 설아가 결 좋은 머릿결을 곱게 늘어뜨리고 있었다.

"아이고, 우리 딸!"

성원의 딸바보 모드가 풀가동되어선 환하게 웃자 설아가 고개를 들었다.

"점점 예뻐져서 큰일이야. 응? 밖에 나가면 뉘 집 따님이 이렇게 곱냐고 다들 난리겠어."

"아버지도 참. 외출하시는 거예요?"

"오냐. 너도 나가는 길인 것 같은데 오늘도 채은이 만나러 가는 거냐? 아빠가 태워 줄까?"

직장인이 됐다고 바쁜 딸을 좀 더 오래 보겠다는 심산으로 성원이 말하자 설아가 얼른 손을 내저었다.

"아, 아뇨. 회사 사람이랑 만나기로 해서요. 괜찮아요."

"회사 사람 누구? 전에도 회사 사람 만난다고 했던 것 같은데."

흠칫. 성원이 예리한 시선을 빛내며 묻자 설아는 얼른 얼버무렸다.

"가, 같은 사무실에 친해진 언니가 있어서요."

"오, 그래? 사람 사귀길 어려워하더니 확실히 회사 다니니 달라진 모양이구나. 잘됐어. 사람은 두루두루 사귀는 것이 좋지. 암."

언니란 말에 성원이 경계를 풀고 허허 웃었다. 설아도 따라 웃으며 안도하는 순간 날카로운 질문이 날아들었다.

"그런데 그 친한 언니가 누구지? 우리 딸과 친한 사람이면 내가 특별히 신경 써 줘야지."

"……!"

큰일 났다! 메모라도 할 기세로 성원이 휴대폰을 꺼내 들자 설아의 눈이 흔들렸다. 그때 아까부터 상황을 예의주시하던 혜경이 코트를 입으며 빠르게 다가왔다.

"여보. 뭐하고 있어요? 이러다 모임 늦겠어요. 어서 나가요. 어서."

혜경이 호들갑스럽게 성원의 등을 밀어 대자 그가 미간을 좁히며 손목시계를 확인했다.

"아직 안 늦었는데 뭘 그래."

"오늘 주최자가 누군지 몰라요? 주 여사가 빨리 와 달라고 얼마나 성화였는데. 어머? 설아야. 너도 외출하니? 조심히 다녀오고 엄마 아빠 좀 늦을 것 같으니까. 알았지?"

"네? 아, 네."

뭘 알았냐고 묻는 건지 이유도 알 수 없었지만 혜경이 성원을 끌고 워낙 바람같이 사라지는 바람에 설아는 물어볼 틈도 없었다.

"휴우, 어쨌든 다행이다."

방금 전의 난감한 상황을 떠올리자 설아는 염통이 쫄깃해지는 기분이었다. 혜경 덕에 무사히 위기를 넘겼지만 앞으로 또 이런 일이 생길 수 있으니 조심하자고 다짐하며 설아도 현관문을 열고 나왔다.

약속 장소인 집 근처의 골목을 돌아가자 이혁이 평소처럼 차를 세워 두고 기다리고 있었다. 익숙한 그의 차를 보자 설아의 심장이 자동적으로 콩콩 뛰었다.

"미안. 기다렸지?"

설아가 얼른 다가가 차에 올라타자 테이크아웃 커피를 마시고 있던 이혁이 고개를 돌렸다. 그가 설아를 보고 사르륵 녹을 듯한 달콤한 미소를 짓자 설아의 심장박동이 더욱 빨라졌다.

"괜찮아. 그보다……."

이혁이 설아를 위아래로 훑어보자 설아도 그의 시선을 따라 제 옷차림을 확인했다. 응? 왜 그러지? 뭔가 실수했나? 설아가 긴장된 표정을 짓자 이혁이 씩 웃었다.

"예쁘다. 무척."

"아…… 고마워."

설아가 얼굴을 붉게 물들이자 이혁이 싱글거리는 얼굴로 커피 잔을 내밀었다.

"그런데 왜 집 앞으로 데리러 가면 안 되는 거야? 바래다줄 때도 그렇고. 여기까지 나오려면 좀 걸어야 되잖아."

이혁의 말에 커피를 받아 들던 설아가 흠칫했다.

"그, 그게…… 앞집에 꼬장꼬장한 할머니가 계시는데 외부인 차를 세우면 질색 팔색을 하셔서 시, 식구들도 다들 조심하고 있어."

"아아. 까다로운 모양이네. 어딜 가나 그런 사람들이 있긴 해."

이혁이 어깨를 으쓱이고는 전방으로 시선을 돌렸다. 설아는 겨우 위기를 모면했다는 생각에 휴, 하고 안도의 한숨을 내쉬었다. 오늘은 정말 위기의 연속인 것 같아.

차가 출발하자 설아는 슬쩍 이혁을 바라봤다. 멜란지 그레이 셔츠에 블랙 라이더재킷을 걸친 채 여유롭게 운전하는 모습을 보니 마음이 설레었다.

'신기해. 취향이란 변하는 건가 봐.'

처음엔 분명 좋아하는 취향이 아니라고 생각했는데 보면 볼수록 이혁이 멋있게 보였다. 저 조각 같은 옆선하며 깊은 눈동자하며 웃을 때 한쪽 볼에 살짝 패는 보조개까지…… 모든 것이 두근두근 설레게 만들었다. 이게 바로 콩깍지라는 걸까?

놀라운 사실을 깨달은 듯 눈을 깜빡거리던 설아가 멍한 얼굴로 말했다.

"이혁아."

"어?"

신호에 걸린 사이 아이팟을 연결해 음악을 켜려던 이혁이 설아 쪽을 바라봤다. 설아의 눈이 반짝반짝 빛나고 있었다.

"……?"

과도할 정도로 빛나는 설아의 얼굴을 이혁이 이상한 듯 바라보자 설아가 고해성사를 하듯 말했다.

"나 너 정말 좋아하나 봐."

"……뭐?"

이혁이 놀란 얼굴로 설아를 보다가 뒤에서 울리는 클랙슨 소리에 흠칫 놀라 전방으로 시선을 돌렸다. 핸들을 잡고 있으면서도 이리저리 눈동자를 움직이던 그가 차를 급히 갓길로 세웠다.

왜 멈추지? 차가 갑자기 멈추자 어리둥절한 눈으로 주변을 보던 설아가 이혁에게 시선을 돌렸다. 이혁이 진지한 얼굴로 자신을 바라보고 있었다.

"다시 말해 봐."

"응?"

설아가 되묻자 이혁이 성마르게 말했다.

"방금 한 말, 다시 해 보라고."

진지한 이혁의 눈빛을 보며 설아가 다시 용기를 냈다.

"나 널 정말 좋아하는 것 같아."

"……다시."

"이혁이 널 좋아해."

"한 번만 더."

"난 이혁이 널 좋아……."

설아의 말이 끝나기 전에 이혁이 몸을 기울여 설아의 입술을 단번에 훔쳤다. 짧게 입술에 닿았다 떨어졌지만 선명하게 느껴졌던 부드러운 입술의 감촉에 설아가 눈을 크게 떴다.

"어머."

설아가 눈을 토끼처럼 크게 뜨고 두 손으로 제 입을 가리자 이혁의 잘생긴 얼굴이 터질 듯한 기쁨으로 일렁였다.

"방금 네 말……."

발그레해진 설아의 얼굴을 가까이에서 내려다보며 이혁이 그녀의 입술을 가리고 있는 하얀 손가락 위에 살짝 키스했다.

"기뻐. 무척."

낮은 그의 목소리와 가까이에서 마주치는 진지한 시선에 설아의 얼굴이 홍당무처럼 붉게 달아올랐다.

"초등학교 3학년 때 기억나? 그때 너 달리기 못했었잖아."

"아, 맞아. 그랬지."

벚꽃이 흐드러지게 핀 예쁜 가로수 길을 손을 잡고 걸으며 이혁이 말하자 설아가 고개를 끄덕였다.

"난 내가 그렇게 달리기를 못하는 줄 몰랐어. 운동회 때 알게 된 거 있지. 하하."

설아가 민망한 듯 웃자 이혁이 그녀를 내려다봤다.

"그때 내가 너한테 한 말 기억나?"

"……응?"

설아가 눈을 동그랗게 뜨고 보자 이혁이 입술 끝을 늘였다.

"너 달리기 되게 못한다고 내가 뭐라고 했었는데."

"아, 그, 그랬어?"

"내가 말을 너무 심하게 했나 하고 계속 마음에 걸렸는데 그해 겨울 방학 때 네가 아침 일찍부터 달리는 모습을 봤어. 그걸 보고 아, 쟤는 노력파구나, 대단하다, 라고 생각했지."

"그러고 보니 달리기 못하는 걸 깨닫고 난 뒤에 매일 아침 달렸던 건 언뜻 기억나."

말하면서도 설아는 신기한 기분이었다. 자신도 기억 안 나는 자신의 모습을 이혁이 기억하고 있다니…….

"다음 운동회 때 네가 꼴찌에서 중간까지 가고, 그다음 운동회 때 상위권까지 가고, 6학년 운동회 때 결국 1등 도장 받는 거 보고 그때 좀 감동받은 거 같아. 나 사실 그때 너한테 열등감 비슷한 걸 좀 가지고 있었거든."

"정말?"

설아가 눈을 깜빡이자 이혁이 빙긋 웃으며 잡고 있던 손에 깍지를 꼈다. 그대로 가볍게 앞뒤로 흔들며 말을 이었다.

"난 늘 내가 제일이라고 생각했어. 그때까진 항상 1등만 했었으니까 주변에서 떠받들어 주는 말을 어린 나이에 당연하게 생각한 거지."

이혁이 잠시 말을 멈추고 천천히 걸으며 흩날리는 벚꽃잎을 가만히 바라봤다.

대원그룹 후계자라고 어린 나이임에도 주변에서 우러러보는 것에 우쭐했던 것 같다. 그 무게를 전혀 이해할 수 없는 나이였기도 했고, 머리가 좋다는 이유로 별다른 노력을 하지 않아도 다른 재벌가 자식들보다 후계 교육을 빨리 해 나간다는 것도 스스로 자만심이 들게 만들었다.

"널 만나고 난 이후 처음으로 내가 제일이 아니라는 걸 알게 됐어. 아무리 공부를 해도 널 이길 수가 없는 거야. 다른 반이다가 3학년 때 같은 반이 되었을 때 더욱 투지를 불태웠지. 이번엔 기필코 꺾어 보리라 하고. 그런데 아무리 해도 안 되는 거야. 그게 왜 그리 자존심이 상하는지……."

이혁이 입가를 늘이며 미소 지었다.

"그랬는데 그때 네가 말없이 노력하는 모습을 보면서 난 너처럼 노력하지 않는다는 걸 깨달았어. 난 너만큼 노력하지 않았으니까 진 거야. 그걸 알고 난 다음부터는 그냥 인정하게 됐고. 인정하고 나니까 편해지더라고."

"난 전혀 몰랐는데……."

"응. 넌 전혀 모르더라. 나 혼자 너한테 안달복달했지."

"에이, 안달복달이라니. 그건 아니지."

설아가 웃으며 말하자 이혁이 설아의 손을 잡은 채로 멈춰 세웠다.

"정말이야."

벚꽃이 흩날리는 거리에 멈춰 선 채로 서로 마주 보게 되자 이혁이 가만히 설아를 응시했다.

"그때 너한테 심술부린 이유는 네가 나한테 전혀 관심을 보이지 않아서 그랬던 것 같아. 그게 자존심이 상해서 그때의 난 그걸 인정하지 않았어. 그 후에도 내내 모르고 지냈는데…… 널 다시 만난 뒤에 확실히 알게 됐어."

생각지도 못한 말에 설아의 눈망울이 조용히 흔들렸다. 그 눈동자를 똑바로 마주 보며 이혁이 말을 이었다.

"그때 난 네가 나만 바라봐 주길 바랐던 것 같아. 그래서…… 지금은 기뻐. 네가 이렇게 날 보고 있으니까."

오로지 나만.

설아의 시선이 온전히 날 향했을 때 느꼈던 그 충족감으로 비로소 알게 됐다. 난 오래전에 이 아이의 까만 눈동자가 나만을 향하길 기다리고 있었다는 걸. 어설픈 첫사랑이든 뭐든…… 모르는 사이에 시선이 가서 이 아이가 차이는 모습을 자주 보게 된 게 우연만은 아니었다는 걸.

"이혁아……."

가슴이 터질 듯이 부풀어 오르는 기분이라 설아는 어떤 말을 해야 할지 알 수가 없었다.

"그러니까 앞으로도 넌 나만 바라봐야 해. 공설아."

이혁이 고개를 숙여 가까이에서 눈을 맞췄다. 핸섬한 남자의 로맨틱한 모습에 그 길을 걷던 여자들의 시선이 아까부터 그들에게 집중됐지만 이혁도, 설아도 서로의 모습만 바라보느라 그걸 알지 못했다.

"응. 그럴게."

지금도 내 눈엔 너만 보이는걸…… 오직 너만.

감동을 받은 설아의 눈동자가 너울거렸다.

그 시간 성원과 혜경은 재벌 부부들의 친목을 도모하기 위해 모인 자리에 참석해 있었다.

"오랜만이네요. 잘 지내셨죠?"

"어머나, 물론이죠. 잘 지내셨어요?"

오늘 모임을 주도한 대원그룹의 주미희 여사가 혜경을 반갑게 맞았다. 같은 회사의 회장과 전무의 관계지만 개인적인 친분 역시 두터워 예전부터 부부 동반 모임을 주기적으로 가졌던 만큼 사이가 돈독했다.

"이번 달 공 전무님 출장이 많으셨다는데 양 여사께서 많이 적적하셨겠어요."

단아한 외모의 미희가 미소를 지으며 말하자 혜경도 웃으며 받았다.

"이젠 익숙하죠. 오히려 한동안 안 가면 슬슬 갈 때가 됐는데? 하고 달력만 쳐다보게 된다니까요."

"어머나, 공 전무님 서운하시겠어요."

"서운하더라도 그게 나아요. 집에 있으면 다 큰 딸만 감시하고 있을 게 뻔하거든요."

혜경이 고개를 설레설레 저으며 말하자 미희도 동감한다는 듯 끄덕였다.

"공 전무님 딸 사랑 지극하신 건 저도 잘 알죠. 아직도 여전하신가 봐요."

"회사 다닌 다음부터는 그래도 딸이 한 소리 한 덕분인지 많이 자제하려고는 하더라고요. 그나마 다행이죠."

"어머. 따님과 같은 회사 다니는 게 일생의 꿈이시라더니 드디어 이루셨나 봐요. 정말 축하드릴 일이네요."

평소 입버릇처럼 딸과 같은 회사 다니고 싶다고 말하던 공 전무를 떠올리며 미희가 진심으로 축하를 전했다. 혜경은 정 회장과 함께 대화를 나누고 있는 공 전무의 위치를 슬쩍 확인하고는 은밀하게 속삭였다.

"이건 비밀인데요. 사실 우리 딸이 요즘 갑자기 평생 관심도 없던 외모 꾸미는 데 부쩍 관심이 생겼거든요. 아무래도 남자 친구가 생긴 게 아닌가 싶어요."

"정말요?"

미희의 눈이 커지는 걸 보며 혜경은 더욱 목소리를 낮춰 속삭였다.

"제 감이 그렇다는 거지만…… 사실 여자 감이 무시할 게 못 되잖아요. 솔직히 지금까지는 제 딸이지만 제대로 연애하는 모습을 본 적이 없어서 걱정이었는데, 만약 그렇다면 정말 다행이지 뭐예요?"

"아아…… 그, 그렇군요."

고개를 끄덕이는 미희의 표정이 아쉬움으로 물들었다. 설아는 아기 때 외에는 본 적이 없었다. 사실 전에 몇 번 가족 모임을 빌미로 둘을 연결해 주려는 시도를 한 적이 있었는데 아이들 둘 다 그런 모임 자체에 관심을 보이지 않아 포기했었다. 그래도 마음 한편엔 오랫동안 돈독한 사이를 이어 오던 공 전무 내외와 집안으로 맺어지고 싶은 기대가 있었다. 그래서 언젠가 이어질 기회를 찾고 있었는데…….

'사람 인연을 억지로 만들 수는 없는 거겠지. 휴우…….'

그래도 아쉬운 마음을 어쩔 수가 없어 미희가 조용히 한숨을 포옥 내쉬었다.

설아와 이혁은 꽃구경을 한 뒤 오후가 되자 야외그릴이 있는 캠핑장 컨셉의 바비큐 식당으로 들어갔다. 야외에 그릴과 텐트, 그물침대 등이 설치되어 있어 도심 속에서도 여행을 떠난 기분으로 식사를 할 수 있는 곳이었다.

"와…… 이런 데도 있었어? 너무 좋다."

설아가 눈을 반짝반짝 빛내며 체크무늬 식탁보가 펼쳐진 간이식 테이블 앞에 자리를 잡고 앉았다. 주변을 둘러보니 주로 커플이 오는 식당인지 다른 커플들도 까르륵거리며 무언가 지글지글 구워 먹거나 오픈형 텐트 안에서 도란도란 얘기하는 등 충만한 러브게이지를 사방팔방에 한껏 흩뿌리고 있었다.

그 가운데 자신도 함께 앉아 육즙 흐르는 고기를 굽기도 하고, 탱탱한 새우도 굽고, 구운 새우를 까서 다소곳이 앞 접시에 놔줄 수 있는 남친이라는 생명체와 함께 있다고 생각하니 뿌듯하기 짝이 없었다.

"마음에 들어? 다행이네."

이혁이 그릴 위에 야채들과 두툼한 스테이크용 목살을 올리며 싱글거렸다. 우연인 것처럼 들어왔지만 오늘 함께 걸었던 벚꽃이 예술적으로 핀 거리도, 그 거리에서 도보로 이동이 가능한 이곳도 어젯밤 수면 시간을 반납해 가며 검색 신공을 발휘한 결과였다.

"응. 이혁아. 나 이런 데는 처음 와 봐."

설아가 배시시 웃으며 말하자 이혁은 더욱 흐뭇해졌다. 재킷을 벗어 의자에 걸어 두고 상남자의 팔뚝을 과시하듯 소매를 걷어붙인 채 고기를 굽기 시작하자 설아의 시선이 자신에게 와 닿는 것이 느껴졌다. 홍조를 띤 설아의 얼굴을 힐끗 확인한 이혁은 흡족한 표정으로 잘 익은 버섯과 채소를 설아의 접시에 올려 줬다.

"이거 먼저 먹고 있어. 나머지도 금방 익을 테니까."

"이혁이 넌?"

"난 조금 이따 먹을 거니까 신경 쓰지 말고 먼저 먹고 있어."

"그럼 미안한데……."

설아가 도톰한 표고버섯을 호~ 하고 불어 얌전히 손으로 받친 뒤 내밀었다.

"힘들게 구웠는데 먼저 먹어 봐."

이혁이 선 채로 고개를 숙여 설아가 내민 버섯을 입술로 물었다. 버섯을 물고 있는 남자가 이렇게 섹시하다니. 설아의 얼굴에 홍조가 짙어졌다.

"맛있네."

씩 웃은 이혁이 말하자 설아가 열심히 고개를 끄덕였다.

"그, 그렇지?"

설아가 방금 이혁의 입술이 닿았던 젓가락으로 새송이 버섯을 집어 제 입술로 가져갔다.

'이거 간접키스……지?'

아까 차 안에서 했던 첫 키스의 기억을 뭉게뭉게 떠올리며 설아가 눈을 게슴츠레하게 뜨고 젓가락을 바라봤다. 뽀뽀에 가까웠긴 하지만 그래도 키스는 키스니까. 묘한 표정으로 버섯을 하나하나 입으로 가져가는 설아의 새빨간 얼굴을 보며 이혁이 물었다.

"너 얼굴이 빨간데? 불이 너무 세면 조금 물러나 있어."

"응? 아, 아니 괜찮아."

설아가 움찔 놀라 고개를 도리도리 저었다. 이혁이 다 익은 고기를 자잘하게 잘라 설아의 접시에 놔줬다. 그리고 새우와 햄 등을 담은 접시를 테이블 위에 놓고 그릴 위에 고기를 올려 둔 뒤 테이블 앞에 앉았다.

설아가 오물오물 고기를 먹으며 자신의 앞에 앉는 이혁을 빤히 바라봤다. 탄탄한 상체에 핏 되는 멜란지 그레이색 셔츠가 이혁과 무척 잘 어울리는 기분이었다. 그리고 팔뚝까지 걷어붙인 소매 아래로 드러난 근육이 잘 잡힌 남자다운 팔뚝도 무척 잘 어울…… 아니, 이건 아닌가?

이혁은 팔을 들어 올려 조각 같은 근육이 더욱 보기 좋은 모양새로 꿈틀거리도록 머리칼을 쓸어 넘긴 뒤 싱긋 웃었다.

"역사적인 첫 데이트인데 기념할까?"

"아! 응. 그러자."

이혁이 와인이 든 잔을 들어 올리자 설아도 얼른 따라 들었다. 챙, 하고 부딪치는 영롱한 소리와 함께 서로의 얼굴에도 웃음이 떠올랐다. 오후의 햇살이 내리쬐는 캠핑장 안에서 사람들의 분주한 움직임 소리가 들려왔다.

배불리 먹은 뒤 텐트로 들어가 주인이 후식으로 가져다준 에스프레소와 비스킷을 옆에 두고 나란히 앉았다. 벚꽃 길이 잘 보이는 오픈형 텐트 안에서 어깨를 붙이고 앉아 에스프레소를 홀짝이고 있으려니 이혁은 기분 좋은 충만함과 함께 온몸이 노곤해지는 기분이었다.

"나른하네."

"나도."

설아가 대답하며 이혁의 어깨에 슬쩍 고개를 기울였다. 좋아, 조심스럽게…… 아까부터 머리를 이혁의 어깨 위에 얹을 타이밍만 보고 있었는데 막상 실행에 옮기니 시뮬레이션과는 다르게 머리에 힘이 지나치게 들어가 이혁의 머리에 퍽 하고 박치기를 해 버렸다.

"아야!"

뎅, 하고 울리는 충격에 설아가 저도 모르게 소리쳤다가 창피함에 얼른 입을 다물었다. 어, 어쩌지? 설아가 그대로 꼿꼿이 머리를 이혁의 어깨 위에 내다꽂은 자세로 버티고 있자 이혁이 내려 봤다.

"괜찮아?"

"……응."

최대한 태연하게 대답했지만 설아의 얼굴은 민망함으로 터질 듯 달아올랐다. 아아, 바보, 바보, 바보 같으니! 어쩌면 이렇게 한심할까! 설아가 스스로에게 맹비난을 퍼부으며 숨을 삼키고 있는데 머리 위에서 이혁이 낮게 웃는 소리가 들렸다.

　"안 괜찮을 것 같은데. 잠시만."

　이혁이 과도하게 고개를 꺾고 있는 설아의 머리를 살짝 손으로 들어 제 어깨 위에 조심스럽게 올렸다.

　"이제 좀 낫지?"

　이혁의 어깨에 머리를 지탱하기 위해 목에 빳빳하게 들어가 있던 힘이 빠지자 그제야 자세가 자연스러워졌다.

　"으, 응. 그러네."

　다정하게 남자 친구의 어깨에 기대기 작전은 실패로 돌아갔지만 어쨌든 상황은 비슷하게 되었다는 생각에 설아는 휴우, 하고 안도의 한숨을 내쉬었다. 몸이 좀 편해지자 눈앞의 경치가 더 눈에 잘 들어왔다. 멀리 주욱 이어진 하얀 솜사탕 같은 벚꽃나무들을 보며 설아가 입술을 둥글게 휘어 올렸다.

　"참 예쁘다…… 이 풍경을 평생 잊지 못할 것 같아."

　이혁이 에스프레소를 한 모금 마시고 웃으며 말했다.

　"우연이네. 나도 지금 같은 생각을 하고 있었는데."

　"정말?"

　"응."

　이혁은 진심으로 그렇게 생각하고 있었다. 그래서 설아가 자기 머릿속에 들어온 것처럼 그 말을 꺼낸 게 한편으로는 무척 신기했다. 아니, 그것보다 이혁은 지금 이 상황 자체가 신기했다. 설아 옆에서 마냥 기분이 들뜨고 파도가 치듯 너울거리는 감정이 신기했다.

누군가와 함께 있고, 그 시간을 위해 잠도 안 자고 검색을 하면서 막상 그 장소에 함께 왔을 때 설아의 반응이 어떤지 모든 신경을 세워 살피고 있는 자신이 낯설 정도였다.

"다음에 또 오고 싶다."

설아가 혼잣말하듯 말하자 이혁이 진심을 담아 말했다.

"그래. 또 오자."

"그때는 책 가져와도 되겠지? 여기 앉아서 책 읽으면 정말 기분 좋을 것 같아."

"흐음. 괜찮을 것 같긴 한데 그땐 책 볼 틈이 없을걸?"

"응? 왜?"

설아가 눈을 깜빡이며 묻자 이혁이 묘한 미소를 지으며 설아를 내려다봤다.

"그땐 내가 널 지금처럼 가만히 안 놔둘 것 같아서."

어…… 그, 그건…….

말투에 담긴 에로틱한 분위기를 감지했는지 설아가 볼을 붉힌 채로 아무 말도 하지 않았다.

"어? 너 알아들은 거야? 답답할 정도로 순진하면서 이런 건 또 찰떡같이 알아듣네. 공설아. 너 순진한 게 아니라 순진한 척하고 있는 거 아니야? 이 안에 요물이 들어 있다거나."

이혁이 설아의 동그란 머리를 톡톡 두드리며 말하자 설아가 고개를 저었다.

"그, 그런 거 아니야!"

이혁이 하하하 웃으면서 에스프레소 잔을 입으로 가져갔다. 잔에 닿은 이혁의 입술을 설아가 눈을 가늘게 뜨고 바라봤다.

'……가만히 안 두면 도대체 어떻게 하겠다는 거지?'

얼굴이 시뻘겋게 달아오른 설아의 심장이 광기 어린 질주모드로 들어갔다. 그때 하필이면 조금 떨어진 맞은편 텐트 안에서 한 커플이 진한 키스모드에 돌입했다.

'호, 혹시 저런…… 저런 걸 말하는 건가?'

남자의 목을 휘어 감고 고개를 이리저리 기울이며 딥키스를 연출하는 커플을 설아는 두 눈만 크게 뜬 채 숨도 못 쉬고 보고 있었다. 영화나 드라마에서 키스하는 모습을 본 적은 많았지만 이렇게 제대로 눈앞에서 본 건 처음이라 엄청 자극적이었다. 거기다 방금 이혁이 한 말까지 머릿속에 응응 울리며 설아의 심장을 요란하게 만들었다.

설아가 침을 꼴깍꼴깍 삼키며 맞은편 텐트를 힐끔거리는 사이 이혁은 설아만 내려다보고 있었다. 오늘은 첫 데이트니 웬만하면 신사적으로 참으려 했지만 설아의 달콤한 입술을 다시 맛보고 싶은 욕망이 불끈불끈 일어났다.

'……와인을 괜히 마셨나.'

운전 때문에 얼마 마시지도 않았는데. 자신의 욕망을 괜한 술 탓으로 돌리며 이혁이 숨을 들이켰다. 코끝에서 설아의 향기로운 체향이 느껴지자 머릿속이 더 뜨거워졌다.

신사고 뭐고.

"설아야."

이혁이 낮게 부르자 맞은편 텐트의 키스하는 장면을 이젠 아주 넋을 잃고 보고 있던 설아가 뜨끔해서 올려다봤다.

"……응? 아."

설아가 돌아보자마자 그의 뜨거운 입술이 설아의 벌어진 입술에 닿았다. 곧 이혁의 입술이 설아의 입술을 한번 가볍게 빨고는 떨어졌다. 조금 거리를 두고 이혁이 내려다보자 설아가 놀란 듯 눈을 크게 뜨고 보고 있었다. 동그란 눈을 지그시 응시하며 이혁이 설아의 턱을 잡아 올렸다.

"눈 감아."

이혁이 다가오자 설아가 눈을 꼬옥 감았다. 입술이 맞물리자 심장이 머리에 달린 듯 머릿속이 쾅쾅 울려댔다. 그런데 이상하게 기분은 너무 좋았다. 이혁이 부드럽게 입술을 빨다가 입술 사이로 들어와 혀를 휘감아 올리자 아찔한 기분이 혀끝에서 번졌다.

"아합……."

입술이 맞물렸다 떨어질 때마다 달콤한 숨결이 설아의 입술에서 새어 나왔다. 이혁에게서 진한 에스프레소 맛이 느껴졌다. 맞닿은 촉촉한 혀가 부드럽게 얽혔다 풀리고 뜨거운 숨결이 어지럽게 뒤섞일수록 설아의 고개가 점차 뒤로 젖혀졌다. 이혁이 설아의 작은 턱을 더 크게 벌리며 깊숙이 혀를 밀어 넣자 설아가 매달리듯 이혁을 껴안았다.

"하, 이, 이혁아……."

입술을 잡아먹을 듯 거칠어지는 움직임에 설아의 머릿속이 몽롱해졌다. 정신없이 입술을 겹치고 키스를 나누는 동안 설아의 몸이 어느새 텐트 바닥 쪽으로 기울었다. 타액에 젖은 입술을 쭉쭉 빨아올리며 이혁이 손바닥으로 바닥을 짚자 설아의 등이 바닥에 닿았다.

헉!

바닥에 등이 닿는 순간 몽롱하던 설아의 눈이 번쩍 떠졌다. 여기서 앞의 텐트가 보인다는 건 거, 거기서도 여기가 보이는 거잖아?

그제야 이곳이 훤히 오픈된 텐트라는 걸 깨달은 설아가 이혁의 몸을 빠져나가 파다닥 몸을 일으켰다.

"……?"

이혁이 까맣게 물든 눈으로 설아를 바라봤다. 섹시하게 젖은 이혁의 입술에 설아의 얼굴이 더욱 터질 듯 달아올랐다.

"아, 저, 나, 나 화, 화장실 좀 다녀올게!"

자리에서 벌떡 몸을 일으킨 설아가 날다람쥐처럼 재빠르게 텐트를 빠져나갔다. 마치 백 미터 질주를 하듯 화장실로 달려가는 설아를 보며 이혁이 인상을 썼다.

"멍청이."

겁먹게 만들다니. 이혁이 크게 숨을 내뱉으며 뜨겁게 달아오른 열기를 진정시키려 성마르게 머리칼을 쓸어 넘겼다.

집으로 돌아오는 길 차 안에서 설아는 힐끗거리며 이혁을 바라봤다. 능숙하게 운전을 하는 이혁의 모습에 조금 전 식당에서 나왔을 때가 떠올랐다. 텐트에서 화장실로 도망친 뒤 겨우 심장을 진정시키고 나와 보니 어느새 이혁이 갈 준비를 끝내고 기다리고 있었다.

'갈까?'

'아, 응.'

이혁을 어떤 표정으로 봐야 되나, 혹시 또 응응한 분위기를 이어 나가면 어쩌나, 하고 고민했으면서도 막상 언제 그런 일이 있었느냐 싶게 태연한 이혁을 보니 또 내심 실망스러웠다.

이상하다. 이혁의 키스가 무척 좋았으면서도 순간 겁도 나고, 또 서운해지고…… 여자의 마음은 갈대라더니…… 아, 아니 이건 그럴 때 쓰는 말이 아닌가? 설아의 표정이 복잡해지는데 이혁의 손이 설아의 손을 잡았다.

"어……?"

설아가 고개를 돌리자 전방을 보고 있는 이혁의 조각 같은 옆모습이 보였다. 설아의 손등을 엄지로 부드럽게 매만지며 이혁이 말했다.

"오늘."

"으, 응."

설아가 얼른 대답했다. 이혁이 한 손으로 핸들을 잡은 채로 설아에게 힐끗 시선을 줬다.

"무척 예뻤어. 너."

이혁의 낮은 목소리에 설아의 귓불이 붉어졌다. 아침에도 들었는데…… 이런 칭찬에 전혀 면역력이 없어서 그런지 설아는 눈동자를 데굴데굴 굴리더니 자신의 손을 잡고 있는 이혁의 손으로 시선을 내렸다.

"……고마워."

작게 대답한 설아가 고개를 살짝 들고는 배시시 웃었다. 반달 같은 눈웃음을 부드러운 시선으로 마주 본 이혁이 미소를 지으며 시선을 전방으로 돌렸다.

"앞으로는 자주 놀러 가자."

꼼지락거리는 설아의 손가락을 하나하나 매만지며 이혁이 말하자 설아가 끄덕였다. 그의 손이 기어로 옮겨지자 손등의 온기가 사라져 버려 설아는 문득 아쉬움을 느꼈다. 누군가의 손이 자신의 손을 계속 잡아 주길 바라는 마음이 사랑일까? 만약 그렇다면 난 이혁을 정말 사랑하는 걸 거야.

이혁도 날 그렇게 생각할까? ……그랬으면 좋겠다.

설아는 그런 생각을 하며 입술 끝을 둥글게 휘어 올렸다.

07 버섯의 입술은 맛있다

아슬아슬한 사내연애라는 건 무척이나 심장에 무리가 가는 일이었다. 적어도 설아에게는 그랬다.

"이혁 씨. 오늘 슈트 처음 보는 건데 너무 멋지다. 새로 산 거예요?"

"아, 네."

"이혁 씨는 옷 태가 잘 받는 체형이라 슈트빨이 기가 막히다니까. 어깨도 딱 벌어지고, 키 크지 허리 날렵하지 다리 길지."

휴게실에서 여사원들끼리 숙덕거릴 때마다 수시로 들었던 저 멘트에는 '엉덩이 딱 올라붙어 있지' 까지 포함되어 있었다. 거기에다 더 추가되는 멘트들.

'세상에, 무슨 남자 엉덩이가 그렇게 섹시해? 이렇게 꽉 잡고 막 사정없이 주물러 보고 싶다니까?'

예전에는 그냥 듣고 흘렸던 그 말이 요즘은 들을 때마다 설아의 귀에 착 달라붙어 떨어지질 않았다. 설아는 이혁을 둘러싸고 슈트빨을 칭찬하는 여직원들을 힐끗 쳐다봤다.

'……이게 바로 질투라는 건가?'

숙맥 같은 설아에게도 가슴속에 이글이글거리는 질투의 불길이 초가삼간은 거뜬히 태울 듯 활활 타오르고 있었다. 특히 여자들이 진한 향수 냄새를 폴폴 풍기면서 이혁에게 다가갈 때나, 휴게실에서 이혁을 꼬시는 방법에 대해 작당들을 하고 있을 때 뻘쭘하게 끼어 있다 보면 왠지 속에서 울화가 치미는 것이었다.

'내 남자예욧!'

벌떡 일어나서 그렇게 소리치고 싶은 것을 꾹꾹 참아 내며 평소처럼 조용한 존재감으로 썩은 미소만 짓고 있을 수밖에 없었다.

오늘도 비슷한 일이 생겼다. 회의를 끝내고 회의실에 여사원 몇 명만 남았을 때 여지없이 이혁이 그녀들의 싱싱한 화젯거리로 떠올랐다.

"이혁 씨 있잖아. 침대 위에서 어떨 것 같아?"

"어머. 대리님도 그런 생각한 적 있어요? 전 밤마다 해요. 아유, 죽겠어요. 막."

"제 외로운 밤 상대도 이혁 씨가 된 지 오래인데…… 역시 다들 비슷하네요?"

'내 남자란 말이예욧!'

설아는 다시 벌떡 일어나 그렇게 소리치고 싶은 것을 참았다. 설아의 부글거리는 속내와는 상관없이 여자들의 은밀한 수다는 이어졌다.

"근데 보통 잘난 남자들은 오히려 그런 데 약하다던데요?"

"뭐? 설마. 이혁 씨 허벅지 날렵하면서도 완전 탄탄해 보이지 않아? 남자는 허벅지 보면 안됐어."

"정말요?"

"그럼. 게다가 콧날 높은 거 보라니까? 거시기 작은 남자들치고 명품 콧대 못 봤다?"

"어머머머…… 그럼 역시 이혁 씨는 밤일도 끝내주게 하겠다. 그쵸?"

눈을 반짝반짝 빛내며 남의 애인을 상대로 온갖 성적 망상력을 발휘하는 여직원들 때문에 설아는 속이 답답한 걸 넘어서서 입으로 불을 뿜어낼 수 있을 지경이었다. 더 듣고만 있기가 힘들어진 설아는 드디어 투명인간 모드를 해제시킨 후 결연하게 한마디 했다.

"저…… 이, 이혁 씨는 여자 친구 있다던데……."

아니, 마음만 결연했을 뿐 나오는 말은 슬프게도 몹시 소심한 것이었다. 그런데 그 개미만 한 목소리는 어떻게 알아들었는지 여직원들이 설아에게 고개를 확 돌렸다.

"뭐? 이혁 씨가 애인이 있다고?"

날카로운 눈빛이 일시에 자신을 향하자 설아가 저도 모르게 움츠러들었다. 그때 지영이 말했다.

"아, 저도 이혁 씨한테 들은 적 있어요. 근데 워낙 농담처럼 말해서 농담인 줄 알았는데…… 설아 씨도 들었어?"

"네, 네. 저도……."

"하긴 같은 신입이라 둘이 꽤 친한 모양이니까 설아 씨도 들었을 수도 있겠네."

가시가 콕콕 박힌 지영의 말을 신경 쓸 겨를도 없이 사방에서 질문 공세가 퍼부어졌다.

"누구? 애인이 누군데? 우리 회사 사람이야?"

"예쁘대요?"

"사귄 지는 얼마나 됐다는데?"

당장 주리라도 틀 듯한 얼굴들로 살벌하게 몰아붙이자 설아가 식은 땀을 삐질삐질 흘렸다. 아, 괜히 말했나 봐.

"저도 여자 친구 있다는 것만 들어서 자세한 건 잘 모르는데……."

"그럼 나랑 알고 있는 건 똑같네 뭐. 혼자만 알고 있는 비밀 얘기인 것처럼 말하더니."

지영이 픽 코웃음 치며 말하자 눈을 희번덕하게 까뒤집고 달려들던 여직원들도 금세 심드렁해졌다.

"뭐야? 그런 거였어?"

여직원들의 대화가 다시 자신에게서 관심이 멀어지자 설아는 그제야 안도의 한숨을 내쉬었다.

'휴…… 실수할 뻔했네.'

설아는 가슴을 쓸어내리며 다시 투명인간 모드로 돌아가 공기처럼 앉아 있었다.

티타임 시간이 되자 설아와 이혁은 탕비실에서 익숙하게 커피를 내렸다. 매일 하는 일이다 보니 이젠 손발이 아주 잘 맞아 완벽한 호흡을 보여 주고 있었다. 설아가 내린 커피 잔을 받아 능숙하게 트레이 위로 올리며 이혁이 낮게 속삭였다.

"영화표 7시 20분 거로 예매해 뒀어."

귓가에 들려오는 목소리와 이혁의 옅은 향수 향에 설아는 심장이 콩닥거렸다.

"으, 응. 딱 좋은 시간이네."

"그럼 잘했다고 칭찬해 줘야지."

이혁이 씩 웃으며 의미심장한 눈빛으로 얼굴을 가까이 대자 설아의 얼굴이 확 붉어졌다.

"누가 오면 어떡하려고?"

"빨리."

아이 참……. 이혁의 채근에 설아가 주변을 잽싸게 훑어본 뒤 그의 입술에 살짝 입을 맞췄다.

"이, 이제 됐지?"

"약한데? 좀 더 성의 있게 칭찬할 수 없어?"

제대로 된 칭찬을 받기 전까진 절대 물러나지 않을 기세로 이혁이 얼굴을 바짝 가까이 갖다 대자 설아가 눈을 질끈 감고 입술에 쪽, 하고 뽀뽀했다.

"잘했어."

이혁이 싱긋 웃으며 물러나자 설아가 터질 것 같은 심장을 진정시키며 숨을 하아, 하고 내쉬었다. 그때 갑자기 탕비실 밖에서 발소리가 들렸다. 그 소리를 들은 설아와 이혁이 얼른 둘 사이의 간격을 벌리자 곧이어 한껏 콧소리를 섞은 지영의 목소리가 들려왔다.

"설아 씨. 과장님이 찾으시는데요?"

"네? 아, 네."

설아가 대답하고는 종종걸음으로 지영의 옆을 지나쳐 탕비실을 빠져나갔다. 그러자 지영은 은밀한 미소를 지으며 이혁에게 다가갔다.

"설아 씨가 없으니 내가 도와줄게요."

"혼자 해도 괜찮아요."

"괜찮긴요. 같은 동료끼리 이런 건 서로서로 도와야죠."

지영이 다가와 설아의 자리에 서서 커피를 내리기 시작했다. 이혁은 순간 진한 향수 냄새에 코를 막고 싶은 심정이었다.

'왜 여자들은 이렇게 향수를 들이붓고 다가오는 거야?'

이미 질릴 정도로 겪었던 일들이었지만 눈살이 절로 찌푸려지는 건 어쩔 수가 없었다. 이혁이 미간을 좁히고 한 발 뒤로 물러서는 것도 모른 채 지영은 요염하게 머리칼을 한쪽으로 늘어뜨리며 자신의 셔츠 사이가 잘 보이도록 과도하게 상체를 숙여 커피 잔을 꺼냈다.

"이제 이런 건 그만해도 돼요. 원래 자기 커피 자기가 타 마시는 건데 뭐."

평소 같은 신입이라는 이유로 이혁이 설아와 단둘이 탕비실에 딱 붙어 있던 게 못마땅했던 데다 그 외에도 수시로 다정하게 붙어 있는 모습이 포착되어 심기가 불편했던 적이 한두 번이 아니었다. 동기면 동기인 거지, 꼭 그렇게 같이 행동할 필요는 없는 거잖아? 은근히 여우과라니까. 공설아 고것이…….

"전 이 일이 즐거워요. 팀의 막내로서 역할도 제대로 하는 것 같고."

무심코 올려다본 이혁의 근사한 미소를 홀린 듯 바라보던 지영이 저도 모르게 대답했다.

"그, 그럼 뭐…… 이혁 씨만 좋다면야…….."

"아, 다 됐네요."

멍한 얼굴로 자신을 바라보는 지영의 앞에서 마지막 커피 잔을 빼낸 이혁이 잽싸게 트레이 위에 올렸다. 그대로 몸을 돌려 트레이를 들고 탕비실을 빠져나가는 이혁의 뒷모습에 지영의 하트가 맺힌 뜨거운 시선이 콕 박혀 있었다.

"난 설아 씨 부른 적 없는데?"

어리둥절한 표정으로 자신을 바라보는 박 과장을 설아가 난감한 표정으로 마주 봤다.

"아…… 그, 그런가요?"

258

"누가 불렀다고 해?"

"제가 잘못 들었나 봐요. 죄송합니다."

설아가 얼른 고개를 숙이고는 박 과장의 자리에서 벗어났다. 그것 참 이상하네…… 분명 과장님이라고 들었는데? 고개를 갸웃거리던 설아는 마침 화장실 앞에서 지영과 마주쳤다. 지영에게 얼른 다가가며 설아가 말했다.

"저기 지영 씨. 아까 과장님이라고 하지 않았어요? 제가 잘못 들은 건가 해서요."

도도도 다가오는 설아를 힐끗 바라본 지영이 인상을 썼다.

"내가 언제?"

"네? 조금 전에 탕비실에서 과장님이 부르신다고……."

당황한 설아가 눈을 깜빡이자 지영이 쌀쌀맞게 대꾸했다.

"난 그런 적 없는데. 설아 씨가 뭔가 착각한 거 아냐?"

자기 말만 하고 지영이 화장실로 홱 들어가 버리자 설아는 이게 무슨 일인가 싶어 미간을 좁혔다.

'내가 아무리 사오정 기가 있다지만 아닌데……. 어떻게 된 거지?'

설아가 난감한 표정으로 서 있는데 복도 저쪽에서 다가오는 한 무리의 양복맨 중에 익숙한 사람이 보였다.

'헉, 아버지?'

임원들과 근엄한 표정을 짓고 있던 성원이 설아를 발견하곤 눈을 번뜩였다.

'내 딸!'

성원의 만면에 과도할 정도의 화색이 도는 것을 본 설아가 옆의 휴게실로 후다닥 들어갔다. 아버지도 참. 비밀이라고 그렇게 말했는데……. 설아는 조마조마한 심정으로 휴게실 벽에 찰싹 달라붙어선 초조하게 밖을 살폈다.

"공설아?"

"엇……!"

뒤에서 들린 목소리에 온통 바깥에만 신경을 두던 설아가 깜짝 놀라 뒤돌아봤다.

"아, 재훈 선배."

"뭘 하고 있는 거야?"

커피 잔을 든 재훈이 누가 봐도 수상한 설아를 미심쩍은 표정으로 내려다보며 말했다.

"아…… 저…… 아, 아무것도 아니에요."

설아가 멋쩍은 얼굴로 말하자 마침 휴게실 밖을 우르르 지나는 발소리가 들렸다. 그 소리에 설아가 바짝 집중하고 있는데 설아 뒤로 임원들이 지나가는 것을 보고 있던 재훈이 고개를 기울였다.

"이상하네. 저분 전무님이신 거 같은데…… 내가 뭐 잘못했나? 시선에서 살기가……."

재훈이 혼잣말처럼 중얼거리자 설아가 흠칫했다. 아마도 자신의 딸과 서 있는 남자를 발견한 아버지가 레이저를 사정없이 발사한 모양이었다. 아, 아버지…….

"기, 기분 탓이겠죠."

설아가 얼른 말하고는 커피 자판기 쪽으로 다가갔다.

"커피 마시려고? 내가 사 줄게."

"괜찮아요. 제가……."

설아의 말이 끝나기도 전에 재훈이 마침 커피 뽑고 남은 동전을 자판기에 밀어 넣었다.

"골라."

"아, 네. 감사합니다."

하늘 같은 선배가 고르라는데 안 고를 수 없어 설아는 얼른 헤이즐넛 버튼을 눌렀다. 지이잉 소리와 함께 커피가 내려오는 동안 설아는 사람들이 다 지나갔나 밖을 힐끔 바라봤다. 아무도 없는 걸 보니 아버지는 사람들과 함께 다른 곳으로 이동한 모양이었다.

'휴우, 다행이다.'

설아가 안도의 한숨을 내쉬는데 재훈이 커피를 건넸다.

"이야. 그런데 너 도통 적응이 안 된다. 변해도 너무 변했어."

재훈의 말에 설아가 멋쩍게 웃었다.

"아…… 그래요?"

"얼굴이나 그런 게 달라진 건 아닌데 뭐랄까…… 헤어스타일 때문인가? 안경도 그때는 훨씬 두꺼운 거였고. 어쨌든 전혀 다른 사람 같아. 진작 이러고 다니지 그랬냐."

"나, 남자 친구가 옷도 골라 주고 제게 신경을 많이 써 줘요."

아아, 내가 이런 말을 하게 되다니……. 당당하게 남자 친구라고 말을 하면서 설아는 스스로 흐뭇한 기분에 도취되었다.

"흐음. 남자 친구 취향이었군. 달라진 외모 때문만이 아니라 성격도 좀 밝아진 것 같다."

설아가 부끄러운 듯 헤헤 웃었다.

"바뀌었다면 아마 그것도 남자 친구 영향일 거예요."

"그 친구 능력이 대단하군. 어쨌든 좋은 쪽으로 변하면 다행이지. 너 늘 열심히는 했는데 사람들과 잘 못 어울리고 그래서 내가 마음이 좀 그랬다. 이제 안 그래서 다행이야."

재훈의 진심 어린 말에 설아는 가슴이 따뜻해졌다.

"걱정해 주셔서 고마워요. 예전부터 항상 감사하게 생각하고 있었어요."

"뭘, 자식. 철들었네. 그럼 다 마시고 가라. 나 먼저 가 볼 테니."

"네. 선배님."

설아가 미소를 지으며 인사하자 재훈이 먼저 휴게실을 빠져나갔다.

퇴근 후 설아는 이혁의 차를 타고 극장으로 향했다. 이혁이 예매해 둔 영화는 설아가 보고 싶어 했던 로맨틱 코미디였다.

"남자들은 이런 영화 별로지?"

에스켈레이터를 타고 올라가며 설아가 묻자 팝콘과 콜라를 양손 가득 든 이혁이 싱글거렸다.

"난 좋아해. 유쾌하잖아."

"정말? 다행이다."

설아가 생긋 웃자 이혁도 부드러운 시선으로 설아를 내려다봤다. 나란히 타고 있는 에스켈레이터가 두 사람을 같은 속도로 움직이게 했다. 이혁이 고개 숙여 동그란 이마에 살짝 입을 맞추자 설아가 눈을 동그랗게 뜨고 깜빡였다.

"난 너랑 보는 영화는 어떤 종류든 다 좋아."

속삭이듯 말하는 이혁의 목소리에 설아가 환하게 웃었다.

"나도."

"그래도 좀비 나와서 막 득득 썰고 피 튀기고 이런 건 좀 그렇겠지만."

"엑."

인상을 찡그린 설아가 풋, 하고 웃음을 터뜨렸다. 이혁도 쿡쿡 웃으며 설아의 입술에 가볍게 입을 맞췄다.

"이, 이런 데서……!"

설아가 확 붉어진 얼굴로 주변을 얼른 돌아보고 이혁에게 말하자 그가 한 번 더 입을 맞췄다. 헉! 설아가 그 자세로 굳어 버렸다.

"뭐 어때. 내 거에 내가 뽀뽀하겠다는데."

얼마든지 더 뽀뽀할 기세로 당당하게 쳐다보는 이혁 때문에 설아는 완숙 토마토처럼 붉어진 얼굴로 난감하게 눈동자만 데굴데굴 굴렸다. 아아, 난감하⋯⋯지만 기분은 좋고. 뭐지, 이건?

상영관 내로 들어서자 캄캄한 내부에 주변이 제대로 보이지 않았다. 설아가 걸음을 늦추자 이혁은 팝콘과 콜라가 든 케이스를 한 손에 들고 설아의 손을 잡았다.

"조심해."

따스하고 커다란 손에 손이 잡히자 안심이 되었다. 이혁이 이끄는 대로 따라 올라가 맨 뒷자리에 나란히 앉으니 훅 조명이 꺼졌다.

"타이밍 한번 절묘하네."

"응. 그러게."

설아가 웃으며 오물오물 팝콘을 먹기 시작했다. 광고가 끝나고 영화관 전체가 어두워졌다. 사람들이 영화에 집중하기 시작하자 이혁의 고개가 설아 쪽으로 내려왔다.

'⋯⋯어?'

설아가 팝콘을 문 채로 고개를 드니 이혁의 부드러운 입술이 설아 입술에 물린 팝콘을 살짝 물었다. 설아가 놀라서 숨을 들이켜는데 제 입술에 있던 팝콘이 고스란히 이혁의 입술 안으로 들어갔다.

달달한 버터 향이 나는 팝콘을 삼킨 이혁의 입술이 방해물을 제거한 듯 다시 설아의 입술로 향했다. 감미로운 영화의 테마곡이 상영관 안에 울려 퍼지며 두 사람의 입술이 맞닿았다. 말랑한 설아의 입술 안으로 이혁의 혀가 부드럽게 가르고 들어가자 촉촉한 소리를 내며 혀가 휘감겼다.

'아…… 달아.'

혀끝에서 달콤한 팝콘 맛이 느껴지자 피가 뜨거워졌다.

"으음……."

머릿속이 쿵쿵 울리는 심장 소리에 모든 것이 아득하게 멀어지고 오로지 서로의 숨결과 부드럽게 감겼다 풀어지는 말캉한 혀의 감촉만이 느껴졌다. 몇 번이나 설아의 작은 혀를 빨아 당긴 이혁이 아쉬운 듯 놓아주고 젖은 입술을 핥았다. 입술이 떨어지자 이혁의 까만 눈동자가 설아를 똑바로 내려다봤다.

"맛있다. 네 입술."

탁하게 잠긴 그의 목소리에서 뜨거운 열기가 느껴지자 설아의 가슴이 터질 듯 뛰었다.

"하아……."

집으로 돌아온 설아는 침대 위에 앉아 몽롱한 표정으로 제 입술을 매만졌다. 영화 내용은 하나도 기억나지 않을 만큼 내내 이어진 키스가 주차장에 세워 둔 차 안까지 이어졌다. 덕분에 입술이 젤리처럼 통통하게 보풀아 올랐다.

"키스란 게 이렇게…… 기분 좋은 거였구나."

설아가 자신의 입술을 손가락 끝으로 쓸며 중얼거렸다. 키스하는 내내 마치 깃털이 온몸을 간질이는 기분이었다. 발가락 끝까지 오므라들 정도로 찌릿찌릿한 감각에 머릿속이 텅 비어 버릴 정도로…….

"하아, 또 하고 싶다아."

금단의 열매를 처음 먹게 된 후 그 달콤함에 눈이 뒤집힌 이브의 심정이 바로 이런 것이었을까? 설아가 자기도 모르게 또 하고 싶다, 또 하고 싶다를 주문처럼 중얼거리고 있는데 똑똑, 노크하는 소리가 들렸다.

"앗. 네, 네!"

머릿속에 뭉게뭉게 퍼져 있는 키스 욕망에 지레 찔린 설아가 벌떡 일어나며 소리쳤다. 잠시 후 문을 빼꼼히 열고 성원이 머리를 슥 내밀었다.

"설아야. 아빠가 잠깐 들어가도 되겠니?"

"그러세요."

설아가 애써 태연함을 가장하며 대답하자 성원이 방문을 닫고 들어왔다. 침대에 앉은 설아 쪽으로 의자를 끌어다 앉은 그가 헛기침을 큼큼, 하고는 말했다.

"그…… 아까 회사에서 마주쳤을 때 말이다."

"아, 네."

성원은 날렵한 안경테를 손가락으로 추켜올리며 눈을 가늘게 뜨고 설아를 바라봤다.

"그때 휴게실에서 같이 있던 남자가 혹시…… 남자 친구냐?"

의혹과 의심이 가득 서린 성원의 시선을 맞받으며 설아가 되물었다.

"누구요? 재훈 선배요?"

"이름은 모르겠다만 너와 꽤 사이가 좋아 보이던데 말이다."

"에이, 재훈 선배는 남자 친구 아니에요."

설아가 웃으며 대답하자 성원의 안색이 확 밝아졌다.

"오, 그래? 난 또, 네 남자 친구가 아닐까 해서 말이지. 하하하! 그래. 역시 아니구나. 아니었어. 혹시 그런가 해서 어찌나 걱정…… 이 아니라, 흠흠. 그, 그냥 남자 친구가 아닌가 해서 말이다. 흠흠흠."

성원이 헛기침을 하며 헛소리를 늘어놓자 설아가 말했다.

"재훈 선배는 대학 때부터 알던 선배인데 얼마 전에 회사에서 다시 만나게 됐어요. 같은 회사에 다니고 있는 줄은 몰랐거든요."

"대학 때부터 알던 사람이라고?"

설아가 고개를 끄덕이자 성원의 눈빛이 다시 날카로워졌다.

"그럼 혹시 그걸 빌미로 둘이 따로 만나거나 한 건……."

"그건 왜요?"

설아가 의문을 담은 눈빛으로 쳐다보자 성원이 손사래를 치며 말했다.

"아아, 아니다. 아빠는 그냥 그게 궁금했을 뿐이니까. 시간도 늦었으니 그만 자거라. 딸아."

"네. 아버지도 안녕히 주무세요."

설아는 알 수 없는 표정으로 사라지는 성원을 보고 있다가 고개를 갸웃거렸다.

설아의 방에서 나와 1층으로 내려온 성원은 홈 바로 들어가 위스키를 따랐다. 한 잔 주욱 입안에 털어 넣으며 음침한 오오라를 뿜어내고 있는데 그의 옆에 혜경이 다가와 앉았다.

"어디 갔나 했더니 여기서 술 마시고 있었어요?"

"으응……."

의기소침한 성원을 보며 혜경이 다 안다는 듯 말했다.

"왜요. 설아에게 남자 친구라도 생겼대요?"

"아니 그건 아닌데."

"그럼 왜 이렇게 어두컴컴한 얼굴을 하고 앉아 있어요. 삶의 의욕을 몽땅 상실한 사람같이. 당신 이러는 이유는 다 설아 때문이지 뭐."

혜경의 말에 성원이 움찔했다.

"당신은 나에 대해 너무 잘 아는군."

"그럼 평생 같이 산 사람인데 아무렴 모르겠어요?"

"그런가…… 실은 설아가 말이야. 대학 때 남자 선배와 같은 회사에서 만나 가까워진 모양이야. 아까 낮에 우연히 회사에서 둘이 같이 있는 걸 봤는데 기분이 참 그렇더라고."

"어머, 그래요?"

혜경이 눈을 반짝였다.

"물론 언제까지나 품 안의 자식일 수는 없지만 막상 떠나보낼 때가 가까워졌다고 생각하니 속이 영 허전하네."

성원이 한숨을 푸욱 쉬자 혜경이 위스키를 따라 주며 위로하듯 말했다.

"당신 딸 사랑이야 워낙 유별나니 안 그런 게 이상한 거죠. 그래도 당신의 행복이 꼭 설아의 행복일 순 없어요. 내가 늘 얘기하잖아요. 오히려 지나친 사랑은 자식에게 독이 될 수도 있다구요."

"그거야…… 그렇지."

"설아가 애인이 생겨도 당신 외로울 건 하나도 없어요. 사실 당신이랑 평생 같이 살 건 난데 뭐가 외로워요? 난 맨날 찬밥 취급이지. 딸만 우선이고 부인은 맨날 뒷전인데 난 안 서운하겠냐고요."

혜경이 톡 쏘아붙이자 성원이 당황한 듯 말했다.

"아, 아니 물론 당신이 제일이지. 그럼. 제일이고말고."

"됐어요. 마음에도 없는 말 하지 말아요. 어쨌든 설아는 설아 인생을 사는 게 맞으니까 우리가 간섭할 문제는 아니라는 것만 알아 둬요."

"그런데 말이야. 막상 이렇게 되고 보니 그런 생각이 드네."

"무슨 생각이요?"

와인 잔을 하나 꺼내 자신의 잔에 와인을 따르던 혜경이 물었다.

"아니 그, 회장님 아들 녀석 있잖아. 전에 그 집에서 설아랑 이어 주려고 할 땐 솔직히 내 딸을 아직은 아무에게도 주고 싶지 않아서 내키지 않았거든. 그런데 지금 이렇게 되고 보니까 차라리 진작에 믿을 만한 그놈으로 이어 줄 걸 그랬나 하는 생각이 들어서."

성원의 말에 혜경이 와인 잔을 들고 끄덕였다.

"아아, 이혁 군이요?"

"그놈 이름이 이혁이었나?"

"네. 주 여사가 이혁 군이랑 설아 둘 이어 주고 싶다고 그렇게 노래를 불렀는데 왜 기억이 안 나겠어요? 당신 말대로 그땐 당신도 아직 어리다느니 뭐니 펄쩍 뛰더니……."

"그러니까. 나도 내가 우스운 입장이 된 건 아는데 어차피 누군가와 맺어질 거라면 그쪽이 집안도 그렇고 그간 들어 온 아들 행실도 믿음이 가고…… 얼마 전에도 회장님께 비밀이라며 들은 이야기가 있는데 그 녀석 유학 다녀온 다음에 이번 공채 시험 보고 입사했다더라고."

"신입 사원으로 들어갔단 말이에요? 회장 아들이?"

"그래. 회장님 성격에 분명 처음부터 한자리 해 주려고 낙하산 몇 개는 띄워 놨을 텐데 그거 다 거부하고 바닥부터 시작하겠다고 그랬다나 봐. 말로는 투덜거려도 회장님 꽤나 흐뭇해하시더라고. 그런 걸 보면 적어도 정신은 똑바로 박힌 녀석일 거 아냐."

"정말 그러네요. 아직 나이도 어릴 텐데 어떻게 그런 생각을 다 했대요? 그래도 어쩔 수 없잖아요. 설아가 선택한 사람을 막을 권리는 우리에게 없으니까요."

"그렇겠지……."

성원이 끄덕이면서도 영 아쉬움이 남는다는 얼굴로 위스키를 한 잔 더 따랐다.

"내일부터 또 출장이잖아요. 이제 그만 마셔요."

혜경이 술잔을 빼앗자 성원이 인상을 썼다.

"한 잔 차이인데 뭐. 그것만 줘."

"안 돼요."

"에잉……. 알았어."

혜경이 완고하게 나오자 공처가와 딸바보의 숙명을 타고 난 성원은 아쉬움을 물리치고 자리에서 일어설 수밖에 없었다.

체리빛 입술이 자그맣게 벌어질 때마다 하얗고 고른 치아가 드러났다. 윤기 나는 치아 아래로 붉은 혀가 살짝씩 비칠 때마다 숨이 멈출 것 같은 기분이었다. 앙증맞게 다물렸다가 다시 천천히 벌어지는 유혹적인 입술, 그리고…….

"……어요?"

설아가 빤히 쳐다보자 그녀의 입술만 홀린 듯 바라보고 있던 이혁이 정신을 차린 듯 되물었다.

"네?"

"아까 넘긴 파일 확인 다 됐냐고 물어봤는데……."

"아아, 네. 다 됐으니 지금 보낼게요."

이혁이 얼른 대답하고 설아의 입술에서 억지로 시선을 떼어 내 모니터를 향했다.

'큰일이군. 내내 입술에만 홀려 있으니…….'

첫 키스 이후엔 정신 나간 놈처럼 그 키스를 머릿속에서 반추하고 있더니, 설아의 입술을 수시로 맛보는 요즘은 회사에서도 영 정신을 못 차리고 있었다. 이건 정말 위험한 상태라는 생각에 안 그러려고 다짐해 보지만 정신이 들고 보면 또 설아의 입술만 보고 있곤 했다.

'아무리 설아와의 키스가 환장할 만큼 좋아도 그렇지.'

솔직히 좋기는 정말 좋았다. 몇 시간 동안 키스만 하고 있었는데 그 시간이 그야말로 찰나의 순간처럼 짧게 느껴질 만큼. 얼마 전엔 영화관에서 정신없이 키스만 하다가 불이 확 켜진 후에야 영화가 끝났다는 걸 깨달았다. 그 순간 보인 설아의 장미처럼 붉어진 뺨과 통통하게 부어올라 타액으로 촉촉하게 젖어 있는 입술이라니…….

'아. 정말 짐승 되는 줄 알았네.'

어쩌면 그렇게 유혹적일까. 안경은 또 언제 벗긴 건지 불이 켜진 다음엔 설아의 안경이 내 손에 쥐여 있었다. 그 정도로 정신이 나가 있었단 소린가? 안 되겠군. 이혁은 자리에서 벌떡 일어나 빠른 걸음으로 화장실로 갔다.

"후우…… 엇."

정신이 번쩍 들 정도로 찬물로 세수를 하고 한결 말끔해진 기분으로 화장실에서 나왔는데 설아가 눈앞에 딱 나타났다. 파일을 든 채로 복도에서 마주치자 설아가 주변을 휙휙 둘러보고는 방긋 웃었다.

"이혁아."

이혁 씨가 아닌 둘만의 호칭을 부르며 설아가 다가오자 얼굴에서 찬물의 기운이 아직 가시지도 않았는데 이혁의 온몸이 점화된 듯 화르륵 뜨거워졌다.

"……어어?"

이혁은 눈이 동그래지는 설아의 손목을 휙 낚아채선 바로 옆 라인에 있는 소회의실 중 제일 끝 방으로 들어갔다.

탁.

문이 닫히는 소리와 함께 〈사용 중〉이라는 글자가 전광판에 나타났다.

"이혁…… 으읍."

갑자기 회의실로 끌고 들어오더니 숨도 쉬지 못할 정도로 짐승 같은 키스를 퍼붓자 설아는 머릿속이 팽글팽글 돌았다. 이혁이 밀어붙이는 힘에 설아의 등이 쿵 소리를 내며 벽에 부딪혔다.

이혁은 설아를 벽에 완전히 밀어붙인 채 그녀의 턱을 잡아 올린 뒤 그토록 머금고 싶던 앵두 같은 입술을 삼켰다.

"아."

거친 이혁의 행동에 안경이 부딪히자 이혁은 미간을 일그러뜨렸다.

"방해돼."

이혁이 입술을 떼고는 설아의 안경을 벗겨 냈다. 벗긴 안경을 뒤의 회의 테이블 위에 내던진 이혁이 다시 설아의 입술을 먹어 치우기 시작했다.

"읍, 아합."

설아의 입술이 크게 벌어지고 강하게 밀려들어 온 혀가 모든 것을 앗아 갈 듯 강렬하게 휘젓기 시작했다. 숨이 턱턱 막히면서도 설아는 본능적으로 온몸이 후끈 달아올라 두 팔로 이혁의 목을 감싸 안았다.

맞물린 입술이 이리저리 비틀어지고 서로의 타액이 서로의 입술 안에서 달콤하게 삼켜졌다. 이혁이 입술을 떼 내자 거친 숨이 터져 나왔다. 숨을 헐떡거리며 이혁이 설아를 똑바로 내려다봤다. 흐릿해진 설아의 물먹은 까만 눈이 열기에 젖어 가만히 응시하고 있었다.

"못 참게 한다. 너."

이혁이 잔뜩 잠긴 목소리로 내뱉고는 까치발을 든 설아의 몸을 강한 팔로 확 끌어당겼다. 이혁이 자신의 몸을 바짝 붙이자 틈새 없이 맞물린 몸에서 뜨거운 열기가 치솟았다.

앗…… 수, 숨이.

설아는 도저히 숨을 쉴 수가 없을 정도였다. 이혁이 설아의 입술을 다시 삼키고 진하게 키스했다. 아무리 숨결을 들이마셔도 채워지지 않는 갈증이 그를 사정없이 몰아붙이고 있었다. 아, 모르겠어……. 설아가 머릿속이 몽롱해진 채 다시 쏟아지는 이혁의 키스에 휩쓸리고 있는데 갑자기 눈이 번쩍 떠졌다.

"……!"

자신의 아랫배에 거대하게 곤두선 딱딱한 무언가가 느껴졌다.

'세, 세상에. 이건……!'

이것이 바로 그 말로만 듣던 남자의 그것이라는 생각이 들자 설아의 얼굴이 확 붉어졌다.

"후우, 설아야."

이혁이 낮게 으르렁거리며 설아의 타액으로 물든 반들반들한 아랫입술을 살짝 깨물었다.

"아앗."

순간 아찔한 감각이 찌리릿, 하고 머릿속을 가르고 지나갔다. 설아의 탄성에 더욱 흥분한 이혁은 그녀의 입술을 크게 삼키며 블라우스 속으로 손을 밀어 넣었다.

"앗, 자, 잠깐……."

맨살에 느껴지는 거침없는 손의 감촉에 설아가 허리를 뒤틀었다. 그의 강한 손이 보드라운 살결을 타고 올라가 브래지어를 들췄다. 탱탱하게 솟아오른 말랑한 젖가슴을 힘껏 움켜잡자 설아의 입술에서 신음이 터져 나왔다.

"하웃……!"

"아……."

보드랍고 탱글한 가슴살의 감촉에 이혁도 거친 탄성을 흘렸다. 그의 기다란 손가락 사이로 핑크빛 정점이 툭 불거진 채 솟아올랐다. 아 앗…… 설아는 생전 처음 느끼는 야릇한 감각에 눈앞이 흐려졌다.

"기분 좋아."

이혁이 꽉 막힌 허스키한 목소리로 속삭이며 엄지로 팽팽하게 부푼 분홍색 유두를 문지르기 시작했다.

"아, 아웃, 아, 아앙……."

기, 기분이 너무 이상해! 바짝 밀착된 하반신과 흐트러진 블라우스 안에서 주물거리는 이혁의 손길에 설아는 그야말로 이성을 잃기 직전 이었다. 얼굴이 발갛게 물든 채로 타액으로 반들거리는 촉촉한 입술을 아찔하게 벌려 헐떡이는 설아의 모습을 이혁이 새까맣게 어두워진 눈 동자로 내려다봤다.

"어떡하지? 공설아."

이혁이 설아의 가슴을 주무르며 낮게 속삭였다.

"하아, 으, 으웃."

"널 어떡하면 좋을까? 이대로 삼켜 버리고 싶은데……."

한입에 삼켜도 모자랄 만큼 사랑스러운 설아의 달뜬 표정에 이혁의 이성을 찾으려는 노력은 물거품처럼 흩어져 버리고 있었다.

'정신 차려. 여긴 회사야!'

머리 한구석에선 끊임없이 경보음이 울리고 있었지만 불끈거리며 치 솟는 욕망 쪽이 훨씬 강했다. 이혁의 손이 설아의 블라우스를 뜯을 듯 움켜잡고 보얀 목덜미에 이를 박았다.

"아……!"

찌릿한 자극에 설아가 고개를 젖혔다. 이혁이 블라우스의 단추를 풀 며 뜨거운 입술을 목에서부터 점점 아래로 내려갔다.

"자, 잠깐⋯⋯."

그의 입술이 들춰 올라간 브래지어 아래로 내려가자 설아가 할딱이며 말했다. 여, 여기서 이러면 안 되는데⋯⋯. 하지만 온몸은 이미 뜨거운 파도 속에 휩쓸린 듯 그의 입술에만 모든 감각이 쏠려 있었다. 마침내 가슴 아래까지 단추를 풀고 내려간 그의 입술이 공중에 탱탱하게 솟아올라 있는 커다란 젖가슴을 삼켰다.

"학!"

찌리릿, 하고 전기가 척추를 타고 올랐다. 이혁의 축축한 입술이 팽팽해진 가슴 끝 돌기를 물고 빨아올리자 다리 사이가 확 조여들었다.

"으, 으아⋯⋯."

정신을 차릴 수 없을 만큼 강한 쾌감이 이혁의 입술 아래에서 번져 올랐다. 쯉쯉 빨아올리는 외설스러운 소리조차 온몸에 번진 흥분을 가중시키고 있었다. 거부할 수 없는 감각의 홍수 속에서 설아의 눈앞이 다시 한 번 하얗게 부서지는 순간, 갑자기 밖에서 여러 명의 발소리가 들렸다.

"⋯⋯!"

헉!

설아와 이혁은 놀란 눈으로 마주 보고는 작은 창문이 달려 있는 회의실의 문을 동시에 쳐다봤다. 그러더니 이혁이 놀라운 순발력을 보이며 설아를 데리고 커다란 원탁 회의 테이블 아래로 들어갔다. 그러는 사이 발걸음 소리는 더욱 가까워졌다.

"어, 어쩌지?"

"쉿!"

테이블 아래에서 설아를 끌어안은 채로 이혁이 입술에 손가락을 댔다. 설아는 발갛게 달아오른 얼굴로 숨을 죽이고 이혁의 말대로 입을 다물었다. 밖에서 웅성거리며 목소리가 들리기 시작했다.

"어? 팀장님. 저쪽은 사용 중인 모양인데요?"

"그럼 이쪽으로 들어가지."

"알겠습니다."

가까워지던 발걸음이 다시 멀어지기 시작했다. 옆 회의실 문이 열리고 사람들이 우르르 들어가는 소리가 들리자 숨도 안 쉬고 있던 설아와 이혁이 동시에 안도의 숨을 쏟아 냈다.

"휴우……."

설아가 이혁의 품으로 고개를 떨구자 이혁이 쿡쿡 웃었다.

"많이 놀랐지?"

"응…… 무척."

"나도."

둘이 어둠 속에서 시선을 맞추고 빙그레 웃었다. 서로 회사에서 이런 위험한 광경을 들키면 안 되는 입장이기에 안도감은 더 컸다. 이혁이 설아의 이마에 입술을 맞추고는 속삭였다.

"미안. 내가 회사에서 너무 짐승같이 군 것 같네."

"아니야. 나도 마찬가지였는데 뭘……."

두 뺨이 홍조로 물든 설아가 말하자 이혁이 그녀의 흐트러진 블라우스를 정돈해 줬다.

"너와 있으면 내가 꼭 내가 아닌 것처럼 되어 버려. 왜 그러지?"

이혁이 속삭이며 설아를 끌어안았다. 귓가에 들리는 이혁의 짙은 열기가 배어난 목소리에 설아의 심장이 콩닥거렸다.

"나, 나도 그래."

그의 품 안에서 설아가 얼른 말하자 이혁이 낮게 웃었다.

"그럼 우린 공범이 되는 건가?"

"맞아. 공범이지."

설아도 배시시 웃으며 대답했다.

"이런 범죄만 세상에 가득하다면……."

이혁의 품 안에서 그의 체온을 만끽하며 몽롱하게 중얼거리던 설아가 고개를 갸웃거렸다.

"아, 그건 다른 의미로 좀 위험한 세상인가?"

두 사람이 동시에 숨죽인 웃음을 터뜨렸다. 두 사람의 비밀스러운 밀회가 있던 빈 소회의실 안에서 은밀하게 웃음소리가 퍼져 나갔다.

♡　　♥　　♡

설아는 이혁에게 줄 선물을 고르려 백화점에 왔다. 전에 선물해 준 보라색 넥타이를 이혁이 자주 해 줘서 기쁜 마음에 이번에는 다른 선물도 해 주고 싶어서였다.

백화점 남성 의류 층에서 매의 눈으로 유심히 살피며 걷고 있는데 누군가가 설아를 불렀다.

"공설아."

설아가 고개를 돌리자 앞에 재훈이 서 있었다.

"어? 재훈 선배."

"여기서 뭐해? 아, 남자 친구 선물 고르는 중인가?"

재훈이 싱글거리며 말하자 설아가 부끄러운 얼굴로 조신하게 고개를 끄덕였다.

"네. 남자 친구 선물 때문에…… 선배님은요?"

"난 내 거 사러."

"아아……."

재훈이 당당하게 말하자 설아가 뭐라 말해야 할지 몰라 고개만 주억거렸다. 싱글거리는 재훈의 얼굴을 보며 설아가 더 할 말을 찾지 못하고 얼른 머리를 숙였다.

"그, 그럼 전 이만…… 좋은 쇼핑 되세요."

"자식. 쇼핑 안내원도 아니고 '좋은 쇼핑 되세요'가 뭐야? 너 2시간 정도 시간 되냐?"

"네? 시간은 되는데…… 왜요?"

"오! 마침 심심하던 차였는데 잘됐다. 나랑 저녁 좀 같이 먹어 주라. 안 그래도 배고픈데 중간 약속 파투 나서 혼자 먹어야 되나 고민 중이었거든. 내가 혼자 쇼핑은 잘하는데 혼자 밥 먹는 건 무지 싫어해."

"네? 아…… 그, 그게……."

설아가 당황한 얼굴로 눈을 굴리자 재훈이 결정 났다는 듯 설아의 어깨를 잡아 반대편으로 휙 돌렸다.

"자! 선배 말은 뭐라고?"

"하, 하늘이요!"

대학 때 세뇌받은 말이 나오자 설아가 얼른 대답했다.

"훌륭하군. 좋아. 그럼 쇼핑 먼저 후딱 해치우고 밥 먹으러 가자!"

재훈이 흡족하게 끄덕이며 설아를 끌고 걸어가기 시작했다.

만난 김에 설아의 선물까지 골라 준 재훈은 백화점 옆의 이탈리아식 캐주얼 레스토랑으로 설아를 데리고 왔다. 창가에 앉아 한창 식사를 하는데 재훈이 물었다.

"남자 친구도 같은 회사 사람인가?"

깜짝 놀란 설아가 얼른 고개를 저었다.

"아, 아뇨! 시기만 비슷할 뿐이지 회사가 아니라 다른 데서 만났어요."

"자식. 거짓말 못하는 건 여전하구나. 비밀인 모양이지? 그럼 그런 걸로 알지 뭐."

"아, 아니 그게…….."

재훈이 능청스럽게 말하자 설아는 손바닥에 땀이 나는 기분이었다. 다행히 재훈은 그 얘기에는 별로 관심은 없는 듯 대학 때 이야기로 화제를 옮겼다. 마당발답게 여전히 대학 때 사람들과 연락을 하고 지내는지 지금 다들 어떻게 지내는지 설아에게 읊어 주던 재훈이 문득 생각났다는 듯 말했다.

"아, 그러고 보니…… 네 친구 잘 있어?"

"네?"

설아가 의문 어린 눈빛으로 묻자 재훈이 포크로 파스타 면을 돌돌 말며 말했다.

"그때 네 친구 있잖아. 왜, 학교에 자주 놀러 오던 삐쩍 말라 가지고 화장 엄청 진한 애."

"채은이요?"

학교에 놀러 오던 친구는 채은이밖에 없기에 설아가 물었다.

"어, 걔. 내가 지금 갑자기 생각난 게 있는데…… 그런데 이런 얘기 해도 되는지 모르겠다."

"네? 뭘요……?"

설아가 동그란 눈으로 묻자 재훈이 혼잣말처럼 주절주절거리기 시작했다.

"지금도 잘 지낸다는데 괜히 엄한 친구 사이 갈라놓는 건 아닌지 모르겠네. 근데 또 안 하기엔 영 찜찜하고 말이지……. 에이. 난 답답한 건 못 참는 성격이니 그냥 말해 버릴란다. 그때 네가 좋아했던 정우 있잖냐."

앗, 정우!

뜬금없이 튀어나온 이름에 설아의 기억 속에서 우람한 목젖이 되살아났다. 사람 얼굴보다 목젖이 먼저 떠오르는 걸 보니 분명히 자신이 반했던 사람임이 틀림없다. 같은 과 동기로서 스피디하게 고백하고 차였던 흑역사도 함께 떠오르자 설아의 얼굴이 우울해졌다.

"네. 기, 기억나요."

"그리고 대호."

흠칫! 마찬가지로 튼실한 목젖과 함께 대차게 차인 흑역사가 떠오르자 설아의 얼굴이 더욱 어두워졌다.

"저, 선배. 굳이 제가 차였던 사람들 이름을 열거해 주진 않으셔도……."

"그 채은이란 애 너 없는 날 학교 온 적 있는 거 알아?"

"……네?"

설아가 고개를 들었다. 당시 채은은 학교에도 자주 놀러 왔었는데 자신이 학교에 있는지 없는지는 꼬박꼬박 확인하고 오곤 했었다. 그래서 그런 일은 없었을 텐데……?

"그것도 몇 번이나 왔었어. 처음엔 너 찾으러 왔다고 하기에 그런갑다 했는데 그날 우연히 학교 앞 술집에서 정우랑 같이 있는 걸 봤지."

정우랑 채은이가……? 채은이에게 정우에 대한 연애 상담은 많이 했지만 채은이가 따로 정우를 만났다는 소리는 들어 본 적이 없는데?

"잘못 보신 것 같은데……."

"그런데 그 후에도 또 대호랑 걔가 술 마셨다는 소릴 들은 거야. 그 친구가 화려한 스타일이다 보니까 학교 근처에서 술 먹으면 바로 소문 돌지. 대호도 여기저기 자랑하고 다닌 모양이고."

"아…… 대호도요……?"

279

설아가 눈을 깜빡거리자 재훈이 셜록에 빙의된 듯 눈을 가늘게 떴다.

"난 그 얘기 듣고 그런 생각이 들었어. 왜, 여자들 중에서 그런 애들 있잖아. 대학 때 우리 과에서도 그런 애 있었고."

"어떤 애들을 말하시는……."

"남의 남자 빼앗는 게 취미인 애들."

"에이, 설마요."

설아가 말도 안 된다는 듯 손을 내젓자 재훈이 어깨를 으쓱였다.

"뭐 그렇게 생각해도 할 수 없다만. 나도 확실해서 말하는 건 아니고 그냥 옛날 생각이 갑자기 떠올라서 말하는 거야. 오해일 수도 있으니 기회 되면 친구한테 한번 물어보지그래? 아, 나 친구한테 연락 온다. 슬슬 나갈까?"

재훈이 휴대폰을 들고 묻자 설아가 고개를 끄덕였다. 자리에서 일어나 가게를 빠져나와 엘리베이터를 타며 재훈이 말했다.

"오늘 고마웠다. 덕분에 심심하지 않게 밥 잘 먹었어. 그 선물, 남자친구 마음에 들었으면 좋겠다."

"저도 선물 골라 주셔서 감사해요. 밥도 잘 먹었구요."

설아가 생글거리며 말하자 재훈이 흡족하게 고개를 끄덕였다.

"기특한 녀석. 그래도 남자는 질투의 동물이니까 오늘 나 만났다는 말은 남자 친구한테 하지 마라. 괜히 솔직히 말했다가 의심받고 싸움 나는 일 생긴다."

"설마 그런 걸로 싸우기까지 하겠어요?"

"그건 남자를 너무 과대평가하는 소리야. 그럼 난 간다."

엘리베이터를 빠져나와 입구에서 사라지는 재훈에게 설아가 얼른 인사했다. 몸을 돌리는데 손에 들고 있는 쇼핑백이 달랑거렸다. 이혁에게 줄 선물을 보자 헤헤 웃음이 나왔다.

"좋아했으면 좋겠다."

이혁에게는 받은 게 많아 여전히 빚진 기분이지만 그래도 뭔가 해 줄 수 있다는 생각에 기분이 좋아졌다. 설아는 콧소리를 흥얼거리며 뿔뿔 집으로 돌아갔다.

"저, 이혁아. 이거⋯⋯."

퇴근 후 이혁이 설아네 집 근처에 바래다줬을 때 설아가 눈을 초롱 초롱 빛내며 선물 케이스를 내밀었다.

"또 선물이야?"

이혁이 놀란 표정으로 받았다.

"응."

설아가 아이처럼 열심히 고개를 끄덕이며 얼른 열어 보라는 눈빛을 했다. 이혁이 입술을 늘이며 말했다.

"전에도 줬는데 뭘 또."

"그래도 너한테 받은 것도 너무 많고⋯⋯ 이렇게라도 갚고 싶어서."

"그럴 거 없는데."

말은 그렇게 해도 이혁은 무척 기쁜 얼굴이었다. 비록 설아의 취향 은 난해한 것이었지만 그래도 설아가 자신을 위해 선물을 골랐을 시간 을 생각하면 가슴이 뿌듯해졌다. 이혁이 선물의 포장지를 뜯어 케이스 를 열었다.

"⋯⋯어?"

케이스를 연 이혁의 얼굴이 굳었다. 다크그레이 색상의 가죽 지갑은 기대와는 달리 전혀 특이하지 않고 무난한 디자인이었기 때문이다.

이게 설아가 고른 거라고?

"왜 그래……? 마음에 안 들어?"

의아스러운 이혁의 얼굴을 보고 설아가 조심스럽게 물었다.

"아, 아니야. 생각보다 내 취향이라 놀라서."

이혁이 얼른 고개를 젓고는 웃었다.

"정말?"

"그래. 그런데…… 이거 네가 고른 거야?"

"어? 그게 아니라……."

대답하려던 설아의 머릿속에 재훈이 한 말이 지나갔다.

'남자는 질투의 동물이니까 오늘 나 만났다는 말은 남자 친구한테 하지 마라. 괜히 솔직히 말했다가 의심받고 싸움 나는 일 생긴다.'

"저, 점원이 골라 줬어."

재훈의 충고를 되새긴 설아가 말하자 이혁이 고개를 끄덕였다.

"아아. 그랬어? 그 점원 감각 있네. 마음에 든다. 고마워. 설아야."

이혁이 지갑을 이리저리 보고는 환하게 웃으며 말하자 설아도 배시시 웃었다.

"마음에 든다니 다행이야. 사실 선물은 하고 싶은데 뭘 사야 될지 몰라 한참 고민을 좀 했……."

설아의 말이 끝나기도 전에 이혁이 설아를 끌어당겨 입을 맞췄다. 부드러운 입술이 닿자 설아의 눈이 스르르 감기고 이혁의 목에 팔을 감았다. 포개진 입술이 옆으로 기울어지자 설아의 안경이 덜그럭거렸다.

"거슬려."

이혁이 입술을 떼고 한껏 낮아진 목소리로 말하고는 설아의 안경을 벗겨 냈다. 어느새 흐릿하게 젖어 있는 설아의 눈이 어두운 차 안에서 보이자 이혁의 눈빛이 더욱 짙어졌다.

"읍."

거칠게 설아를 밀어붙이며 입술을 삼키자 설아가 미약한 신음을 흘리며 이혁에게 매달렸다. 뜨거운 입술이 이리저리 겹쳐지며 축축한 혀가 설아의 입안을 헤집고 달콤한 타액을 빨아 마셨다. 어둑어둑한 골목길 한편에 주차한 이혁의 차 안에서 창가에 바짝 밀어붙여진 채 정신 없이 몰아치는 키스 세례에 휩쓸리게 되자 설아는 정신이 하나도 없었다.

"음. 하아, 이, 이혁아……아읍."

할딱이는 설아의 목소리가 이혁의 입술 안으로 삼켜졌다. 그가 거친 키스를 퍼부으며 설아의 재킷 안으로 손을 밀어 넣자 설아의 머릿속이 아찔해졌다.

앗. 거, 거긴……! 이혁의 손가락이 블라우스 밑단을 들추고 들어와 맨살에 닿자 설아가 깜짝 놀라 숨을 들이켰다.

"가만."

이혁이 설아의 입술을 핥으며 진한 음성으로 속삭였다. 그 말이 마법처럼 설아를 가만히 움직일 수 없게 만들자 그의 손이 부드럽게 허리를 쓸고는 위로 올라왔다. 가슴께로 올라온 커다란 손이 브래지어를 들추고 동그랗고 탱탱한 젖가슴을 움켜잡았다.

"핫……!"

설아의 입술에서 짧은 신음성이 터져 나왔다.

"아…… 부드러워."

이혁도 낮게 헐떡이며 손바닥 안에 탱글한 젤리처럼 몰랑거리는 젖가슴의 감촉을 즐겼다. 그가 가슴을 주무를수록 그의 손바닥에 쓸리는 핑크빛 유두가 점차 흥분으로 팽팽하게 부풀어 올랐다.

"이, 이혁아…… 흐읏."

아. 머릿속이 어떻게 될 것 같아……. 설아가 이혁의 목을 껴안고 할딱였다. 흐린 시선으로 이혁의 등 뒤 창밖으로 골목에 차가 지나가는 모습이 종종 보였다. 이쪽은 골목 담벼락 쪽이라 사람들 눈에 잘 안 보이겠지만 누군가가 유심히 보면 보일 수도 있을 거라는 생각이 들었다. 하지만 그의 손바닥 안에 이리저리 주물러지는 젖가슴의 아찔한 감각에 아무 생각도 할 수 없게 되었다.

"여기가 단단해졌어."

이혁이 타액에 젖은 입술을 맞물리고 낮게 속삭이며 설아의 가슴 끝 돌기를 살짝 비틀었다.

"아, 훗!"

가슴 끝에서부터 아랫배까지 직선으로 뻗치는 쾌감에 설아가 달뜬 얼굴로 입술을 벌렸다. 이혁의 말이 부끄러우면서도 그가 만져 줄수록 이상하리만치 온몸이 뜨거워지고 있었다. 그의 차 안에서 흐트러진 옷차림을 하고 거친 숨결을 쌕쌕 내뱉고 있다는 사실이 더 그랬다.

"이혁아……."

설아가 허리를 비틀며 흐릿해진 시선으로 바라보자 그 눈을 새까맣게 어두워진 눈동자로 응시하며 이혁이 속삭였다.

"기분 좋아?"

"으, 응. 좋아."

"이렇게 하면?"

이혁이 설아의 아랫입술을 살짝 깨물며 엄지로 땡땡해진 유두를 빙글빙글 돌리자 설아가 허리를 달싹였다.

"아, 아앗!"

"후우……."

설아의 예민한 반응에 이혁도 거친 숨을 몰아쉬었다. 제길. 자극이 너무 강해.

피가 잔뜩 몰린 자신의 분신이 아플 정도로 단단해져 있었다. 까딱하면 여기서 사고를 치겠다는 생각에 브레이크를 걸려고 했지만 설아가 이혁에게 매달리며 그의 귓가에 야릇한 숨소리를 흘려보냈다.

"하아, 하아. 이혁아, 나, 나……."

내 몸이 이상해. 어쩌지? 설아가 말도 다 끝내지 못하고 쌕쌕거리자 이혁의 얼굴이 딱딱하게 굳었다.

"아!"

이혁이 몸을 떼더니 설아의 블라우스를 확 들춰 올렸다. 출렁, 드러나는 젖가슴을 이혁의 뜨거운 입술이 저돌적으로 삼키자 설아의 허리가 한껏 젖혀졌다.

"아, 아, 아앗."

탱글한 젖가슴을 한 손으로 움켜잡고 이혁이 쭉쭉 빨아올리기 시작했다. 그의 입술 안에서 파르르 떨리며 꽉 찬 포도알처럼 단단해지는 유두를 말캉한 혀로 이리저리 굴리자 설아는 눈앞이 하얗게 부서졌다.

앗, 너, 너무 기분 좋아!

축축한 혀가 돌기를 감싸고 강하게 입술로 빨아 대는 감각은 말로는 표현 못 할 정도로 엄청난 쾌감이었다. 쭙쭙거리며 빨아올리는 소리가 음란하게 차 안을 가득 울리자 더욱 아찔해졌다.

"아앙……!"

설아의 신음이 높아지는 순간 갑자기 전화벨 소리가 울렸다. 헉, 하고 놀란 설아가 반짝 눈을 떴다. 고개를 든 이혁의 새까만 눈동자와 마주치자 설아의 얼굴이 화르륵 붉어졌다. 내…… 내가 무슨 짓을?

"자, 잠깐만."

설아가 얼른 옷을 추스르며 차 바닥으로 떨어진 휴대폰을 들어 올렸다.

"네. 어머니."

목소리를 가다듬고 전화를 받는 설아를 바라보며 이혁이 운전석으로 돌아가 깊게 숨을 들이켰다.

……위험할 뻔했다.

전화가 아니었으면 정말 이런 데서 설아와 일을 치를 뻔했다는 생각이 들자 이혁이 미간을 좁혔다. 내가 이렇게 충동에 약한 놈이었던가? 자책하면서도 온몸에 뜨겁게 넘실거리는 욕망이 진정되질 않았다.

"곧 들어가요. 네. 네. 그럴게요."

삑. 전화를 끊은 설아가 발갛게 달아오른 얼굴로 차마 이혁에게 고개를 돌리지 못하고 있었다.

어, 어쩌지?

제정신으로 돌아오자 방금 전 자신의 음란한 암고양이 같은 모습이 창피해서 견딜 수가 없었다. 미쳤어, 미친 거야! 어쩌려고 그런! 설아가 속으로 절규를 하며 침만 꼴깍꼴깍 삼키고 있는데 이혁의 목소리가 들렸다.

"나 봐 봐."

"으, 응?"

설아가 흠칫 놀라 고개를 돌리자 이혁이 그녀에게 몸을 숙이고 손을 뻗었다.

아……. 흐트러진 블라우스를 정리해 주는 이혁의 세심한 손길에 설아가 볼을 발갛게 물들이고 얌전히 그의 손만 바라봤다.

블라우스 정리를 마친 이혁이 설아의 동그란 이마에 살짝 입을 맞추고 그녀를 조심스레 껴안았다. 터질 듯한 두 사람의 심장이 가까이에서 맞닿았다.

"놀라게 해서 미안해. 그런데 널 보면 자꾸 키스하고 싶고, 안고 싶고…… 만지고 싶어져. 점점 더 그래. 시간이 지날수록 더 많이."

"……"

귓가에 울리는 이혁의 낮은 목소리를 설아가 가만히 들었다.

"그런 내가 싫지 않았으면 좋겠어."

"시, 싫을 리가."

설아가 얼른 대답하자 이혁이 쿡쿡 웃으며 설아의 뺨에 부드럽게 얼굴을 비볐다.

"너무 빨리 늑대가 되진 않도록 노력할게."

늑대도 싫지 않은데…… 어머, 내가 무슨 생각을? 자신의 생각에 깜짝 놀란 설아가 부끄러운 듯 입술을 깨무는데 이혁이 잠시 생각하더니 말했다.

"솔직히 자신은 없다. 지금 이 순간도 늑대가 되지 않으려고 죽을힘을 다해 참고 있으니까."

집으로 돌아온 설아는 멍한 얼굴로 방 안에 앉아 있었다. 차에서 한 이혁과의 그렇고 그런 일도 그렇고, 무엇보다…….

'지금 이 순간도 늑대가 되지 않으려고 죽을힘을 다해 참고 있으니까.'

"꺄악! 꺅! 꺅! 꺄아아아악!"

이혁의 섹시한 목소리가 떠오르자 설아가 제 얼굴을 감싸 쥐고 침대 위에 쓰러져 데굴데굴 굴러 댔다.

어쩜 좋아! 그, 그런 말을 하다니! 이혁의 그 말을 떠올리기만 해도 심장이 터질 것만 같았다. 아아, 정말…… 어쩌면 좋아? 정신 나간 사람처럼 침대 위에서 광란의 몸부림을 치던 설아가 씨근덕거리며 시뻘겋게 달아오른 뺨을 감쌌다.

잘 몰랐는데 이혁은 알면 알수록 사람을 설레게 만드는 재주가 있었다. 친구처럼 능청스럽게 굴다가 달콤한 말로 마음을 붕붕 띄우고, 또 남자답게 확 끌어당길 때면 심장이 터질 것만 같았다.

연애란 이런 걸까?

이렇게 머릿속이 온통 그 사람으로 가득하고 하루 종일 그 사람 때문에 안절부절못하게 되는 걸까? 목젖이 아닌, 그저 신체의 한 부분이 아닌 그 사람의 모든 것이 좋아지는 것이…… 그 사람의 모든 것이 날 설레게 하는 것이 연애인 걸까?

처음 느끼는 생소한 이 기분이 설아는 마냥 신기했다. 이혁이 자신을 이렇게 변화시킨 것이 정말 놀랍고 특별하게 느껴졌다.

"선물도 맘에 들어 해서 다행이고…… 선배가 골라 준 덕분인가? 아, 맞다."

행복한 기분에 젖어 있던 설아가 문득 재훈의 말을 떠올렸다.

'그 채은이란 애 너 없는 날 학교 온 적 있는 거 알아? 그것도 몇 번이나 왔었어. 처음엔 너 찾으러 왔다고 하기에 그런갑다 했는데 그날 우연히 학교 앞 술집에서 네가 좋아하는 정우랑 같이 있는 걸 봤지.'

음……. 선배의 오해이긴 할 텐데.

그래도 채은이 쉽게 헷갈릴 수는 없는 외모인지라 조금 신경이 쓰였

다. 그런데 아무리 생각해도 채은이 그걸 숨길 이유는 없어 보이는
데……. 침대 위에 앉아 끙끙거리며 고민하던 설아는 휴대폰을 집어
들었다.

"그래. 선배 말대로 한번 물어보는 게 속이 편하겠어."

채은이가 아니라고 하면 신경 끄면 되니까. 아니면 혹시 학교에 올
수밖에 없던 이유가 있을 수도 있고.

설아가 그렇게 생각하며 채은에게 전화를 걸었다. 그러고 보니 요즘
이혁으로 머릿속이 가득해서 잊고 있었는데 전에 이혁과 함께 청평에
갔던 이후로 채은에게서 통 연락이 없었다. 해외 에이전시 건으로 많이
바쁜가? 한참 신호가 가다 전화가 연결됐다.

— 어쩐 일이야?

채은의 목소리가 어딘가 쌀쌀맞은 기분이었다. 무슨 일이 있나? 설
아가 고개를 갸웃하고는 물었다.

"채은아. 혹시 지금 바쁘니? 물어볼 게 있어서."

— 잠깐만 기다려.

"아, 응."

채은의 말에 설아는 얌전히 전화기를 들고 잠시 기다렸다. 자리를
이동했는지 전화기 저편으로 시끌시끌하던 소리가 잦아들자 채은의 목
소리가 다시 들렸다.

— 무슨 일인데?

"실은 얼마 전에 회사에서 대학 때 선배를 만났어."

— 그런데?

채은의 목소리에 짜증이 돋아났다. 오랜만의 고등학교 동창회 자리
에 나와 남자들 사이에서 한창 주인공처럼 떠받들어지는 중이었다. 그
런데 설아의 전화로 자신보다 예쁘지도 않으면서 과한 애교를 부리며

남자애들의 환심을 사는 얌체 같은 미란이가 그 자리를 꿰찰 것 같았다.

'할 줄 아는 건 콧소리 앵앵대는 것밖에 없으면서 짜증나게!'

그 자리엔 의사 레지 코스를 밟는 애도 있었고 타이어 회사 전무의 아들도 있었다. 최대한 빨리 통화를 마치고 돌아갈 요량으로 화장실에 들어와 값비싼 명품 손목시계를 짜증스러운 표정으로 보고 있는데 설아의 목소리가 들렸다.

— 채은이 너 혹시 대학 때 나 없을 때 우리 학교에 온 적 있었어?

"그게 무슨 말이야?"

— 아니 그 선배가, 네가 나 없을 때 학교에 찾아와서 정우랑 술을 마시는 걸 봤다고 해서.

"……!"

예상 못 한 설아의 질문에 허를 찔린 듯 시계를 보던 자세 그대로 채은이 굳었다. 아, 정말 짜증나!

일부러 설아가 수업 없는 날에 찾아간 건 다른 목적이 있어서였고 그건 이미 다 이룬 터였다. 시간이 한참이나 지나 이젠 들킬 일도 없다고 생각한 얘기가 왜 갑자기 튀어나와?

"너 있는 줄 알고 찾아갔는데 없어서 그냥 돌아왔던 적은 있어. 그 선배가 그래? 나 봤다고?"

— 응. 널 봤다면서 한번 물어보라고…….

채은의 날카로운 목소리에 설아가 흠칫거리며 대답했다.

"그래서 지금 니가 좋아하는 남자애한테 내가 꼬리쳤다고 하는 말이야?"

— 아, 아니 그런 게 아니라.

"아니긴 뭐가 아니야. 설아 너도 웃긴다. 이렇게 전화해서 떠보는 거 자체가 속으로 날 못 믿었다는 거잖아."

— 미안. 난 그러려고 그런 게 아닌데……. 선배가 잘못 본 모양이
야. 기분 나빴다면 미안해.

'흥. 그럼 그렇지.'

뭔가 확실한 증거를 가지고 전화한 건 아닌 모양이지? 채은은 휴대
폰을 귀와 어깨 사이에 끼운 채 거울을 보며 진한 색 립스틱을 입술에
덧발랐다. 새빨간 과일처럼 윤기 있게 빛나는 붉은 입술을 보며 채은이
입술 끝을 끌어 올렸다.

"어쨌든 설아 너한테 실망이야. 어떻게 친구를 못 믿니? 내가 너랑
얼마나 오래된 친군데."

— 정말 미안해. 채은아. 기분 많이 상했지?

고급스러운 금장 케이스의 립스틱을 파우치에 집어넣고 채은이 손목
시계를 다시 확인했다.

"이만 끊자. 더 이상 얘기하고 싶지 않아."

— 채은…….

당황스러운 설아의 목소리가 이어졌지만 채은은 그대로 통화 종료
버튼을 눌렀다. 생글거리며 휴대폰을 보던 채은이 싹 표정을 바꿔 차가
운 눈빛으로 노려봤다.

"친구 좋아하네."

싸늘하게 내뱉은 채은이 홱 몸을 돌려 화장실을 빠져나왔다. 빠르게
자리로 돌아오자 역시 미란의 과한 콧소리가 앵앵 울려 대고 있었다.

"어우, 정말? 말도 안 돼~ 준수 너 너무 웃기다~"

채은은 자신이 오늘 찍은 상대 중 하나인 레지 코스를 밟고 있는 준
수의 어깨에 머리를 살짝 기대며 까르르 웃고 있는 미란을 눈을 찢고
째려봤다.

'어디서 내 사냥감에 눈독을 들여?'

채은은 짧은 미니스커트를 입은 늘씬한 다리를 쭉 뻗으며 모델워킹으로 테이블로 다가갔다. 그리고는 그 각선미가 잘 보이도록 유혹적으로 다리를 꼬며 자리에 앉았다.

"미안. 친구가 잠깐 상담을 해서……. 내가 자리를 좀 오래 비웠지?"

채은이 화려한 미소를 준수에게 난사하며 말하자 준수의 술기운이 올라온 얼굴이 더욱 붉게 달아올랐다.

"아, 아니야. 친구 상담도 해 주고 채은이 너 보기보다 정이 참 많구나."

"당연한 건데 뭘."

"원래 채은이 같은 성격이 차갑다고 오해받기 쉬운데 속은 착하고 그렇잖아."

"그러니까."

준수를 필두로 주변 남자들이 채은에게 다시 확 관심을 집중하자 미란이 얼굴이 눈에 띄게 일그러졌다. 그 모습을 곁눈질로 보며 채은은 통쾌함을 느꼈다.

'네가 아무리 애교를 난사해 봤자 예쁜 여자한테는 안 된다니까? 원래 남자들은 그런 동물이니까.'

채은이 승리감을 느끼며 다시 주역 자리를 꿰차고 대화를 나누는데 갑자기 귀에 쏙 들어오는 소리가 있었다.

"그러고 보니까 정이혁, 유학 갔다가 다시 들어왔다더라?"

"아. 들었어. 걔 자기네 회사로 들어갔다던데."

……정이혁?

별장에서 당했던 굴욕감이 다시 떠오르자 채은의 미간이 구겨졌다. 그런데 머릿속에 한줄기 이상함이 스쳤다.

'잠깐…… 자기 회사라니? 설마?'

채은이 빠르게 머리를 굴리다 순진한 표정으로 물었다.

"정이혁이면 우리 학생회장이었던 걔 말하는 거지? 그런데 자기 회사라니 그게 무슨 말이야?"

"채은이 너 정이혁 집 몰라? 재벌이잖아. 무려 대원그룹."

"……뭐? 대, 대원?"

채은이 진심으로 놀란 표정을 짓자 준수가 흡족한 표정으로 고개를 주억거렸다.

"원래 이런 정보는 여자들이 더 빠른데 역시 채은이 넌 보기보다 순진한 면이 있구나. 그 유명한 얘기도 모르는 걸 보면."

"순진하다기보다 채은이가 학교 다닐 때 친구가 없었잖아. 딱 한 명 그 범생이 친구 외에는. 그래서 몰랐겠지."

미란이 생글거리는 얼굴로 채은을 디스했지만 지금 채은에게는 그딴 게 중요한 것이 아니었다.

'맙소사……! 내가 도대체 무슨 짓을 저지른 거야?'

국내 굴지의 기업인 대원그룹 아들을 앞에 놔두고. 대원의 시가 총액을 떠올리던 채은은 백을 들고 자리에서 벌떡 일어났다. 그러자 준수가 어리둥절한 표정으로 채은을 올려 봤다.

"어? 채은아. 어디 가?"

"어머, 내 말에 설마 기분 상한 건 아니지?"

미란이 빈정거리듯 말했지만 채은은 아무것도 귀에 들어오지 않았다.

"미안하지만 갑자기 약속이 있어서 가 봐야겠다. 다음에 또 보자."

후다닥 사라지는 채은을 망연자실하게 쳐다보는 시선들이 느껴졌지만 가볍게 무시하고 빠르게 가게를 빠져나갔다.

"대원에 비하면 레지고 타이어 회사 전무고, 피라미들밖에 더 돼?

그나저나 빨리 그때 일을 무마시킬 방법을 찾아내야겠는데…….”

엘리베이터를 타며 채은이 초조하게 제 입술을 잘근잘근 깨물었다.

일방적으로 전화가 끊기자 설아는 미안함에 다시 사과할 생각으로 전화를 걸어 봤지만 채은은 받지 않았다.

“어쩌지…….”

괜히 전화해서는. 이러지도 저러지도 못하고 방 안에서 동동거리던 설아는 결국 문자를 남겼다.

[채은아. 정말 미안해. 그런 의도는 정말 아니었으니까 기분 풀어.]

문자를 전송한 설아는 우울한 얼굴로 한숨을 포옥 내쉬었다. 중학생 때부터 늘 곁에 있어 주던 친구를 의심한 꼴이 되어 버리자 속이 답답해졌다. 정말 그런 건 아니었는데…….

그때 이혁에게서 전화가 왔다.

설아는 이혁이 눈치챌까 싶어 우울하던 표정을 지우고 밝은 목소리로 전화를 받았다.

“응. 이혁아.”

— 왜 목소리가 안 좋아. 무슨 일 있어?

어, 어떻게 알았지? 자신은 분명 밝은 톤으로 받은 것 같은데 이혁이 대번 자신의 상태를 파악해 버리자 설아는 움찔했다.

“아니. 아무 일도 없는데.”

— 흐응. 그래?

목소리만으로도 이혁의 날카로운 눈빛이 느껴져 설아는 심장이 벌렁거렸다.

— 그럼 뭐 하고 있었어?

“그냥 자려고 누워 있어.”

언행일치를 보이기 위해 설아는 빠르게 침대 위에 누웠다. 이렇게 하면 거짓말한 건 아니지?

— 방 불이 켜져 있는데?

"······뭐?"

자는 척하고 누워 있던 설아가 눈을 동그랗게 뜨고 벌떡 일어났다. 아까 이혁은 분명 평소처럼 골목 입구까지만 바래다주고 돌아갔는데······ 혹시?

— 지금 너희 집 앞이야.

세상에! 설아는 발딱 일어나 창문가로 다가가 커튼을 걷었다. 창문에 찰싹 달라붙어 밖을 내다보니 골목 앞에 차를 세우고 그 앞에 기대서 있는 이혁의 모습이 보였다. 설아를 본 이혁이 손을 흔들었다.

— 네 방 한 번에 찾았는데, 왠지 거기가 네 방일 것 같더라. 나 감 좋지?

"너, 너 아직 안 갔어?"

— 가려고 했는데 가다가 되돌아왔지.

"왜?"

창문에 달라붙어 창밖으로 시선을 맞추고 설아가 물었다. 가로등 아래서 이혁이 웃고 있는 것 같았다.

— 그냥. 가기 전에 한 번 더 보고 싶어져서.

낮은 목소리가 전화기 너머로 들려오자 설아의 뺨이 붉어졌다.

"내일이면 회사에서 또 볼 텐데······."

발가락 끝까지 간질간질한 기분에 설아가 어물거리며 말하자 이혁이 쿡쿡 웃었다.

— 그러게. 내일이면 볼 텐데 내일까지 참기가 왜 이리 힘들지?

와······. 심장이 이렇게도 조여들 수 있다는 새로운 경험에 설아가 훅 하고 숨을 들이켰다.

"그럼 잠깐만 기다려. 내가 나갈게."

— 아니야. 피곤한데 나올 거 없어. 이렇게 얼굴 봤으니까 됐어.

"그래도 여기까지 다시 왔는데……."

이혁은 나오지 말라고 했지만 정작 설아는 당장 나가고 싶은 마음이 굴뚝같았다. 밖이 어두워서 여기선 이혁의 얼굴이 잘 보이지 않았다. 조금 더 가까이서 보고 싶은 마음에 다시 나갈까? 하고 물어보려는데 이혁이 차 문을 여는 모습이 보였다.

— 정말 얼굴만 보러 온 거라니까. 갈게. 늦었으니 불 끄고 빨리 자.

"아…… 응. 그래."

— 선물, 정말 고마워.

"뭘. 조심히 들어가."

손을 한 번 흔들어 준 뒤 다시 차에 올라타는 이혁을 설아가 아쉬움이 가득 담긴 얼굴로 내려다봤다. 차가 골목을 빠져나가는 모습을 안 보일 때까지 지켜보고 있던 설아는 크게 한숨을 내쉬었다.

"여기까지 왔으면 가까이에서 얼굴 보고 가지……."

아쉽다. 너무…….

설아는 아쉬움이 가득 담긴 얼굴을 서늘한 창문에 찰싹 붙인 채로 이혁이 서 있던 골목을 하염없이 내려다봤다.

이혁은 운전을 하며 입술 끝을 끌어 올렸다. 아까 설아를 바래다주고 돌아오는 길에 다시 차를 돌릴 때까지 계속 고민하고 있었다.

'지금 보고 싶다고 찾아가면 이상한가? 설아가 어떻게 생각할까?'

그런 생각들을 하다가 결국 차를 돌려 다시 설아의 집 앞에 다다랐을 때, 불이 켜져 있는 2층의 창문이 설아의 방일 거라는 확신이 들었다.

"보진 못해도 이렇게 창문만 보고 있는 건 괜찮잖아."

그래서 잠깐 창문만 보고 갈 생각이었다. 그런데 그 안에서 설아가 지금 뭘 하고 있을까, 하고 상상하다가 그만, 보고 싶다는 마음이 점점 더 커져 버렸다.

그리고 창문 밖으로 빼꼼히 얼굴을 내민 설아를 본 순간 깨달았다. 내가 생각하는 것 이상으로 공설아를 좋아하고 있다는 것을…….

사랑이라는 게 뭘까?

그 생각을 오랫동안 한 적이 있었다. 짧은 연애는 해 본 적 있지만 금방 상대방의 거짓말에 질려 버리고, 누군가를 진심으로 사랑한다는 기분을 한 번도 느껴 보지 못하고 이십 대 중반을 넘기게 되면서 어쩌면 자신에게 감정적으로 뭔가 문제가 있을지도 모른다는 생각도 진지하게 했었다.

난 지독히 이기적인 놈이라, 타인을 사랑하는 감정 자체를 갖지 못하는 거라고. 차라리 그렇게 인정하고 나니까 마음이 편했다.

그런데 설아를 만나게 됐을 때…… 내 의사와는 상관없이 속수무책으로 점점 설아에게 빠져드는 자신을 보며 알게 됐다. 이게 사랑이라고. 처음엔 그 감정 자체에 당황하고 인정하지 않으려 했지만 결국은 자연스럽게…… 너무나 자연스럽게 인정하게 됐다.

난 공설아를 사랑한다는 걸.

이제야 누군가를 진심으로 사랑하게 됐다는 걸.

08 에로틱 버섯랜드

엘리베이터에서 재훈을 마주친 설아가 얼른 인사했다.

"선배. 안녕하세요."

"오, 그래."

재훈이 끄덕이며 엘리베이터 안으로 들어섰다. 층수 버튼을 누르고 설아의 옆에 선 재훈이 생각났다는 듯 물었다.

"맞다. 그때 일 친구한테 물어봤어?"

"네? 아…… 역시 오해인 모양이에요."

설아가 웃으며 말하자 재훈이 고개를 갸웃거렸다.

"오해라고? 이상하네……. 아, 그래! 나 조만간 정우 만나러 가기로 했는데 그때 같이 가든가."

"네? 아니 굳이 그럴 것까진 없……."

"정우 지금 호텔에서 일하는데 내 여동생이 결혼식 할 데 알아보느라 그 호텔 정보 좀 얻기로 했거든. 그래. 그럼 되겠네."

설아의 말은 들리지도 않는다는 듯 재훈은 자신의 생각에 흡족한 듯 고개를 끄덕였다. 원래부터 자타공인 오지라퍼로 불리는 재훈이었지만 제대로 느낀 적은 없었는데 오늘 보니 그 별명이 맞긴 맞는 것 같았다.

"서, 선배 정말 그럴 건 없……."

그때 땡 소리와 함께 엘리베이터가 멈추고 재훈이 서둘러 내렸다.

"그럼 정우 만날 때 보자!"

재훈이 내리고 다시 문이 닫히자 설아가 한숨을 포옥 내쉬었다.

"휴우, 좀 난감해졌네……."

어찌하다 보니 정우 만나는 자리에 같이 가는 걸로 되어 버렸으니. 예전에 차였던 상대를 다시 만나는 일은 조금 민망할 것 같은데……. 게다가 채은이도 기분 나쁠 수 있는 일이고. 안 그래도 그날 이후로 채은이에게서 연락이 없어서 걱정이었다.

'역시 그때 물어보는 게 아니었어.'

설아의 표정이 우울해졌다.

미희에게 끌려 백화점에 간 이혁은 불퉁한 얼굴로 VIP실 소파에 앉아 있었다.

'황금 같은 휴일에 왜 설아가 아닌 엄마와 쇼핑을 와야 하는 거야.'

요즘 하루라도 설아를 보지 않으면 입안에 가시가 돋는 병에 걸린 것 같은 이혁으로선 지금 상황이 절대 마음이 들 리가 없었다. 당장 설아에게 가고 싶은 마음이 굴뚝같았지만 여자 친구가 있다는 걸 밝히면 괜히 쓸데없는 참견을 당할 것 같아 할 수 없이 따라 나온 것이다.

"커피 드세요."

"아, 감사합니다."

여직원이 커피를 건네며 미희와 퍼스널 쇼퍼가 한창 대화 중인 모습을 힐끔 보더니 웃음 섞인 말투로 은근히 물었다.

"그때 그 여자분하고는 잘 지내고 계시죠?"

아……. 설아를 말하는 건가?

"그거 어머니께는 절대 말씀하시면 안 됩니다. 그거 아시는 날에는 쇼핑할 때마다 끌고 오려고 작정하실 테니까요."

이혁이 저쪽에 들리지 않게 작게 이야기하자 여직원이 쿡쿡 웃더니 갑자기 뭔가 기억이 난 듯 말했다.

"아! 그러고 보니 얼마 전에 그분 우리 백화점에서 봤어요."

"……여기서요?"

여직원이 눈을 가늘게 뜨며 그때의 기억을 되짚어 보는 듯하더니 이어 말했다.

"네. 제가 잡화 매장이 내려갈 일이 있었는데, 그때 웬 남자분이랑 계셨는데…… 뭐랬더라? 선배라고 했던가?"

선배라고 부른다는 소리에 재훈의 얼굴이 휙 지나갔지만 이혁이 싱긋 웃으며 말했다.

"잘못 보신 걸 거예요."

"아…… 그렇겠지요?"

여직원이 조금 민망한 얼굴로 웃으며 물러났다. 여직원이 돌아가자 이혁은 커피를 마시며 휴대폰을 확인했다.

"공설아. 뭐하고 있기에 연락이 없어?"

이혁이 답장 없는 휴대폰을 노려보며 투덜거렸다. 어차피 저녁에 만나기로 했는데도 설아의 모든 시간을 독점하고 싶은 욕심이 생기는 모양이다. 하긴, 아버지가 출장에 다녀오셨다고 했던가? 그래서 주말에는 부모님과 점심식사를 한다고 했으니까……. 그러고 보니 설아는 아버지가 출장이 잦은 업종이신 것 같은데 출장 기간 외에는 대부분 주말

300

낮은 부모님과 점심 약속이 있는 경우가 많았다.

'부모님과 사이가 좋은 모양이군. 이런 건 이해해 줘야겠지.'

이혁이 너그러운 얼굴로 끄덕이면서도 손에서 휴대폰을 놓질 않았다.

"미안. 식사가 늦게 끝나는 바람에……."

부랴부랴 달려온 설아가 이혁의 차에 타자마자 사과했다. 성원이 이런저런 핑계로 집에서 놔주질 않아 약속 시간보단 1시간이나 이혁을 기다리게 해 버렸다.

"오래 기다렸지?"

설아가 까만 눈망울로 올려다보며 미안한 표정을 지었다.

"괜찮아. 나도 오늘 어머니한테 잡혀 있었으니까."

방금 샤워를 하고 나왔는지 물기 젖은 설아의 머리칼에서 향기로운 내음이 풍겼다. 그 향기가 목덜미를 뜨겁게 만들자 이혁은 괜히 헛기침을 했다.

"그래도 넌 제때 왔는데……."

"괜찮다니까. 배는 안 고파?"

이혁이 자연스럽게 설아의 볼을 살짝 어루만지며 말하자 설아가 배시시 웃었다.

"응. 조금 고프네."

"그럼 빨리 가자."

조수석에 앉은 설아에게 벨트를 매 주고 이혁이 차에 시동을 걸었다. 스치듯 닿았다 다시 떨어진 이혁에게서 남성적인 상쾌한 향기가 나자 설아의 심장 고동이 빨라졌다.

'하아…… 요즘 너무 밝히는 것 같아.'

방금 전 이혁이 벨트를 매 주는 그 짧은 시간에도 혹시 뽀뽀해 주지 않을까 내심 기대해 버렸다. 안 돼. 공설아! 너 그러면 안 돼! 점점 스킨십을 기대하게 되는 자신의 음험함을 꾸짖으며 설아가 고개를 도리도리 저었다.

"왜 그래?"

"응? 아, 아냐."

차를 출발시킨 이혁이 의아스러운 눈빛으로 묻자 설아가 얼른 헤헤 웃었다. 아, 자꾸 혼자만의 세계에 빠져서 이상한 모습을 보여 주면 안 되는데…….

이혁이 운전하며 자연스럽게 설아의 손을 찾아 잡았다.

"밥은 뭐 먹을래? 먹고 싶은 거 있어?"

"난 아무거나 괜찮아."

설아의 말에 이혁이 힐끗 고개를 돌렸다.

"여자의 아무거나만큼 믿을 수 없는 건 없다지 아마?"

"지, 진짜야. 정말 아무거나 괜찮아. 뭐든."

설아가 강조하듯 말하자 이혁이 쿡쿡 웃으며 설아의 손에 깍지를 꼈다. 그러더니 그대로 깍지 낀 손을 들어 올려 설아의 손등에 부드럽게 입을 맞추자 설아는 순간 온몸에 전기가 찌릿찌릿 오르는 기분이었다.

'부, 부끄럽게…….'

이혁이 천천히 손등에 입을 맞추며 운전을 하자 설아의 얼굴이 점차 홍당무처럼 빨개졌다. 그의 입술이 닿을 때마다 손등에서 간질간질한 느낌이 퍼져 나갔다. 왠지 기분도 점점 이상해지는 것 같고…… 그냥 손 키스인데 왜 이렇게 기분이 이상해지는 거지? 요즘 내 상태가 이상해서 그런가?

운전 때문에 설아의 손을 놓아준 이혁이 전방을 바라보자 설아는 그

틈을 타 얼른 고개를 창쪽으로 돌려 열이 오른 얼굴에 휘휘 손부채질
했다.

요즘 이혁을 만날 때마다 찌리릿, 찌릿찌릿, 하고 수시로 전기가 오
르는 느낌에 자꾸 입안에 침이 마르고 심장이 뛰었다. 그래서 같이 밥
을 먹어도 긴장이 되고, 그냥 얼굴만 봐도 긴장이 되고……. 그런데 그
긴장되는 느낌이 싫은가 하면 그건 아니었다. 막 몸이 둥실둥실 떠오르
는 느낌같이 기분이 좋달까?

'그래도 여기서 더 진행되면 심장에 무리가 갈 것 같은데…….'

이혁과 종종 가는 유명 호텔 라운지에 위치한 레스토랑으로 향하며
설아는 진지하게 그런 생각을 하고 있었다.

"아버지가 출장을 자주 다니시는 것 같은데, 어떤 일 하셔?"

식사가 끝나고 달콤한 디저트를 먹으며 행복감에 젖어 있는데 뜬금
없는 이혁의 질문에 설아가 흠칫 놀랐다.

"아, 아버지? 그냥 회사 다니셔."

"그건 전에 들었고. 어느 회사 다니시는데?"

"그, 그건…… 왜?"

설아가 식은땀이 쪼르륵 흐르려는 것을 웃음으로 무마하며 묻자 이
혁이 테이블 위에서 가볍게 팔짱을 끼고 바라봤다.

"생각해 보니 너에 대해 많이 아는 것 같으면서도 잘 모르는 것 같
아서. 너희 아버지가 네 진로에 꽤 큰 영향을 줬다고 알고 있는데……
어떤 분인지 궁금해."

"아아. 그냥…… 그냥 작은 회사 임원이셔."

설아가 대답하고는 얼른 후식으로 나온 커피를 들이켰다. 이혁의 의
도는 고마운 것이었지만 이런 주제가 나오면 심장이 절로 벌렁벌렁 뛰

었다. 이혁은 거짓말을 싫어한댔는데…… 차라리 지금 말해 버릴까?

"저, 이혁아. 실은……."

설아가 주저하다가 결심하듯 말을 꺼내는데 갑자기 주변에 조명이 훅 꺼졌다.

"뭐, 뭐지? 정전인가?"

설아가 어둑어둑한 주변을 두리번거리는데 테이블 위에 은은한 조명이 켜지더니 경쾌한 재즈곡에서 잔잔한 피아노 연주곡으로 음악이 바뀌었다.

'……어?'

직원 여러 명이 커다란 장미꽃 바구니와 함께 와인과 케이크를 들고 설아 쪽으로 똑바로 다가오고 있었다. 나, 나한테 오는 건가? 주변 테이블에서 사람들이 술렁이기 시작했다.

"저 커플 이벤트 하나 봐."

"와! 이런 데서도 하는구나……. 정말 비쌀 텐데, 그치?"

"프러포즈인가? 좋겠다. 저 여자."

사람들의 술렁이는 목소리를 들으며 설아가 당황한 얼굴로 직원과 이혁을 번갈아 바라봤다. 어느새 설아 앞으로 다가온 직원이 테이블 위에 바구니와 케이크를 올려 두고 정중하게 말했다.

"정이혁 님께서 드리는 선물입니다. 두 분의 기념일을 진심으로 축하드립니다."

"기, 기념일……이요?"

무슨 기념일이지? 생일도 아닌데? 직원이 가지고 온 와인을 두 사람의 잔에 천천히 따르자 설아가 얼떨떨한 표정으로 눈만 깜빡이고 있었다. 이혁이 직원이 건네는 반지 케이스에서 반지를 꺼내 설아를 바라봤다. 그의 눈빛이 평소와 다르게 진지하게 빛나고 있었다.

"오늘이 기념이 될 거야."

"아……."

설아의 손가락에 반짝이는 핑크 다이아가 박힌 반지를 끼워 주자 주변에서 박수 소리가 들렸다. 얼떨떨한 얼굴로 주변을 바라보고 뺨을 물들인 채 이혁에게 시선을 돌렸다. 그가 와인이 든 잔을 들어 올리고 설아에게 속삭이듯 말했다.

"고마워. 처음으로 사랑이라는 걸 알게 해 줘서."

"이, 이혁아……."

설아는 말문이 막힌 듯 잔을 든 채로 이혁만 바라보고 있었다. 부드러운 미소를 띤 그가 설아의 잔에 가볍게 잔을 부딪히자 지켜보고 있던 주변 여자들의 입술에서 절로 감탄이 흘러나왔다.

"세상에, 저렇게 생긴 남자가 저런 얼굴로, 응? 저런 이벤트를 해 주는 게 말이 돼?"

"꼭 드라마 같다……. 완전 멋있어, 저 남자."

"자기는 뭐야? 난 왜 저런 거 안 해 주는데?"

조명이 다시 밝아지고 본래의 경쾌한 재즈곡으로 바뀐 뒤에도 시기와 질투, 부러움과 질타가 섞인 목소리들이 테이블마다 수런수런 이어졌다.

그런 그들의 수다와는 상관없이 설아는 감동에 젖은 촉촉한 눈동자로 이혁과 시선을 맞추고 있었다. 설아의 가느다란 손가락에 영롱한 핑크 다이아가 빛나고 있었다.

"아읍……."

스위트룸으로 내려온 설아는 생전 처음 남자와 호텔 룸에 들어왔다는 감격에 젖을 새도 없이 급박한 키스에 빠져들었다. 분명 엘리베이터

305

를 타고 내려와 장미꽃을 든 채로 룸 앞에 섰을 때만 해도 긴장으로 머릿속이 팽글팽글 돌았었는데, 문을 열고 들어오자마자 벽에 밀쳐져 이혁의 입술에 삼켜지는 바람에 장미꽃 바구니는 바닥으로 떨어지고 정신이 하나도 없어져 버렸다.

"읍, 이, 이혁아. 잠깐…… 으읍."

이혁이 뜨거운 숨결을 토해 내며 입술을 빨고 조여 대자 설아는 심장이 터져 버릴 것 같았다.

"못 기다려."

낮게 으른 이혁이 벽으로 바짝 밀친 설아의 허리를 강한 팔로 확 받쳐 올리고 굶주린 야수처럼 거친 키스를 퍼부었다. 정신없이 쏟아지는 키스에 머릿속이 아찔해지는데 설아가 헐떡이며 말했다.

"잠깐, 나, 나 숨이……."

설아가 그의 어깨를 움켜잡고 까치발을 한 채 타액에 젖은 입술을 겨우 떼며 말하자 이혁도 거친 숨을 토해 내며 설아를 내려다봤다.

"하아, 하아……."

새까맣게 어두워진 네 개의 눈동자가 가까운 데서 맞부딪혔다. 웃음 한 조각도 없는 이혁의 얼굴을 보니 심장이 멎을 듯 빠르게 뛰기 시작했다.

'저, 저게 바로 남자의 눈빛인가?'

자신의 여자를 안고 싶은 순수한 욕망에 가득 찬 남자의 눈빛을 맞닥뜨리자 설아는 온몸이 화르륵 뜨거워졌다. 설아를 똑바로 내려다보며 숨을 몰아쉬던 이혁이 타액에 젖어 번들거리는 입술을 열어 낮게 말했다.

"갖고 싶어."

"……!"

탁하게 가라앉은 이혁의 말에 설아는 귓불까지 발갛게 달아올랐다. 이혁의 눈동자가 이글거리는 불덩어리처럼 강하게 타올랐다.

"설아 널…… 갖고 싶어. 지금 당장."

으르듯 말한 이혁이 설아의 턱을 잡아 올리고 다시 거칠게 입술을 삼켰다. 촉촉한 입술을 벌려 말캉한 혀를 휘어감아 달콤한 타액을 빨아 들이자 막힌 입술에서 신음이 터져 나왔다. 서로의 입술로 흘러 들어가는 숨결이 급박하게 달아올랐다.

뜨거운 열기에 휩쓸리듯 설아가 이혁의 목을 껴안고 키스에 빠져들었다. 거친 움직임에 쿵! 소리와 함께 설아의 몸이 벽에 부딪치며 완전히 밀어붙여졌다. 이혁의 손이 거침없이 플레어스커트 속으로 파고 들어와 통통한 엉덩이를 움켜잡았다.

"앗!"

탱글탱글한 엉덩이를 주무르던 손이 빠져나와 이번엔 니트 안으로 들어갔다. 등허리를 타고 올라가 레이스 브래지어를 확 들춰 올려 말랑한 맨가슴을 움켜쥐었다. 헉, 하고 신음을 흘리는 설아의 입술을 자신의 입술로 틀어막고 톡 불거진 핑크색 유두를 빠르게 문지르자 설아는 부끄러우면서도 흥분이 됐다.

"아웃…… 하앙."

설아가 고개를 젖히고 신음을 흘리자 이혁이 상체를 숙여 설아의 니트를 가슴 위까지 끌어 올렸다. 환한 실내조명에 드러난 새하얀 젖가슴이 헐떡이는 숨결에 맞춰 오르락내리락거리는 걸 보자 이혁의 눈동자가 위험할 정도로 어둡게 물들었다.

"참을 수가 없어."

이혁이 낮게 내뱉고는 설아의 젖가슴을 한입에 삼켰다.

"……핫!"

그의 뜨거운 입술 안에 삼켜진 예민한 돌기가 땡땡하게 보풀아 올랐다. 그것을 축축한 혀로 휘감아 쭉쭉 빨아올리자 설아의 입술이 속절없이 벌어졌다.

"하웃. 기, 기분이 이상해…… 아, 아앗!"

이혁이 설아의 허리를 강하게 잡아 지탱하고 가슴을 내밀게 한 뒤 음란할 정도로 야한 소리를 내며 쭙쭙 빨아 댔다. 예민한 유두가 그의 입술에 물렸다 풀려날 때마다 설아의 눈도 점차 흐릿하게 젖어 갔다.

"이혁, 이혁아…… 학!"

딱딱하게 솟아오른 거대한 남성이 아랫배에 느껴지자 설아의 눈이 커졌다. 이, 이건……!

이혁이 타액으로 흥건히 젖은 젖가슴을 놔주고 하얀 아랫배를 지나 점차 아래로 입술을 내렸다. 그가 한 손으로 스커트 버클을 풀고 지퍼를 내리며 아래로 잡아당기자 미끈한 다리를 타고 스커트가 흘러내렸다.

"자, 잠깐……."

어, 어쩌지? 설아가 입술을 깨물었다. 이혁의 얼굴이 있는 곳에 자신의 얇은 팬티만 있다는 사실이 참을 수 없이 부끄러우면서 흥분됐다. 이혁의 얼굴이 자신의 둔덕으로 다가오는 것이 보이자 놀란 설아가 창피함으로 얼굴을 가렸다.

어떡해!

그런데 뜨거운 그의 입김이 도톰한 속살에 닿는 순간, 창피함은 어딘가로 날아가 버리고 짜릿한 어떤 감각에 아랫배가 조여들었다.

"아아……아!"

이혁이 입술을 벌려 설아의 다리 사이 은밀한 부위를 팬티 위로 덥석 물자 설아가 신음을 터뜨렸다. 젖은 팬티와 도톰한 속살이 그의 입술에 빨려 들어가는 순간 도저히 감당할 수 없는 쾌감이 왈칵 치밀어

올랐다. 이, 이건 뭐지? 도저히 참을 수가……!

"아웅! 아, 아앗, 아아앙……앙!"

설아가 벽에 등을 기댄 채로 숨 막힐 듯 신음을 쏟아 냈다. 그의 입술이 사정없이 은밀한 부위를 빨아들이자 설아의 다리가 흑 꺾였다. 이혁은 두 손으로 설아의 엉덩이를 꽉 잡아 자신 쪽으로 끌어당기며 팬티 위로 속살을 쭉쭉 빨았다. 이혁이 강하게 빨아들일수록 아랫배 깊숙한 곳에서 뜨거운 물이 고이는 느낌이 들었다. 그 숨 막힐 감각에 설아가 고개를 붕붕 저었다.

"그, 그만, 그만. 이혁아……!"

설아가 고개를 흔들며 그의 입술에서 빠져나오려 했지만 이혁은 그녀의 통통한 엉덩이를 움켜잡고 더욱 깊게 혀를 밀어 넣었다. 갈라진 속살 사이를 천천히 핥다가 팬티 위로 도도록 솟아오른 동그란 정점을 입술로 강하게 빨자 설아의 몸이 세차게 요동쳤다.

"아, 아읏. 안 돼. 이혁, 이혁아. 그만…… 아아이!"

설아가 고개를 확 젖히며 온몸을 바르르 떨었다. 다리 사이에서 뜨거운 무언가가 터져 나오는 느낌과 함께 짜릿한 쾌감이 등허리를 타고 정수리 끝까지 치솟아 올랐다.

"아……읏……."

설아가 할딱이며 흐릿한 눈을 천천히 떴다. 뭐…… 뭐지. 이건……?

애액과 그의 타액으로 흠뻑 젖은 팬티가 바들거리는 속살에 찰싹 달라붙어 있었다. 이혁이 몸을 일으키며 혀를 내밀어 자신의 젖은 입술을 할짝였다.

"너 아주 예뻤어."

관능적인 미소를 짓고 있는 이혁의 말에 설아의 얼굴이 확 붉어졌다. 내, 내가 무슨 짓을…… 나 가 버린 거야?

"그래서 더 미칠 것 같아."

창피함으로 어쩔 줄 모르는 설아를 새까만 눈동자로 응시하며 이혁이 그녀의 손을 자신의 터질 듯 부푼 욕망으로 가져갔다.

헉! 손바닥에 그 리얼한 감촉이 닿자 설아의 눈이 더욱 커졌다. 벌겋게 달아오른 얼굴로 눈을 깜빡거리는 설아를 내려다보며 이혁이 허스키한 목소리로 속삭였다.

"이렇게 널 원해. 설아야. 네가…… 이렇게 만든 거야."

"아, 나, 난……."

설아가 어찌할 바 몰라 침만 꼴깍 삼키자 이혁이 설아의 손을 자신 쪽으로 더욱 끌어당기며 말했다.

"꺼내 줘. 네 손으로."

욕망에 젖은 낮은 목소리로 말하자 설아의 얼굴은 더욱 달아올랐다.

꺼, 꺼내 달라고? 어떻게?

"어서."

신음하듯 재촉하는 그의 말에 어디서 용기가 솟아났는지 설아가 두 손으로 이혁의 바지 버클을 풀었다. 불뚝 솟아오른 남성 때문에 지퍼가 잘 내려가지 않자 머뭇거리는 움직임에 이혁이 신음을 흘렸다.

"읏……."

이혁의 관능적인 목소리에 설아는 떨리는 심정으로 그의 지퍼를 천천히 내렸다. 벌어진 바지 사이로 타이트한 드로어즈에 갇힌 남성이 팽팽하게 솟아올랐다. 세상에……. 설아가 숨을 삼켰다. 얼굴이 타 버릴 듯이 부끄럽지만 방금 전 이혁이 자신을 기분 좋게 해 준 만큼 자신도 그렇게 해 주고 싶었다.

"여기서 더…… 꺼내?"

설아가 묻자 이혁이 꽉 잠긴 목소리로 대답했다.

"어. 완전히."

그의 말대로 설아가 조심스럽게 바지를 내리고 드로어즈의 양쪽을 잡아 아래로 당겼다. 그러자 힘줄 솟은 검붉은 남성이 빳빳하게 곤두선 채 튕겨 나왔다.

이, 이렇게 클 줄이야……! 설아가 놀란 눈으로 자신의 것을 보고 있는 모습이 이혁을 무섭도록 흥분시켰다.

"잡아 줘."

이혁이 설아의 손을 잡아 자신의 남성에 갖다 대며 낮게 속삭였다.

"이렇……게?"

자신의 분신을 설아의 보드라운 손이 본능적으로 움켜잡자 이혁이 헉, 하고 숨을 삼키며 얼굴을 일그러뜨렸다. 그 모습을 보자 설아는 심장이 뛰었다. 기분 좋은 걸까? 자신의 손에 이혁이 저런 표정을 짓는다는 것이 신기하면서 흥분됐다.

설아가 그의 것을 더욱 꽉 쥐자 이혁이 이를 악물고 못 참겠다는 듯 설아를 번쩍 안아 올렸다.

"꺅!"

갑자기 몸이 공중에 붕 떠오르자 설아가 놀라 소리쳤다. 설아의 발 끝에 걸려 있던 스커트가 바닥에 풀썩 떨어지자 하얀 맨다리가 공중에서 달랑거렸다. 이혁이 설아를 안은 채로 똑바로 응시하며 스위트룸을 가로질러 걸어갔다. 그의 뜨겁게 불타오를 듯한 눈빛에 설아는 그야말로 온몸이 아이스크림처럼 흐물흐물 녹을 것만 같았다.

"이혁…… 앗."

성큼거리며 걸어간 이혁이 도시의 야경이 내려다보이는 거대한 침대 위에 설아를 던지듯 내려놨다. 그러고는 푹신한 침대에 반동으로 튀어 오르는 설아를 양팔 사이에 가두고 고개를 숙여 거칠게 입술을 삼켰다.

"으읍……."

농도 짙은 키스가 잔뜩 흥분한 서로의 숨결을 실어 나르며 급박하게 이어졌다. 잡아먹을 듯 키스하던 이혁이 입술을 떼 내고 몸을 일으켰다. 그가 침대를 무릎으로 지탱하고 상체를 세워 앉은 채 어깨를 흔들어 재킷을 바닥으로 떨어뜨렸다. 그다음 설아를 똑바로 응시하며 자신의 머리 위로 셔츠를 벗어 내자 생각보다 근육이 잡힌 남성적인 상체가 드러났다.

'이혁이 몸이 이렇게 좋았나?'

설아가 자신도 모르게 침을 꼴깍 삼키며 올록볼록한 이혁의 복근을 훔쳐봤다. 바지와 드로어즈까지 벗어 내자 근육이 쩍쩍 갈라진 허벅지와 다리 사이에 불끈 치솟아 오른 터질 듯한 남성이 보였다. 세, 세상에…… 설아가 얼굴을 붉히면서도 그 용맹한 모습에 눈을 떼지 못하는데 이혁이 그녀의 가슴 위까지 말려 올라간 니트를 잡았다.

"팔 올려."

"아, 으, 응."

설아가 순순히 팔을 위로 올리자 이혁이 니트를 머리 위로 벗겨 냈다. 흐트러진 브래지어를 풀어 내고 젖은 팬티마저 벗겨 버리자 새하얀 나신이 드러났다. 이혁이 강렬한 시선으로 설아의 몸을 내려다봤다. 이혁의 진한 시선에 설아가 슬금슬금 제 얼굴을 가리자 이혁이 그 손을 잡아 떼어 냈다.

"가리지 마."

"하지만……."

"네 얼굴 보고 싶어. 가리지 마."

설아의 양팔을 침대 위에 잡아 벌려 고정시킨 이혁이 고개를 숙여 입을 맞췄다. 입술이 부르틀 정도로 키스를 했더니 이상하게 감각은 더 예민해졌다. 입술이 닿자마자 화르륵 지펴지는 열기에 설아가 눈을 감고 그의 입술에 취했다.

이혁이 설아의 벌린 손을 위로 끌어 올려 한 팔로 잡은 채로 진하게 키스했다. 달콤한 타액을 남김없이 빨아 마시며 설아의 목덜미를 입술로 타고 내려와 탱글하게 치솟은 젖가슴을 삼켰다.

"아, 아아······."

설아의 몸이 그의 애무로 다시 뜨겁게 달아올랐다. 아까보다 더 예민한 것 같은데······? 이혁이 설아의 다리 사이에 자리를 잡았다. 딱딱한 남성이 아랫배와 허벅지를 스치고 지나가자 설아의 심장이 요란하게 방망이질 치기 시작했다.

드······드디어······!

이혁이 한쪽 손으로 설아의 두 팔을 잡은 채 다른 손을 아래로 뻗어 촉촉하게 젖어든 짙은 숲 안에 밀어 넣었다. 말간 애액이 흘러나오는 입구에 살짝 손가락을 집어넣자 설아의 허리가 튕겨 올랐다.

"핫!"

"괜찮아. 설아야. 괜찮아."

이혁이 안심시키듯 말하며 설아의 좁은 내부로 손가락을 좀 더 밀어 넣었다.

"······하, 아흣!"

한껏 뜨거워진 예민한 내부를 침범해 들어가자 설아의 온몸이 저릿저릿해질 정도로 힘이 들어갔다. 손가락을 끊어 놓을 듯한 엄청난 압박감을 느끼자 이혁은 당장 안으로 밀고 들어가고 싶은 강한 충동을 느꼈다. 안 돼. 아직, 아직은······. 설아가 충분히 준비될 때까지 기다려야 하지만 이혁 자신도 전혀 여유가 없었다.

'제길. 참으란 말이야!'

입술을 벌린 채 달뜬 얼굴로 할딱이는 설아의 매혹적인 얼굴을 내려다보며 이혁이 이를 악물고 손가락을 깊게 밀어 넣은 채 엄지로 동그란 클리토리스를 문질렀다.

"아앙!"

한 번 절정에 올라갔던 정점을 문지르자 손가락을 물고 있는 설아의 내부가 순식간에 흠뻑 젖어 들며 부드러워지는 것이 느껴졌다. 이혁이 손가락을 더 깊이 집어넣고 빠르게 찔러 올리기 시작했다.

"앗, 아, 아, 아앗!"

세상에! 너, 너무 좋아! 설아의 몸이 그의 손가락 움직임에 맞춰 요란하게 흔들렸다. 양손이 포박당한 상태라 부자유스러웠지만 그것이 오히려 이상한 쾌감을 불러 일으켰다.

"설아야. 느껴져? 기분 좋아?"

"으, 으, 으응. 좋아…… 좋아!"

정신없이 앙앙대며 설아가 겨우 대답하자 이혁이 손가락을 쑥 빼내고 그 자리에 자신의 터질 듯 부푼 페니스를 박아 넣었다.

"아학!"

손가락과는 비교도 할 수 없는 굵고 거대한 것이 밀려들어 오자 설아의 허리가 끊어질 듯 휘어졌다. 끊어질 듯한 압박감에 미간을 일그러뜨린 이혁이 이를 악물고 더욱 깊숙이 밀고 들어갔다.

"크읏……."

"……하읙. 읏."

온몸을 반으로 가르듯 꿰뚫고 올라온 거대한 남성이 쑤욱 빠져나갔다가 다시 쾅 들이치자 설아의 입술이 크게 벌어졌다. 그러더니 한 팔로 다리를 넓게 벌리며 아주 빠르게 질주해 들어오기 시작했다. 으, 으아앗!

"아! 아웃! 이, 이혁아, 살살!"

양팔을 머리 위로 잡힌 채 위아래로 정신없이 흔들리며 설아가 소리쳤다. 이혁이 온몸의 근육을 꿈틀거리며 야수처럼 빠르게 움직였다.

"안 돼. 못 참겠어. 설아야……."

이혁이 설아의 얼굴을 똑바로 응시하며 헐떡였다. 아, 어떻게 이렇게 좋을 수가 있지? 좁고 뜨거운 설아의 내부가 미치도록 기분이 좋았다. 그가 힘을 조절하지 못하고 강하게 푹푹 찔러 들어갈수록 설아에게서 새된 신음이 터져 나왔다.

"으, 으앗. 아, 학. 아으응!"

아, 아파! 눈물 나게 아……픈데 좀 좋은 것도 같…… 꺅! 아파!

이혁이 야생마처럼 거침없이 좁은 여성을 파고 들어와 내부를 강하게 치받아 대자 설아는 정신없이 흔들렸다. 설아의 고통과 쾌감이 뒤죽박죽된 얼굴을 안타깝게 바라보던 이혁이 잡고 있던 팔을 놔주고 그녀의 몸을 껴안았다. 축축히 젖은 설아의 머리칼 안으로 손을 집어넣어 머리를 고정한 채 입술을 핥으며 속삭였다.

"……많이 아파?"

"괘, 괜찮……아. 그 정도는 아니……아웃."

이혁이 천천히 움직이며 묻자 설아가 눈을 질끈 감고 신음과 말이 섞인 대답을 겨우 흘렸다.

"나 봐 봐."

이혁이 움직임을 멈추고 말했다. 설아가 흐릿한 눈을 뜨자 땀이 송골송골 맺힌 이혁의 얼굴이 바로 앞에서 자신을 내려다보고 있었다. 아, 섹시하다……. 어머, 나 좀 봐. 이 와중에 무슨 생각을?

이혁이 설아의 이마에 달라붙은 젖은 머리칼을 조심스럽게 쓸어 넘겼다.

"힘들게 해서 미안."

"……응."

걱정 담긴 이혁의 목소리에 설아가 발간 얼굴로 고개를 끄덕였다.

"덜 아프게 하고 싶은데…… 나도 자제가 안 돼. 아마 멈추지 못할 거야. 참을 수 있겠어?"

"하아…… 참아…… 볼게."

설아가 숨을 크게 들이쉬며 말했다. 저런 표정으로 물어보니까 뭐든 못 참을쏘냐, 하는 생각이 불끈 들었다. 설아가 굳은 다짐을 하고 고개를 끄덕이자 이혁이 동그란 설아의 이마에 입을 맞췄다.

"날 안아."

설아는 이혁의 말대로 땀에 젖은 단단한 어깨를 끌어안았다. 여전히 몸 안에 그가 들어와 있다는 것이 신기했다. 뻐근할 정도로 들어차 있는 존재감을 느끼며 설아가 가느다란 신음을 흘렸다. 이혁이 설아의 등 아래로 손을 밀어 넣어 껴안자 폭신한 가슴이 남자다운 그의 가슴에 눌리듯 닿았다. 설아의 입술을 빨며 이혁이 한 손으로 그녀의 다리를 자신의 탄탄한 엉덩이에 감게 했다.

"음……."

감미로운 키스가 이어지며 그가 잔뜩 뜨거워진 내부를 단단하게 채웠다. 그 상태로 천천히 움직이기 시작했다.

"아옹……."

키스 때문일까? 아까보다 훨씬 덜 고통스러웠다. 설아가 이혁의 입술에 쪽쪽 매달리며 달콤한 신음을 뿌리자 이혁의 그것이 안에서 더욱 빳빳하게 부풀었다.

"아아!"

감당할 수 없을 만큼 커다랗게 부푼 페니스가 좁은 내부를 넓히자 설아가 고개를 젖혔다. 이혁이 설아의 부푼 아랫입술을 빨며 예민한 내부를 푹푹 찔러 대자 온몸에 순식간에 뜨거운 열이 올랐다. 위아래로 흔들리는 설아의 말랑한 젖가슴이 이혁의 넓은 가슴에 짓눌리며 쓸리자 말랑했던 유두가 자극으로 점점 뾰족하게 솟아올랐다.

"이, 이혁아, 이혁아……."

이혁의 어깨를 잡고 정신없이 흔들리며 할딱거렸다. 불이 번지듯 뜨겁게 마찰을 일으키는 다리 사이가 홧홧하고 자극적이었다. 거대하고 단단한 그의 남성이 작살처럼 강하게 찔러 올릴 때마다 강한 통증과 함께 묘한 쾌감이 삽시간에 온몸으로 퍼져 나갔다.

이혁이 강한 힘으로 밀어 올리는 통에 설아의 몸이 위로 튕겨 나갈 듯 흔들렸지만 그의 손이 단단히 붙잡아 고정시켰다.

"핫, 하읏, 아앙!"

아…… 점점 좋아져! 설아의 신음이 점차 원색적이 되어 갈수록 이혁의 움직임이 다시 가파르게 빨라졌다. 팔을 내려 설아의 땀에 젖은 탱글한 엉덩이를 두 손으로 꽉 움켜잡자 설아가 하앙! 하며 입술을 크게 벌렸다. 그대로 이혁이 빠르게 안으로 짓쳐 들어가며 거칠게 헐떡였다.

"아, 정말, 미칠 것 같아."

어떻게 이렇게 좋을 수 있지? 심장이 터질 정도로 강한 쾌감이 사정없이 밀어닥치자 이혁은 근육질 허벅지에 힘을 주고 빠르고 강력하게 설아의 안으로 찔러 들어갔다. 땀에 젖은 설아의 목에 이를 박고 미친 듯이 질주하자 설아의 신음이 크게 터져 나왔다.

"아으……앗! 아, 아, 아아, 아아앙! 이혁아!"

손바닥으로 침대를 짚고 상체를 세운 이혁이 이를 악문 채 아주 세게 찔러 들어갔다.

퍽퍽…… 퍽퍽퍽!

"으아앗!"

그 순간 설아의 머릿속이 하얗게 부서지더니 허리가 위로 확 들려 올라갔다. 공중으로 쏘아 올려질 듯 쳐들린 둥근 젖가슴 끝에서 발딱 곤두선 핑크빛 유두가 파르르 떨렸다.

"공설아……!"

"아……!"

두 사람의 몸이 끊어질 듯 한껏 팽창되며 아찔한 절정으로 치솟아 올랐다. 이혁의 몸이 설아에게로 무너져 내리는 순간, 설아는 뱅뱅 도는 절정 속에서 까무룩 정신을 잃었다.

설아가 깜빡 눈을 떴다.

'어……?'

눈뜨자마자 자신을 껴안고 있는 단단한 팔의 감촉이 낯설어 몽롱한 정신이 한순간에 돌아왔다. 뭐지? 설아가 조심스럽게 고개를 들자 이혁의 부드럽게 미소 짓는 얼굴이 눈에 들어왔다.

"깼어?"

맞다! 나 이혁이랑 그렇고 그런…….

이혁의 얼굴을 보자 정신을 잃기 전의 므훗했던 일들이 생생하게 되살아났다. 얼굴이 확 붉어진 설아가 얼른 시선을 내리고 이혁의 넓은 가슴에 박치기하듯 얼굴을 묻었다. 이혁이 느른하게 웃으며 설아의 몸을 껴안은 손에 힘을 줬다.

"왜 그래. 부끄러워서?"

"그, 그게…… 응."

설아가 머리를 묻은 채로 얌전히 고개를 끄덕이자 이혁이 동그란 설아의 머리통을 슬슬 쓰다듬었다.

"부끄러울 게 뭐 있어. 난 너무 좋은데. 이러고 안고 있으니까……."

이혁이 뭔가 섹시함이 가득 담긴 목소리로 설아의 귓가에 속삭였다. 이것이 페로몬의 힘인가? 거사를 치른 남자는 원래 이렇게 섹시해지는 걸까? 설아는 갑자기 이혁이 상남자로 느껴져 더욱 얼굴을 들 수가 없었다.

"저기. 나 자는 거…… 보고 있었어?"

"응."

고개를 들지 못하는 설아의 머리칼을 부드럽게 쓸어내리며 이혁이 대답하자 설아가 흠칫 놀랐다.

"헉, 그 무방비하기 짝이 없는 얼굴을!"

"귀엽기만 하던데, 뭘."

"나, 나 입 벌리고 자는 버릇 있단 말이야!"

경악스런 목소리로 절규하는 설아의 등을 토닥거리며 이혁이 안심시켰다.

"그래서 더 귀여웠어."

정말 귀여웠는데. 깨물어 버리고 싶을 정도로. 하지만 그런 이혁의 마음은 알지 못하는 설아는 이혁의 가슴에서 고개를 들지 못한 채 절망스러운 기분에 휩싸여 있어야만 했다.

"진짜라니까."

한참이 지나도 설아가 고개를 들지 못하자 이혁이 설아의 턱을 살짝 잡아 올리며 말했다. 어두운 조명에도 설아의 얼굴이 고추장에 절인 낙지처럼 시뻘겋게 달아올라 있는 것이 보일 정도였다.

"……아, 알았어."

강제로 눈이 마주치자 피할 길이 없어져 버린 설아가 억지로 고개를 끄덕였다.

"이제야 얼굴 보여 주네."

이혁이 빙긋 웃으며 말하자 설아가 아직 발간 얼굴로 헤헤 웃었다. 설아의 웃는 얼굴을 보며 이혁이 그녀의 손을 잡아 올렸다. 손가락에 끼워진 반짝이는 반지에 이혁이 쪽 키스하자 설아의 미소가 짙어졌다. 그러다 퍼뜩 생각났다는 듯 눈을 동그랗게 떴다.

"아차! 그런데 지금 몇 시야? 나 오래 잤어?"

"음, 두 시간 정도? 아직 10시 안 됐어."

"아아. 다행이다……."

설아가 안도의 한숨을 포옥 내쉬었다. 조금 늦는다고 말은 해 놨지만 외박을 해 버린 줄 알고 순간 놀랐다.

"바로 가 봐야 돼? 아직 움직이기 힘들 텐데."

이혁이 걱정스러운 표정으로 묻자 설아가 잠시 고민했다.

"음…… 괜찮아."

"다행이다."

설아가 생긋 웃으며 말하자 이혁이 안심한 얼굴로 설아를 껴안으며 한숨처럼 흘렸다.

"솔직히 당장 가야 한다고 하면 놔주기가 힘들 것 같았거든."

한번 품에 안으니까 지금까지 어떻게 살았을까 싶을 정도로 품 안에서 놔주기가 힘이 들었다. 잠든 설아의 얼굴을 보는 두 시간이 2초도 안 되는 짧은 시간처럼 느껴질 정도로…….

"나도 이러고 있으니까 좋다."

부끄러운 듯 헤실헤실 웃으며 설아가 이혁의 단단한 등을 껴안았다. 진한 남자의 체취를 담뿍 들이마시자 온몸이 가득 차오르는 기분. 아아, 정말 기분 좋다…….

"아프진 않아?"

"조금 아프긴 한데…… 괜찮아."

솔직히 많이 아리긴 했지만 설아가 기운차게 끄덕였다. 일어나면 더 아플 것 같아서 조금 두렵기도 했지만 뭐…… 괘, 괜찮겠지. 여자라면 한 번쯤은 겪어야 될 관문 같은 거니까.

"미안. 좀 더 부드럽게 했어야 되는데 내가 너무 여유 없게 군 것 같네."

"아니야. 정말 괜찮다니까."

"……나도 이렇게 자제 못 할 줄은 몰랐어. 미안해."

이혁이 미안한 눈빛으로 설아를 내려다봤다. 정작 배려를 해야 할 상황에서 너무 기분이 좋은 나머지 약한 설아를 몰아붙인 것 같다는 생각에 미안했다.

"다음에는 조금 더 여유 있게 굴게."

"아, 아니 꼭 그러지 않아도……."

설아가 얼굴을 붉히고 어물거리며 말끝을 흐렸다. 솔직히 아프긴 했지만 남자답고 거친 이혁도 멋있었으니까…… 엇, 나 너무 밝히는 사람 같나?

설아가 두 뺨에 홍조를 띠고 올려다보자 이혁이 진지한 눈빛으로 내려다보며 보드라운 설아의 뺨을 천천히 쓸었다. 하도 물고 빨아서 통통하게 보풀아 오른 입술도 손끝으로 쓸며 이혁이 낮게 속삭였다.

"아까워."

"뭐가?"

"널…… 처음 봤을 때부터 네가 이렇게 나에게 소중한 존재인 줄 알았으면 좋았을 텐데. 그랬다면 조금 더 빨리 내 옆에 두고 함께 있을 수 있었을 테니까."

이혁의 말에 설아가 반달 모양으로 달콤하게 눈웃음을 지었다.

"서로 돌아온 시간이 너무 아까운 것 같아."

미간을 좁힌 채 불퉁하게 말하는 이혁이 왠지 재밌어서 설아가 킥킥 웃었다. 웃음을 띤 설아를 못마땅하게 바라보던 이혁이 고개를 숙여 입술을 살짝 빨아들였다.

"뭐가 재밌어? 난 진심이야."

"앞으로 계속 함께 있으면 되지."

"그건 그렇지만…… 그래도 아까운 걸 어떡하라고."

남자란 참 신기하다. 갑자기 어른처럼 상남자스러운 분위기를 풍기다가 또 어느 순간 어린아이같이 느껴지기도 하고.

"음, 그건 아마 신이…… 좀 더 여물고 만나라는 뜻 아니었을까? 나이가 더 어렸을 때 만났다면 서로 별거 아닌 일에도 막 싸우고 헤어져 버렸을 수도 있잖아."

곰곰이 생각하던 이혁이 설아의 말에도 일리가 있다는 듯 고개를 끄덕였다.

"듣고 보니 그것도 그렇군. 이럴 땐 어른스럽네, 공설아."

이혁이 말하고는 설아를 안은 채로 빙그르 몸을 돌렸다.

어?

순식간에 시트에 등이 닿고 이혁의 양팔 사이에 갇히게 된 설아가 눈을 동그랗게 뜬 채로 올려다봤다. 그가 장난스러움이 깃든 관능적인 눈동자로 설아를 내려다봤다.

"그럼 다시 어른스러운 놀이를 해 볼까?"

"앗, 지, 지금?"

이혁이 입매를 늘이고 고개를 숙이더니 설아의 입술을 할짝였다.

"어. 어른스럽게 참아 보려고 했는데 역시 난 철이 없나 봐. 도저히 못 참겠어."

낮게 잠긴 목소리로 속삭인 이혁이 한 손으로 자신의 지나치게 혈기 왕성한 녀석을 잡아 설아의 도톰하게 부어오른 속살로 가져갔다.

"그, 그래도…… 앗."

언제 이렇게 커진 건지 단단하게 부푼 남성이 말랑한 속살을 따라 길게 비비자 설아의 숨결이 급박하게 달아올랐다.

"아, 앙. 아앗."

그렇게 시달려서 아플 줄 알았는데 이렇게 비비니까 오히려 기분이 좋았다. 예민하게 달아올랐던 부분이 마찰과 함께 조여드는 기분에 온몸이 뜨거워졌다. 이혁의 힘줄 솟은 굵은 근육덩이가 까슬한 음모와 도홧빛 속살을 위아래로 길게 문질러 대자 금방 촉촉하게 젖어 들었다.

이……이래도 되나? 원래 이렇게 처음부터 기분이 좋은 건가?

설아가 당황스러우면서도 아찔아찔하게 번지는 쾌감에 달뜬 한숨을 흘리자 이혁이 까맣게 어두워진 눈농자로 설아를 내려다보며 은밀하고 과감하게 움직였다.

"금방 젖었어. 괜찮아?"

"아, 응. 괜찮…… 괜찮아. 하웃."

뭉툭한 귀두가 입구에 닿자 설아의 허리가 본능적으로 휘어졌다. 이혁의 탄력적인 둥근 엉덩이가 관능적으로 움직이며 예민한 속살을 자극하자 지그시 눈을 감은 설아가 입술을 벌리고 달짝지근한 신음을 흘려 댔다.

"아앙, 기분 좋아…… 이혁아."

자신의 터질 듯 부푼 남성을 흠뻑 적신 애액을 손가락으로 훑은 이혁이 섹시하게 입술로 빨았다. 진하고 다디단 설아의 맛이 그의 눈빛을 더욱 음험하게 만들었다.

"……넣어 줄까?"

"앗! 아앗!"

당장이라도 찔러 들어갈 듯 거칠게 입구를 들쑤시며 이혁이 낮게 묻자 설아가 엉덩이를 달싹거리며 할딱였다. 온몸을 뜨겁게 잠식한 후끈한 열기에 아무것도 생각할 수 없었다. 오직 이 펄펄 끓는 열기를 어떻게 해 줬으면 하는 마음뿐이었다.

"하아. 너, 넣어 줘……"

설아가 흐릿한 눈동자로 말하자 이혁이 하얀 그녀의 다리를 움켜잡고 벌렸다.

"들어갈게."

"아아……!"

퍽! 설아의 엉덩이가 들썩이도록 깊숙이 찔러 들어간 이혁이 그대로 빠르게 내달리기 시작했다. 거친 움직임에 설아의 젖가슴이 둥근 원을 그리며 빠르게 흔들렸다.

"앙! 앙, 아앙!"

꺅! 너무 좋아! 아스라한 통증이 빠른 속도로 사라지며 거대한 쾌감이 해일처럼 몰아닥쳤다. 온몸을 뒤흔드는 쾌감에 설아는 도저히 정신을 차릴 수가 없었다. 이혁이 정신없이 신음을 쏟는 설아를 강렬한 시선으로 내려다보며 위아래로 흔들리는 젖가슴을 두 손으로 움켜잡았다.

"학!"

이혁이 가슴을 움켜잡는 순간 짜릿한 쾌감이 두 배로 껑충 뛰었다. 그의 손아귀에 이리저리 휩쓸리는 흥분된 돌기에서 감각의 전류가 흘러넘쳐 아랫배에 뜨겁게 고였다. 아아…… 넘칠 것…… 같아. 어쩌지?

"뜨거워."

이혁이 으르렁거리며 뜨겁게 조여드는 샘 속으로 빠르게 내질러 들어갔다. 커다란 손으로 가슴을 사정없이 주무르자 설아의 젖꼭지가 딴

324

딴하게 부풀어 오르는 것이 느껴졌다.

"큭…… 너 왜 이렇게 예민해? 죽을 것 같아."

"아, 앗! 아흣!"

이혁이 애액으로 흥건히 젖은 속살 사이로 질척거리며 찔러 들어갔다. 까슬한 숲 사이로 빠르게 들락날락거릴 때마다 그의 온몸에 보기 좋게 자리 잡은 근육이 터질 듯 꿈틀거렸다.

"후우, 제길, 자극이 너무 강해."

이혁이 미간을 좁히고는 설아의 몸에서 빠져나갔다. 단단히 박혀 있던 굵은 것이 빠져나가자 설아가 저도 모르게 아쉬움의 한숨을 흘렸다.

"하아……."

"이리 와."

이혁이 침대 위에 앉은 채로 설아를 끌어당겨 자신의 허벅지 위에 앉혔다. 그의 다리 위에 앉은 채로 마주 보며 되자 설아가 흐릿한 눈을 천천히 깜빡거렸다.

"날 잡아."

설아가 이혁의 목을 끌어안자 그가 땀에 젖은 설아의 동그란 엉덩이를 잡아 자신에게 맞췄다.

"아래에서 들어갈 거야."

"으, 응…… 핫!"

꺅! 들어온다고 미리 듣는다고 해도 자극이 적어지는 건 아니구나! 굵고 빳빳하게 솟아오른 거대한 남성이 아래에서 푹 찔러 올리자 설아의 몸이 크게 출렁거렸다.

"너, 너무…… 커. 이혁아……."

"후욱, 후욱…… 잠시만……. 괜찮아질 거야."

좁은 여성 사이를 빡빡하게 밀고 들어가자 이것도 생각보다 자극이 강해서 이혁이 인상을 썼다. 그냥 어떤 자세든 다 자극이 강한 건가? 거칠게 숨을 몰아쉰 이혁이 설아의 말랑한 엉덩이 모양이 망가질 정도로 강하게 움켜잡고 천천히 허리를 튕겨 올리기 시작했다.

"아! 앙, 아핫!"

이혁의 목에 매달린 채로 위아래로 흔들리며 설아가 신음을 터뜨렸다. 그가 엉덩이를 잡아 올렸다 세게 내릴 때마다 터질 듯한 그의 페니스가 깊숙이 찔러 들어왔다.

"이혁아. 잠깐…… 너무 깊…… 아, 아, 앙, 아앙!"

정신이 쏙 빠져나갈 정도로 빠르게 찔러 올리기 시작하자 설아가 튕겨 나갈 듯 정신없이 흔들렸다. 온몸을 뒤흔드는 거친 움직임에 도무지 정신이 차려지질 않았다. 이혁이 고개를 뒤로 확 젖힌 채 급박한 신음을 터뜨리는 설아를 강렬한 시선으로 응시하며 거칠게 허리를 튕겼다.

"예뻐. 설아야."

"하앙! 아, 아훗! 이혁아—!"

"하아…… 미치겠어."

"이혁, 이혁아아!"

"깨물어 버리고 싶어."

"학, 학, 이, 이혁…… 아아앙!"

설아가 몇 번이나 이혁을 부르짖으며 절정으로 치달았지만 이혁은 당최 멈출 생각을 하지 않았다. 어지럽게 흔들리는 시야 속에서 설아는 땀에 푹 절은 채 깨달았다.

맙소사……. 이혁이는 짐승이었어!

09 내 버섯에게서 다른 남자의 향기가 난다?

설아가 가족여행으로 월차를 낸 것을 일준에게 입수한 채은은 바에서 눈을 빛냈다.

"그게 정말이야?"

"과장한테 설아 씨가 직접 얘기하는 걸 들었으니까 확실해. 그런데 넌 왜 친구 이야기를 자꾸 나한테 물어보는 거야?"

일준의 질문에 채은이 슬쩍 교태로운 눈을 흘겼다.

"나 설아랑 요즘 사이 안 좋다고 했잖아. 그 애 거기 들어간 뒤로 나는 본 척도 안 해. 내 연락은 받지도 않고."

"설아 씨가? 왜?"

일준이 의아스러운 표정으로 묻자 채은이 칵테일 잔을 들고 입술을 비틀었다.

"자긴 좋은 회사 다니까 나와 사는 세계가 다르다는 거겠지."

"누가 모델 이채은을 무시한다고. 그리고 설아 씨 그런 사람 같진 않던데?"

일준이 어깨를 으쓱이자 채은의 눈빛이 날카롭게 번뜩였다.

"지금 내 앞에서 공설아 편드는 거야?"

채은이 히스테릭하게 짜증을 부리자 일준이 미간을 일그러뜨렸다.

"너야말로 왜 이렇게 예민하게 굴어? 짜증만 내고."

"뭐? 내가 언제!"

"지금 그러고 있잖아. 너 전부터 그랬어. 왜 설아 씨 얘기만 나오면 이렇게 민감해? 이러면서 만나면 설아 씨 얘기만 물어보고."

'설아에게 열등감이 있는 모양이지?'

이혁의 말과 일준의 신경질적인 반응이 겹쳐지자 채은의 얼굴이 싸늘해졌다.

"나 갈래."

채은이 자리에서 벌떡 일어나자 일준이 그녀의 손을 낚아챘다.

"가다니. 여기 룸 예약하라고 한 게 누군데?"

일준이 인상을 쓰자 채은이 싸늘한 표정으로 내려다봤다.

"오늘 너와 그러고 싶은 마음이 사라졌으니까."

채은이 일준의 손을 탁 쳐내고는 몸을 돌렸다. 그대로 바를 빠져나가 버리자 일준이 어이없다는 듯 헛웃음을 흘렸다.

호텔 바를 빠져나온 채은은 짜증스러운 표정으로 엘리베이터를 탔다. 신경질적으로 버튼을 누르고 문이 닫히자 머리칼을 거칠게 쓸어 올렸다.

"감히 내 앞에서 무슨 소릴 지껄이는 거야? 내가 만나 주는 것만으

328

로도 영광으로 생각할 것이지!"

씹어뱉듯 내뱉고는 분이 풀리지 않는 듯 눈을 날카롭게 치떴다. 중학생 때 혼자라면 왕따 취급을 받을 것 같아 옆에 둔 애가 설아였다. 여우 같다고 초등학생 때 왕따를 당한 뒤로 스스로 터득한 지혜는 같은 입장의 여자애를 끌어들여서 같이 다니는 거였으니까.

설아는 남들이 왕따를 시키기도 전에 스스로 혼자 있기를 좋아하는 이상한 애였다.

'웃기지도 않아. 공부 못하는 애들이 혼자 있으면 왕따라고 하고, 전교 1등인 공설아가 혼자 있으면 그냥 혼자 있기를 좋아하는 거야?'

늘 혼자 있으면서도 왕따 취급을 받지 않는 설아를 보면 배알이 뒤틀렸지만 그래도 접근해 보니 생각대로 자신을 유일한 친구라고 생각하고 잘 대해 주는 착해 빠진 애였다. 애가 생긴 것도 폭탄이니까 옆에 있으면 자신을 더욱 빛내 줄 상대라 생각해서 학교 다니는 동안만 옆에 둘 생각이었다.

그런데 초대를 받고 귀찮아하며 마지못해 놀러 가 본 설아의 집을 보고 충격을 받았다. 이런 덜떨어진 애가 뭐 이렇게 잘살아? 거기다 딸을 위해선 간이고 쓸개고 다 빼줄 듯한 능력 있는 아버지를 본 순간 짜증이 치솟았다.

어릴 때부터 알코올중독에 무능력자이면서도 수시로 난장을 피우는 아버지라는 혐오스러운 인간 때문에 채은은 세상에 있는 모든 아버지라는 존재를 싫어했었다. 그런데 설아의 다정다감하며 대기업 임원 급의 능력 있는 아버지를 본 순간 너무도 짜증이 났다.

사실 설아는 공부 외에 모든 면에서 자신에게 뒤떨어지는, 그래서 자신을 공주같이 더욱 빛나게 해 줄 하녀 같은 존재라고 생각했었다. 그런데 그 순간 공주는 설아고, 자신은 부엌데기 하녀 같은 짜증나는 기분이 들었다.

'왜 네가 그 모든 걸 가지고 있어야 돼?'

어릴 때부터 선망하던 이층집에 공주 같은 방. 호사스러운 옷들과 가득 쌓여 있는 달콤한 간식. 거기에 부모님의 모든 사랑을 담뿍 받고 있는 설아를 보고 불같은 질투가 일었다. 그래서 설아가 좋아하는 남자들을 유혹하고 내 것으로 만든 뒤 차 버릴 때 가장 큰 희열을 느꼈다.

'설아 고백 받아 주고 사귀어 주는 척해. 그럼 너랑 사귀어 줄 테니까.'

어떤 애들에게는 종종 그런 거래를 하고 일부러 설아가 커플이 되었다는 단꿈에 젖어 있을 때 그 바보 같은 성격을 이용해서 돈을 뜯어 내게 하기도 했다. 물론 그 돈은 다 자신의 명품 가방이나 옷을 사기 위해 쓰고.

바보같이 그런 것도 모르고 겨우 사귀게 된 남자와 헤어졌다며 상심해 있는 설아를 볼 때면 쾌감은 극에 달했다. 그랬는데…….

"도대체 왜 일이 이렇게 돌아가는 거야!"

채은이 짜증스럽게 엘리베이터 벽을 높은 힐로 걸어찼다. 설아가 회사에 들어간 뒤로 제대로 되는 일이 하나도 없었다. 설아가 반한 남자를 꼬시는 데는 성공했는데 어떻게 된 건지 설아는 저 윤일준에게는 전혀 관심이 없어 보였고, 재벌 아들인 이혁이랑 이상한 분위기를 풍기니 화가 나서 돌아 버릴 지경이었다.

"하아…… 미치겠네."

새빨간 입술을 깨문 채은은 한숨을 토해 낸 후 눈을 가늘게 떴다. 그래도 설아가 여행을 간다는 정보는 입수했으니까…….

전에 이혁과의 관계가 뒤틀려 버려서 이번엔 제대로 계획을 세워 접근하지 않으면 안 됐다. 그 때문에 이혁과 설아 주변의 정보만 모으고 있었는데 지금이 기회라는 생각이 들었다.

"내일부터 휴가지? 준비는 다 끝났어?"

퇴근 후 설아를 바래다주며 이혁이 물었다. 출장에서 돌아온 성원이 오랜만에 식구들끼리 여행을 가자고 나와 설아 역시 미리 휴가를 낸 상태였다.

"응. 내가 준비할 건 별로 없어서."

설아가 대답하자 이혁이 힐끗 보고는 설아의 손을 찾아 쥐었다.

앗⋯⋯.

그가 손을 잡자 맞닿은 손에서 찌릿찌릿한 전류가 흐르는 것 같아 설아가 슬쩍 볼을 붉혔다. 요즘 야근을 핑계로 밤마다 만리장성을 쌓고 있어서 모든 감각이 한껏 예민해져 있었다. 처음엔 좀 버거울 정도로 아프기도 했는데 이젠 거의 그럴 일도 없이 눈만 마주치면 화르륵 불타오를 때가 많았다.

이래서 사람은 적응의 동물인가⋯⋯. 설아가 뺨을 붉히고 스스로의 놀라운 적응력에 대해 생각하고 있는데 이혁의 목소리가 들렸다.

"가지 말라고 하고 싶다."

장난인 듯 진담 같은 말에 설아가 생긋 웃었다.

"5일인데 뭐."

"5일인데가 아니라 5일이나지. 넌 나와 5일이나 헤어져 있어도 전혀 상관없는 모양이지?"

이혁이 눈을 가늘게 뜨고 묻자 설아는 왠지 기분이 더 좋아졌다. 이혁이 대놓고 애정을 표시하는 건 언제 들어도 기분이 좋으니까.

"그럴 리가 없잖아. 나도 이혁이 널 못 본다고 생각하면 여행은 가기 싫어."

"늦었어."

이혁이 불퉁한 목소리로 말하고는 설아의 손을 놨다.

"정말이라니까?"

설아가 헤실헤실 웃으며 이혁의 손을 살살 쓰다듬자 이혁도 풀린 듯 미소 지었다.

"제주도도 은근히 추워. 두꺼운 옷 꼭 챙겨 가고."

"으, 응. 그럴게."

이혁의 말에 설아가 움찔해서는 대답했다. 이혁아, 미안······. 슬몃 창 쪽으로 고개를 돌린 설아의 얼굴이 조금 어두워졌다.

설아가 없는 하루는 이혁에게 무척이나 길었다. 가족여행이라니 할 수 없는 일이긴 하지만 회사에서도 자꾸 비어 있는 설아의 자리에 습관적으로 시선이 머물곤 했다. 그나마 위안이 되는 건 여행 중인데도 때때로 오는 설아의 문자였다.

[나 지금 출발해. 이혁이도 오늘 파이팅! \(° ▽ °)/]

[차가 많이 막히네. 지루해. (T^T)]

[점심으로 해물 칼국수 먹었는데 너무 맛있었어. 다음에 같이 먹으면 좋겠다. o(^-^)o]

"······귀엽게."

문자를 하나씩 확인할 때마다 이혁의 얼굴에 부드러운 미소가 번졌다. 귀여운 이모티콘을 섞어 보내는 설아의 문자는 공설아 금단증상을 그나마 누그러뜨릴 수 있게 해 주는 유일한 진정제였다.

'앞으로 5일을 이렇게 버텨야 되나……'

뭐 볼 게 있다고 제주도에서 5일간이나. 하루 이틀이면 웬만한 건 다 보겠구만. 이혁은 속으로 괜히 불퉁하게 중얼거렸다. 가족여행이니 이해해 줘야지 하면서도 자꾸 속 좁은 생각이 드는 것은 어쩔 수 없었다.

언제 이렇게 커진 거지?

문득 설아의 존재가 자신에게 이렇게 중요해졌다는 것이 낯설 정도로 크게 다가왔다. 지금껏 어떤 일에도 이렇게 휘둘린 적이 없었고 누군가의 존재가 단 하루라도 옆에 없다는 거에 안달을 낸 적은 없었다. 그런데 설아로 인해 전혀 다른 사람이 되어 버린 것 같았다.

'설아를 위해서도…… 이제 확실히 해야겠지.'

이혁의 눈동자가 진지하게 빛났다. 태어날 때부터 거대한 그룹의 승계 임무를 지고 태어났다. 처음부터 거부할 수 없는 운명으로 주어진 자리에 이혁은 어릴 때부터 묘한 반감을 가지고 있었다.

승계를 위해 어릴 때부터 제왕적 교육을 받고 MBA도 이수했지만 늘 의문이었다. 이대로 주어진 삶에 순응하며 사는 것이 정말 맞는 건지……. 그래서 유학을 다녀오자마자 정 회장의 입사 요구에도 불응하며 시간을 뒀다.

'이게 내가 원하는 삶인가?'

그 의문이 해결되지 않는 이상 무엇도 제대로 시작할 수 없을 것 같았다. 이런 고민을 이야기하면 금수저 물고 태어난 주제에 불만도 많다고 친구들한테 핀잔도 많이 받았다. 그러면서도 친구들의 넌 그런 삶이 싫은 거냐고, 특별히 하고 싶은 다른 일이 있냐는 질문에는 대답할 수가 없어 답답해졌다.

회사를 승계하는 게 싫은 건 아니었다. 경영에 대한 공부를 하면서 나름의 재미도 느꼈고 기업의 미래와 혁명적 아이템에 대한 고민도 자주 했다. 하지만 역시 이 일이 처음부터 주어진, 거부할 수 없는 운명처럼 지워진 굴레라는 생각은 버릴 수가 없었다. 그래서 처음부터 신입사원으로 들어가는 길을 택했다. 그렇게 하면 뭔가 의미를 찾을 수도 있을 거라고 생각해서였다.

그런 상황에서 설아를 만났고 설아의 말이 큰 의미로 다가왔다.

'특별한 이유……? 난 그냥 평범한 직장인이 되고 싶었을 뿐인데…… 그게 이상해?'

'좀 더 사회적 지위를 얻을 수 있는 일들이 있잖아.'

'왜 꼭 그런 걸 얻어야 되는데?'

그 말을 듣고 알았다. 나에게 주어진 상황에 순응하기 싫었던 반발심의 이유는, 인생을 살아가는 목적과 방향에 있어 어떤 특별한 이유가 있어야 한다고 스스로 세뇌시켜 왔기 때문이라는 걸.

자신의 직업을 정하고 삶의 방향을 설정하는 데 모든 사람이 특별한 이유를 가지고 있을 필요가 없다는 걸 그때 깨달았다. 그렇게 생각하니 늘 빽빽하게 조여든 넥타이를 매고 있는 것 같던 목이 숨통이 좀 트이는 기분이 들었다.

'그래. 살아가는 데 꼭 대단한 이유가 있어야 되는 건 아니잖아.'

그런 간단한 사실을 그제야 깨닫다니……. 설아가 자신의 틀을 깨준 것이다. 사실 설아에게 자신의 배경을 말하지 못한 이유 중 하나도 그거였다. 과거의 안 좋은 기억들도 영향이 있었지만 무엇보다 자기 자신이 확고한 신념 없이 흔들리는 상태에서 설아에게 말을 할 수는 없었다.

하지만 이젠······. 이제는 말을 해야 되겠다는 생각이 든다. 이제는 스스로 그 모든 것을 납득할 수 있게 되었으니까, 지금까지 숨기고 있던 자신을 고백하고 있는 그대로의 자신을 봐 달라고 말할 타이밍이라는 생각이 들었다.

'날 이렇게 변화시킨 것도 너야. 공설아.'

이런 생각을 하니 더 보고 싶네.

이혁이 입술 끝을 부드럽게 올리고 설아의 문자를 내려다봤다.

기나긴 하루가 지나고 퇴근 시간이 되어 주차장으로 내려온 이혁은 흠칫 놀랐다. 그의 차 앞에 싫은 얼굴이 떡하니 버티고 서 있었다.

"오랜만이네요."

타이트한 원피스를 입고 레이싱 모델처럼 차에 도도하게 기대 서 있던 채은이 미소를 지으며 인사했다. 이혁은 한쪽 눈썹을 추켜올리고 그 자리에 멈춰 선 채로 채은을 바라봤다.

"우연히 마주칠 만한 장소는 아닌 것 같은데."

"우연이 아니니까요."

채은이 머리칼을 쓸어 넘기며 웃었다.

"우선 내 차에서 좀 떨어져 주겠어?"

이혁이 불쾌하다는 표정으로 채은을 바라봤지만 채은은 전혀 굴하지 않았다. 오히려 전혀 움직일 생각이 없다는 듯 팔짱을 끼고 도발적으로 이혁을 응시하며 말했다.

"사과하러 온 사람한테 너무 냉정한 거 아닌가요? 나 이혁 씨한테 그때 일 사과하러 온 거예요."

"나에게 사과할 필요도 없고, 바라지도 않는데?"

"내가 그러고 싶다면요?"

그래도 채은은 물러서지 않았다.

킬힐을 신고 섹시하게 다리를 꼰 채로 서 있는 채은을 슥 지나친 이혁이 운전석에 올라탔다.

"······어?"

채은이 고개를 돌리려는데 이혁이 그대로 차를 뒤로 쑥 빼냈다.

"꺅!"

차에 늘어붙어 있던 채은이 중심점을 잃고 주저앉아 엉덩방아를 찧었다. 채은이 엉덩이가 아픈지 인상을 찌푸리고 홱 노려보자 이혁이 창문을 내리고 태연한 얼굴로 말했다.

"그러게 위험하게 왜 말을 안 듣는지 모르겠네."

다시 창문을 올린 이혁이 차를 돌려 쌩하니 가 버리자 채은이 그제서야 허둥지둥 몸을 일으켰다.

"잠깐만요, 이혁 씨!"

허둥지둥 따라가려던 채은이 높은 굽 때문에 다시 휘청거렸다. 그사이 이혁의 차는 이미 주차장을 빠져나가고 있었다.

"에잇! 진짜!"

채은은 분통을 터뜨리며 신경질을 냈다. 정말이지 정이혁은 생각대로 되지 않는 남자였다. 미인 싫어하는 남자 없다고, 예쁜 여자 앞에서 한없이 약해지는 게 남자 아닌가? 지금껏 어떤 남자든 자신의 외모에 홀리곤 했는데 정이혁은 매번 굴욕감을 맛보게 만들었다. 문제는 그렇다 하더라도 이젠 포기할 수 없는 상대가 되어 버렸다는 거고······.

"대원이 통째로 공설아에게 넘어가는 꼴을 보라고? 절대 그 꼴은 못봐!"

노기 어린 눈빛으로 주차장을 노려보던 채은은 들어올 때와 마찬가지로 설아의 이름을 팔아 보안라인을 빠져나갔다.

집으로 돌아온 이혁은 자신이 험악하게 인상을 쓰고 있다는 걸 욕실
거울을 보고서야 깨달았다.

"기분 더럽게."

채은을 생각하며 짜증스럽게 중얼거린 이혁이 옷을 벗자 탄탄한 상
체가 욕실 조명에 드러났다. 조각이 따로 없는 예술적인 몸으로 샤워부
스로 들어가 물을 틀었다.

"후우."

쏟아지는 물줄기를 맞으니 들끓었던 분노가 조금은 가라앉는 듯했
다. 이채은이 회사에서 설아의 친구라고 나타났을 때 과거에 설아와 늘
함께 있던 애가 그 여자라는 것을 단번에 알았다.

그리고 그 여자가 설아가 고백하는 남자들과 지나치게 자주 어울리
던 모습을 봤던 기억이 나서 따로 조사를 해 봤었다.

"순진한 것도 그 정도면 병이지……. 그 여자를 아직까지 친구로 믿
고 있어?"

설아 주위에 이채은 같은 여자가 있다는 것도 화가 나는데 그 이채
은을 유일한 친구라고 믿고 있는 설아 때문에 아무것도 할 수가 없어
더 짜증이 났다.

'그래도 학창 시절부터 친구 하나 없는 나한테는 채은이는 정말 고마
운 존재야. 채은이 아니었으면 난 아마 계속 혼자였을걸.'

순진한 얼굴로 그렇게 말하던 설아가 떠올랐다. 싹 다 밝혀 버리고
싶다가도 자신이 배신당한 것을 깨닫고 상처받을 설아를 생각을 하면

도저히 그럴 수가 없었다.

"마음 같아선 억지로라도 접근금지 조치를 해 버리고 싶구만."

구시렁거리며 샤워를 마친 이혁이 샤워가운을 두르고 나오자 테이블 위에 놔둔 휴대폰이 깜빡거리고 있었다.

[퇴근했어? 여기 경치가 참 좋아. 너도 같이 왔으면 좋았을 텐데.]

설아의 문자를 보니 잔뜩 모아져 있던 미간이 풀어졌다. 부드럽게 미소를 지은 이혁이 답장을 보냈다.

[보고 싶으니까 그 예쁘다는 배경이랑 같이 사진 찍어 보내 봐. 특히 얼굴 잘 나오게.]

"사진이라도 보며 참아야지."

지금껏 왜 이런 방법을 생각 못 했는지 본인의 어리석음을 한탄하고 있는데 설아의 답장이 왔다.

[그건 좀…… 부끄러워서.]

[어? 이러기야? 얼굴도 안 보여 주고?]

[부모님이 부르셔서 난 이만! 잘 자. 이혁아!]

"부끄러워하기는."

이혁이 쿡쿡 웃었다. 쌩 하니 줄행랑치는 설아의 홍조 어린 뺨이 눈앞에 보이는 것 같았다. 그런 수줍음이 많은 면도 좋아하긴 하지만…….

[아쉽지만 봐주지. 여행 잘 하고 부모님과 조심히 보내다 와.]

느른한 미소가 번진 얼굴로 답장을 보낸 이혁이 휴대폰 액정을 조용히 응시했다.

"그래. 돌아오면……."

돌아오면 얘기하자. 지금껏 고민하던 모든 것에 대해. 이혁이 진지한 눈빛으로 물끄러미 바라보던 휴대폰을 내려놨다.

그 시간 설아는 새하얀 원피스 차림으로 바닷가가 내려다보이는 고급 리조트 테라스에서 쨍한 태양 아래 서 있었다. 사실 이혁에겐 제주도 여행이라 했지만 퍼스트클래스를 타고 머나먼 지중해의 섬으로 놀러 온 참이었다.

그래서 사진을 찍어 보내라는 이혁의 부탁도 들어주질 못했다. 여긴 쨍한 낮인데…… 분명 이상하게 생각할 게 뻔하잖아.

"미안. 이혁아. 또 거짓말을 해 버렸네……."

설아가 우울한 얼굴로 탁 트인 쪽빛 바다를 바라봤다. 이혁에게 미안한 마음도 컸고 멀리 있으니까 보고 싶은 마음도 컸다. 객실 안에서 환하게 웃고 있는 부모님을 힐끗 쳐다본 설아가 무겁게 한숨을 내쉬고는 작게 중얼거렸다.

"조금만 기다려 줘. 곧 다 이야기할 테니까……."

처음부터 이혁에게 거짓말을 했다는 걸 실토하지 않으면 안 되는데 그러기엔 아직 용기가 나지 않았다. 이혁이 기분 좋을 때를 노려 고백할 타이밍을 잡다가도 머릿속으로 싸늘해진 이혁의 얼굴이 지나가 버리면 꿀 먹은 벙어리처럼 아무 말도 못 하게 되기 일쑤였다.

'이건 다 나에게 자신이 없기 때문이야. 내가 조금만 더 자신감이 생기면 좋을 텐데…….'

설아는 아름다운 푸른빛 바다를 보며 조금 더 용기를 낼 수 있기를, 자신에게 조금만 더 자신감이 생겨 어서 이혁 앞에 당당해질 수 있기를 간절히 바랐다.

"하, 하웃……."

설아가 땀에 푹 젖은 채 시트 위에서 이리저리 흔들리고 있었다. 벌써 3시간째. 고작 5일 떨어져 있었을 뿐이었는데 이혁은 마치 500일쯤 떨어져 있던 사람처럼 설아를 잡고 놔주질 않고 있었다.

"이혁, 이혁아…… 아핫!"

이혁이 옆으로 누운 설아를 뒤에서 끌어안은 채로 다리를 들어 깊숙이 푹 찔러 들어가자 설아의 몸이 크게 출렁거렸다. 하악, 하악. 더 이상은……! 벌써 몇 번이나 열락의 정점을 찍고 내려왔는데 이혁은 내려오기가 무섭게 다시 그녀를 다그쳐 정점으로 빠르게 끌고 올라갔다.

"설아야."

이혁이 설아의 귓가에 거친 숨을 헐떡이며 예민한 내벽을 찔러 대자 설아가 입술을 크게 벌렸다. 이제 안 돼!

"아아앗―!"

설아가 고개를 확 젖히자 이혁이 그녀의 귓불을 물고 출렁이는 탱글한 젖가슴을 움켜잡았다. 그 순간 설아는 절정의 거친 파도 속으로 거침없이 휩쓸려 들어갔다. 바르르 떠는 설아의 촉촉한 속살 안에 굵은 남성을 박아 넣은 채로 이혁이 발간 그녀의 뺨에 입을 맞췄다.

"하악, 하악……."

설아의 터질 듯한 숨결이 돌아올 때까지 자잘하게 입을 맞추던 이혁이 속삭였다.

"예뻤어. 설아야."

"이, 이혁아…… 하악, 하악."

까마득한 절정에 올라갔다 내려올 때마다 이렇게 속삭여 주는 것이 미치게 좋았지만 또 그 혈기 왕성한 녀석이 기다렸다는 듯 움직이기 시작하자 설아는 눈앞이 핑 돌았다.

이, 이러다 죽을지도 몰라!

"아앙……."

진심으로 복상사의 공포가 느껴지는데도 내 입은 왜 또 신음을 흘리는 거야?

몸과 머리가 영 따로 노는 모양인지 이혁이 굵은 기둥을 다시 천천히 찔러 올리기 시작하자 방금 절정에 다다른 내부가 뜨겁게 조여들기 시작했다. 그를 꽉 물고 있는 속살이 우윳빛 애액으로 흠뻑 젖어 들자 이혁이 들어갔다 빠져나올 때마다 찌걱이는 음란한 소리가 크게 울렸다.

이혁이 설아의 뒤에서 바짝 붙은 채 그녀의 고개를 자신 쪽으로 잡아 돌리며 낮게 속삭였다.

"나 안 보고 싶었나?"

"보, 보고 싶었…… 흐읏."

"얼마만큼?"

"하, 아, 으, 으응! 사, 살살. 이혁아!"

이렇게 빠르게 움직이면 어떻게 대답하라고?

이혁은 질문에 대답을 들을 생각이 아예 없는 모양인지, 아니면 5일간 만나지 못했다는 분노에 그냥 괴롭히고 싶은 건지 설아가 대답할 기회도 주지 않고 거칠게 짓쳐 올렸다.

"얼마만큼 보고 싶었냐고."

퍽, 퍽, 퍽!

젖은 살이 치대는 은밀한 소리가 점차 크게 울렸다.

"앙. 아앙. 많이…… 아주 많이. 아앗."

설아가 겨우 대답하자 이혁이 입술 끝을 늘이며 주무르고 있던 설아의 젖가슴 위 흥분으로 땡땡해진 돌기를 살짝 꼬집었다.

"믿어 주지."

"핫!"

설아가 바르르 떨면서 허리를 확 비틀자 둥근 엉덩이가 위로 쳐올려졌다. 설아의 말랑한 엉덩이 살이 이혁의 단단한 몸에 짓눌리자 그가 설아의 매끄러운 한쪽 다리를 더욱 넓게 벌리며 그 사이를 강하게 찔러 올렸다.

"아! 아, 아핫!"

"사랑해."

이혁이 빠르게 속살 속으로 파고들며 정신없이 헐떡이는 설아의 귓가에 속삭였다.

"사랑해. 설아야."

진심으로 사랑해.

이렇게 널 가지고 있는 순간에도 널 갖고 싶어서 미칠 것 같을 정도로⋯⋯.

"에고에고, 허리야."

휴게실에서 자판기 커피를 뽑으며 자기도 모르게 허리를 두드리던 설아가 흠칫 놀라 주변을 두리번거렸다. 누, 누가 들은 사람 없겠지?

사람이 허리가 아픈 이유야 따져 보자면 많고 많을 수 있겠지만 지금 자신이 허리가 아픈 이유는 무척 야한 이유라 설아는 괜히 죄지은 사람처럼 얼굴이 빨개졌다.

'이혁이는 정말 짐승인가 봐.'

시간이 지날수록 점점 짐승 같은 체력을 자랑하는 이혁 때문에 설아는 수시로 복상사의 위험한 상황에 놓이게 됐다. 물론 할 때는 좋지만⋯⋯ 솔직히 아주, 무척, 매우 좋기는 하지만 이혁은 아무리 생각해도 정도가 너무 심한 것 같았다.

'하룻밤에 기본 네 번이라니.'

이혁은 마치 혈기 왕성한 젊음을 자랑하듯 하룻밤에 네 번 이상은 꼭 채워야 직성이 풀리는 모양이었다. 성원이 집에 있는 날에는 눈에 불을 켜고 설아를 기다리고 있는 경우가 많아 너무 늦지 않은 시간에 돌아가야 했는데, 그런 날에도 기어코 네 번을 채우고서야 설아를 놔주는 짐승 같은 체력의 소유자였다.

모든 남자들이 다 이런가? 궁금했지만 비교 대상이 없으니 설아의 궁금증은 해결될 수가 없는 것이었다.

설아가 커피를 뽑아 고개를 갸웃거리며 휴게실을 나오는데 멀리서 익숙한 얼굴이 보였다.

'앗, 아버지!'

문워크를 하듯 뒷걸음질 쳐 휴게실 안으로 다시 들어간 설아는 자기도 모르게 대형 화분이 놓인 자판기 뒤쪽으로 숨었다. 아니 여기 숨을 것까진 없잖아?

설아가 뒤늦게 자신의 오버스러움을 깨닫고 빠져나오려는데 마침 누군가가 통화를 하며 휴게실 안으로 들어왔다.

'……애매하게 됐네.'

혼자 있는 휴게실 안에서 자판기 뒤에서 빠져나오는 여자를 이상하지 않게 생각할 사람은…… 없겠지? 그런데 여기 서 있는 걸 들켜도 민망할 텐데……. 빠져나올 타이밍을 잡지 못해 설아가 난처한 표정을 짓는데 통화를 하는 남자가 저쪽 의자에 앉는 것이 힐끗 보였다.

"알아. 그건 내가 잘못했다니까."

어? 윤일준 씨?

심지어 같은 부서 사람이라니…… 설아는 더더욱 난처해져 화분 뒤

벽 쪽으로 바짝 붙으며 몸을 숨겼다. 설아가 벽을 뚫고 나갈 기세로 벽에 찰싹 달라붙는데 그때 일준의 목소리가 또렷하게 들렸다.

"이채은. 잘못했다는 말 안 들려?"

화가 난 듯한 일준의 목소리에 설아가 흠칫했다. 이채은……?

"몰라. 맘대로 해. 나도 더 이상 네 히스테리 받아 줄 생각 없으니까."

화가 잔뜩 난 목소리로 전화를 끊은 일준이 벌떡 일어나 휴게실을 나갔다. 그제야 조심스럽게 벽에서 떨어져 나온 설아가 짜증스러운 발걸음으로 멀어지는 일준의 뒷모습을 바라봤다.

'네가 반했다는 게 저기 끝에 서 있는 블랙 코트 입은 키 큰 남자야?'

'어? 아닌데? 그 옆에 회색 코트 있잖아. 저 사람이야.'

순간적으로 채은과 나눴던 대화가 획 지나갔다. 동시에 재훈이 했던 말들도.

"설마……."

휴게실로 나온 설아가 혼란스러운 얼굴로 식은 커피 잔을 내려다봤다. 설마, 아니겠지? 그런데 왜 모든 것이 짜 맞추듯 완벽하게 맞아 돌아간다는 생각이 드는 거지……? 에이, 아닐 거야.

설아가 고개를 붕붕 젓고는 휴게실을 빠져나왔다.

퇴근 시간이 임박해오자 설아는 사무실 내를 슬쩍 둘러보고는 비밀스럽게 메신저로 이혁에게 말을 걸었다.

—퇴근 언제 할 거야?

─난 오늘 야근해야 되니 먼저 가. 집으로 가는 거지?

─응. 그럼 나 먼저 갈게. 무리하지 말고 너도 일찍 퇴근해.

─뽀뽀해 주면 생각해 볼게.

─여기다가?

─응. 어서.

─…… 쪽!

─좋아! 힘이 난다! 초스피드로 끝낼 수 있을 것 같은데?

입술 끝을 둥글게 올린 설아가 얼른 미소를 지우고 가방을 들고 자리에서 일어섰다.

"그럼 먼저 퇴근할게요. 수고하세요."

"네. 내일 봬요."

방금 전의 꽁냥꽁냥한 메신저 대화를 나누던 사람이 아닌 양 무미건조한 인사를 나눈 설아가 사무실을 빠져나갔다.

잠시 후 서류를 들고 자리에서 일어난 이혁의 시선이 맞은편 실아의 자리에 머물렀다.

"……어?"

당당히 책상 위에 놓인 카드지갑을 집어 든 이혁이 피식 웃었다.

'아무튼, 공설아. 이런 것도 놓고 다니고.'

이혁이 카드지갑을 들고 몸을 돌리자 둘이 남기만을 학수고대하고 있던 지영이 진한 향수 냄새를 풍기며 다가오고 있었다.

"이혁 씨. 왜 그래요?"

"아, 잠시 나갔다 올 일이 있어서요. 다녀오겠습니다."

카드지갑을 주머니에 넣은 이혁이 빠르게 문으로 달려가자 목표물을 잃은 지영이 뻘쭘하게 멈춰 섰다.

"도대체 일부러 저러는 건지, 철벽남이 따로 없어 진짜."

345

지영이 입술을 샐쭉거리며 이미 이혁이 빠져나간 문을 째려봤다.

엘리베이터에서 내려 로비로 걸어 나온 설아의 뒤에서 재훈의 목소리가 들렸다.

"설아야!"

"아, 선배."

설아가 뒤돌아보고는 조신하게 인사하자 빠르게 다가온 재훈이 설아의 어깨를 휙 잡아끌었다.

"마침 잘됐네. 너 지금 안 만났으면 깜빡하고 빼놓고 갈 뻔했다. 지금 정우 만나러 가는 길이거든."

"네? 아……."

"이건 같이 가라는 운명이야. 자, 가자."

운명……? 설아는 이 말을 듣자마자 머릿속으로 일준의 통화를 떠올렸다.

'이채은. 잘못했다는 말 안 들려?'

분명 채은이라고 했어. 우연히 이름이 같은 사람일까? 자신이 좋아한다고 채은에게 말했던 사람이 우연히 그 이름을 부른 걸까?

"그래요. 가요."

설아가 눈을 가늘게 뜨고 재훈을 따라 걸어갔다. 운명적으로 확인해야 할 것이 있다면 해 주겠어!

그때 이혁이 타고 있는 엘리베이터가 로비에 도착했다. 이혁이 막 로비로 나오자 앞에 재훈과 나란히 걸어가는 설아를 발견했다.

'저 남자는……'

설아의 선배라던 남자와 설아가 함께 걸어가는 모습을 보는 순간 이혁이 한쪽 눈썹을 치켜올렸다. 둘이 어딜 가는 거지? 설아는 바로 집으로 간다고 했는데.

입구를 빠져나가는 두 사람을 이혁이 빠르게 따라갔다. 우연히 마주쳐서 같은 방향이라 함께 가는 거겠지? 당연히 그럴 거라 생각하면서도 왠지 불안한 기분이 엄습하고 있었다. 뭐야? 이 기분은.

"앗!"

"아, 죄송합니다."

설아를 놓칠 것 같아 정신없이 걷다가 누군가와 부딪혀 이혁이 얼른 사과하고 달려 나갔다. 로비를 빠져나와 밖으로 달려 나왔을 때 저 앞에서 설아와 그 남자가 택시에 올라타는 모습이 보였다.

젠장!

"택시!"

이혁은 숨이 턱까지 차오를 만큼 정신없이 달려 마침 지나가는 택시를 온몸으로 멈춰 세웠다. 끼이익 소리와 함께 급정거한 택시기사가 사색이 된 얼굴로 소리쳤다.

"아, 이 사람이 위험하게……!"

"저 앞에 가는 은색 택시 따라가 주세요. 부탁합니다."

언성을 더 높이려던 택시기사는 이혁이 지갑에서 꺼내는 수표에 눈이 번쩍이더니 거침없이 차를 출발시켰다. 매섭게 질주하며 앞서 가던 택시를 순식간에 따라잡은 기사가 씩 웃으며 이혁을 바라봤다.

"당신 운 좋은 줄 아쇼. 바람난 와이프 잡는 모양인데 내가 이쪽 전문가거든."

"네? 아니 바람난……."

이혁의 말이 끝나기도 전에 기사가 신호가 풀리자 다시 거칠게 차를 출발시켰다. 전문가라는 말이 거짓말이 아닌 듯 기사가 차선을 이리저리 미꾸라지처럼 바꾸며 설아가 탄 택시와 적당한 간격을 유지했다. 확실히 프로페셔널한 미행 실력을 보이는 기사의 드라이빙 능력에 감탄할 겨를도 없이 이혁의 머릿속은 복잡하게 어그러졌다.

'둘이 어디 가는 거야?'

도대체 상황이 어떻게 되고 있는 것인지 이혁은 도저히 이해가 가지 않았다. 뭔가 필요한 일이 있어서 함께 이동할 수도 있겠지만…… 그건 숨길 이유는 없는 거잖아? 하지만 아무리 그렇다 해도 지금 이렇게 허락도 없이 뒤따라가는 건 잘못된 게 아닐까? 정말 별거 아닌 일이라면 설아를 의심하는 행동을 하고 있는 건데.

갑자기 떠오른 단어에 이혁이 눈이 가늘어졌다. 의심? 설마…… 나 몰래 계속 저 선배를 만나 왔다는 식의?

"하, 그럴 리가."

스스로의 생각이 어이가 없어 이혁이 헛웃음을 지었다.

'설아가 그럴 리가 없잖아. 무슨 생각을 하는 거야?'

자신을 질타하며 쓴웃음을 지은 이혁의 머릿속으로 섬광처럼 몇 가지 장면이 지나갔다. 회사 복도에서 설아가 보였던 이상한 태도, 얼마 전 가족여행을 갔을 때 사진을 보내 달라고 해도 보내지 않던 일, 바래다줄 때도 집 앞에 가면 불안해하던 일…….

'아! 그러고 보니 얼마 전에 그분 우리 백화점에서 봤어요. 그때 웬 남자분이랑 계셨는데…… 뭐랬더라? 선배라고 했던가?'

대수롭지 않게 생각했던 백화점 여직원의 말도 떠오르자 이혁이 얼굴이 차갑게 굳었다. 설마, 아니, 설마……. 마음속에서 의심스럽게 여겼던 일들이 한꺼번에 터져 나와 머릿속을 뒤죽박죽 만들었을 때 기사의 혀 차는 목소리가 들렸다.

"거보슈. 내 저럴 줄 알았다니까."

그제야 정신을 차리고 창밖을 바라보는 순간 이혁의 눈이 충격으로 커졌다.

"……!"

설아가 탄 택시는 유명 호텔로 들어가고 있었다. 그 모습을 흔들리는 시선으로 보고 있는데 기사가 익숙하게 차를 세우고 호주머니에서 담배를 꺼내어 입에 물었다.

"어떻게, 따라 들어가실 거요? 보통 저런 경우 오래 걸리지도 않아. 아주 몸이 달아 있는 상태일 테니 십 분 정도 있다가 급습하면 둘이 침대에서 아주 난리가 아닐 거요."

기사의 말을 듣는 건지 어쩐 건지 이혁은 호텔 안으로 들어가는 둘을 눈이 시뻘겋게 충혈되도록 지켜보고 있었다. 그 모습을 힐끗 본 기사가 충고하듯 말을 더 보탰다.

"말해 두는데 경찰이랑 같이 현장 덮치지 않으면 소용없으니까, 아직 연락 안 했으면 경찰 먼저 부르슈."

"……후우."

이혁이 깊은 한숨을 내쉬고는 창에서 고개를 돌려 차 시트에 등을 기댔다.

"됐습니다. 그냥 되돌아가 주세요."

"아니! 그게 뭔 소리요? 이렇게 좋은 기회를 놓치면 바람핀 년한테 위자료고 뭐고……!"

"됐다고 하지 않았습니까."

이혁이 낮은 목소리로 말하자 기사는 이해가 안 된다는 얼굴로 차를 돌렸다.

"허어, 거참. 다 잡아 놓고 아깝게……."

호텔을 빠져나오고 난 뒤에도 아쉽다는 듯 중얼거리던 기사는 핏기가 완전히 가신 이혁의 얼굴을 힐끗 보고는 측은한 표정으로 말했다.

"그래서 여자 함부로 믿는 거 아니라잖소. 아직 나이도 젊어 보이는데 다 끊어 내고 정리해요. 지금 당장은 힘들어도 나중엔 살 만해질 거요."

"……."

이혁은 기사의 말에 대답하지 않았다. 지금은 그 어떤 말도 귀에 들어오지 않았다. 핏발 선 눈으로 창밖을 노려보던 이혁은 문득 손아귀에서 찌릿한 통증이 느껴졌다. 손을 펴 보니 아직까지 쥐고 있던 설아의 카드지갑이 카드와 함께 손아귀 안에서 구부려져 있었다.

살갗을 파고든 날카로운 플라스틱 조각을 내려다보던 이혁은 그것을 창밖으로 있는 힘껏 던져 버렸다.

그 시간 설아는 놀라운 듯 눈을 끔뻑거리고 있는 상대를 보고 있었다.

"……공설아? 네가 그, 공설아라고?"

대학 시절 고백했다가 차였던 정우가 여전히 놀랍다는 시선을 거두지 못하고 설아를 바라봤다. 호텔 커피숍에 재훈과 함께 마주 앉은 내 내 정우는 이런 상태였다.

"으, 응. 맞아."

"이야! 여자의 변신은 무죄라더니 이건 유죄다, 유죄. 어쩌면 이렇게 달라지냐? 전혀 못 알아봤어. 그땐 그렇게 폭탄이더니. 너 성형한 거지? 좋겠다. 돈도 많은가 보네."

시시덕거리는 정우를 설아가 충격을 받은 듯 멍하니 바라봤다.

'얘, 얘가 이런 성격이었구나…… 이런 애한테 고백했었다니.'

자신이 고백한 사람이 정말 목젖 하나 외에는 형편없는 남자였다는
걸 알자 설아의 얼굴이 핼쑥해졌다. 그때 재훈이 정우에게 말했다.

"너 대학 때 얘한테 고백받기 전에 얘 친구가 찾아온 적 있지?"

"아아. 채은이요?"

정우에게서 채은의 이름이 자연스럽게 흘러나오자 설아가 움찔했다.

"채은이를…… 알아?"

"내가 모를 리가 없잖…… 아, 잠깐. 너 혹시 모르냐? 나랑 채은이
사귄 거?"

"뭐?"

그냥 아는 정도가 아니라 사귀었다고? 정우의 말에 설아는 눈이 흔
들렸다. 설아의 표정은 보지 못한 정우가 자랑하듯 말하기 시작했다.

"너보다 채은이한테 먼저 고백받았었어. 솔직히 그렇게 스타일 좋
은 애가 사귀자고 하면 누가 거절하겠냐? 나도 감사합니다, 하고 사
귀긴 했는데 걔가 모델 일에 집중해야 한대서 얼마 안 가 바로 차였
어."

"그게 내가 고백하기 전이 확실해?"

"그럼. 그래서 너한테 고백받았을 때 애인 있다고 거절했잖아. 뭐
넌 그때 당시 상태가 좀 안 좋았었고…… 아, 그런데 원래 반반한 애
들은 다 그렇게 제멋대로냐? 지가 먼저 사귀자더니 몇 번 만나 주지도
않고 헤어지자고나 하고."

짜증을 내는 정우를 대충 달래 준 재훈이 자신의 목적인 웨딩홀 관
련 문의를 하는 동안 설아는 돌처럼 굳어 있었다.

볼일을 마친 재훈이 아직도 돌처럼 굳어 있는 설아를 데리고 밖으로
나왔다.

"많이 놀란 모양이네. 괜히 데려왔나?"

설아가 그제야 정신을 차리고 고개를 들었다.

"……네? 아, 아뇨. 괜찮아요."

사그라들 듯한 목소리로 대답하는 설아의 흔들리는 동공을 재훈이
팔짱을 낀 채 내려다봤다.

"충격이 커?"

"솔직히 좀…… 그러네요."

믿고 있었다. 채은이가 아니라고 했으니까. 일준의 통화를 듣고서도
아니라고 생각하는 쪽이 더 컸다. 그랬는데…….

"그래도 뭔가…… 이유가 있지 않을까요?"

자기도 모르게 중얼거린 설아의 말에 재훈이 고개를 돌렸다.

"이유?"

설아가 영혼이 빠져나간 듯한 표정으로 말했다.

"네……. 나한테 말할 수 없던 이유요. 뭔가 그럴 만한 사정……이
라거나……."

"그럴 만한 사정이라. 흥미로운 이야기네. 그런데 너 순진함과 멍청
함은 종이 한 장 차이인 건 혹시 아냐?"

"아…… 아뇨."

이건 내가 멍청하다는 이야기?

설아의 얼굴이 더욱 흐려졌다. 그 모습을 보며 재훈이 팔짱을 끼고
고민하다가 말했다.

"음. 좋아. 널 이렇게 만든 것도 내 책임인 부분이 있으니까 선배로

서 조언을 해 줄게. 일단 한번 그 친구한테 물어봐 봐."

"채은이한테요?"

"그래. 그때 일에 대해 다시 물어보면 아마 그 친구는 불같이 화를 내겠지? 인간은 자기가 찔리는 만큼 더 크게 화를 내게 되어 있어. 그 다음에 얼마 전 정우 만났었다고 흘려. 그럼 아마 태도를 싹 바꿀 거야. 미안하다, 실은 이러이러한 이유 때문이다라고."

"그럼……."

"그럼 넌 그걸 100% 거짓말이라고 받아들이면 돼. 그 애는 처음부터 너한테 진실을 말할 생각이 없었다는 뜻이니까."

거짓말이라고……? 채은이가 나한테 왜? 재훈의 말을 들은 설아는 도통 이해가 안 된다는 표정을 지었다. 혼란스러운 표정의 설아를 보며 재훈이 어깨를 으쓱였다.

"뭐 하든 안 하든 네 자유이긴 한데 속는 셈 치고 한번 해 봐. 어차피 너도 지금 확인하고 싶은 거잖아?"

설아가 한참 생각하더니 결심한 듯 고개를 들어 마침 지나가는 택시를 잡아탔다.

"저…… 아저씨. 신림동으로 가 주시겠어요?"

택시 기사한테 말하는 설아를 보며 재훈이 흡족하게 고개를 끄덕였다.

"속전속결. 좋은 거지. 쇠뿔도 단김에 빼라는 말도 괜히 있는 말이 아니거든."

"나 아직 너한테 마음 안 풀렸는데 왜 자꾸 나오라고 해선……. 무슨 일인데 그래?"

팔짱을 끼고 턱을 치켜든 채은이 억지로 나왔다는 티를 팍팍 내고

서 있었다. 설아가 숨을 크게 들이켜고 차분히 말했다.

"전에 그 일 다시 묻고 싶어서. 정말…… 넌 모르는 일인 거지?"

설아의 말에 채은이 인상을 확 구겼다.

"너 아직도 나 의심하니? 그때 그렇게 미안하다고 해 놓고도 또?"

어이없다는 듯 크게 코웃음 친 채은이 팔짱을 낀 채로 설아를 째려봤다.

"공설아. 너 정말 웃기는 애다? 너 학교 다닐 때 혼자 왕따당할 뻔한 거 구제해 줬더니 이젠 날 무슨 남자 뺏어 가는 나쁜 년 취급을 해?"

"……."

설아가 말없이 선 채로 바라보고 있자 채은이 더욱 짜증스럽게 소리쳤다.

"네가 남자에게 인기 없던 거지! 내가 뭐가 아쉬워서 그래? 사귀어 달란 남자들이 도처에 널렸는데 뭐가 아쉬워서?"

채은은 재훈의 말대로 목에 핏대를 세우고 샤우팅을 하고 있었다.

'아마 그 친구는 불같이 화를 내겠지? 인간은 자기가 찔리는 만큼 더 크게 화를 내게 되어 있어.'

신기하다. 반응을 예상해서 그런지 설아는 자신이 생각보다 냉정하게 채은을 관찰하고 있다는 것을 깨달았다. 자신이 이렇게 무서운 성격인 줄 미처 몰랐는데 생각보다 독한 부분이 있던 모양이다.

'……뭐지?'

채은은 아무리 소리쳐도 태연히 서 있는 설아를 보고 기분 나쁜 의아함을 느끼고 있었다.

'얘가 이럴 애가 아닌데…… 더 세게 나가야겠어.'

그렇게 마음을 먹은 채은이 배에 힘을 주고 목에 핏대를 빡 세우려는데 몹시 차분한 설아의 목소리가 들렸다.

"채은아."

"……어?"

막 격렬하게 발사되려는 걸 억지로 삼킨 채은이 인상을 찌푸리고 물었다. 설아가 채은을 가만히 바라보며 입을 열었다.

"나 얼마 전에 대학 때 고백했던 정우 만났었어."

'뭐? 정우……?'

채은의 눈이 함지박만 하게 커지는 것을 본 설아의 가슴이 아프게 죄여 들었다. 역시 그랬구나……. 채은은 아무 말도 하지 않았지만 학생 때부터 유일한 친구라 생각했던 그녀에 대해 설아는 잘 알았다. 그래서 채은의 저 표정이 뭘 말하는지도 분명히 알고 있었다.

"그, 그랬어?"

애써 태연한 목소리로 말한 채은이 머릿속으로 빠르게 계산을 시작했다. 잘은 몰라도 설아가 이런 표정을 짓고 있는 걸 보면 아무래도 정우와 자신이 사귀었다는 말을 들었을 가능성이 높았다.

채은이 순식간에 당황한 얼굴을 감추고 설아에게 목소리를 누그러뜨린 채 말했다.

"미안. 실은……."

'그럼 아마 태도를 싹 바꿀 거야. 미안하다, 실은 이러이러한 이유 때문이다라고.'

"그때 너 없을 때 따로 정우 찾아가서 부탁한 적이 있었어. 네가 정우 좋아하는 거 알고 있었으니까 내가 뭔가 도움을 주고 싶었거든."

'그럼 넌 그걸 100% 거짓말이라고 받아들이면 돼. 그 애는 처음부터 너한테 진실을 말할 생각이 없었다는 뜻이니까.'

"그런데 정우가 날 좋아한다고 갑자기 고백을 해 오는 거야. 널 생각해서 그럴 수는 없다고 했더니 자기랑 안 사귀어 주면 내 앞에서 죽겠다고 막 난리를 피잖아. 그래서 할 수 없이 아주 잠깐 사귀었는데…… 무섭기도 하고 너한테 미안하기도 해서 피해 다니다가 금방 끝냈어. 정말이야."

"그럼 왜 내가 그때 물었을 때는 그런 말 안 했어?"

채은이 크게 한숨을 내쉬며 고개를 저었다.

"솔직히 떠올리기도 싫고…… 그리고 네가 혹시 오해할까 봐 그랬어."

설아의 얼굴에 쓸쓸한 미소가 떠올랐다. 진실은 가혹하다더니, 정말이었네.

"정말이야. 오해하지 마. 내가 왜 그런 애를 만나겠어? 나랑 어울리기나 하는 애니, 걔가?"

채은이 호소하듯 말하자 설아가 힘없이 고개를 끄덕였다.

"그래. 알겠어. 말해 줘서 고마워. 갈게."

설아가 하얀 얼굴로 뒤돌아서자 채은이 당부하듯 등 뒤에서 소리쳤다.

"나도 엄연한 피해자야. 알지?"

피해자…… 설아는 웅웅거리며 어지러운 머리로 밤거리를 걸어갔다.

채은을 믿고 싶었지만 방금 전 채은의 얼굴에서 진심을 봐 버렸다.

자신은 전혀 몰랐던 진심을…….

유일한 친구라고 생각한 존재가 지금껏 거짓말을 하고 있었다는 걸 난 왜 몰랐을까? 이런 걸 과연 친구라 할 수 있을까? 나 역시 그저 친구라는 상대가 필요해서 나 편할 대로 채은을 대했던 게 아니었을 까?

머릿속이 복잡해진 설아가 멍하니 버스 정류장에 도착했다. 가방을 뒤적여 카드지갑을 찾던 설아는 그제야 회사에 두고 왔다는 것을 깨달 았다.

"아. 오늘 왜 이렇게 바보 같을까……."

스스로가 한심해서 눈물이 핑 돌았다. 모든 것이 엉망진창이라는 기 분이 들었다.

'이혁아.'

할 수 없이 택시를 잡아탄 설아는 이혁 생각이 절실해졌다. 이혁이 보고 싶었다. 이렇게 스스로가 한심하게 느껴져도 이혁과 만나면, 그의 다정한 웃는 얼굴을 보면 조금 나아질 것만 같았다. 설아는 눈에 고인 눈물을 슥슥 닦고 얼른 이혁에게 전화를 걸었다.

하지만 계속 신호음만 울릴 뿐 전화가 연결되지 않자 설아는 몇 번 더 시도해 보다가 포기했다. 연락이 온 걸 보면 연락을 해 주겠지. 설 아는 그렇게 생각하며 휴대폰을 꼭 손에 쥐었다.

깜빡거리던 휴대폰의 램프가 꺼졌다.

전화가 끊긴 것을 확인한 이혁은 핸들 위에 손을 올린 채로 어두운 골목만 주시하고 있었다. 설아의 집 앞에서 기다리는 동안 몇 시간이 흘렀는지도 인지하지 못할 만큼 머릿속이 복잡했다.

'만약, 설아가 지금이라도 사실대로 말한다면…….'

그래서 모든 걸 정리한다고 약속한다면, 들어줄 것이다. 사람은 누구나 실수할 수 있는 거니까. 하지만 설아의 입술에서 다시 거짓말이 나온다면? 과연 내가 그걸 받아들일 수 있을까?

끊임없이 그 생각을 반복하는 동안 마음속에선 제발 설아가 사실대로 말해 주길 바랐다. 거짓말은 끔찍할 정도로 싫어하지만…… 그리고 설아가 벌인 일이 도저히 자신이 감당할 수 없을 것 같은 최악의 일이지만, 우습게도 마음속으로는 여전히 설아를 믿고 싶어 했다.

자신도 설아를 속인 부분이 있으니까……. 그런 알량한 생각으로 끊임없이 설아에게 면죄부를 주려하고 있었다. 그럴 만큼 설아를 잃고 싶지 않은 마음이 컸다.

"제발 더 이상 날 기만하지 마라."

창밖을 노려보며 낮게 내뱉는 이혁의 목소리에는 지울 수 없는 간절함이 가득 담겨 있었다.

'널 놓고 싶지 않아. 잃고 싶지 않아. 그러니 제발, 제발 공설아……'

가슴이 짓눌려지듯 답답해져 깊이 숨을 들이켜는데 집 앞에서 택시가 서는 것이 보였다. 익숙한 실루엣이 내리자 이혁이 문을 박차고 밖으로 나갔다.

거칠게 문을 닫는 탕! 소리가 들리자 설아가 고개를 돌렸다.

"어? 이혁아."

자신에게 다가오는 이혁을 본 설아가 반가운 듯 웃었다. 여기 와 있던 거야? 설아가 얼른 이혁에게 다가갔다.

'아차! 여긴 집 앞이잖아!'

웃으며 다가오던 설아가 흠칫 놀란 얼굴로 재빨리 주변을 살피는 모습을 보고 이혁은 분노가 솟구쳤다.

역시…… 그런 거였나?

심장을 움켜잡힌 듯 아팠지만 이혁은 태연한 얼굴을 가장하고 설아에게 다가갔다.

"기다리고 있었는데 어디 갔다 온 거야?"

아무렇지 않은 척 미소 짓고 있었지만 이혁의 눈은 웃고 있지 않았다. 이 대답에 모든 것이 달려 있었다. 이혁이 저도 모르게 늘어뜨리고 있는 주먹을 세게 움켜쥐었다.

사실대로 말해.

설아가 사실대로 그 선배와 함께 있었다고 하길 바라면서도 막상 그 뒤에 말들을 제대로 들을 자신은 없었다. 그래도 설아는 자신에게 사실을 말해야 한다. 지금 이 순간에는……. 그냥 최소한의 진실만이라도 말해 준다면 넘어가 줄 테니까 사실을 말해.

퍼런 힘줄이 곤두설 만큼 세게 주먹을 움켜쥐는 순간 한 걸음 더 다가온 설아가 조금 어두워진 얼굴로 말했다.

"채은이 만나고 오는 길이야."

……끝났다.

실낱같은 희망마저 좌절당해 버리자 이혁의 얼굴이 딱딱하게 굳었다.

"채은이, 만나고 오는 길이라고?"

이혁의 무섭도록 낮아진 목소리를 듣고 설아가 의아스러운 표정으로 고개를 들었다.

"응…… 왜?"

의구심 어린 얼굴로 자신을 올려다보는 설아의 순진무구한 눈동자가 이 순간 이혁은 참을 수 없을 만큼 더럽게 느껴졌다.

"하."

짧게 헛웃음 친 이혁이 갑자기 설아의 팔을 확 끌어당기더니 집 담벼락에 거칠게 밀쳤다.

"아얏!"

차갑고 딱딱한 벽에 어깨를 부딪친 설아가 짧은 비명을 내질렀다. 이혁이 설아의 얼굴을 움켜잡고 사정없이 입술을 덮쳤다.

"……읍!"

분노로 머릿속이 새빨갛게 달아오른 이혁이 짐승처럼 거친 키스를 퍼부었다. 작고 도톰한 입술이 찢겨 나갈 듯 사납게 삼키고 빨자 설아가 눈을 질끈 감았다.

"이, 이혁아. 잠깐…… 으읍."

설아가 고개를 돌리고 겨우 말을 흘려보냈지만 이혁이 다시 완강하게 되돌려 포악하게 입술을 삼켰다. 평소와는 전혀 다른 이혁의 무자비한 키스에 설아는 숨이 턱턱 막히면서도 한편으로 의아함을 느끼고 있었다.

이상해…… 왜? 지금의 이혁은 절대 평소의 그가 아니었다. 뭔가가 달랐다. 숨도 못 쉬도록 입술을 삼킨 채로 블라우스 위로 솟아오른 가슴을 우악스럽게 움켜잡자 설아가 눈을 번쩍 떴다.

"안 돼! 여긴……!"

설아가 필사적으로 말하려 했지만 이혁은 설아의 가슴을 아프게 주무르며 야수처럼 거친 키스를 퍼부었다. 이러다가 아버지가 보시면…….

"안 돼!"

설아가 이혁을 힘껏 밀어냈다. 그 힘에 움직임을 멈춘 이혁이 거친 숨을 몰아쉬며 싸늘한 시선으로 설아를 노려봤다.

"왜 안 되는데?"

"그, 그건……."

설아가 당황한 얼굴로 어물거리는데 이혁이 타액으로 번들거리는 입술을 끌어 올리며 피식 웃었다.

"들키고 싶지 않은 사람이 있어서?"

"……!"

설아의 눈이 충격으로 이리저리 흔들렸다. 숨도 멈춘 채 설아가 놀란 눈으로 올려다보자 이혁이 얼굴을 가까이 대고 서늘하게 말했다.

"내가 너한테 이러는 거, 들키고 싶지 않은 사람이 있냐고."

"그, 그걸 어떻게……."

설아가 눈을 크게 뜨고 손으로 자신의 입을 가렸다.

이럴 수가…… 이혁이 알고 있었어?

지금까지 숨겨 왔던 거짓말을 들켰다는 생각에 설아는 어찌해야 할지 알 수가 없었다. 말도 제대로 잇지 못하고 당황한 표정으로 올려다보고만 있자 이혁이 얼음같이 차가운 얼굴로 말했다.

"공설아. 지금까지 날 속이면서 미안한 마음은 전혀 들지 않았어?"

"이, 이혁아. 나는. 나는 속이려던 게 아니라……."

설아의 얼굴을 조소 어린 시선으로 내려다보던 이혁이 물러서더니 그대로 돌아섰다. 안 돼! 그 모습에 왈칵 겁이 난 설아가 얼른 이혁의 옷깃을 붙잡았다.

"잠깐, 잠깐만 이혁…… 앗!"

이혁이 설아가 필사적으로 잡은 팔을 휙 뿌리쳤다. 그 바람에 벽으로 다시 밀쳐진 설아가 흔들리는 시선으로 이혁을 바라봤다. 어깨를 들썩이며 숨을 거칠게 몰아쉬던 이혁이 설아를 힐끗 돌아봤다. 일말의 온정도 없는 경멸만이 가득 찬 눈동자와 마주치자 설아의 얼굴이 하얗게 질렸다.

"너란 여자, 더러워."

"……!"

다시 싸늘히 돌아선 이혁이 뒤도 안 돌아보고 자신의 차로 걸어갔다. 차에 올라탄 이혁이 망설임 없이 시동을 걸고 거칠게 골목을 빠져나가는 모습을 설아가 벽에 기대선 채로 멍하니 바라보고 있었다.

10 버섯은 해피엔딩을 믿어요

설아는 퉁퉁 부은 눈을 감추기 위해 꼭두새벽부터 집을 빠져나와 출근했다. 음침하게 머리를 늘어뜨리고 자리에 앉은 설아는 이혁을 기다리며 밤새 머릿속으로 정리한 생각을 다시 떠올렸다.

'나 때문이야. 네가 거짓말을 싫어한다는 걸 알고 있었는데, 그래서 몇 번이나 경고했음에도 계속 거짓말로 일관했던 거 진심으로 사과할게. 내가 백번 잘못했어. 앞으로 다시는 거짓말하지 않을 테니까 딱 한 번만 더 기회를 주면 안 될까?'

이렇게 말한다고 해서 이혁이 받아 줄지는 모르겠지만 일단 사과를 해야 했다. 사과를 하고, 용서를 빌고……. 그런데 이혁이 자신에게 완전히 정이 떨어져 버렸으면 어쩌지? 아니야. 그래도…….

지금껏 다정했던 이혁을 상상하며 설아는 고개를 저었다. 이혁이 나한테 그렇게 잔인하게 굴지는 않을 거야. 잘 사과하고 용서를 빌면 분명…….

그때 사무실 안으로 이혁이 들어왔다.

"……!"

생각보다 이혁이 일찍 나타나자 흠칫 놀란 설아는 순식간에 자신이 외워 둔 말들을 모조리 까먹었다. 자신을 보고서도 없는 사람인 양 무시한 이혁이 자리에 앉는 걸 보며 설아는 빠르게 뛰는 심장을 진정시켰다. 일단, 일단 무슨 말이든 해야 돼.

설아가 자리에서 일어나 이혁 쪽으로 다가갔다.

"저, 이혁아."

설아가 불렀지만 이혁은 설아 쪽으로 시선을 두지 않았다. 완전히 무시할 생각인 것 같았다. 설아는 다시 한 번 최대한의 용기를 쥐어짰다.

"잠깐 얘기 좀 할 수…… 없을까?"

"너와 할 얘기 없는데."

이혁의 싸늘한 목소리에 순간 설아는 눈물이 핑 돌았다.

"아, 그, 그래…… 미안."

눈물을 들킬세라 얼른 뒤돌아선 설아가 그대로 사무실을 빠져나갔다.

"……."

이혁은 설아가 문을 나설 때쯤에야 고개를 들었다. 멀어지는 설아의 뒷모습을 보는 이혁의 눈에 벌겋게 핏발이 곤두섰다. 분노와 증오, 애증이 뒤섞인 시뻘건 불길이 밤새 그를 괴롭히고도 아직도 사그라들지 않고 활활 타올랐다.

"후우."

이혁은 가슴을 크게 들썩이며 길게 숨을 내뱉었다. 설아의 뒷모습만으로도 가슴이 후벼 파이는 듯한 날카로운 통증을 느꼈다.

오랜만에 거나한 회식을 하고 돌아온 성원은 눈에 넣어도 아프지 않을 딸을 보러 만면에 미소를 띠고 딸 방으로 갔다. 다 큰 딸의 프라이버시를 존중해 주고자 방문을 똑똑 노크한 성원이 자상한 목소리로 말했다.

"설아야. 아빠 들어가도 되겠니?"

평소처럼 딸의 맑고 고운 목소리가 들리지 않아 성원은 의아스러운 표정을 지었다.

"분명 아까 들어왔다고 했는데…… 없는 건가?"

고개를 기울이며 슬그머니 방문을 연 성원의 눈이 휘둥그레졌다.

"아, 아니, 설아야……?"

"으형. 으허엉. 어엉."

머리칼을 산발한 채로 침대에 엎드려 울고 있는 설아와 방바닥을 굴러다니는 빈 양주병을 본 성원은 경악스러운 얼굴로 서 있었다. 아니 저건, 내가 아끼던 양주!!

'헉! 내가 이럴 때가 아니지!'

뒤늦게 정신을 차린 성원이 허둥지둥 설아에게 다가갔다.

"서, 설아야. 무슨 일이냐. 으응?"

"으어어엉."

5살 때 이후 딸의 통곡 장면을 처음 본 성원은 속이 타들어 갈 지경이었다.

"아이고, 내 딸. 내 딸 죽겠네."

이러지도 저러지도 못하고 엎드려 울고 있는 설아 주변을 뱅뱅 돌던 성원이 설아를 일으켜 세우려 했다. 그러자 베개와 합체가 된 듯 설아의 얼굴과 함께 베개가 딸려 올라왔다.

"울지만 말고 이 애비에게 어서 말을 해 보래도."

그제야 얼굴과 합체가 되어 있던 베개에서 설아가 천천히 고개를 들었다. 산발 머리카락 사이로 눈물범벅이 된 설아의 얼굴을 보고 성원은 마음이 찢어졌다.

"으흑, 그, 그냥…… 흐끅. 실연했을…… 흐끅. 뿐이에요."

훌쩍이는 설아의 말을 들은 성원의 눈에 섬광이 번뜩였다.

"뭐? 실연?! 누가 감히! 누가 감히 내 딸에게 상처를 줘? 어떤 놈이 그랬어! 당장 말해라, 설아야! 이 애비가 당장 그놈 목을 따 줄 테니까!"

눈을 까뒤집고 당장에라도 설아에게 상처를 준 놈을 찾아 능지처참을 해 버릴 듯 분노하는 성원의 뒤로 혜경이 나타났다.

"이게 무슨…… 어머."

시끄러운 소리가 나서 올라왔다가 설아의 어깨를 잡고 짤짤 흔들고 있는 성원과 산발한 머리가 미친년처럼 흔들리고 있는 설아를 본 혜경은 단숨에 상황을 파악했다.

"당신, 일단 나가요."

얼른 다가간 혜경이 성원을 끌어냈다.

"뭐, 뭐라고? 내 딸이 다 죽어 가는 판인데 내가 왜……!"

"알겠으니까 나가라구요, 좀."

길길이 날뛰는 그를 문밖으로 휙 던져 버린 혜경이 재빨리 방문을 잠갔다.

"설아야! 어서 그놈의 이름을 대거라! 이 애비한테 좋은 사냥총이 있어!"

잠긴 문고리를 흔들며 버럭거리는 그를 무시한 채 혜경이 부드러운 미소를 지으며 침대로 다가와 앉았다. 그러고는 훌쩍거리며 울고 있는 딸의 젖은 머리카락을 정돈해 주며 말했다.

"괜찮아. 설아야. 이별은 누구나 다 하는 거야. 그렇게 죽을 것같이 아프고 그 사람 없으면 못 살 것 같아도 결국은 다 살아지더라. 엄마도 그랬어."

"어……어머니도요?"

설아가 퉁퉁 부어 떠지지도 않는 눈을 억지로 뜨며 혜경을 바라봤다.

"그래. 엄마도 아빠 만나기 전에 연애 한두 번 안 해 봤겠니? 이거 아빠한테는 비밀이지만 엄마도 젊을 땐 몇 번씩 헤어짐을 겪었단다."

"설아야! 전에 그놈이냐? 그놈 맞지? 응??"

애타는 부정으로 문을 두드려 대는 성원의 말은 무시한 채 혜경이 말을 이었다.

"그래도 엄마는 한편으로는 가슴이 뿌듯하다. 우리 설아가 실연하고 이렇게 펑펑 울기도 하고……. 성인이 되고 졸업을 해도 마냥 애 같더니, 이제 정말 다 컸다는 생각이 들어."

술에 취해 머릿속은 어지러웠지만 혜경의 말은 제대로 귀에 들어왔다. 정말 그런 걸까……? 아버지를 만나기 전에 어머니도 그랬듯 누구나 이런 괴로운 경험을 하고 가슴 한편에 묻어 두고 사는 걸까?

"그래도…… 너무 아, 아파요."

이혁을 가슴에 묻어 둔다니. 그 생각만으로도 마음이 너무 아파 설아의 눈에서 닭똥 같은 눈물이 뚝뚝 떨어졌다. 티슈를 뽑아 설아의 볼에 흐르는 눈물을 다정하게 닦아 주며 혜경이 말했다.

"괜찮아. 이렇게 펑펑 울고 실컷 아파하고, 그러고 나면 한결 나아져. 엄마 말 믿어."

"그, 그래도…… 으흑. 이혁, 이혁이가 보고 싶단 말…… 으허어엉."

이혁이란 이름이 입에서 흘러나오자 주체할 수 없이 폭풍 눈물이 터져 나왔다.

'……이혁?'

침대에 널브러진 채 꺽꺽 울고 있는 설아를 멍하니 바라보던 혜경이 눈을 가늘게 뜨고 물었다.

"잠깐. 설아야. 누구…… 누구라고? 누가 보고 싶다고?"

"이학, 으혁, 이핵, 끄어엉, 이햐악, 이요."

혜경의 미간이 더욱 좁혀졌다.

"설마, 아니 혹시…… 정이혁?"

"으, 응, 이, 이햐기요."

"맞아? 이번 신입 사원으로 입사했다던 정이혁이 너와 만나던 남자라고?"

혜경이 확인하듯 다시 묻자 겨우 멎었던 설아의 눈물샘이 다시 폭발했다.

"으헝, 이, 이혁가아아아아. 내가, 내가 잘모태써어어어어, 으허엉."

세상에. 그럼 설아가 회장님 댁 아들과……? 북받친 듯 오열하는 딸을 달래 주며 혜경이 여전히 부서질 듯 쾅쾅거리는 방문을 쳐다봤다.

"설아야! 내 딸 설아야!"

"그래…… 널 이렇게 울린 남자가 정이혁이란 말이지……?"

혼잣말처럼 중얼거리며 방문을 쳐다보는 혜경의 눈빛이 의미심장하게 빛났다.

다음 날 바로 혜경은 미희에게 전화를 걸었다. 미희가 반가워하며 자신의 집으로 초대하자 혜경은 바로 승낙하고 미희의 집으로 갔다.

자신도 살면서 물질적으로 꽤 여유롭게 살아온 편이라 생각하지만 그와는 비교도 할 수 없을 만큼 으리으리한 미희의 저택은 올 때마다 놀라움을 느끼게 하곤 했다.

거대한 규모의 저택 내부도 시선을 빼앗는 곳이 많았지만 오늘 혜경의 시선을 오래 빼앗고 있는 건 거실에 커다랗게 걸린 가족사진이었다. 저 사진을 처음 봤을 때도 생각했지만 여전히 눈에 확 들어오는 미남 아들의 얼굴을 유심히 보고 있자 미희가 다가와 다정하게 물었다.

"이혁이는 사진이 너무 크다고 자꾸 떼라고 하는데 나는 이런 큰 사진이 마음에 들어요. 다들 잘 나오기도 했고."

미희의 말에 혜경이 고개를 끄덕였다.

"다시 봐도 아드님이 너무 잘생겼네요. 여자 여럿 울릴 만큼."

혜경이 웃는 얼굴로 뼈를 담아 말했지만 그저 칭찬으로만 알아들은 미희가 호호 웃었다.

"아들이 저를 닮아서 말이에요. 천만다행이죠."

비록 국내 굴지기업의 회장이었지만, 어딜 가나 맨손으로 황소도 때려잡겠다는 말을 듣는 정 회장을 이혁이 별로 닮지 않아 미희는 진심으로 다행이라고 생각했다.

"우리 저쪽에서 대화 나눌까요?"

미희가 혜경을 유럽식 홍차와 다과가 차려진 테라스로 안내했다. 테라스 테이블 앞에 마주 앉자마자 혜경이 방금 하던 이야기를 이었다.

"아드님은 잘 지내요?"

혜경의 말에 미희가 포옥 한숨을 내쉬었다.

"실은 어제가 우리 부부 결혼기념일이었거든요. 그래서 간단히 식구끼리 저녁을 같이 먹었는데…… 애가 무슨 일이 있는 건지 며칠 사이에 얼굴이 아주 핼쑥해져선 왔더라구요. 표정도 영 어둡고…….."

미희가 걱정스러운 얼굴로 말하자 혜경이 눈을 가늘게 떴다.

"어머, 저런. 갑자기요?"

"네. 전 지금까지 살면서 제 아들 그런 얼굴 처음 봤어요. 걱정이 돼서 이것저것 물어봤는데 대답도 잘 안 하고…… 내내 핸드폰만 쥐고 노려보고 있는데, 애가 정신이 아주 나가 있더라구요."

핸드폰이라…….

혜경이 향이 좋은 홍차를 천천히 마시며 눈을 굴렸다. 이 집 아들도 상태가 이상한 게 설아와의 이별 때문인지, 아니면 다른 이유 때문인지는 정확히 알 수 없지만 이혁이 정신이 나가 휴대폰만 쥐고 있다는 것이 의미심장하게 다가왔다.

"제 생각엔 아무래도 여자 문제 같은데…… 이런 경우는 보통 그런 경우가 맞겠지요?"

미희가 조심스럽게 묻자 혜경이 홍차 잔을 내려두고 입을 열었다.

"저…… 주 여사. 실은 제가 오늘 만나자고 한 이유도 비슷해서요. 혹시 주 여사의 고민과 연결고리가 있을지도 모르겠네요."

"그게 무슨 말씀이세요?"

미희가 눈을 동그랗게 뜨자 혜경이 설아의 상태와 자신이 생각하는 것들을 설명하기 시작했다. 혜경의 설명을 가만히 듣고 있던 미희의 눈이 점점 커졌다.

"어머나, 세상에…… 그, 그게 정말이에요?"

"저도 어제 알았을 때 얼마나 놀랐는데요. 몇 번 확인해 보니 아드님이 맞는 것 같더라구요. 게다가 같은 시기에 아드님 상태도 그렇다니 혹시……."

"어머어머, 어머나!"

미희가 두 손으로 입을 가리고 호들갑스럽게 어머나! 를 연발했다. 장윤정에 빙의되어 춤이라도 출 기세였다.

"바라고 바라면 이루어진다더니…… 그게 정말 맞는 모양이에요! 제가 양 여사 댁과 사돈 맺고 싶어서 그 오랜 세월 동안 마음속으로 기도를 했는데……!"

"이건 우리의 추측일 뿐이지 아직 단정하기에는 조금 무리가 있지 않을까요?"

"아뇨! 아니에요. 아무래도 여자 때문인 것 같다는 생각이 들었다고 했잖아요. 그래서 실은 어제 그쪽으로 꼬치꼬치 캐물었더니 부정하진 않았거든요. 어떤 처자가 내 아들을 이리 딴사람으로 만들어 놨나 했더니 그게 바로 양 여사 댁 따님이었다니!"

미희는 혜경의 말로 간밤의 걱정이 거짓말처럼 사라지고 할렐루야라도 외치고 싶은 기분이었다.

"아, 그렇지. 내가 가만있을 때가 아니지. 겨우 이어진 인연인데 이렇게 놓칠 수는 없으니 내가…… 내가 뭔가 해야겠어요."

"저도 놀랍긴 하지만 조금 진정시키고 냉정하게 생각해요. 우리."

"네. 충분히 냉정하고 차분하게 생각할 테니, 이제 좀 더 구체적인 이야기를 해 볼까요?"

미희가 눈을 빛내며 목소리를 은밀히 낮추자 혜경도 덩달아 눈을 가늘게 뜨고 고개를 끄덕였다.

"들어가 보겠습니다……."

설아가 작아지는 목소리로 말하고는 조용히 사무실을 빠져나가자 김 대리가 고개를 갸웃거렸다.

"설아 씨 요즘 처음 입사했을 때처럼 어두워지지 않았어요? 반짝반짝 생기 있더니 왜 다시 돌아왔지?"

"그러게요……. 무슨 일이 있나?"

키보드를 치고 있던 이혁의 손이 문득 멈췄다. 손이 허공에 머무른 채로 모니터를 노려보는 이혁의 눈에 힘이 들어갔다.

"후우."

낮게 한숨을 내뱉고는 손을 책상 위로 내렸다. 생기 없는 어두운 설아의 얼굴을 볼 때마다 절로 주먹이 움켜쥐어졌다.

왜 그러는 건데.

설마 진심도 아니었던 우리 관계가 망가졌기 때문은 아니겠지. 그게 너한테 그렇게 중요했다면, 내가 너에게 그런 소중한 존재였다면…… 넌 날 배신하지 않았을 테니까.

당장 달려 내려가 설아를 따라잡아 그 손을 움켜잡고 뒤돌려 세운 뒤 왜 그런 거냐고, 도대체 나한테 왜 그랬던 거냐고 고함치며 따져 묻고 싶은 충동을 필사적으로 억누르며 이혁이 질끈 눈을 감았다.

보고 싶지 않다. 아무것도…….

흔들리는 버스에 앉은 채 설아는 멍하니 휴대폰을 바라보고 있었다.

'아, 우리 헤어졌지…….'

이혁과 헤어졌다는 사실은 아무리 반복해서 생각하려고 해도 여전히 낯설었다. 그래서 자꾸만 문자를 보내고 싶어서 휴대폰을 만지작거리게 되고, 보고 싶다고 전화하면 나와 줄 것 같은 엉뚱한 생각에 자신도 모르게 설핏 미소가 지어지고는 했다. 그러다 정신을 차리고 갑자기 현실감이 들면, 억장이 무너진다는 게 바로 이런 거구나, 싶게 마음이 와르르 무너졌다.

'이혁아. 나는 널 너무 좋아했나 봐…….'

또 눈물이 고였다는 것도 모른 채 설아는 뿌옇게 변하는 시야 속에서 휴대폰만 가만히 쳐다보고 있었다.

♡　♥　♡

시간이 얼마나 흘렀는지도 전혀 가늠하지 못한 채 설아는 하루하루를 보냈다. 어느새 달이 바뀌어 있었고 사람들의 옷차림도 많이 가벼워져 있었지만 주변 어디에도 신경을 쓸 수가 없었다. 유령처럼 회사 복도를 지나가는 설아의 휴대폰이 진동했다.

'서, 설마?'

습관처럼 흠칫 놀란 설아가 빠르게 휴대폰을 꺼내 들었다. 액정을 본 설아의 눈에 실망이 어렸다. 진동이 울리는 휴대폰을 가만히 들고 있던 설아가 전화를 받았다.

"……어쩐 일이야?"

퇴근한 뒤 회사 근처 카페에 설아와 채은이 마주 앉았다. 여전히 화려한 외모의 채은과 달리 어둠의 오오라를 풀풀 풍기는 설아를 보고 채은이 눈을 가늘게 떴다.

"무슨 일 있었어? 얼굴이 많이 안 좋네."

"으응…… 그런 일이 좀 있어서. 그런데 무슨 일로?"

설아가 힘없이 묻자 채은이 어깨를 으쓱이며 대답했다.

"그냥 이 근처 올 일이 있어서 들렀어. 너 본 지도 좀 된 것 같고 해서."

마치 그전의 일은 기억에서 말끔히 지운 듯 태연하게 말하는 채은에게 설아는 실망스러움도 느껴지지 않았다. 그냥 그날 채은에 대한 모든 기대를 스스로 버린 것 같았다. 그게 한편으로는 더 씁쓸했지만…….

설아의 얼굴이 더 어두워졌지만 그런 건 안중에도 없다는 듯 채은이 언제나처럼 제 할 말만 하기 시작했다.

"얼마 전에 해외 로케 있었는데 같이 간 새파랗게 어린 모델 애가 나한테 뭐라고 했는지 알아? 몸매 관리 좀 해야겠다는 거 있지? 내가 웃겨서 진짜……."

끝도 없이 이어지는 남의 험담과 불평 불만은 채은의 전매특허였지만 오늘 설아는 그걸 들어 주고 있기가 힘이 들었다. 늘 맞장구쳐 주며 열심히 들어 주던 모습과 달리 설아가 병든 닭같이 앉아만 있자 채은이 이마를 찌푸렸다.

"너 내 말 듣고 있는 거니?"

"오늘은 좀 피곤해서…… 그만 일어날게."

설아가 자리에서 일어나자 채은의 얼굴이 더 구겨졌다.

"친구가 회사 앞까지 왔는데 너 편한 대로 일어나는 게 어딨어?"

"미안. 다음에 들어 줄게."

정말 더는 앉아 있기가 힘들어 설아가 말하자 채은이 짜증을 부리며 백을 챙겼다. 언제나처럼 설아가 계산하는 모습을 뒤에서 지켜보던 채은이 눈을 가늘게 떴다.

'아무래도 이상한데…… 혹시?'

자신의 그때 일을 의심해서 설아의 태도가 이상한가 생각했었는데, 아무리 봐도 다른 이유 때문인 것 같았다. 거기에까지 생각이 가자 채은이 눈을 빛냈다. 얼른 설아에게 다가가 카페를 나서며 채은이 슬쩍 물었다.

"정이혁 씨는 잘 있고?"

채은의 말에 설아의 얼굴이 창백해졌다. 흐응……?

"왜 대답을 안 해? 이혁 씨 잘 있냐니까."

"어……. 자, 잘 있어."

설아가 대답을 회피하듯 작게 대답하고 고개를 숙이자 채은이 눈을 빛냈다.

'둘 사이가 틀어진 모양인데?'

자신의 감이 맞다고 확신하며 채은이 입술 끝을 올렸다.

"그럼 다음에 보자. 잘 들어가."

"응. 잘 가."

벌써 일어나냐고 짜증내던 모습과는 달리 콧노래라도 흥얼거릴 듯한 얼굴로 채은이 돌아섰다. 채은이 사라진 뒤에도 설아는 그 자리에 멈춰 서 있었다.

이혁이라는 이름에 모든 기능을 상실해 버린 고장 난 로봇처럼 움직일 수가 없었다. 이렇게 그 이름을 들을 때마다 아프고 괴롭다면 같은 회사에서 지내는 것이 지옥이 될 수도 있다는 생각마저 들었다.

'네가 있어서 천국이었는데…… 지금은 지옥이 되어 버리는구나.'

하지만 이혁이 없는 천국보다는 이혁을 볼 수 있는 지옥을 선택하는 것이 나았다. 아무리 힘들어도 자신은 그런 선택밖에는 할 수가 없었다. 그렇게라도 볼 수 없으면 정말 숨을 쉴 수가 없을 것 같으니까…….

야근 후 차를 몰고 집으로 가던 이혁은 익숙한 뒷모습을 발견했다.

'……설아?'

멀리 보이는 뒷모습만으로도 설아인 걸 알 수 있었다. 자기도 모르게 속도를 줄인 채 천천히 지나가며 유심히 보니 설아는 회사 근처 카페 앞에서 멍하니 서 있었다. 움직이지 않고 가만히 서 있는 설아가 멀어지는 모습을 백미러로 보며 이혁은 혼란스러운 얼굴로 운전대를 쥔 손에 힘을 줬다.

'왜 저러고 서 있는 거지? 혹시…… 그 남자에게 버림이라도 받은 건가?'

그 남자가 설아를 길거리에 그대로 버려두고 갔다는 생각이 들자 이혁은 미칠 듯한 분노에 피가 거꾸로 솟을 것만 같았다.

"……정신 차려."

이혁이 크게 숨을 들이켰다. 언제까지 내 것이 아닌 여자에게 이럴 건데…… 첫사랑? 그게 뭐가 중요해. 다시 만나기 전까진 잘만 살아왔잖아!

"빌어먹을! 이제 그만 좀 해!"

무섭게 질주하는 그의 차가 한밤중 도로 위에서 위험한 잔상을 남기며 사라졌다.

혜경은 기습적으로 딸 방을 급습해 축 늘어진 낙지마냥 침대에 눌어붙어 있는 설아를 떼어 냈다.

"어, 어머니?"

취미처럼 눈물로 베갯잇을 적시던 설아는 급작스럽게 자신의 은둔지에서 끌려 나오자 당황한 표정을 지었다. 혜경은 설아에게 대충 모자를 씌인 후 무작정 끌고 나와 차에 태웠다.

"엄마랑 같이 갈 데가 있어."

"어딜요? 이렇게 갑자기……."

설아가 차 안에 달랑 태워진 채 영문 모를 표정으로 묻자 혜경이 생긋 웃었다.

"엄마랑 오랜만에 쇼핑하러 가자. 김 기사님. 아까 말한 L백화점으로 가 주세요."

"알겠습니다."

쇼핑할 기분은 아니지만 혜경의 말을 거절하기도 어려워 설아는 의
자 위에 축 늘어진 채 백화점으로 실려 갔다. 문득 시야에 자신의 손가
락이 들어왔다. 이혁의 반지가 있던 자리에는 언제 있었냐는 듯 반지
자국마저 사라져 있었다.

백화점에 도착하니 설아는 그곳이 이혁과 함께 왔던 곳임을 깨달았
다. 함께 했던 일들이 떠올라 표정이 어두워지는데 혜경은 매장 엘리베
이터가 아닌 다른 엘리베이터로 설아를 이끌었다.

"어……?"

최상층에서 엘리베이터가 멈추고 문이 열리자 익숙한 공간이 나타났
다. 여긴 이혁이랑 왔던 덴데……? 혜경이 평소와 다른 장소로 데려오
자 설아는 의아한 표정을 지었다.

"어머나, 오셨어요?"

안쪽의 벨벳소파에 앉아 있던 우아한 외모의 귀부인이 일어서더니
반가운 얼굴로 다가왔다.

"주 여사님. 기다리셨죠?"

"기다리긴요. 저도 도착한 지 얼마 안 되니 마음 쓰실 거 전혀 없으
세요."

혜경에게 대답하면서도 환한 미소를 띤 미희의 반짝이는 시선은 설
아에게 똑바로 향해 있었다.

"설아 양. 반가워요."

"아, 안녕하세요."

집 안에서 입고 있던 옷을 그대로 입고 모자만 눌러쓴 채로 인사를

377

하게 되니 난감했지만 설아는 얼른 조신하게 고개를 숙였다.

"우리 공 전무님이 그간 왜 그리 설아 씨를 숨겨 뒀는지 알겠네. 이렇게 예쁜 딸이니 남 보이기 아쉬워 꽁꽁 숨겨 두고 싶던 거지. 안 그래요?"

말끝에 '사돈'이라는 말을 붙이고 싶은 걸 겨우 참아 누른 미희가 혜경을 바라보며 웃었다. 무척 기분이 좋아 보이는 미모의 귀부인을 보며 설아는 왠지 기분이 묘해지는 걸 느꼈다.

'누구지……? 분명 누굴 닮았는데……?'

나이를 짐작하기 힘든 아름다운 외모의 중년여인은 누군가를 떠오르게 만들었는데 그 누군가가 도통 생각이 안 났다. 여배우와 닮았을까? 아님 여가수? 분명 연예인 급의 미모이긴 한데 누군지 딱 떠오르지 않고 생각날락 말락 해서 설아는 괜히 조바심이 들었다.

그때 정장 차림의 퍼스널 쇼퍼가 다가왔다.

"그럼 진행해 볼까요? ……어머?"

설아를 본 쇼퍼가 눈을 깜빡이며 유심히 보자 설아가 흠칫 놀라 얼른 고개를 숙였다. 허리를 낮춰 설아가 숙인 얼굴을 집요하게 따라 내려간 쇼퍼가 몸을 일으키고 미소 지었다.

"오랜만이네요. 전에 뵌 적 있죠?"

"설아 너 여기 온 적 있니?"

혜경이 의아스러운 눈으로 묻자 설아가 고개를 숙인 채로 손을 내저었다.

"아, 아뇨. 저는 처음 뵙는데요."

"아아…… 그래요? 제가 착각한 모양이네요. 실례했습니다. 이쪽으로 모실게요."

쇼퍼가 공손하게 사과하고는 설아를 안쪽으로 이끌었다.

"저……저요?"

설아가 눈을 둥그렇게 뜨고 혜경을 보자 혜경이 설아의 등을 살포시 떠밀었다.

"어서 들어가 봐. 걱정 말고."

"아…… 네."

겨우 위기 상황을 넘기긴 했지만 이혁과의 추억이 있던 곳에서 그때와 똑같은 상황에 놓이게 되자 설아는 표정 관리를 할 수가 없었다. 쇼퍼와 설아가 안쪽 룸으로 사라지자 미희가 손으로 입을 가리고 쿡쿡 웃었다.

"왜 그러세요?"

혜경이 영문 모를 표정으로 묻자 미희가 웃음을 멈추고 말했다.

"아. 실은 좀 전에 여기 사장인 남동생이 인사한다고 찾아왔거든요. 그런데 그 애 하는 말이, 몇 달 전 이혁이 여자를 데려와서 한바탕 휩쓸고 갔다고 하더라구요."

"그래요……?"

"네. 그래서 혹시 했는데 방금 쇼퍼가 하는 말을 듣고 역시 그게 설아였다는 걸 확실히 알았어요. 저 쇼퍼가 사람을 한 번 보면 절대 잊지 않는 걸로 업계에서 유명하거든요."

미희가 눈을 빛내며 말하자 혜경도 뭔가 깨달은 표정이 들었다.

"아, 그러고 보니 설아도 몇 달 전에 생전 입지도 않던 스타일의 옷을 잔뜩 사 왔기에 무슨 바람이 들었나 생각한 적은 있었어요. 그럼 그때가……?"

"그런가 봐요. 이혁이 녀석…… 자기 옷은 사도 내 옷은 생전 사 주지도, 아니 사 주긴커녕 골라 주는 것도 안 하던 녀석인데 얼마나 설아를 좋아했으면 평생 안 하던 행동을 했을까요?"

미희가 어깨를 들썩이며 웃자 혜경도 새삼 놀란 눈으로 안쪽 룸을 바라봤다.

잠시 후, 화려하고 우아한 디자인의 순백의 실크 드레스를 입고 사랑스러운 피치계열의 메이크업을 마친 설아가 룸을 열고 나왔다. 까만 머리칼도 곱게 틀어 올리고 렌즈까지 끼니 마치 살아 있는 인형처럼 사랑스러웠다.

"어머나, 세상에…… 설아 양. 너무 예뻐요."

마치 고백이라도 할 기세로 부리나케 달려간 미희가 설아 주위를 돌며 감탄을 쏟아 냈다.

"가, 감사합니다."

설아가 부끄러운 듯 얼굴을 붉히며 대답하자 어느새 이브닝드레스로 갈아입은 혜경도 자랑스럽다는 듯 거들었다.

"정말 예뻐. 엄마도 우리 설아가 이렇게 예쁜 줄 몰랐는데?"

"그렇죠? 너~무 예쁘죠? 안경까지 벗으니까 천사가 따로 없네요. 누군지 아주 홀딱 반할 만하네요. 그죠? 오호호호."

한껏 웃던 미희가 시간을 확인하더니 말했다.

"어머. 어서 가야겠어요."

"네? 어딜……."

"따라와 보면 알 거예요. 자, 갑시다. 우리 설아 양."

미희가 설아의 손을 다정하게 잡고 VIP룸을 빠져나가자 혜경도 뒤따랐다.

채은은 파우더룸에서 선명한 로즈빛의 립스틱을 바르고 있었다.

"좋아. 완벽해."

만족스러운 미소를 지은 채은은 립스틱을 파우치에 넣고 거울 속에 비친 완벽한 자신의 몸매를 이리저리 확인했다. 오늘을 위해 특별히 디자이너의 협찬용 드레스도 구해 입었는데 과연 과감한 디자인의 블랙 드레스는 콜라병 같은 자신의 몸매를 부각시키기에 충분했다.

"어디, 네가 오늘도 날 거부할 수 있을지 한번 볼까?"

오늘 이혁이 이 로열패밀리들만 모인다는 상류층 파티에 참석한다는 정보를 사전에 입수하고 참석 명단에 이름을 올리기까지 꽤 비싼 값을 치렀기 때문에 오늘의 계획은 꼭 성공해야만 했다.

따로 다가가려 하면 무슨 사람을 메두사 취급을 하며 피하니 도저히 둘만의 접선을 만들 수가 없었다. 오히려 이런 대외적인 장소에서는 남들의 시선도 있으니 쉽게 밀어내진 못할 거라는 치밀한 계산하에 채은은 오늘을 기다렸다.

"게다가…… 나에겐 비장의 무기가 있거든."

채은이 파우치에서 백색가루를 슬쩍 빼 들고는 요사스러운 미소를 흘렸다. 모델계에서 은밀히 거래되는 남자를 발정 난 늑대로 만든다는 마약 종류였다. 설아와 틀어진 지금 이 완벽한 외모로 이혁의 마음의 공백을 공략해 보고, 만약 그게 먹히지 않는다면 둘만 있는 장소에서 그의 샴페인 잔에 이걸 넣으면 되는 거다.

"뭐, 사람들 앞에서 일을 쳐도 상관없지."

모델로서의 이미지는 실추되겠지만 공식적으로 대원그룹 아들과 몸을 섞은 여자가 되는 거니까……. 그걸 위해서라면 그 정도 수치는 충분히 감당할 수 있었다. 설사 그의 여자가 되지 못한다 하더라도 거액의 위자료는 받아 낼 수 있을 테니.

채은이 진한 색 립스틱이 칠해진 입술을 끌어 올리며 파우치를 닫았다.

부모님 대신 꼭 파티에 참석하라는 명령을 받은 이혁은 피곤한 얼굴로 차에서 내렸다. 턱시도를 차려입은 조각 같은 남자가 로비로 들어오자 사람들의 시선이 확 쏠렸다. 살이 빠져 더욱 날렵해진 턱선과 어딘가 상처를 담은 듯한 깊은 눈동자는 여자들의 가슴에 화르륵 불을 지르기 충분했다.

입구에서 참석자 명단을 확인한 뒤 이혁은 거대한 연회장 홀로 들어갔다.

요즘 무슨 일을 하든 기분이 가라앉는 병에라도 걸린 듯 전혀 웃고 싶지 않았지만 정 회장 대리로 온 자리니 예의에 어긋나지 않게 굴 필요가 있었다. 그림 같은 미소를 연기하며 사람들과 인사를 나누는 사이 이혁은 점점 더 피곤해졌다.

"후우."

샴페인 잔을 들고 한숨을 내쉬는데 얼마 전 회사 앞에 덩그러니 서 있던 설아의 모습이 떠올랐다. 순간 이혁의 미간이 좁혀졌다.

'그만 좀.'

머릿속을 떠나지 않는 여자를 억지로 밀어내며 샴페인을 마시는데 호텔 스태프가 이혁에게 다가왔다.

"안쪽에 마련된 별실에서 따로 만나 뵙자고 청하신 분이 계십니다."

은밀하게 전하는 투에 이혁이 물었다.

"누가 말입니까?"

"저도 전해 드리는 내용밖에는 모릅니다. 저쪽 복도 끝에 마련된 룸입니다."

별실이 위치한 곳을 천천히 설명해 준 스태프가 정중히 고개를 숙이고 사라졌다.

'누구지?'

호텔 스태프가 전한 것이니 적어도 의심스러운 상대는 아닐 것이다. 이혁이 누구인지는 이곳에 있는 사람이면 대부분 알고 있을 테니까. 이혁이 의문 어린 표정으로 복도 쪽으로 걸어가는데 또다시 누군가가 그를 잡았다.

"이혁 씨? 어머, 이런 데서 만나다니 반갑네요."

과감한 블랙 드레스 차림의 채은이 놀라움을 가장하며 말하자 이혁의 미간이 더욱 좁혀 들었다.

"네, 그럼."

짧게 고개만 끄덕인 이혁이 바로 몸을 돌리려 하자 채은이 다시 그의 팔을 낚아챘다.

"사람이 인사하면 최소한의 성의는 보이는 게 예의 아닌가요? 대원 그룹 황태자라는 분이 이렇게 쌀쌀맞은 성격인 줄은 미처 몰랐네요."

채은이 일부러 주변의 시선을 끌 듯 높은 톤으로 말하자 이혁이 천천히 돌아섰다.

"죄송하지만, 제가 지금 볼일이 있어서요."

이혁이 싸늘한 시선으로 내려 보며 말하자 채은이 그를 똑바로 올려다봤다.

"사람을 앞에 두고 무시할 만큼 중요한 일인가요?"

주변의 시선을 끄는 건 성공적이었다. 그들 주변의 사람들과 이혁을 눈으로 유심히 좇던 여자들의 시선이 나란히 서 있는 이혁과 채은에게 확 몰려들었다.

'성공적이군.'

소문과 가십에 민감한 이쪽 계 사람들이 자신들을 어떤 시선으로 보고 있을지 충분히 짐작 가능했다. 채은이 이혁 쪽으로 가까이 다가가며 부드럽게 속삭였다.

"이혁 씨. 기분 나빠하지 말아요. 난 그저 당신과 함께……."

채은의 말이 끝나기도 전에 이혁이 몸을 홱 돌렸다.

"이, 이혁 씨?"

마치 주변 시선 따위 알 바 아니라는 듯 채은의 당황한 목소리를 가볍게 무시한 이혁이 성큼성큼 걸어가 버렸다. 주변에서 수상쩍어 하던 시선들이 '그럼 그렇지' 하는 시선으로 변해 가는 것이 느껴져 채은은 얼굴이 화끈거릴 지경이었다.

'망할!'

입술을 깨문 채은이 앞서 가는 이혁을 빠르게 따라갔다. 인적이 드문 복도 끝 오픈된 별실 안에 혼자 있는 이혁을 보고 채은이 눈을 가늘게 떴다.

'역시 그 방법밖엔 없겠어.'

채은은 얼른 홀로 되돌아가 스태프가 들고 있는 트레이 위에서 샴페인을 집어 들었다. 그러고는 클러치백 안에서 준비해 둔 약을 꺼내 화장실에서 몰래 샴페인 안에 넣었다. 순식간에 녹아드는 하얀 가루를 응시하는 채은의 입술이 말려 올라갔다.

"나도 이렇게까진 하고 싶지 않았어요. 정이혁 씨."

채은은 날카로운 눈빛을 빛내며 화장실을 나가 복도로 걸어갔다.

아무도 없는 별실에서 기다리고 있던 이혁은 뒤에서 구두 소리가 들리자 고개를 돌렸다. 샴페인 잔을 든 채로 웃고 있는 채은을 발견하고 이혁의 얼굴에 짜증이 서렸다.

"불쾌하다는 얼굴이네요."

채은이 느긋하게 다가오며 말했다.

"이런 곳은 아무나 출입할 수 없다는 걸 모르는 모양이군."

이혁이 차갑게 말하자 채은은 개의치 않는다는 듯 미소를 지으며 한 발 더 다가갔다.

"나에게 그렇게 지나친 거부 반응을 보이는 건 오히려 감정이 과하다는 생각, 안 들어요?"

이혁이 어이없다는 듯 픽 웃자 채은이 더 다가왔다.

"스스로 생각해 봐요. 이혁 씨 당신이 왜 나를 그렇게 필요 이상으로 밀어내려고 하는지……."

"직원에게 끌려 나가는 모습은 꽤 볼썽사나울 것 같지 않아? 지금 나가는 게 좋을 것 같은데."

이혁의 말을 무시하며 채은이 샴페인 잔 하나를 그에게 건넸다.

"이번이 마지막이에요. 나랑 얘기 좀 해요. 그럼…… 더 이상은 귀찮게 하지 않을 테니까."

자신에게 내밀어진 잔을 가만히 내려다보며 이혁이 피식 웃었다.

"어디서 수작이시?"

"……!"

이혁이 마치 더러운 것을 보는 표정으로 채은을 내려다보자 그녀의 눈이 흔들렸다. 이혁이 싸늘한 얼굴로 옆을 지나치자 당황스러운 표정으로 눈을 굴리던 채은이 샴페인을 내려놓고 홱 뒤돌았다.

"그래요! 나, 당신 말대로 설아의 모든 것이 탐이 났어요!"

이혁이 뒤돌아보지 않고 걸어가자 채은이 그에게 빠르게 다가가며 더 크게 소리쳤다.

"시궁창 같은 가족이 아닌 화목한 가족과 나처럼 엉망으로 꼬이지 않은 성격까지 전부 다요! 그래서 지금까지 설아가 가지고 싶어 했던 것에 탐을 낸 건 맞아요. 하지만…… 당신은 아니야! 이혁 씨 당신은 그런 이유가 아니라구요!"

채은이 이혁을 뒤에서 확 끌어안자 그의 얼굴이 사나워졌다.

"이거 놔."

"믿어 줘요. 당신은 그저 당신이라서…… 그저 정이혁이라는 남자라서 탐이 나는 것뿐이야. 믿어 줘요. 제발."

간절함이 가득 담긴 목소리로 말하며 이혁의 등에 풍만한 가슴을 노골적으로 밀착했다. 그러자 이혁이 자신의 허리를 감고 있는 채은의 팔을 잡았다.

"아!"

채은의 팔을 억지로 뜯어내 확 떨궈 내자 채은이 바닥으로 밀쳐졌다.

"이익……!"

멀어지는 이혁을 보며 채은이 이를 악물고는 시뻘겋게 달아오른 눈으로 표독스럽게 소리쳤다.

"당신은 하나도 모르고 있어! 설아가 어떻게 말했는진 모르겠지만, 항상 거짓말로 상대방을 속이는 건 공설아지 내가 아니라고요!"

이혁이 우뚝 멈춰 섰다. 그의 등이 빳빳하게 경직되는 것을 보며 채은이 본능적으로 설아와 이혁이 사이가 안 좋아진 것은 '거짓말' 코드가 작용했음을 알아챘다. 채은은 몸을 일으키며 되는대로 뱉어 냈다.

"설아 걔, 당신 집안 처음부터 알고 계획적으로 당신한테 접근한 거예요. 몰랐죠? 일부러 순진한 척 어수룩한 척 연기하면서 뒤로는 다른 남자 만나고, 할 거 다 하고 다닌 애라구요!"

이혁이 숨을 크게 들이켜는 게 보였다. 채은은 그에게 다가가며 말을 이었다.

"그거 알면서도 난 친구니까 덮어 두려고 했어요. 하지만 당신이 너무 안쓰러워서……."

"이채은."

뒤돌아선 채로 이혁이 낮게 말하자 채은이 말을 멈췄다. 천천히 고개를 돌린 이혁이 얼음처럼 차가운 얼굴로 쳐다봤다. 무서울 정도로 서늘한 시선에 채은이 저도 모르게 숨을 들이켰다.

"한 마디만 더 해."

"……!"

온몸의 피를 얼려 버릴 듯 냉혹한 시선으로 노려본 이혁이 다시 몸을 돌렸다. 그대로 입구로 걸어가는 이혁을 채은이 아무 말 못 하고 보고 있었다.

입구를 빠져나가 복도 쪽으로 몸을 돌리는 순간, 이혁이 흠칫 놀랐다.

"……설아?"

그 앞에는 드레스를 곱게 차려입고 떠밀리듯 입장을 준비하고 있다가 안에서 들린 시끄러운 소리에 그대로 굳은 설아가 서 있었다. 여기 왜……? 이혁이 흔들리는 시선으로 설아를 바라봤다.

"누구야? 안에서 패악 부린 것이."

마뜩잖은 표정으로 인상을 구기고 서 있던 정 회장이 말하자 이혁의 시선이 그제야 설아 뒤에 있는 정 회장을 발견했다. 그리고 그 옆에는 어머니, 미희와 공 전무 부부도 함께하고 있었다.

"아버지가 여긴 어쩐 일이십니까."

아버지……? 설아는 순간 놀란 눈으로 이혁과 정 회장을 번갈아 바라봤다. 정 회장이 화가 난 얼굴로 다시 물었다.

"안에 누구냐고. 네 애인이냐?"

"아닙니다."

단호한 이혁의 말에 정 회장이 뒤에 대기하고 있던 스태프들에게 말했다.

"그럼 남의 자리 차지하고 패악 부리는 걸 그냥 놔두고 뭣하고 서 있어? 당장 끌어내지 않고!"

"네! 회장님!"

동시에 우르르 달려 들어간 스태프들에게 끌려나오며 채은이 히스테릭하게 소리쳤다.

"뭐야? 당신들! 이거 놔! 내 발로 나갈 거니까 이거 놓으라고! 놓으라니……!"

반항하며 끌려나오던 채은이 밖에 서 있는 사람들을 보고 깜짝 놀랐다. 특히 설아를 보고는 마치 귀신이라도 본 얼굴이었다.

"서, 설아야."

설아가 하얗게 질린 얼굴로 채은을 바라보자 정 회장이 버럭거렸다.

"빨리 치우지 못해?!"

"알겠습니다!"

정 회장의 불호령에 스태프들이 허둥지둥 채은을 끌고 나갔다. 충격을 받은 설아가 채은의 뒷모습을 보고 있다가 굳은 얼굴로 자신을 응시하는 이혁을 바라봤다. 두 사람의 흔들리는 시선이 얽혀 드는 것을 확인한 미희가 부드럽게 설아의 어깨를 감쌌다.

"일단 들어가자, 설아야."

"아…… 네, 네."

설아는 그제야 정신을 차린 듯 미희가 이끄는 대로 별실 안에 마련된 테이블로 다가갔다. 미희와 함께 안으로 들어가는 설아를 미간을 잔뜩 좁힌 채 이혁이 보며 서 있자 정 회장이 소리쳤다.

"안 들어가고 뭐해? 너 때문에 들어가지도 못하고 어른들 밖에서 서 있던 거 몰라? 빨리 들어가!"

"……알겠습니다."

이혁이 별실로 들어가 빈자리인 설아의 맞은편에 앉았다. 사람들이 착석하자 대기하고 있던 직원들이 테이블 위를 와인과 음식으로 가득 채웠다. 그동안에도 이혁은 설아만 똑바로 응시하고 있었다.

'설아 걔, 당신 집안 처음부터 알고 계획적으로 당신한테 접근한 거예요. 몰랐죠?'

채은의 말을 믿지 않았는데 눈앞에 자신의 부모님을 대동하고 나타난 설아를 보니 모든 게 혼란스러워졌다. 설마…… 진짜 그런 건가? 너도 내 주위의 다른 여자들하고 똑같이 내 배경 때문에 접근한 거라고?

"네가 왜 내 부모님과 함께 있는 거지?"

"……응?"

이혁이 눈을 가늘게 뜨고 묻자 넋이라도 있고 없고 모드로 멍하게 앉아 있던 설아가 그제야 제 앞에 앉은 이혁에게 시선을 맞췄다. 이혁의 차가운 목소리에 어른들의 시선들도 그와 설아에게 향했다. 이혁이 설아를 날카롭게 응시하며 말했다.

"왜 한 번도 소개시켜 준 적 없는 내 부모님을 네가 알고 있느냐고. 거기다 회사 내 실세인 전무님까지 어떻게 알고."

"그거야, 내 딸이니까."

성원이 태연히 대신 대답했다.

"……네?"

이혁이 미간을 확 좁히는데 설아도 의아한 얼굴로 그를 바라봤다.

"너 왜 그래? 모르는 사람같이……."

"그게 무슨 말…… 아니, 아니. 잠깐."

이혁이 혼란스러운 표정으로 손을 내저었다. 그러고는 '난 얘 아빠다'라는 얼굴로 앉아 있는 성원과 설아를 번갈아 바라봤다.

"……네가 전무님 딸이었다고?"

회사 내 실세이자 예전부터 집에도 자주 오셨던 전무님의 성이 공 씨였다는 것이 순간 대뇌를 훑고 지나가는데 그때 설아가 말했다.

"네가 널 속였다고 화냈던 이유가 이거 아니었어……?"

"무슨 소리야. 난 너와 그 선배라는 남자 때문에……."

"선배라니? 재훈 선배?"

"네가 날 속이고 그 남자와 만났잖아."

"내가 널 속이고 재훈 선배와 왜 만나?"

설아와 이혁이 둘 다 영문을 모르겠다는 얼굴로 서로를 바라보고 있었다.

……뭐지? 도대체 어디서부터 잘못된 건지 이해가 안 되어 이혁이 혼란스러운 듯 인상을 썼다.

"오호호!"

그때 미희와 혜경이 동시에 웃음을 터뜨렸다.

"거봐요! 내 말이 맞죠? 둘이 말도 안 되는 오해를 하고 있을 거라고 했잖아요."

"원, 별 같잖은 걸 가지고 난리였군."

"그러네요. 대화가 필요할 거란 주 여사님 말이 맞았던 것 같아요."

미희가 정 회장과 함께 일어서자 혜경도 영문 모를 표정으로 앉아 있던 성원을 끌고 일어섰다.

"어? 뭐야?"

앞서 걸어가는 정 회장 일행과 서로만 바라본 채 망부석처럼 앉아 있는 설아와 이혁을 번갈아 보며 어리둥절해하는 성원을 혜경이 잡아 끌었다. 우르르 빠져나가는 소리에 설아가 그제야 뒤돌아봤다.

"잠깐. 다들 어디 가시는……."

"우린 신경 쓰지 말고 둘 사이 오해는 대화로 잘 풀어 보도록 해. 알았지?"

"뭐? 아니 둘만 남겨 놓고 문은 왜……."

쾅! 내내 열려 있던 거대한 문을 직원들이 닫자 설아가 놀란 얼굴로 일어났다. 설아보다 먼저 몸을 일으킨 이혁이 문 쪽으로 다가갔다. 성문처럼 긴 손잡이로 되어 있는 문고리를 몇 번 덜컹거려 본 이혁이 설아 쪽으로 고개를 돌렸다.

"잠겼어."

"뭐……?"

설아가 눈을 크게 뜨는데 두 사람의 휴대폰이 동시에 울렸다.

[두 시간 뒤에 열어 줄 테니 천천히 식사하면서 툭 터놓고 잘 이야기해 보렴. 화장실은 안에 따로 있으니 와인도 마음껏 마셔도 된단다.]

[딸아. 그래도 과음은 좋지 ㅇ]

미희의 문자와 누군가의 저지로 미처 다 이어지지 못한 성원의 문자를 확인한 둘은 서로의 얼굴을 바라봤다.

"계획적인 모양인데."

이혁이 자리로 돌아와 앉으며 말하자 설아의 표정에 긴장이 서렸다. 그렇다는 건…… 앞으로 두 시간 동안은 단둘이 이 공간 안에 꼼짝없이 갇혀 있어야 된다는 뜻? 그제야 오늘 하루 종일 있었던 일들이 납득이 갔다. 둘만 모르는 사이 양쪽 집에서 둘을 위한 화해 프로젝트가 계획적으로 진행되고 있던 모양이었다.

'그런데 어떻게 아셨지?'

이혁도 몰랐다고 했다. 그럼 서로도 몰랐던 일을 어떻게 부모님들이 알고 계셨던 걸까? 마주 앉은 채로 별실 안에 정막이 흐르자 이혁이 와인 병을 들었다.

"잘됐군. 우린 대화가 필요하긴 한 거 같으니까."

"아…… 그렇지."

날카로운 이혁의 표정을 보고 설아가 긴장된 표정을 지었다. 분명 우리 둘 사이엔 오해가 있는 것 같았다. 무슨 오해가 이혁을 저런 표정으로 만든 건지 설아는 진심으로 궁금해졌다.

"일단, 오랜만이다. 공설아."

이혁이 설아의 와인 잔에 와인을 따랐다.

"……회사에서 봤잖아."

"직장 동료로서 말고."

이혁의 진지한 목소리에 설아는 침을 삼켰다. 긴장 때문에 입안이 바짝 마르는 기분이 들어 와인이 따라지자마자 두 손으로 잡고 단번에 쭈욱 들이켰다. 식도를 훑고 내려간 와인이 하루 종일 비어 있던 위장으로 들어가 후끈해지자 설아가 고개를 들고 예리한 눈으로 이혁을 바라봤다.

"집안 얘기는 일단 제쳐두고 아까 얘기 마저 해. 나와 재훈 선배가 너 몰래 만났다는 게 무슨 말이야?"

설아가 단도직입적으로 말하자 이혁은 내부에서 다시 분노가 일어나는 것을 느끼고 미간을 일그러뜨렸다. 이혁도 와인을 잔에 가득 부어 벌컥벌컥 들이켜고는 후, 하고 거친 숨을 내쉬었다.

"나 몰래 둘이 호텔 갔잖아. 아니야?"

"호텔? 갔지. 갔는데 왜?"

설아가 제 잔에 덩달아 와인을 콸콸 따르며 세모꼴 눈을 치떴다. 재훈 이야기가 나왔을 때부터 본능적으로 무언가 억울하다는 감정이 내부에서 솟구쳐 오르고 있었다. 자신이 그렇게 힘든 시간을 보냈던 게 말도 안 되는 이유 때문이라면 절대로 용서할 수가 없다는 전투적인 감정이 술기운과 함께 올라왔다.

"뭐?"

이혁이 어이없다는 듯 설아를 바라봤다. 다른 남자와 호텔을 가고도 태연히 그게 뭐가 문제냐는 듯 말하는 설아의 뻔뻔한 모습을 보니 정말 자기가 속았다는 생각마저 들었다.

"그게 뭐가 문제가 되냐고!"

"너 정말 뻔뻔한 애구나? 그런 짓까지 벌여 놓고 뭐가 어째?"

설아가 언성을 높이자 이혁도 덩달아 언성을 높였다. 설아가 시뻘게진 얼굴로 이혁을 노려보며 와인을 쭈욱 들이켜고는 테이블을 탕 쳤다.

"그러니까 재훈 선배랑 호텔 가서 우리가 헤어졌다는 거잖아! 재훈 선배랑 정우 만나러 호텔 간 게 뭐가 그렇게 잘못인데!"

순간 이혁의 눈썹이 꿈틀거렸다.

"……정우?"

"그래! 채은이 문제로 재훈 선배랑 정우 만나러 갔다 왔는데 그게 그렇게 잘못이야? 내가 너한테 그렇게 잘못했어?"

빈속에 부어 댄 술기운과 고조된 감정 때문인지 설아의 커다란 눈에 눈물이 맺혔다. 이혁이 눈을 가늘게 뜨고 그 얼굴을 바라보면서 침착하게 물었다.

"정우가, 누군데?"

"내 대학 동기. 내가 대학 때 고백했던."

"그 남자를 왜 호텔에서 만나."

"그야 정우가 그 호텔에서 일하니까 호텔에서 만난 거지."

단순명료한 대답에 이혁의 머릿속이 복잡하게 어그러졌다. 뭔가 거대한 함정에 빠진 사람처럼 이혁의 눈이 흔들렸다.

"그날이…… 우리가 헤어진 날 맞아?"

"맞아. 그날 정우 만나고, 확인해 볼 게 있어서 채은이 만나러 갔다왔을 때 집 앞에서 널 만났던 거니까."

'채은이 만나고 오는 길이야.'

이혁이 숨을 들이켰다. 그날 마지막 기회라고 생각했던 그 대답이 거짓이 아닌 사실이었단 말인가? 그 대답이 사실이라면 어떤 식으로라도 믿어 보려고 했었다. 그런데 돌아온 것은 거짓말이라 생각했다. 그래서 모든 것이 끝났다고 생각했는데…….

"……이런."

이혁이 이마를 짚으며 낮게 신음했다. 그때 또 한 잔 와인을 비운 설아가 눈을 번쩍 떴다.

"그럼 넌 나와 재훈 오빠가 호텔 간 걸 가지고 오해했던 거란 말이…… 어? 잠깐. 그런데 그건 어떻게 알았어? 너 설마 나 미행한 거야?"

이혁이 이마에 있던 손을 내리며 고개를 숙였다.

"미안. 그날 네가 사무실 책상에 놓고 간 카드지갑을 가져다주려고 따라갔는데 그 남자가 널 택시에 태우는 걸 봐서, 순간 눈이 돌았어."

냉기를 퍼붓던 방금 전과 달리 이혁이 정중하게 사과를 하자 설아의 눈이 흔들렸다.

"그래서……. 나와 재훈 선배가 호텔로 들어가는 것만 보고 날 오해하고, 호텔은 왜 갔는지 한마디 물어보지도 않고 헤어지자고 한 거야?"

"미안하다."

이혁이 고개를 숙인 채로 사과했다. 할 수 있는 건 사과밖에 없었다. 질투와 분노에 눈이 멀어 설아를 믿지 못했던 자신의 잘못이 명백했다. 어떤 절묘한 상황이 여러 번 겹쳐졌든, 우연과 오해가 반복되었든 진심으로 설아를 믿었다면 그런 식으로 끝내진 않았을 거다.

"……."

어이없는 표정으로 보고 있던 설아가 와인 병을 움켜잡고는 병째로 벌컥벌컥 들이켰다. 한참을 마시고 거칠게 테이블 위로 내려놓은 설아가 후우, 하고 크게 숨을 내쉬었다. 그러고는 분노로 활활 타오르는 눈동자로 이혁을 바라봤다.

"정말 미안하다. 설아야."

이혁이 고개를 숙인 재 진심을 담아 사과했다. 백 번을 사과하더라도 모자라겠지만 지금 자신이 할 수 있는 건 사과가 전부였다.

뱁새눈을 뜨고 이혁의 숙인 머리만 응시하고 있던 설아가 조용히 말했다.

"내가 잃어버린 책을 다시 사지 않는 이유, 기억해?"

설아의 목소리에 이혁이 멈칫하더니 고개를 들었다. 이혁과 시선을 맞춘 설아의 눈빛에 활활 타오르던 분노는 사그라져 있었다.

"……기억해."

'아니. 다시 사더라도…… 그건 이미 내가 아끼던 그 책이 아니니까. 그 책을 잃어버린 순간 그 책과 함께하던 내 손때와 시간도 함께 잃어버리게 된 거야.'

설아가 청평의 별장에서 했던 말은 똑똑히 기억하고 있었다.

"……한번 잃어버린 건 절대 다시 돌아오지 않아."

잃어버린 책처럼 이미 끝나 버린 관계는 되돌릴 수 없다고 지금 설아는 말하고 있었다. 불안감으로 이혁의 심장이 미칠 듯이 질주하기 시작했다.

"설아야……."

이혁의 얼굴이 안타깝게 일그러졌다. 이것이 설아를 믿지 못한 자신에 대한 징벌이다. 이 모든 벌은 자신의 죄에서 비롯된 거고, 그건 이미 용서받기에는 너무 큰 잘못이었다는 걸 깨달은 지금 이혁은 숨통이 죄어드는 기분이었다.

왜 바보같이 믿지 못했지? 이제 와서 죽을 듯이 괴로워도, 죽을 듯이 후회해도 그게 무슨 소용이야? 난 설아를 믿지 못했는데.

"하지만."

설아가 다시 입을 열었다.

"잃어버렸다고 생각했던 책이, 미처 생각지도 못한 장소에서 다시 발견될 때가 있었어. 그땐 잃어버린 줄 알았을 때의 상실감만큼 몇 배나 큰 반가움을 느끼게 되거든……."

"……!"

이혁의 눈동자가 크게 흔들렸다. 그 눈을 똑바로 바라보며 설아가 입술 끝을 부드럽게 올렸다.

"그럴 때면 이 책이 자신의 소중함을 잊지 말라고, 그 소중함을 일깨워 주기 위해 일부러 이런 일을 벌인 게 아닐까 하고 생각하고는 했어. 이혁이 널…… 잃어버린 게 아니라 정말 다행이야."

말간 얼굴에 번지는 미소를 이혁은 숨도 쉬지 못하고 바라봤다. 믿기 힘들다는 듯 한참을 보고만 있던 이혁이 눈을 가늘게 뜨고 말했다.

"용서……해 준다는 뜻이야?"

"응."

설아가 생긋 웃으며 고개를 끄덕였다.

"정말…… 정말로?"

"정말이야."

이혁이 설아의 손을 끌어다 움켜잡고 제 이마에 댔다. 그러고는 깊은 한숨을 토해 냈다.

"……용서받지 못할 줄 알았어."

낮게 잠긴 채 떨리는 이혁의 목소리에 설아가 부드럽게 말했다.

"네가 그랬잖아. 네 말만 믿으라고…… 무슨 일 있어도 네 말만 믿으라고. 그러니까 네가 사과하는 거 믿어. 분명 진심으로 미안해하는 거라고 믿어."

"아무리 그래도……."

"응. 맞아. 힘들었어, 정말 죽을 만큼. 그런데…… 널 영원히 잃는 것보다 더 힘든 건 없을 거 같아. 미련해 보일 수 있겠지만…… 믿을래. 난 그거면 돼."

설아가 배시시 웃었다. 정말 그거면 됐으니까. 정말 이혁을 믿고 있으니까. 이혁이 설아의 손을 움켜잡은 채 고개를 들고 붉게 충혈된 눈으로 똑바로 바라봤다.

"후……."

깊이 숨을 내쉰 채 아무 말 못 하고 한동안 설아를 바라보던 이혁이 입을 열었다.

"설아 널 잃어버리면 견디지 못하는 건 나야. 네가 없는 동안 잔인할 만큼 절실히 느꼈어. 난…… 네가 없으면 안 돼."

"응. 그 말도 믿을게."

설아가 예쁘게 웃자 이혁이 설아의 보드라운 손에 입을 맞췄다.

"기회를 줘서…… 고마워. 진심으로."

"응."

"앞으로는 절대 이런 일 없을 거야. 널 슬프게 하는 일, 아프게 하는 일 다시는 없어."

"응."

설아가 착한 아이처럼 대답하자 이혁이 진한 시선으로 설아를 응시했다.

"사랑해."

"……응. 나도."

설아가 작게 대답했다. 이혁이 없는 동안 자신 역시 죽을 만큼 힘들었었다. 그 괴로움을 이제 다시는…… 느끼고 싶지 않았다. 사소한 오해 때문만이 아닌, 자신의 거짓말도 분명 그렇게 만든 이유 중 하나일 테니까…….

그리고 우습게도 이혁의 사과를 듣자마자 모든 원망이 눈 녹듯 사라졌다. 이렇게나 그를 기다리고 있었다는 걸, 그리워하고 있었다는 걸 다시 만난 오늘 확실하게 느낄 수 있었다.

용서는 어렵지 않다.

그저 이혁이 다시 자신에게 돌아왔다는 것에 감사했다. 잡은 손에 입을 맞추며 몇 번이나 사랑한다고 속삭여 주는 이혁의 말을 들으며 습관처럼 번지던 슬픔의 눈물이 아닌 행복한 눈물이 설아의 두 눈에 가득 차올랐다.

두 시간이 지나 직원이 문을 열어 줬을 때는 설아의 얼굴이 발갛게 달아올라 있었고 입술은 퉁퉁 보풀아 올라 있었다. 이혁의 등 뒤에 껌 딱지처럼 달라붙어 숨은 채 손을 잡고 나가면서 설아는 괜히 누가 본 것처럼 찔리는 기분이었다.

'이, 이런 데서 그런 진한 키스를……!'

설아의 얼굴이 화르륵 붉어졌다. 2시간 동안은 나가지도 못한다는 핑계로 이혁은 설아의 입술을 물고 빨고 난리도 아니었다. 자신의 무릎 위에 앉히고 아무리 입술을 삼켜도 채워지지 않는다는 듯 키스하는 이 혁 때문에 머릿속이 그냥 텅 비어 버렸다.

"어디 가는 거야……?"

이혁을 따라 얌전히 엘리베이터에 탄 설아는 그제야 정신이 좀 들었 는지 눈을 깜빡이며 물었다. 이혁이 고개를 숙여 얼굴을 가까이 댄 채 싱긋 웃었다.

"궁금해?"

"으, 응."

엇…… 그러고 보니 턱시도 차림이라 그런가? 회사에서와 다른 반 듯한 헤어스타일과 격식 있는 차림이 이혁을 평소보다 남자답게 느끼 게 만들었다. 똑바로 바라보고 있는 짙은 다크브라운색 눈동자에 은은 히 깃든 미소가 뭐랄까, 묘하게 섹시한 것이?

"아무에게도 방해받지 않을 곳."

거기다 멘트까지 관능미를 풀풀 풍기다니……. 설아가 홍조가 어린 얼굴로 침을 꼴깍 삼키자 이혁이 설아의 뺨에 입을 맞췄다. 촉촉한 소 리와 함께 뺨에 닿은 입술이 살짝 떨어지자 설아의 얼굴이 화르륵 달 아올랐다. 뺘, 뺨에 뽀뽀한 것뿐인데 왜 이렇게 야해……?

오랜만의 스킨십이라 그런 건지 아니면 극적인 감정 상태 때문인지 피부가 스치기만 해도 비쩍 마른 장작에 불붙은 것처럼 온몸이 화륵화

륵화르륵 불타올랐다. 발간 설아의 얼굴을 이혁이 한층 더 어두워진 눈동자로 내려다봤다.

'눈빛도 너무 야한 것 같은데…… 내가 이상한 건가?'

설아가 시선 둘 곳이 없어 데굴데굴 눈을 굴리는데 이혁이 그녀의 허리를 잡아 자신에게 바짝 끌어당겼다.

"앗……아합."

이혁에게 밀려 엘리베이터 벽에 등을 부딪힌 설아의 입술이 크게 벌어졌다. 부기가 가시지 않은 도톰한 입술을 못 참겠다는 듯 한입에 삼킨 이혁이 설아의 입술을 벌리며 혀를 밀어 넣었다. 이리저리 고개가 젖혀질 정도로 급박하고 거칠게 키스가 이어지자 설아는 까치발로 서야만 했다.

"음, 합, 이, 이혁아……."

입술이 풀려난 사이 설아가 할딱이며 작게 속삭였다. 이혁의 거친 숨결이 쏟아지자 머릿속이 뱅글뱅글 돌고 온몸이 후끈 뜨거워졌다.

"못 참겠어."

"그, 그래도 여긴……."

설아의 목덜미를 빨아 대며 이혁이 자신의 몸을 더욱 바짝 붙였다. 아랫배에 느껴지는 거대하고 딱딱한 감촉에 설아가 몸을 바르작거렸다.

"설아야……."

아, 정말! 그런 목소리로 부르면 어떡하라고? 이혁이 잔뜩 허스키해진 목소리로 자신의 이름을 부르자 설아는 심장이 터질 지경이었다. 온몸이 불길에 휩싸인 듯 뜨거워 정신을 차릴 수가 없었다. 오로지 바짝 밀착되어진 이혁의 단단한 몸과 그의 뜨거운 숨결만이 느껴졌다.

그때 띵, 하고 맑고 고운 소리가 울리며 목적지에 다다른 엘리베이터 문이 활짝 열렸다. 문이 열리자마자 이혁은 설아의 손목을 움켜잡고 복도로 나갔다.

호텔 스위트룸으로 들어서자마자 문이 닫히기도 전에 이혁은 설아를 끌어안고 격렬한 키스를 퍼부었다. 설아는 이혁에게 대롱대롱 매달리다시피 한 채로 쏟아지는 키스에 정신없이 휩쓸렸다.

"하아, 하아……."

달짝지근한 소리를 내며 입술이 떨어진 순간 서로의 입술에서 뜨거운 숨결이 쏟아져 나왔다. 설아는 자신을 뜨거운 시선으로 응시하는 이혁을 몽롱한 눈빛으로 올려다봤다. 이혁이 숨을 크게 몰아쉬고 설아의 입술을 자신의 입술로 살짝 눌렀다.

"이 눈빛을 다시는 못 볼 줄 알았어."

애타는 몸짓으로 부드럽게 입술을 빨며 이혁이 속삭였다.

"네가 이 눈빛을, 나 아닌 다른 남자에게 보였다고 생각하니까 참을 수 없을 만큼 화가 나고…… 미칠 것만 같았어."

이혁의 안타까운 표정을 보며 설아가 살짝 눈을 흘겼다.

"내가 그럴 리가 없잖아."

"그러게. 정말…… 바보 같아."

설아의 입술을 문 채로 이혁이 인상을 부드럽게 찡그리며 웃었다. 왜 몰랐을까. 네가 그럴 리가 없는데…….

이혁이 설아의 허리를 끌어안은 채로 천천히 룸 안으로 걸어 들어갔다. 그의 발걸음에 맞춰 펭귄처럼 뒤뚱뒤뚱 따라 걸으면서 설아는 자신의 시야에 가득 들어찬 이혁만 바라봤다. 이혁이 설아에게 시선을 맞춘 채 속삭이듯 말했다.

"네 말처럼 잃어버렸다 생각했던 것을 다시 손에 쥐게 되니까……

이제야 그것이 얼마나 소중한지 알게 된 것 같아. 그걸 놓쳤다고 생각했을 때의 고통만큼 더 절실하게."

말이 끊어질 때마다 입술에 이혁의 내려앉았다.

"……그걸 알게 해 주기 위해 이렇게 힘들게 했나, 라는 생각이 들 만큼. 너무 괴롭고 힘들었어."

어떻게 설명해야 할까.

아침에 일어날 때마다 더 이상 너의 문자나 너의 전화를 기대할 수 없다는 먹먹함, 너의 웃는 얼굴을 보지 못한다는 절망감. 너의 목소리를 들을 수 없다는 상실감…… 영혼까지 갉아먹힐 것 같은 그 깊은 괴로움을 어떻게 설명해야 할까.

"나도."

설아가 작게 속삭이며 생긋 웃었다. 사탕처럼 달콤한 미소를 가까이서 내려다보는 이혁의 눈이 벌겋게 충혈됐다.

"……미안해."

이 웃는 모습을 다시는 보지 못할 줄 알았다. 모든 것은 하찮은 내 오해에서 비롯됐다는 걸 그때의 난 왜 알지 못한 걸까. 어리석게도…….

"미안해. 설아야."

미안하다는 말밖에 할 수가 없는 무력함까지, 미안해. 미안하다. 정말.

가슴에 뜨겁게 치밀어 오른 불덩이를 억지로 삼켜 냈더니 이혁의 눈가가 뜨거워졌다. 그의 젖은 눈시울을 손가락으로 쓸며 설아가 말했다.

"난 우리가 다시 같이 있을 수 있다는 데에 감사해. 그러니까…… 그렇게 미안해하지 마. 이혁아."

설아가 진심을 담아 속삭였다. 이혁의 벌건 눈시울을 보니 설아의 눈망울도 촉촉이 젖어 들었다. 후우, 하고 크게 숨을 내쉰 이혁이 설아를 단단히 품에 껴안았다.

"이제 다신…… 놓지 않을게."

"응."

"어떤 일이 있어도."

"……응."

"놓지 않아. 절대."

"응. 그래."

이혁의 품에 안긴 채 설아가 자그맣게 속삭였다. 대답을 듣고서야 안심한 듯 그가 설아의 목에 얼굴을 묻고 깊은 숨을 토해 냈다.

잃지 않아. 다시는 잃지 않을 거다.

스스로에게 다짐하듯 되뇐 이혁이 고개를 들었다. 그의 충혈된 눈과 설아의 촉촉하게 젖어 든 까만 눈동자가 마주치는 순간 누가 먼저랄 것도 없이 서로의 입술을 삼켰다.

"음, 하압. 으음……."

타액으로 물든 젖은 입술이 이리저리 겹쳐지며 고개가 기울었다. 이혁의 손길이 거칠게 설아의 드레스 지퍼를 끌어 내렸다. 터질 듯 부푼 가슴의 열기를 당장 분출해 내지 않으면 어떻게 되어 버릴 것만 같았다.

"하아, 이혁아."

꽃봉오리같이 벌어진 드레스로 뽀얀 살결이 드러나자 이혁이 거칠게 으르렁거리며 입술을 내렸다. 드레스를 허리까지 끌어 내리고 브래지어를 들춰 올리자 탐스러운 젖가슴이 탱글하게 드러났다.

"앗."

공중에 솟아오른 핑크빛 젖꼭지를 이혁이 단번에 입술로 삼키자 설아의 허리가 확 젖혀졌다. 동그랗게 부푼 작은 돌기를 뜨거운 입술 안에 담고 혀로 둥글게 말아 올리자 설아의 머릿속에 번개가 번쩍였다.

"아……아앗."

정말 왜 이렇게 민감하지? 오, 오랜만이라 그런가?

설아가 아찔하게 부서지는 쾌감에 속절없이 입술을 벌리고 신음을 흘리자 이혁의 축축한 입술에 감싸인 분홍빛 돌기가 순식간에 탱탱하게 부풀어 올랐다.

"이것도, 그리웠어."

무, 물고 말하지 마!

이혁이 유두를 살짝 물고 잘근잘근 씹듯이 굴리며 말하자 훅 끼쳐오는 뜨거운 입김과 단단한 치아의 감촉에 설아는 다리에 힘이 풀릴 지경이었다.

"넌…… 아니었어?"

"나, 나?"

이혁의 물음에 시선을 내리자 흐트러진 브래지어 아래 드러난 선명한 붉은 정점을 입술로 물고 있는 이혁의 관능적인 모습이 눈에 들어왔다. 똑바로 올려다보는 새까맣게 어두워진 눈동자와 마주치자 설아는 침을 꼴깍 삼켰다.

아…….

눈이 마주치자 이혁의 눈빛이 더욱 섹시한 색으로 물들며 보란 듯이 타액에 물든 분홍색 젖은 유두를 쭉 빨아 올렸다.

"하웃……!"

다리 사이가 강하게 조여드는 감각에 설아가 이혁의 어깨를 잡고 할딱였다. 이혁은 설아의 발갛게 물든 얼굴을 올려다보며 터질 듯 부푼 젖꼭지를 혀로 이리저리 굴렸다.

"대답해. 아니었어?"

"아……읏, 응……."

"응? 대답이야?"

이혁이 눈썹 끝을 홱 치켜올리며 이로 잘근 깨물자 설아가 고개를 붕붕 저었다.

"아, 아니! 아니…… 아훗!"

정신을 차릴 수 없을 정도로 이혁이 강하게 입술로 쭉쭉 빨아올리자 설아는 눈앞이 흐릿해졌다. 온 세상이 빙글빙글 도는 것 같은 착각이 들고 다리 사이가 저릿할 정도로 조여들자 이혁이 몸을 일으켜 설아를 번쩍 안아 들었다.

"아……."

설아의 바로 뒤에 있던 넓은 소파로 걸어간 이혁이 그녀를 그 위에 내려놓았다. 그러더니 설아의 몸 위를 덮쳐 거칠게 입술을 겹쳤다.

"침대까지 못 가겠어."

입술을 물고 낮게 웅얼거린 이혁이 설아의 흐트러진 드레스 자락 사이로 손을 밀어 넣었다.

"……읍!"

입술을 삼킨 채 설아의 다리를 벌려 허벅지 사이를 타고 올라가자 설아의 허리가 빳빳히 굳었다.

"긴장하지 마."

이혁의 탁하게 잠긴 목소리로 말하고는 얇은 팬티 속으로 거침없이 손가락을 밀어 넣었다. 곧바로 맨살로 침범한 단단한 손가락에 설아가 숨이 넘어갈 듯 헐떡였다.

"으, 으앗."

미끈한 애액에 촉촉이 젖은 속살을 부드럽게 문지르자 설아의 입술에서 신음이 터져 나왔다. 이혁은 손가락을 점차 빠르게 움직이며 벌어진 꽃잎 같은 속살을 훑고 올라가 동그랗게 솟아오른 음핵을 찾아냈다.

"학!"

피가 몰린 땡땡한 음핵을 그의 손가락이 비비기 시작하자 설아의 온몸에 바짝 힘이 들어갔다.

"앗, 그, 그렇게 하면……!"

설아의 허리가 높게 솟구쳐 올라가고 음란한 손길에 맞춰 엉덩이가 달싹이자 그가 손을 빼내 허리쯤에 내려가 있던 드레스를 확 잡아 내렸다.

"앗."

하얀 다리 아래로 드레스를 끌어 내려 바닥에 떨어뜨린 이혁이 허리를 세웠다. 설아가 하아, 하아 숨을 몰아쉬며 흐릿한 시선으로 이혁을 올려다봤다. 이혁이 자신의 넥타이를 풀고 재킷을 벗어 던지는 모습이 시야에 들어왔다.

시, 시선이 너무 야해…….

마치 시선으로 핥을 듯 강렬하게 응시하는 이혁 때문에 설아의 얼굴도 홍당무처럼 붉어졌다. 그가 탐스러운 젖가슴을 드러내며 밀려 올라가 있는 복숭앗빛 브래지어와 같은 색의 레이스 팬티만 걸치고 있는 설아의 몸을 뜨거운 시선으로 응시하며 자신의 드레스 셔츠 단추를 거칠게 풀었다. 설아가 어쩔 줄 모르는 얼굴로 보고 있자 이혁이 셔츠의 반만 단추를 푼 채로 자신의 셔츠를 찢듯이 벗어 버렸다.

"못 참겠어."

"앗! 단추가……!"

우두둑 소리와 함께 사방으로 단추가 튀어 나가는 것을 보고 설아가 눈을 크게 떴다. 곰 같은 힘이여, 솟아라! 도 아니고…… 꺅!

이혁이 설아의 팬티를 빠르게 벗기고 다리를 잡아 활짝 벌렸다. 그러고는 빠른 움직임으로 자신의 바지 버클을 풀었다.

"자, 잠깐…… 핫!"

설아의 엉덩이가 들려 올라가는 순간 빳빳하게 솟아오른 굵은 남성이 단번에 찔러 들어갔다. 좁은 길을 순식간에 꽉 채우며 찔러 들어오는 단단함에 설아의 고개가 확 젖혀졌다.

"으, 으앗……."

"아…… 죽을 거 같아."

설아의 허리를 꽉 움켜잡은 채로 이혁이 으르렁거렸다. 그가 강한 엉덩이에 힘을 주고 빠르게 찔러 올라가자 설아의 몸이 소파에서 튕겨 올라갈 듯 크게 흔들렸다.

"아! 핫! 아앙!"

이혁이 푹푹 강하게 짓쳐들어올 때마다 설아가 위아래로 정신없이 흔들리며 신음을 터뜨렸다. 오랜만이라 버거우면서도…… 왜, 왜 이렇게 좋은 거야? 온몸을 꽉 채울 듯 가득 넓히고 들어오는 감각에 설아가 빠르게 흔들리며 소파를 쥐어뜯을 듯 움켜잡았다.

"이, 이혁아…… 아, 아, 아앗."

이혁이 야수처럼 거칠고 빠르게 움직이며 눈앞에 유혹적으로 출렁이는 젖가슴을 새까만 눈동자로 응시했다.

"삼키고 싶어."

고개를 숙인 이혁이 뾰족하게 솟아오른 분홍빛 유두를 먹음직스러운 열매처럼 한입에 삼켰다.

"학!"

아래에선 강하고 거칠게 찔러 올리며 위에선 피가 잔뜩 몰린 땅땅한 젖꼭지를 빨아 대자 설아는 그야말로 자지러질 지경이었다.

"안 돼……!"

설아가 이혁의 땀에 젖은 셔츠를 움켜잡고 고개를 힘껏 젖혔다. 예민한 젖꼭지를 쭉쭉 빨며 힘줄 솟은 검붉은 남성으로 좁은 여성을 퍽퍽 찔러 올리자 설아는 숨도 쉬기 힘들었다.

"설아야. 조금만 더 깊이 들어갈게."

이혁이 헐떡이며 설아의 다리를 들어 올려 자신의 어깨에 걸쳤다. 그 상태로 쿡 찔러 들어가자 너무나 깊이 삽입되어 설아의 입술이 아찔하게 벌어졌다. 찌, 찢어지겠어……!

퍽! 퍽!

"하, 아, 아핫!"

도저히 감당할 수 없다고 생각했는데 신기하게도 설아의 속살이 이혁의 두꺼운 남성을 힘껏 조이며 그를 더욱 미치게 만들고 있었다.

"아아……! 설아야!"

이혁이 참을 수 없는 쾌감에 얼굴을 일그러뜨리며 설아의 엉덩이를 움켜잡고 세차게 들이치기 시작했다. 그가 설아의 말랑한 엉덩이를 파고든 손가락에 힘을 줘 양쪽으로 힘껏 벌리자 벌어진 틈으로 딱딱한 남성이 더욱 깊숙이 파고들었다.

"하읏! 너무 깊……어. 이혁…… 으, 으, 으핫! 아앙! 앙, 아아앙!"

정신없이 빨라지는 움직임에 설아가 숨도 못 쉬고 신음을 터뜨렸다. 둥근 젖가슴이 원을 그리며 탄력적으로 흔들리다 발가락 끝까지 바짝 힘이 들어가는 순간, 설아의 내부에서 뜨거운 샘이 왈칵 터져 나왔다.

"으아앗―!"

아찔한 신음과 함께 설아가 이혁의 셔츠 깃을 쥐어뜯을 듯 힘껏 움켜잡았다. 그녀의 엉덩이를 쥔 이혁의 손에 절정에 다다른 설아의 섬세

한 떨림이 고스란히 느껴졌다. 그대로 땀에 젖은 엉덩이를 꽉 잡고 이혁이 자신의 단단한 페니스를 더욱 깊이 박아 넣었다. 퍽!

"……학!"

난 몰라!

아찔하게 터지는 쾌감에 이혁을 꽉 문 채로 설아가 온몸을 바르르 떨었다. 우윳빛 애액이 그의 몸을 빠르게 적시고 있었다.

"하아……."

설아의 몸이 축 늘어지며 달짝지근한 한숨을 흘렸다. 온전히 절정을 다 느낄 때까지 뿌리까지 깊숙이 박아 넣고 있던 이혁이 멀건 애액에 젖은 자신의 남성을 빼냈다.

"사랑스러웠어."

땀에 젖은 설아의 이마에 입술을 맞추고 속삭인 이혁이 시근덕거리는 설아를 옆으로 눕게 했다.

"어……?"

설아가 몽롱한 눈을 뜨자 소파 위에서 옆으로 누운 자세가 된 자신의 뒤에 이혁이 바짝 다가와 있었다. 뒤에서 설아의 귓가에 입술을 대고 이혁이 관능적인 목소리로 속삭였다.

"이제 시작인데 설마 벌써 지친 거야?"

뭐, 뭐라고? 끝난 거 아니었어?

설아의 동공이 흔들리는데 이혁이 뒤에서 설아의 귓바퀴를 할짝이며 아직도 설아의 몸에 걸쳐져 있던 브래지어를 벗겨 냈다. 그러더니 뒤에서 손을 뻗어 자유로워진 탱글한 젖가슴을 부드럽게 주물렀다.

"어떡하지? 난 놔줄 생각이 없는데."

"하아……. 아니 난…… 하, 하읏."

가슴을 주무르던 손이 은밀하게 아래로 내려가 도톰하게 부어오른 꽃잎 속으로 들어갔다. 설아가 고개를 뒤로 젖히자 이혁이 가느다란 목덜미를 빨며 그녀의 다리를 옆으로 벌렸다. 그가 더 깊숙이 손가락을 밀어 넣자 설아의 숨결이 금방 거칠어졌다.

"이, 이혁아……."

방금 절정에 다다른 예민해진 진홍색 정점을 손가락 끝으로 둥글게 굴리자 설아가 움찔거렸다. 더욱 흥건하게 흘러나오는 애액을 손가락에 묻혀 위아래로 길게 문질렀다.

"아, 자, 자꾸 그렇게 하면……."

"이렇게 하면?"

이혁이 목덜미를 핥으며 허스키한 목소리로 속삭이자 설아는 더 미칠 것 같았다.

"아앙, 이혁아……."

본능적으로 엉덩이를 비틀어 그의 뻣뻣하게 솟아오른 거대한 남성을 자극하자 귓가에 이혁의 짓눌린 신음이 흘러들어 왔다.

"하…… 공설아. 어떻게 해 줬으면 좋겠어?"

이혁이 손가락을 더욱 음란하게 움직이며 잔뜩 낮아진 목소리로 물었다.

"나, 난…… 훗, 앗……. 이혁아. 어서……!"

설아가 못 참겠다는 듯 엉덩이를 뒤로 바짝 치켜올리자 이혁이 이를 악물고 그녀의 얼굴을 자신 쪽으로 돌렸다. 벌어진 입술을 뜨겁게 핥으며 이혁이 헐떡였다.

"어서 말해. 당장 들어가고 싶으니까."

"음…… 하압…… 어서 들어와…… 줘."

설아의 말이 끝나자마자 이혁이 팽팽하게 치솟은 자신의 거대한 남성을 벌린 다리 사이로 푹 찔러 넣었다.

"아홋!"

옆에서 빠듯하게 밀고 들어온 단단함에 설아의 몸이 위아래로 크게 출렁거렸다. 이혁이 설아의 얼굴을 고정시킨 채로 입술을 빨며 더욱 강하게 허리를 쳐올렸다.

"앗! 아, 핫! 앙!"

"좀 더 느껴. 설아야."

아직도 부족하다는 듯 이혁이 조갯살처럼 벌어진 속살 사이를 벌리며 두꺼운 기둥을 연신 찍어 올렸다. 설아의 속살에 빠듯하게 들어갔다 빠져나올 때마다 검붉은 남성이 애액에 흠뻑 젖어 번들거렸다.

"앙, 앙, 아아앙……아앗!"

리드미컬한 움직임에 위아래로 정신없이 흔들리며 설아가 가쁜 숨을 연신 터뜨렸다. 예민한 내벽을 사정없이 찔러 올렸다가 길게 긁으며 빠져나오는 감각이 너무나 선명했다. 아아! 정말 못 참겠어! 이혁이 설아의 턱을 잡고 있던 손을 아래로 내려 흔들리는 젖가슴을 움켜잡고 촉촉이 젖은 속살을 매만지던 손가락으로 길게 훑었다.

"여기가 흠뻑 젖었어…… 느껴져?"

이혁이 속삭이며 손가락 끝으로 자신의 몸과 연결된 부위를 쓸자 설아가 흠칫거렸다.

"거, 거긴 만지면……! 아흑!"

"여기도 이렇게 단단해졌잖아."

속살 사이에 도도록 솟아오른 정점을 확인시키듯 손가락 끝으로 둥글게 비비자 짜릿한 쾌감이 터져 나왔다.

"앙, 아앙. 싫어. 거긴. 거긴……."

"여긴 안 싫다는데?"

이혁이 터질 듯 땡글해진 클리토리스를 거칠게 비비며 굵은 기둥으

411

로 사정없이 찔러 올리자 설아의 눈앞이 정신없이 흔들렸다. 퍽! 퍽! 젖은 살이 짓쳐지는 소리가 음란하게 울리고 소파가 부서질 듯 빠르게 흔들렸다.

"이, 이혁아! 아아! 나, 나 더 이상은……!"

설아가 고개를 붕붕 저으며 할딱였다. 더 이상은 참을 수 없을 만큼 강한 쾌감이 사정없이 몰아치자 눈물이 왈칵 터져 나왔다. 설아의 눈꼬리를 타고 흘러내린 눈물을 이혁이 혀로 핥았다.

"설아야."

정신없이 흔들리는 설아의 몸을 뒤에서 단단히 껴안고 이혁이 낮게 속삭였다.

"사랑해."

"하아……!"

"사랑해. 설아야."

"이, 이혁아! 아, 앗, 으앗!"

설아의 목덜미에 얼굴을 묻은 채로 이혁이 미친 듯이 빠르게 움직이기 시작했다. 설아는 눈앞의 모든 것이 무너질 듯 흔들리고 오로지 자신을 껴안고 있는 이혁의 존재만이 느껴졌다.

삐걱, 삐걱, 삐걱.

거대한 소파가 흔들리고 땀에 젖은 두 사람의 몸도 부서질 것처럼 빠르게 흔들렸다.

"아, 아아, 아아앗, 아앙—!"

설아의 입술이 크게 벌어지고 마침내 이혁의 모든 것이 설아의 안에서 뜨겁게 분출됐다. 자신의 안을 가득 채우는 뜨거움에 온전한 충만함을 느끼며 설아는 까무룩 정신을 잃었다.

설아가 눈을 반짝 떴다. 어…… 이건? 낯익은 패턴에 고개를 번쩍
드니 눈앞에 이혁의 얼굴이 보였다.

"잘 잤어?"

부드럽게 웃고 있는 이혁을 보니 설아가 안심한 듯 함빡 웃었다.

"아…… 다행이다. 꿈인 줄 알았어."

배시시 웃으며 단단한 가슴에 포옥 안기자 이혁이 설아의 등을 부드
럽게 쓸었다. 엇, 그런데 언제 침대로 온 거지……? 분명 기억은 소파
위에서 끊겼는데 자는 동안 공간이동이라도 한 건지 지금은 침대 위에
누워 있었다.

"꿈이면 큰일 나게."

이혁이 설아의 머리칼에 입을 맞추며 말했다. 머리카락에 키스하는
건 무슨 의미라더라……? 잠깐. 좀 전에 땀을 많이 흘렸는데 설마 내
머리에서 냄새나는 건 아니겠…… 하아. 오랜만에 알몸 부비부비를 하
고 있으려니 부끄러워서 별생각이 다 드네.

"좀 놀랐어."

"……웅?"

머리카락에서 이마로 천천히 입술을 내리며 이혁이 살짝 잠긴 낮은
목소리로 말했다.

"네가 우리 부모님과 같이 나타나서…… 아니. 정확히는 네가 전무
님 딸이라는 게."

"아아. 그건…… 나도 놀랐어."

설아가 고개를 끄덕이는 사이 이혁의 입술이 설아의 동그란 콧잔
등까지 내려왔다. 입술 위에서 잠시 멈춘 이혁이 한숨을 내쉬며 말했
다.

"그런 줄 알았다면 숨길 이유가 없었을 텐데……. 지금까지 숨기려

고 했던 게 바보스러워. 미안해. 너에게는 거짓말하지 말라고 해 놓고 정작 내가 내 배경을 숨겨서."

"아니야. 나도 비슷한 이유로 말 못 했으니까…… 어떤 이유인지는 알 거 같아."

지금 생각하면 정말 한심할 정도로 부끄럽다. 이혁이가 회장님 아들 인 것도 모르고 우리 아버지가 전무님이라는 걸 숨기려고 그렇게 전전 긍긍했다니……. 나 왜 그랬지? 설아가 조금 민망한 기분으로 바로 앞 에 있는 이혁의 얼굴을 바라봤다. 살짝 헝클어진 머리칼과 벗은 상체를 오랜만에 봐서인지 심장이 콩닥콩닥 뛰었다.

"……."

이혁의 생각에 잠긴 듯한 눈빛이 설아의 입술에 머물렀다가 까만 눈 동자로 천천히 올라왔다. 무언가 말을 하려던 입술이 다시 닫히자 설아 의 눈에 의문이 어렸다.

무슨 말을 하려고 이렇게 망설이는 걸까……?

낮게 한숨을 내쉰 이혁이 설아의 뺨을 부드럽게 쓸며 속삭였다.

"늘…… 고민스러웠어. 말을 하려고 여러 번 다짐했지만 결국 말할 수가 없었어. 널 못 믿어서가 아니라 날 못 믿었기 때문에."

"널 못 믿어서……?"

"핑계로 들릴 수도 있지만 내가 만났던 여자들이 모두 내 배경에만 관심을 가졌어. 그 과정에서 많은 거짓말에 상처 입었고 그래서 거짓말 에 예민하게 반응했던 거야."

"여, 여자를 얼마나 만났길래……."

설아가 예상치 못한 곳에서 표정이 어두워지자 이혁이 얼른 말했다.

"얼마 안 돼. 만난 기간도 짧고."

"정말……?"

"맹세."

이혁의 말에 한편으로 안심은 되었지만 그래도 과거의 여자들에게 묘하게 질투가 났다. 설아의 입술이 불퉁하게 솟아오르자 이혁이 얼른 말을 이었다.

"한편으로는 다른 이유도 있었어. 솔직히 난 회사 승계자로서 전혀 준비가 되어 있지 않았으니까. 그 궤도를 피할 수 없어 따라가면서도 마음 한편으로는 늘 고민스러웠어. 내가 가고 있는 길이 정말 맞는 길인지, 틀린 길인지……."

그랬구나……. 이혁의 말을 설아가 진지하게 들었다. 처음 듣는 이혁의 속내에 과거 여자 이야기 따윈 저 멀리 사라져 버리고 진실한 그의 목소리에 집중했다.

"나 스스로 내 상황을 제대로 인지하지 못한 상태에서 너에게 말할 수가 없었어. 네가 내 말을 듣고 내 배경을 부담스러워한다면 걱정 말라고, 내가 다 이끌겠다고 말할 만한 확신이 필요했으니까."

이혁이 말을 끊더니 인상을 찌푸리고 고개를 내저었다.

"아니, 처음에는 그런 생각도 없었다. 그때는 아무런 주관이 확립되어 있지 않았어. 스스로 무언가 의미를 찾고자 회사에 입사했는데 뚜렷한 무언가를 찾지 못하고 있을 때 널 만났고…… 네 말을 듣고 생각이 달라졌어."

"내가? 무슨 말?"

이혁이 설아의 깜빡이는 눈을 바라보며 미소 지었다.

"별장에 갔을 때 네가 그랬잖아. 이 회사에 들어온 게 꼭 특별한 이유가 있어서는 아니라고……. 그때 알았어. 난 나에게 주어진 것보다 더 대단한 일을 하려고 했다는 걸."

"……그랬어?"

"어. 그때부터 생각이 바뀌었던 것 같아. 내 상황도 좀 더 수월하게 받아들일 수 있게 됐고. 경영 쪽이 싫진 않았거든."

"다만 상황이 싫었던 거구나. 스스로 만든 상황이 아니라는 생각 때문에."

"맞아."

이혁이 입술이 닿을 듯 가까운 거리에서 속삭였다. 생각해 보면 별 거 아닌데 그 생각만으로 꽤 오랜 시간 고민했었다. 내가 원하는 다른 무언가가 있지 않을까 하는 불안감이 스스로를 잠식할수록 더⋯⋯.

"인정하면 편한데 어쭙잖은 핑계로 밀어내 버리고 계속 고민만 했었어. 그걸 인정하는 순간 안주하는 사람이 되어 버릴 것 같았어. 그러면서 주어진 궤도를 이탈하지도 못하는 겁쟁이였지."

"그렇지 않아. 이혁아⋯⋯."

이혁이 어두운 표정을 짓자 설아가 옆으로 누워 마주 본 채로 손을 뻗어 그의 목을 끌어안았다.

"네 고민은 충분히 필요하다고 생각해. 그냥 이유도 모른 채 자기 삶에 순응하고 사는 것보단 고민할 만큼 고민해 보는 게 맞는 거잖아."

이혁이 낮게 한숨을 내쉬었다.

"내 그런 한심함 때문에 널 속이게 된 거니까."

"그런 식으로 따지면 나도⋯⋯ 같은 이유인데 뭐. 그것 때문에 오해가 생기기도 했지만 거기엔 우리 둘 다 책임이 있으니까⋯⋯ 둘 다 잘못한 걸로 하자."

설아가 달콤한 미소를 지으며 말하자 이혁이 그녀의 둥글게 휘어 올라간 입술에 부드럽게 입을 맞췄다.

"나만 잘못한 걸로 해. 넌 아무 잘못 없어."

"아니야. 나 역시⋯⋯."

공범의 자백을 막으려는 듯 이혁이 설아의 입술에 진하게 키스했다. 아이스크림을 베어 물듯 감미롭게 입술을 빨아올리자 설아의 눈이 사르르 감겼다. 촉촉하게 삼켜진 입술 사이로 말캉한 혀가 들어와 짜릿하게 휘감자 설아의 막힌 입술에서 달달한 신음이 흘렀다.

"음, 하아⋯⋯."

왜 키스만 하면 머릿속이 텅 비어 버리게 되는 걸까? 아무 생각도 안 나도록. 촉촉한 소리를 내며 입술이 떨어지자 설아가 감았던 눈을 뜨고 몽롱한 눈빛으로 이혁을 바라봤다. 이혁의 아름다운 빛깔의 눈동자가 바로 앞에 마주 보였다.

"이렇게 형편없는 나지만⋯⋯ 사랑해. 설아야."

사랑한다는 말은 중독성이 강한 건지 몇 번을 들어도 들을 때마다 더 크게 심장을 뛰게 만들었다.

"나도, 사랑해."

이 감정만큼 돌려줄 수 있을까? 그건 무리겠지. 이렇게 찡한 가슴의 울림까지 전달하기엔 내 고백은 너무나 무미건조하게 느껴지니까⋯⋯.

하지만 설아의 생각과는 달리 이혁의 두 눈 가득 환희가 차올랐다. 설아의 입술을 담뿍 베어 물다 놓아준 이혁이 품 안에 설아를 가두고 속삭였다.

"이렇게 가까이 있었는데 왜 이제 만날 걸까? 우리."

조금 더 빨리 만나서 함께했었다면 좋았을 텐데⋯⋯.

그랬더라면 더 많이, 더 오래 사랑할 수 있었을 텐데.

"응. 아쉬워."

설아가 배시시 웃으며 이혁을 마주 껴안았다. 얼굴을 부빌 수 있는 탄탄한 가슴과 귓가에 느껴지는 심장의 고동. 이 모든 것이 너무나 그리웠다.

"아쉬운 만큼 앞으로 많이 사랑해 줄게. 넘칠 만큼."

익숙한 체취와 달콤한 낮은 속삭임까지…… 전부 다.

"응. 그러자."

그렇게 사랑하자. 너랑 나랑…… 우리 둘이.

epilogue 01

"그거 들었어?"

"뭐가?"

"이혁 씨! 정이혁 씨가 회장님 아들이라잖아!"

"뭐라고?!!"

출처는 불분명하지만 빠르게 퍼지고 있는 소문 덕에 회사는 아침부터 시끌시끌했다. 삼삼오오 모인 여사원들의 입에서 떡방아 찧듯 거론되고 있는 주인공은 정작 태연한 얼굴로 출근했다.

"안녕하세요."

"어머, 이혁 씨 왔어요?"

"이혁 씨. 좋은 아침."

평소와 다름없는 말끔한 차림의 이혁 주위로 번쩍이는 후광이 비치는 듯한 착시현상에 여사원들의 눈앞이 아찔해졌다. 자리로 걸어가는 이혁을 홀린 듯 바라보던 지영이 얼른 속닥거렸다.

"어쩐지 맨날 명품만 입고 다닌다 했어요. 그쵸?"

"시계부터 구두, 가방까지 하나하나 다 고급이잖아. 전에 누가 지나가면서 봤는데 차도 엄청 좋은 거라더라."

"아니 그래도…… 전에 지영 씨가 물어본 적 있지 않아? 그때 본인이 아니라면서."

"숨기고 다니는 거라면 누가 자기 입으로 천기를 누설하겠어요? 그럼 신입으로 입사한 이유가 없잖아요. 안 그래요?"

"아! 하긴 그렇구나."

지영의 말에 다들 납득한 듯 끄덕이면서 순간 정신을 차린 듯 황급히 자리로 돌아갔다.

'같은 부서에 백마 탄 왕자가 휘젓고 다니는데 내가 이럴 때가 아니지!'

파티션 아래로 몸을 감추고 빠르게 거울을 꺼내 매의 눈으로 화장을 점검하는 여자들 자리에서 파우더 두드리는 소리가 요란했다. 갑자기 사무실 내에 향수 냄새가 진동을 하는 것에도 아랑곳 않고 이혁은 맞은편에 앉아 있는 설아만 흘끔거리고 있었다.

'지금 일이 된다 이거지?'

이혁이 눈을 가늘게 뜨고 조금 전 인사만 하고 업무에 집중하고 있는 설아의 자리를 노려봤다.

재회 이후 절묘한 타이밍으로 공 전무가 출장을 가게 되어 한동안 아무런 방해 없이 둘만의 시간을 만끽하나 했더니, 잠도 안 자고 스케줄을 소화한 건지 2주 예정이었던 출장을 절반 만에 해치우고 돌아왔다.

그 후로 각종 이유를 만들어 설아를 퇴근하자마자 납치하듯 집으로 데려가는 공 전무 때문에 이혁은 속이 부글부글 끓고 있던 중이었다.

'겨우 일주일 만에 그동안의 갈증이 해결될 리가 없잖아!'

420

그날 이후로 둘 사이가 양가에 공인되다시피 한 터라 별문제가 없을 거라고 생각했는데 그건 천만의 말씀, 만만의 콩떡이었다. 이혁이 집에 서는 쌍수 들고 환영하는 분위기였지만 설아는 갑자기 성에 갇힌 라푼 젤처럼 접근이 어려워진 것이다. 철옹성처럼 성을 호위하는 공 전무 때 문에 이혁은 미칠 지경이었다.

'장차 장인어른이 될 분에게 진심으로 화낼 수도 없고…….'

퇴근 이후 시간을 저당 잡힌 것도 모자라 주말까지 설아를 데리고 어딘가로 사라져 버리는 공 전무 때문에 이혁은 매일 회사에서만 설아 를 봐야 하는 신세가 되어 버렸다. 일이 이렇게 되고 보니 이혁은 그야 말로 매일 인내심의 한계를 시험당하는 기분이었다. 그런데 설아는 자 신의 이런 심정을 모르는 건지 평소와 다름없이 발랄해 보이니 더욱 짜증이 났다.

'넌 괜찮다 이거지?'

헤어져 있는 동안의 갈증은 나 혼자만의 것이었던 건가?

괜히 서운해지는 기분에 이혁의 미간이 좁혀 들었다. 설아만 보면 온몸의 피가 뜨거워지고 욕망이 뻗치는데 자긴 전혀 아니라는 듯 마냥 해맑은 설아는 정말 마음에 안 들었다.

'됐어. 앞으로는 나도 신경 안 써.'

내가 발정 난 짐승도 아니고.

이혁이 인상을 쓴 채로 억지로 업무에 집중했다.

휴식시간이 되자 설아가 자리에서 일어나며 슬쩍 이혁을 바라봤다. 평소처럼 잘생긴 얼굴로 업무에 집중하고 있는 이혁을 보니 볼이 금방 붉어졌다.

'앗, 안 되지.'

자신의 얼굴을 들킬까 봐 얼른 자리에서 일어선 설아가 총총 사무실을 빠져나갔다.

"하아……."

휴게실로 들어선 설아가 다시 손가락에 자리한 핑크 다이아가 박힌 반지를 천천히 쓸며 크게 숨을 내쉬었다. 사내연애란 참 어려운 것 같아. 나도 이혁이처럼 태연하게 행동할 수 있다면 얼마나 좋을까?

다시 만난 후로 이혁만 보면 얼굴이 막 벌겋게 달아오르고 심장은 터질 듯이 뛰어서 표정 관리가 제대로 되지 않았다. 특히 아버지가 출장에 가신 동안에 이혁이 아주아주 정열적으로 몸과 마음…… 이 아니라 모, 몸을 특히나 더…… 사랑해 준 터라 그 후유증도 컸다. 얼굴만 봐도 막 야릇한 기분이 들고 아랫배가 꽉 조여드는 느낌도 들고 막 야한 여자가 된 것 같고 그랬다.

'이러다 사내연애가 들켜 버리면 이혁에게 피해가 갈 텐데……'

그전에도 그랬지만 이혁의 입장을 알고 난 다음엔 더 조심하게 됐다. 신입 사원으로서 기반을 닦아놓는 중인데 괜히 연애하느라 다른 데 정신을 쓴 게 아니냐는 시선으로 보일까 봐.

그래서 요즘 외가니 친가니 갈 일이 많은 게 차라리 다행이라는 생각이 들었다. 이렇게 조금 떨어져 있으면 이 과도한 홍조증이라거나 심장벌렁증이라거나 음란마귀가 가라앉을 수도 있지…… 않을까?

"그랬으면 좋을 텐데."

설아가 커피를 다 마시고 고민에 찬 얼굴로 사무실로 돌아가는데 복도에서 누군가가 홱 팔을 잡아끌었다.

"어?"

어리둥절한 얼굴로 돌아보니 이혁이 입술에 손가락을 가져다 대고 쉿, 하고 속삭였다.

'이, 이혁이잖아?'

이혁의 얼굴을 보자마자 반사적으로 또 심장이 요란하게 내달리기 시작했다. 이혁은 설아의 팔을 잡아 끌어 비상구 계단으로 밀어 넣고 문을 닫았다.

"깜짝 놀랐……읍."

설아가 말도 마치기 전에 급박하게 입술을 삼킨 이혁이 벽에 설아의 몸을 밀어붙였다. 쿵 소리가 나도록 요란하게 벽으로 밀어붙이고 잡아먹을 듯 거칠게 키스를 퍼붓자 설아는 눈앞이 빙글빙글 돌았다.

"이, 이혁아. 잠……읍, 자, 잠깐…… 으읍."

자, 잡아먹히겠어!

이혁이 설아의 머리칼 속으로 손을 집어넣어 묶은 머리를 풀어내고 고개를 젖히게 한 뒤 혀를 깊숙이 밀어 넣었다. 설아의 입술이 크게 벌어지고 매끈한 혀가 들어와 사정없이 입안을 헤집었다. 입술을 타고 턱으로 흘러내린 타액을 핥으며 이혁이 거친 숨을 내쉬었다.

"왜 날 이렇게 만들어?"

"하아, 하아, 으, 응? 뭐라고?"

설아가 할딱이며 되묻자 이혁이 눈을 가늘게 뜨고 가까이에서 내려다봤다.

"넌 하나도 힘들지 않아 보여서 화가 나."

"힘들지 않다니……?"

의문스럽게 벌어지는 설아의 입술을 이혁이 날름거렸다.

"나만, 널 먹고 싶어 하는 것 같아서."

그, 그런 야한 말을!

설아가 화르륵 붉어진 얼굴로 어쩔 줄을 몰라 하자 이혁이 설아의 허리를 바짝 끌어당겨 하체를 밀착시켰다. 통통한 그녀의 엉덩이를 두 손으로 움켜잡아 들어 올리자 설아의 몸이 벽과 이혁 사이에 완전히 간혀 버렸다.

"······아, 앗."

어느새 거대하게 솟구쳐 오른 굵은 남성이 스커트 사이로 은밀한 곳을 쿡쿡 찌르자 설아의 숨결이 급박하게 달아올랐다. 이혁이 노골적으로 허리를 퉁기며 설아의 입술을 물고 허스키한 목소리로 속삭였다.

"난 너만 보면 미칠 것 같은데····· 넌 전혀 그렇지 않아 보여."

"아, 아니 난····· 아웃."

자꾸 야릇한 신음이 새어 나와 설아는 제대로 대답을 할 수가 없었다. 이 상황에서 어떻게 멀쩡히 대화할 수가 있어? 난 이혁이 네가 더 신기한데?

"그래? 그런 거야?"

"아니, 아니라니까. 하앙······."

그렇게 자꾸 찔러 대면 어떡하라고!

다리가 벌어진 채 그 사이에 이혁의 몸이 들어와 있어 스커트가 자연히 허벅지 위까지 말려 올라갔다. 이혁이 설아의 엉덩이를 꽉 움켜잡아 자신의 몸에 바짝 밀착시킨 채로 벌어진 다리 사이를 은밀하게 찔러 대자 설아의 입술에서 달뜬 신음이 새어 나왔다.

"하, 아웅. 앗."

이런 데서 자꾸 몸이 달아오르면 안 되는데······. 생각과는 달리 열기가 지펴진 몸은 가라앉을 생각이 없는지 점차 가파르게 뜨거워지고 있었다.

설아의 아랫입술을 물고 이혁이 말했다.

"날 봐."

설아가 열기에 흐릿해진 눈을 들어 이혁을 바라봤다. 이혁의 새까만 눈동자가 어두운 비상구에서 또렷이 자신을 향하고 있는 것이 보이자 심장이 더욱 달아올랐다.

"회사에서는 절대 이러지 말자고 다짐했는데 이러고 있는 걸 보면…… 내가 너한테 완전히 미친 것 같아."

"그건 나도…… 그래."

여기서 어떻게 더 미칠 수가 있어?

"내가 더해."

"나도 그런걸?"

이혁이 인상을 찡그리고 말하자 설아가 지지 않고 얼른 받아쳤다. 이건 절대 지지 않을 자신이 있었다. 진심으로! 이혁이 미간을 좁힌 채 설아의 얼굴을 가만히 응시하다가 이내 쿡, 하고 웃음을 흘렸다.

"내가 더 사랑하니까 날 더 사랑해 달라고 보채는 어린애 같군."

이혁이 웃자 설아도 마주 웃었다.

"정말."

느른한 웃음을 흘리며 이혁이 설아의 입술을 삼켰다. 부드럽게 입술을 빨고 혀를 휘감자 설아가 그의 목을 끌어안고 깊이 키스했다.

"……이러고 있는 걸 들키면 큰일 날 거야. 그치?"

촉촉한 소리를 내며 입술이 떨어진 순간 설아가 속삭이자 이혁이 낮게 말했다.

"상관없어."

상관없을 리가 없……는데…… 핫!

이혁이 설아의 엉덩이를 한 손으로 지탱한 채로 스커트 사이로 손을 넣어 스타킹을 잡아 찢었다. 스타킹이 찢겨 나가는 압박감에 설아의 몸이 출렁거렸다. 이혁이 빠르게 자신의 바지 버클을 풀고 설아의 팬티를 손가락으로 젖히며 힘줄이 솟아오른 검붉은 남성을 쿡 찔러 넣었다.

425

"아아······!"

빳빳하게 팽창된 남성이 단번에 깊숙이 밀고 들어오자 설아의 허리가 확 젖혀졌다. 온몸에 소름이 돋을 듯한 강한 자극에 설아의 입술에서 신음이 크게 터져 나오자 이혁이 자신의 입술로 입술을 막았다.

"읍! 읍! 아읍!"

거칠게 들쑤셔 올리는 힘에 설아의 등이 벽에 까일 듯 세게 밀려 올라갔다. 한 손으로 설아의 엉덩이를 지탱한 채 다리를 넓게 벌린 이혁이 무서운 속도로 빠르게 들이쳤다.

핫! 어, 어쩜 좋아!

설아가 이혁의 슈트 재킷을 움켜잡고 매달렸다. 가파르게 빨라지는 속도에 설아의 다리가 공중에서 정신없이 흔들리고 있었다. 팬티를 최대치까지 벌리고 파고드는 그의 단단한 뿌리를 우윳빛 애액이 촉촉이 적셨다. 좁은 내부를 퍽퍽거리며 거침없이 찔러 올리는 거대한 남성을 설아의 속살이 꽉 물고 조였다. 그러자 설아의 입술을 삼킨 이혁의 입술에서도 흥분된 신음이 흘러나왔다.

"하······ 뜨거워."

"음······하아, 아웃······!"

아, 소리가······. 최대한 목소리를 죽이려 했지만 아래에서 찔러 올리는 힘 때문에 자꾸 목소리가 커졌다. 그때 이혁이 벌리고 있던 팬티를 힘주어 잡더니 우두둑 찢었다.

헉. 패, 팬티가!

찢어진 팬티 사이로 설아의 은밀하게 젖은 부위가 노출됐다. 그곳에 시선을 박은 이혁의 눈빛이 어둡게 이글거렸다.

"다리를 허리에 감아."

설아가 이혁의 허리에 다리를 감자 한 손으로 흐트러진 스커트와 탱글한 엉덩이를 움켜잡은 그가 벽에 설아의 등을 바짝 붙였다. 그러고는 강하게 쾅! 들이치며 설아의 입술을 손으로 막았다.

"……!"

이혁의 손 안에서 설아의 신음이 터져 나왔다. 그대로 아주 거칠고 빠르게 이혁이 허리를 쳐올리자 그의 몸에 안긴 채로 설아가 정신없이 위아래로 흔들렸다.

아아, 어떡해. 너무 좋아……!

이곳이 회사 비상구 계단이라는 것도 잊은 채 설아는 자신을 엉망으로 뒤흔드는 쾌감의 바다에 풍덩 빠져 버렸다. 얇은 방해막이 없어진 은밀한 속살에 굵고 거대한 남성이 뿌리까지 깊숙이 박아 넣고 휘젓자 오싹오싹한 쾌감이 온몸을 뒤흔들었다.

"읍! 으읍!"

"아, 정말, 큭……!"

이혁이 잔뜩 짓눌린 음성으로 헐떡이며 설아의 입을 막은 채로 믿기 힘들 정도로 빠르게 들이치기 시작했다. 찌걱, 찌걱. 젖은 살이 정신없이 치대는 음란한 소리가 서로의 헐떡임과 함께 귀를 자극했다. 거친 움직임에 맞춰 벽에 등이 쓸리던 설아가 이혁에게 매달린 채 허리를 크게 비틀었다.

학! 이, 이제 더는 안 돼!

"설아야……!"

절정의 순간 설아의 내부가 이혁을 강하게 조여 대자 그가 낮게 으르렁거리며 설아의 엉덩이를 꽉 움켜잡았다. 도망 못 가도록 엉덩이를 움켜잡고 자신의 것을 모조리 분출하자 설아는 아랫배에 뜨거운 것이 확 퍼지는 기분이었다.

"흐아앙……."

꽃잎이 바들바들 떨리는 절정의 여운이 엉덩이 살이 뭉개질 정도로 힘껏 움켜잡고 있는 이혁의 손에도 또렷이 느껴졌다.

거친 숨이 서로의 입술에서 쏟아져 나왔다. 이혁과 설아는 서로의 터질 듯한 숨결이 가라앉을 때까지 그 상태로 한참을 안고 있었다. 어느 정도 숨이 진정되자 설아의 몸에서 빠져나온 이혁이 그녀의 다리를 바닥에 딛게 했다. 다리에 힘이 안 들어가 휘청이던 설아가 벽에 등을 기대고 겨우 중심을 잡았다.

"하아, 하아…… 어, 어?"

몽롱한 시선으로 숨을 진정시키던 설아의 눈이 커졌다. 이혁이 한쪽 무릎을 세우고 앉아 설아의 다리 사이로 얼굴을 갖다 대고 있었다.

"무, 무슨…… 꺅!"

"쉿."

낮게 속삭인 이혁이 설아의 엉덩이에 걸쳐진 스커트를 잡아 위로 끌어 올리며 촉촉이 젖은 속살을 입술로 물었다. 순간 설아의 머릿속이 아찔하게 부서졌다.

"아, 안 돼. 이혁아…… 아, 아앙."

잔뜩 소리를 죽여 할딱이며 설아가 어쩔 줄을 몰라 했다. 이혁이 흠뻑 젖은 조갯살을 물고 사이사이를 혀로 핥아 내려가자 설아는 그야말로 죽을 것만 같았다.

"핫! 아, 아훗. 으아앗……."

방금 절정에 오른 예민한 여성을 뜨거운 입술로 물고 혀로 핥자 설아는 속수무책으로 짜릿한 쾌감 속으로 휩쓸려 들어갔다.

"학……!"

벽에 찰싹 달라붙은 채 고개를 젖힌 설아가 넘어갈 듯한 신음을 터뜨렸다. 그 순간 달콤한 애액이 이혁의 입술 속으로 담뿍 흘러 들어갔다. 그것을 남김없이 삼킨 이혁이 바들거리는 속살을 깨끗이 핥고는 몸을 일으켰다.

"학, 학……."

쓰러질 듯 할딱이는 설아의 허리를 잡아 무너지지 않게 지탱한 이혁이 번들거리는 입술을 제 혀로 핥으며 속삭였다.

"맛있었어."

아……! 정말.

설아가 눈을 흘기려 했지만 눈에도 힘이 들어가지 않아 게슴츠레하게 뜨고 있을 수밖에 없었다. 그런데 저 얼굴은 솔직히 너, 너무 섹시하잖아……. 머리칼이 살짝 흐트러진 이혁의 관능적인 미소를 보고 있으려니 눈을 흘길 마음마저 사르르 사라져버리고 말았다.

"회, 회사에서 이러면 안 되는데……."

"그러게 말이야."

이혁이 마치 남 일이라는 듯 태연하게 말하고는 설아의 땀에 젖은 이마에 입술을 맞췄다.

"그래도 기분은 좋았지?"

"……으, 응."

"난 죽을 뻔했는데. 너무 좋아서."

"……나도."

솔직히 그건 거부할 수 없는 진리요, 사실이었으니까.

"그, 그래도 앞으로는 회사에선 이러지 말자. 들키면 안 되니까."

"노력해 볼게."

……정말일까? 설아는 미심쩍은 기분이 밀려들었지만 이혁이 다정하게 안아 주는 바람에 그의 품에 가만히 안겨 있었다.

epilogue o2

이번 주말은 또 어떤 핑계로 설아를 집에 잡아 둘지 고민하고 있던 성원은 갑자기 집으로 찾아온 이혁을 보고 깜짝 놀랐다.

"아, 아니 자네……."

"안녕하셨습니까? 장인어른."

"아니 난 아직 자네 장인은 아니…… 그, 그보다 말도 없이 어쩐 일로……."

소중한 딸의 애인이자 회장의 아들인 이혁은 성원에게는 그야말로 계륵 같은 존재였다. 내치기도 어렵고 그렇다고 마냥 예뻐할 수도 없는 존재. 그런 이혁이 갑자기 떡하니 나타나선 집 안으로 척척 들어오자 성원은 더욱 당황스러운 얼굴이 됐다.

"이혁 군?"

"어머님. 안녕하셨어요?"

거실에서 나온 혜경도 놀란 얼굴로 바라보자 이혁이 허리 숙여 인사했다.

"놀래라. 설아에게 온다는 얘기 못 들었는데 어쩐 일이에요?"

"퇴근길에 들렀어요. 설아에게 줄 것도 있어서요."

"어머, 그랬어요? 오면 온다고 미리 말하고 오지. 그래야 맛있는 거라도 장만해 둘 텐데……. 저녁 아직 안 먹었죠?"

"아닙니다. 전 그냥 있는 걸로도 잘 먹으니까 신경 쓰실 것 없어요."

이혁이 싱긋 웃으며 말하자 혜경이 환하게 웃으며 이혁의 어깨를 토닥거렸다.

"그래도 그럴 수 있나? 사위 될 사람이 우리 집에 처음 왔는데. 설아 방 2층 두 번째 방이니까 올라가 있어요. 내가 식사 준비 다 끝나면 부를 테니까."

"번거롭게 해 드려 죄송합니다."

"아유, 번거롭긴. 어서 올라가 봐요."

이혁이 고개를 꾸벅 숙이고 2층으로 향하는 모습을 성원이 여전히 놀란 얼굴로 보고 있었다. 혜경이 주방 쪽으로 몸을 돌리다가 성원을 보고는 눈을 가늘게 떴다.

"못 올 사람 온 것도 아닌데 표정이 왜 그래요? 방해 공작이 먹히지 않아서 당황했어요?"

"바, 방해 공작이라니! 무슨 소리야?"

성원이 흠칫 놀라선 펄쩍 뛰자 혜경이 혀를 쯧쯧 찼다.

"내가 지금까지는 그냥 두고 봤는데 당신 한 번만 더 어린애같이 굴면 내가 가만 안 있을 거예요. 알았어요?"

"뭐? 어린애?"

"그럼 다 큰 딸 데이트 못 하게 감시하는 아빠가 어린애지 뭐예요?"

혜경이 톡 쏘듯 말하자 성원이 움찔해선 헛기침을 험험 했다.

"거 사람 이상하게 만들지 말라고. 내가 언제 그랬다고…… 그저 출장이 잦다 보니 가정의 화목을 위해 식구들과 있을 시간을 조금 더 늘렸을 뿐인……."

"어쨌든 명심해 둬요. 난 그런 팔불출 남편 더 참아 줄 생각 없으니까."

혜경이 몸을 홱 돌려 찬바람을 쌩쌩 풍기며 주방으로 걸어가자 성원이 식은땀을 뻘뻘 흘렸다.

"끙. 내가 뭘 그리 잘못했다고 말이야……."

그저 곱게 키운 내 딸 벌써 다른 놈 주기가 아쉬워서 그랬을 뿐인데 마누라에게 이런 취급을 받다니.

성원은 비통하고 억울한 심정이었지만 혜경이 한번 화가 나면 아주 무서워진다는 걸 잘 알고 있기 때문에 그저 속으로만 삭여야 했다. 아니, 그뿐만이 아니라 지금 제대로 싹싹 빌지 않으면 앞으로 한동안 삶이 매우 고달파지겠다는 불안이 머릿속을 가로지르자 성원은 얼른 주방으로 향했다.

"아니 여보. 내가 그러려던 건 아니라…… 안 그럴게. 이제 안 그런다니까?"

똑똑.

노크 소리에 침대 위에서 책을 읽고 있던 설아가 고개를 들었다.

"네."

아버지인가? 하고 생각했지만 문이 열리고 이혁이 들어오자 설아의 눈이 뎅그래졌다.

"이혁아……?"

설아가 눈을 깜빡이며 보자 이혁이 싱글거리며 다가왔다.

"놀랐지?"

"그야 당연히…… 그, 그런데 말도 없이 어떻게?"

"보고 싶어서 왔지."

침대 끝에 걸터앉으며 이혁이 말했다. 설아는 자신의 방에 지금 이혁이 있다는 사실이 몹시 이질적으로 느껴져 한참 보고 있다가 이윽고 배시시 웃었다.

"정말 깜짝 놀랐어. 우리 부모님이 문 열어 준 거야?"

설아가 침대 위에서 무릎으로 이혁 쪽으로 뽈뽈 다가가며 물었다.

"어. 아버님이랑 어머님 두 분 다 뵙고 올라온 거야."

"그랬구나……."

설아는 말없이 집에 찾아오는 이혁의 용기에 감탄했지만 이혁으로선 이렇게라도 설아를 봐야겠다는 결연함의 발로였다.

'못 만나게 한다면 먼저 찾아오면 되는 거지.'

보고 싶어서 초조하게 안달복달할 비에야 적진을 뚫고 들어가서라도 만나는 게 나으니까. 그리고 이런 식으로 얼굴을 익혀 놔야 앞으로 언제든 보고 싶을 때 보러 올 수 있을 테니. 이혁이 그렇게 생각하며 씩 미소 짓고는 설아를 바라봤다.

"그거 잠옷이야?"

"어? 아, 으, 응."

설아는 그제야 자신이 핑크색 고양이가 수놓아진 알록달록한 잠옷 차림인 걸 깨닫고 얼굴을 붉혔다. 이, 이런 차림인 것도 까먹고 있었다니……. 애 같다고 생각하면 어쩌지?

"잠깐 옷 좀 갈아입고 올……."

설아가 파다닥 몸을 일으키는데 이혁이 그녀의 손목을 가볍게 끌어 자신의 무릎 위에 척 앉혔다.

433

'……어?'

너무나 자연스럽게 이혁의 무릎 위에 안착하게 되자 설아가 눈을 깜빡거리며 그를 내려다봤다.

"이런 차림도 귀여운데?"

"아…… 그, 그래?"

이혁이 올려다보며 미소 짓자 설아도 부끄러운 듯 웃었다. 귀엽다니…… 헤헤. 정말 귀엽나?

설아를 무릎에 앉힌 채로 이혁이 방 안을 휘둘러봤다. 설아 방답게 알록달록한 취향의 난해한 커튼과 형광색 침대보가 눈을 아프게 하긴 했지만 그게 또 설아 방다워 미소가 지어졌다.

"왜 그렇게 봐?"

"그냥. 네 방다워서."

내 방답다니…… 귀엽다는 뜻인가?

설아가 방금 전 그의 말을 떠올리며 혼자 흡족해하고 있는데 이혁이 설아의 입술에 살짝 키스했다. 부드럽게 입술이 닿았다 떨어지자 설아가 눈을 깜빡였다. 그가 그녀의 얼굴을 가만히 바라보며 말했다.

"성에 갇힌 공주를 차지하려면 성에 들어가지 않으면 안 되겠지."

"……응?"

설아가 알쏭달쏭한 표정을 짓자 이혁이 느른한 미소를 지었다.

"아니야. 아무것도."

성에 갇힌 공주…… 그럼 내가 공주라는 뜻?

이번에도 자기 식대로 해석한 설아가 흐뭇한 표정으로 웃었다. 이혁은 설아의 입술에 다시 부드럽게 키스하며 속삭였다.

"너 내 공주 할래?"

"응. 할래."

그럼. 당연하지.

설아가 이혁과 입술을 마주한 채로 내려다보며 생긋 웃었다.

"그럼 조금만 기다려. 내가 데리고 나갈 테니까."

"응. 그럴게."

설아가 끄덕이자 이혁이 설아의 입술을 부드럽게 빨았다.

"내 거니까 침 발라 놔야지."

"풋. 아하하."

이혁의 장난스런 말에 설아가 고개를 젖히고 웃음을 터뜨렸다. 이혁도 설아의 허리를 끌어안은 채로 하얀 목덜미에 입술을 맞추며 웃음 지었다.

"우린…… 역시 운명인 것 같아."

웃음기를 머금은 채로 낮게 속삭이는 이혁이 말에 설아가 눈을 동그랗게 떴다.

"갑자기 그게 무슨 말이야?"

"그냥. 그런 것 같아서."

이혁이 싱글싱글 웃는 얼굴로 설아를 올려다봤다.

내 설아.

설아와 다시 만난 후로 정 회장이 주장해 오던 길에 올라서기로 했다. 회사 내에서 자리 잡는 대로 설아를 자신만의 성으로 데려갈 계획이었다. 설아와 함께한다면 승계라는 막중한 압박도 견딜 수 있을 것 같았다. 설아는 자신에게 그런 존재였다.

모든 것을 이겨 내고, 버틸 수 있게 만드는 존재…….

두 사람의 웃음기 번지던 눈빛이 진지해지더니 다시 천천히 입술이 겹쳐졌다. 방금 전보다 조금 더 뜨겁고, 깊게.

이혁을 만나러 가는 길. 설아가 종종걸음으로 걷고 있는데 자신을 부르는 목소리가 들렸다.

"어머머, 설아 양?"

"네?"

설아가 돌아보니 미희가 몹시 흥분된 얼굴로 다가오고 있었다. 어디서 봤더라……? 아! 이혁이 어머니!

"안녕하셨어요."

설아가 얼른 인사하자 미희가 호호호 웃으며 말했다.

"이런 데서 이렇게 우연히 만나다니. 이것도 우연인데 우리 커피 한 잔 할까요? 어머나, 바로 앞에 마침 커피숍이 있네. 저기 가서 차 한 잔 해요. 우리."

미희가 하이톤의 발연기를 시전하며 설아를 카페로 잡아끌었다.

"아, 네. 네."

갑자기 마주쳐서 당황한 설아는 미희의 발연기를 눈치채지 못했다. 다만 약속 시간보다 일찍 나와서 다행이라는 생각이 들었다.

카페에 들어와 커피 두 잔을 앞에 두고 마주 앉자 설아는 몹시 긴장이 됐다. 전에 이혁과 다시 만나던 날 잘 대해 주셨던 기억이 있어서 그나마 낫긴 하지만 그래도 역시 미희는 어려운 존재였다.

아, 그러고 보니 그날…….

이혁을 만나기 전에 채은의 거짓말들을 미희 부부도 다 듣고 있던 것이 떠올라 설아의 얼굴이 순간 창백해졌다. 이런 바보! 그 후로 오해를 풀지도 못하고 까마득히 잊고 있었다니!

게다가 미희는 엄연히 재벌가 사모가 아니던가. 남들보다 사람 보는 눈이 까다로울 수밖에 없는 환경이라는 걸 떠올리자 설아의 동공이 소리 없이 흔들렸다. 호, 혹시 드라마처럼 너 같은 애에게 내 아들을 줄 수 없다며 물싸다구라도 날리시려고……?

설아가 창백한 얼굴로 침을 꼴깍 삼키고 말을 꺼냈다.

"저…… 그때는 미처 말씀 못 드렸는데 전에 제 친구가 했던 말은 사실이 아니……."

"응? 아아, 그때 일은 걱정 말아요. 아무렴 공 전무님과 양 여사께서 소중한 따님을 그렇게 키우셨으려고. 게다가 평생 딸 자랑을 귀에 못이 박히도록 들어 와서 설아 양이 어떤 사람인지는 잘 알고 있어요."

미희가 커피 잔을 들고 상냥하게 웃으며 말하자 설아가 안도의 한숨을 내쉬었다.

"그, 그럼 다행이구요."

"혹시 그 친구하고 지금도 연락하고…… 그러진 않죠?"

"네? 아…… 네."

설아가 조금 어두워진 얼굴로 고개를 끄덕였다. 유일한 친구를 그런 식으로 잃게 된 건 씁쓸했지만 그 모습을 본 이상 더는 인연을 이어 갈 생각은 들지 않았다. 그 후로 채은에게서 연락이 있던 것도 아니니 나름 반성하며 지낼 거라고 혼자 추측할 뿐이었다.

"그때 일로 우리 회장님이 많이 노하셔서…… 그 친구 모델이라고 했던 것 같은데, 아마 모델계에서는 발붙이기 힘들지 않을까 싶네요."

"회장님께서요?"

"으응. 원래 그 양반 자신이나 자신 주변 사람한테 못되게 구는 사람은 가만두지 않으시는 분이라…… 당신 아들이랑 그 아들의 소중한 사람을 건드렸다고 한참 노발대발하셨으니 아마 그렇게 되지 않았을까 싶어요. 나도 별로 중요한 사람은 아니니 비서들이 그 정도 선에서 처리했다고만 슬쩍 들었어요."

"그랬군요……."

설아의 얼굴이 더 어두워지자 미희가 얼른 말을 돌렸다.

"실은 내가 설아 양을 무척 만나고 싶었어요. 아기 때 보고 계속 못 봐서 어떻게 컸나, 하고 늘 궁금했었는데…… 그날도 봤지만 너무 예쁘게 잘 컸네요. 설아 양."

"아…… 감사합니다."

설아가 수줍은 얼굴로 대답했다.

"아, 그렇지. 이거 보여 줄까요? 내가 가져왔…… 아, 아니지. 우연히 가방에 넣어 뒀는데 마침 오늘 운명처럼 설아 양을 딱 만났네? 오호호."

미희가 하이톤으로 과도하게 웃으며 얼른 가방에서 사진을 한 장 꺼내 건넸다.

"자, 봐요."

"이건……?"

사진 속엔 두 명의 아기가 포근한 햇빛을 받으며 나란히 잠들어 있었는데 새끼손가락에 빨간 실이 헐렁하게 끼워져 연결되어 있었다. 응? 이 노란 옷을 입은 아기 왠지 익숙한…… 자, 잠깐. 나잖아?

"이거 저예요?"

설아가 놀란 눈으로 묻자 미희가 흐뭇한 표정으로 끄덕였다.

"맞아요. 설아 양 아기 때. 그리고 옆은 우리 이혁이."

"이혁이요?"

아기 때 우리가 같이 있었어?

설아가 놀란 눈으로 사진을 더욱 유심히 바라봤다. 그러고 보니 자기 옆에 있는 아기는 마치 광고에 나오는 아기처럼 예쁘게 생겼다. 무슨 아기 속눈썹이 이렇게 길어?

"그때는 전무님 네랑 우리 집이 자주 같이 여행 갔었는데 아기들이 태어난 이후로는 그러지 못했어요. 그래도 그땐 유일하게 다 같이 여행 갔던 날이라 기억이 생생해요. 원래는 해외로 갈 계획이었는데 아기들이 너무 어려서 청평에 있는 별장으로 갔었거든요. 이게 그날 찍은 거예요."

청평? 이혁과 함께 청평의 별장에 갔을 때 무척 익숙하게 느껴졌던 기억이 났다. 기억도 안 날 만큼 어릴 때 갔던 곳인데 몸이 기억하고 있던 걸까? 신기하네……

"아…… 그런데 이 빨간 실은요?"

고사리 같은 작은 손가락에 헐렁하게 끼워진 빨간 털실이 왠지 시선을 잡아끌어서 묻자 미희의 입술에 미소가 깊어졌다.

"난 그때부터 설아 양이 마음에 들었어요. 이상하죠? 이혁이랑 같이 누워 있는 모습이 너무 예뻐 보이고 내 자식 같고 그랬거든. 그래서 슬쩍 둘 사이가 이어지길 바라는 마음에 빨간 실로 이어서 나 혼자 주문을 걸고 몰래 찍어 놓은 거예요."

빨간 실의 주문……

말을 듣고 보니 아주 오래전의 장난 같은 그 일이 실제로 둘을 이어지게 한 것 같다는 생각이 들었다. 설아가 사진에서 눈을 떼지 못하고 보고 있자 미희가 슬쩍 물었다.

"보니까 어때요?"

"무척…… 신기해요. 이렇게 어릴 때 이혁이와 만났었다니……."

"후후. 이혁이한테도 얼마 전에 이걸 보여 줬더니 설아 양이랑 같은 소릴 하더라고요. 그리고 뭐라더라, 역시 운명이었다나?"

'우린…… 역시 운명인 것 같아.'
'갑자기 그게 무슨 말이야?'

'그냥. 그런 것 같아서.'

설아는 얼마 전 대수롭지 않게 흘려 넘긴 이혁의 말이 떠올랐다. 아
아…… 그래서 이혁이 그 말을 했던 거구나. 이혁이도 그랬을까? 이
사진을 보면서 나처럼 이렇게 신기한 기분이 들었을까? 저 작은 손가
락에 걸린 빨간 실이 이어진 것처럼 우리의 운명은 아주 예전부터 이
어졌을지도 모른다는…….

미희가 조용히 미소 지은 채로 커피를 한 모금 마셨다.

"먼 길을 돌아왔지만 난 설아 양이 언젠가 우리 집 식구가 된다는
걸 늘 마음 한편으로 믿고 있었어요. 그 믿음이 이제라도 이뤄져서 무
척 기쁘고. 설아 양 만나면 이 말을 꼭 해 주고 싶었어요."

설아가 사진에서 시선을 떼고 미희를 바라봤다. 미희의 부드러운 눈
빛이 설아를 향해 있었다.

"아, 우리 이혁이. 설아 양 만나서 정신 차린 것 같으니 그것도 고맙
다고 할 겸."

"이혁……이가요?"

"응. 우리 이혁이 사실 지금까지는 어딘가 방황하는 구석이 있었는
데 설아 양 만난 뒤로 아주 착실해졌거든요. 남자로서 이루고 싶은 목
표가 생기니 모든 면에서 결단력도 생기고. 엄마로서 정말 다행이라고
생각하고 있어요. 설아 양 덕분이야. 고마워요."

"아니에요. 만약 이혁이가 바뀌었다면 그건 이혁이 스스로 고민해서
내린 결정일 거예요."

설아가 손을 내젓자 미희가 천천히 고개를 흔들었다.

"아니, 엄마인 내가 잘 알아요. 그리고 무엇보다 이혁이가 자기 입
으로 그러던걸? 우리 회장님이 이혁이더러 요즘 무슨 바람이 불어서

회사 일에 이렇게 열심히냐고 물으니까 단번에 '설아 때문에요' 라고."

"그, 그랬어요……?"

설아의 볼이 붉어지자 미희가 호호 웃었다.

"우리 회장님이 겉으론 사내놈이 못났다고 투덜거렸지만 속으론 얼마나 기뻐했는데요. 말 안 듣던 아들놈이 이제야 정신 차렸다면서."

그랬구나…….

이혁이 자신에 대해 그렇게 말할 줄은 몰랐기에 설아는 한편으로는 부끄러우면서도 한편으로는 무척 기분이 좋았다. 슬며시 둥그레지는 설아의 입술을 보며 미희가 부드럽게 말했다.

"둘 다 아직 한창인 나이고 이제 겨우 다시 만났으니까 어른들은 방해 안 할게요. 둘이 알콩달콩 실컷 연애하고, 가끔 집에나 들러 줘요. 집에 오기 부담스러우면 밖에서 이렇게 따로 만나 차 한 잔 하거나 맛있는 거 먹어도 좋고. 나도 우리 예쁜 설아 양 좀 보게."

"좋게 봐 주셔서 정말 감사해요. 꼭 그럴게요."

설아가 감동받은 눈동자로 미희를 바라보며 열심히 고개를 끄덕였다. 흐뭇한 표정으로 마주 고개를 끄덕이던 미희가 퍼뜩 생각났다는 듯 자신의 손목시계를 봤다.

"어머나! 시간이 벌써 이렇게 됐네? 그만 일어나야겠어요."

미희가 다시 발연기를 시전하며 얼른 몸을 일으켰다. 이혁과의 약속 시간에 딱 맞춰 일어나는 미희를 아무런 의심 없이 보며 설아도 따라 일어섰다. 카페 밖으로 나온 미희가 설아를 바라보며 말했다.

"오늘 너무 반가웠어요. 설아 양. 우리 또 보는 거죠?"

"그럼요. 어, 어머님."

볼에 분홍분홍한 홍조를 띤 설아가 조심스럽게 말하자 미희가 환한 미소를 지으며 설아의 손을 잡았다.

"그렇게 말해 주니 너무 기쁘네. 어서 가 봐요. 약속에 늦겠…… 아, 아니. 집에 늦겠다고. 호호호. 그, 그럼 이만 갈게요. 이혁이한테는 오늘 만났다는 건 비밀로 해 주고."

"네. 그럴게요. 안녕히 가세요."

기사가 기다리고 있는 차로 후다닥 걸어가며 미희가 연신 돌아보며 손을 흔들었다. 미희가 차를 타고 사라지는 모습을 입가에 미소를 지은 채 보고 있던 설아가 천천히 몸을 돌렸다.

이혁을 만난 설아가 그의 차 안에서 멍하니 창밖을 보다가 중얼거렸다.

"왠지 신기해."

"응? 뭐가?"

운전을 하던 이혁이 설아를 힐끔 돌아봤다. 자신이 중얼거렸다는 것도 모른 채 설아는 혼자만의 생각에 빠져 있었다.

그때부터 이어진 빨간 실이 우리를 연결시켜 준 걸까? 우연히 친한 부모님 아래에서 태어날 수는 있지만 두 사람이 가까워진 건 전혀 다른 지점에서였다. 물론 같은 학교를 나오고 같은 회사에 다니게 된 것도 부모님의 영향이 있을 순 있지만 왠지 그것도 다 운명적으로 생각되고…… 어쩐지 생각할수록 놀랍고도 신기한 기분이 들었다.

"왜 그렇게 봐?"

물어보면서도 그 시선이 나쁘지 않은 듯 이혁이 한쪽 뺨에 보조개를 만들며 웃었다.

"왜, 너무 잘생겨서?"

장난치듯 손을 뻗어 설아의 볼을 쓸며 말하자 설아가 생긋 웃었다.

"너희 부모님, 좋으신 분들 같아."

442

"뜬금없이 무슨 소리야?"

이혁의 미간이 좁혀지자 설아는 살풋 웃으며 고개를 저었다.

"아니…… 그냥. 갑자기 그런 생각이 들어서."

"이상하네."

이혁이 의문 어린 시선으로 설아를 바라봤다. 설아는 생크림처럼 달콤한 눈웃음을 지으며 이혁을 바라봤다. 그러고는 몸을 움직여 그의 뺨에 쪽, 하고 입을 맞췄다.

"……어?"

순간 이혁이 멍한 얼굴로 설아를 보다가 퍼뜩 정신을 차리고 얼른 전방으로 시선을 돌렸다.

"전에도 이런 적 있었는데. 너 운전할 때 예고도 없이 그렇게 예쁜 짓 하면 큰일 나. 내가 정신 못 차리고 너만 보고 있다가 사고라도 나면 어쩌려고?"

"이혁아. 우린 징말 운명인 것 같아."

"조심하라니…… 그걸 이제 알았어?"

이혁이 피식 웃자 설아가 눈을 초롱초롱하게 빛내며 그를 마주 봤다.

"사랑해."

설아의 고백에 이혁의 눈이 다시 커다래졌다. 혼미해지는 정신을 다잡듯 핸들을 움켜쥔 그가 말했다.

"얘가 자꾸 큰일 날 소리 하네. 자꾸 그러면 나 못 참고 여기서 너 덮치는 수가 있다."

이혁이 진심이라는 듯 엄격한 얼굴로 말하자 설아가 눈꼬리를 반달처럼 둥글게 휘며 웃었다.

"사랑해."

"너……."

"사랑해. 이혁아."

"아, 정말."

인상을 쓴 이혁이 크게 숨을 내뱉더니 핸들을 확 돌려 갓길에 차를 세웠다. 그러고는 빠르게 설아 쪽으로 몸을 기울여 자꾸 예쁜 소리만 늘어놔 사람을 미치게 만드는 입술을 삼켰다.

"으음……."

부드럽게 얽히는 혀에 설아가 달짝지근한 한숨을 흘렸다. 입술이 더 크게 벌어지고 혀가 뒤엉키자 설아가 이혁의 목을 끌어안고 고개를 기울였다. 이리저리 기울어지는 설아의 턱을 잡아 벌리며 더욱 깊이 밀어 넣은 이혁의 혀가 설아의 혀를 휘감았다. 촉촉한 혀가 여러 번 엉겼다 풀어질수록 달콤한 숨결이 뜨거워졌다.

"후우."

설아의 타액을 맛있게 삼킨 이혁이 거친 숨을 토해 내며 체리빛 입술을 잘근거렸다.

"너, 그건 알아 둬."

"……뭘?"

하아하아, 설아가 가쁜 숨을 내쉬며 몽롱한 시선으로 눈앞의 이혁을 바라봤다. 어둡게 짙어진 이혁의 매력적인 눈이 설아를 똑바로 내려 봤다. 타액에 젖은 물기 오른 설아의 입술을 엄지로 쓸며 이혁이 속삭였다.

"너보다 내가 더 널 사랑해."

설아의 눈이 부드럽게 휘어지며 환하게 웃었다.

"응."

기쁘게 대답한 설아가 이혁을 껴안았다. 이혁도 설아를 마주 안으며 강하게 끌어당겼다. 맞닿은 가슴에서 빠른 심장 고동이 서로에게 쿵쿵 울려 댔다. 이렇게 널 사랑하고 있다고, 이렇게 터질 듯이 널 사랑한다고 말하듯 생생하게.

이렇게 행복해도 되는 걸까?

두려울 만큼 행복하다는 게 어떤 건지 절실히 깨닫게 된 설아와 이혁은 미소를 지은 채 서로를 오래오래 껴안고 있었다. 서로의 체향이 서로에게 배어날 때까지 오래오래.

—The end

작가 후기

바나이옵니다.

겨울을 지나 어느새 봄이 오고 있네요. 이 글을 마무리하는 지금은
아직 겨울이지만 이 글을 보시는 독자님들은 화사한 봄의 문턱에 계시
겠지요? 그런데 오늘따라 왜 이리 후기가 감성 돋게 써지는 걸까요. 후
후후……

아아, 그렇습니다.

밤! 이것이 바로 밤의 힘! 야심한 밤에는 사람이 왠지 감성 돋고 멜
랑꼴리해지고 막막 어우, 막 그러니까요. 이럴 때 발로 이불 뻥뻥 차는
흑역사를 만들지 않도록 다들 조심해야 하는 것입니다. 저, 저도 물론
조심을……

쓰고 싶은 이야기들은 너무 많은데 하나하나 붙잡고 쓰기엔 역량이
참 많이도 부족하다는 걸 깨닫는 요즘이네요. 그저 밝고 발랄하고 통통
튀는 글을 쓰고 싶다가도 기분 따라 멜랑꼴리 따라 점차 땅을 파고 들

어가다 보면 헉! 여기가 어디지! 하고 놀랄 때가 한두 번이 아니라는…… 흑흑흑.

이 시기를 지나면 조금 더 나아질 거라 믿어요. 네, 그렇습니다! 믿습니다! 믿고말고요! 그래도 언제나 작가 후기를 쓰는 순간은 기쁩니다. 뿌듯하구요. 또 하나의 소중한 아이를 세상에 내보내며 부끄러움 이전에 쑴풍 잘 낳았다! 하는 뿌듯함이 먼저 든답니다.

이번에도 소중한 아이를 순산하게 해 주신 정시연 팀장님과 뿔미디어 식구들 모두 감사드립니다. 정시연 팀장님 맨날 징징거려서 죄송해요. 그래도 봐주실 거죠? 징징징징.

독자님들 부족한 글 읽어 주셔서 진심으로 감사드립니다. 봄의 문턱에서 다들 해피하고 밝고 즐거운 일들만 가득하시길 바랄게요. 그럼 다음 글에서 뵙겠습니다!

— 바나 드림

So
Lovely!

초판 1쇄 찍음 2015년 2월 25일
초판 1쇄 펴냄 2015년 3월 3일

지은이 | 바 나
펴낸이 | 정 필
펴낸곳 | 도서출판 **뿔미디어**

편집장 | 이재권
기획 · 편집 | 정시연

출판등록 | 2002년 9월 11일 (제1081-1-132호)
주소 | 경기도 부천시 원미구 소향로 17, 303(두성프라자)
전화 | 032)651-6513 / 팩스 | 032)651-6094
E-mail | dahyangs@naver.com
블로그 | http://blog.naver.com/dahyangs
홈페이지 | http://bbulmedia.com

값 9,000원

ISBN 979-11-315-6271-0 03810

www.bbulmedia.com

www.bbulmedia.com